メーゾン・ベルビウ地帯

椿實初期作品

Minoru Tsubaki

椿 實

幻戯書房

メーゾン・ベルビウ地帯——椿實初期作品

目次

Ⅰ

メーゾン・ベルビウ地帯　7
ある霊魂《プシケエ》の肖像　25
泥絵　43
三日月砂丘《バルハン》　61
ビュラ綺譚　81
狂気の季節　101
人魚紀聞　151
月光と耳の話――レデゴンダの幻想　173

Ⅱ

死と少女　193
踊子の出世　201
短剣と扇　207
鶴　213

Ⅲ

泣笑　221
旗亭　239
苺　257
黄水仙　273
浮游生物《プランクトン》殺人事件――ある遺書の再録　291

附篇

歌集　絵画風小景詩

白い倉庫 346／春の波 346／献春 346／湊にて 347／風 348／紅椿 348／椎の花 349／苺 349／海へ 349／花房 350／照子 351／旅 351／青蟬 352／歩道 353／月光 353／海の人へ 353／秋ふかし 354／月の歌 355／草の歌 355／相聞 355／寒光 356／墓原 357／寒雀 357／葉 357／冬草 358／樫 358／短か麦 359／春へ 360／藤の歌 360／雑木原 362／反戦 362／白い花咲くころ 363／梅雨 364／赤光 365／匂月 365／照葉 366／草山 366／車前草 367／こころ妻 368／草むら 368／けだもの 369／鷺の歌 370／蟬 370／望東之歌 371／大磯より 371／鉄橋 371／震動 372／花粉 373／木いちご 373／露雨 374／ひまはり 374／誕生日 375／鷺 375／椎 375／紅 376／沼にて 377／山百合 377／挽歌 377／キャベツ畠 377／東北 378／昇天 379／花火爆発 380

初版跋 381／後書 381／全集後序 382

歌集　海邊にて

人の波 384／葡萄 384／白木綿花 385／透明の季節 385／月食 386／雪 387／錦町河岸 387／軌跡 388／望遠鏡 389／あじさい 390／海 390／遠景 391／海晴れし日に 392／海の言葉 393／凋める花 394／よろめく海 394／海にふる雪 396／海のさち 396

後記 398

評論・随筆・書簡

宗教的ろまんちしずむに就て 402

FANTAISIE の論理 403

中井英夫宛書簡 407

『メーゾン・ベルビウ地帯』のころ——最も思い出深い自作 410

「メーゾン・ベルビウ地帯」のころ 413

初出および解題 416

海への恋歌——椿實の戦後処理　椿 紅子 433

本書は、『椿實全作品』（立風書房、一九八二）を解題・増補したものです。

I～Ⅲまでの各章は旧版に準拠し、「附篇」として、著者の私家版歌集二冊、および単著未収録の評論・随筆・書簡を加えています。

各作品の表記については、I～Ⅲでは新仮名遣いに改め、「附篇」では原則的に初出に従いました。また、漢字や送り仮名などの統一は行なっていませんが、明らかな誤記や脱字などを訂正し、ルビや改行を整理し、補足説明を〔　〕内および【註】として追加した箇所があります。

本文中、今日では不適切と思われる表現がありますが、原文が書かれた時代背景や、著者が故人である事情に鑑み、そのままとしました。

I

メーゾン・ベルビウ地帯

桜の木には桜の臭《におい》、椎の木には椎の匂《におい》、そして私も女も植物なのであった。人間が植物に近くなるような、上にのみ開かれて身動きならぬ世界にいて、ひろみは私の腕の中でだんだんにやせた。それなのに私のドライアピ[*1]の額に浮いた静脈と胸のわきのふくらみの白さとはますます冴えていくのであった。そのころ私が大学の制服をきてとおる御茶水の川は、のぞくとかぐろいどろどろした液を流しており、ここに大きく曲ったところの、やはり同じ色のどろどろした洲には日があたって小さな鉄の梯子が下りていた。この流れ。これは私の時間である。その谷底の風景を覗くとき、いつも私は土手の葉桜の臭を嗅いだ。「死んだら貴方の涙になるの」と幼くいう妻は十九であったが、いつもその色が好きで白茶色の更紗のワンピースに黒いビロードの帯をしめる。ああこの少女は成田山のお守袋を、このベルトに下げているぞと私は思った。

ものみなの腐れる時。ほそい道だったが、セメントのたたきの割れめにはオオバコだのあれちのぎくが整々と葉を伸ばしていた。ひめじょおんはまだ莟《つぼみ》をもたずに、一かたまりの生長点が生毛で白っぽく光った。私が白いワイシャツの両ヒジをつかんで日を背にして歩くと、梅雨晴のひざしの影が黒々と前に動いた。ばさっと緑のトンネルに入って驚いて仰ぐと、大きなイチジクの葉が露地をおおっていて、葉をとおしてくる日光が透明な緑である。そこがアパート、メーゾン・ベルビウの裏で、セメント柱を立てならべた中には黒々と湿った中庭があり、私の植えた苺はとぼとぼと赤るみ、そして雨で腐った。妻はじとじとした窓をあけて、額にかぶさる髪の波をすきながら、毛を切っていた。いちごは去年三越の地下鉄で鉢に植えたのを買って、そのあとを窓の下にうつしたのである。冬しか陽のささぬ窓下で、いちごはひょろひょろとヒコバエを出して、それでも今年はとぼしくこぼれそうな白い花びらをさかせた。花の下に黄色いワラを敷いたのはひろみである。日があたらないので、いちごのつぶつぶはいじけた、ねじけたかたちのまま、赤くなっていった。カバ色になったのもある。一番きれいなのを妻にとってやると、恐る恐るナスビっ歯でかじってみて、へたのところに白い可愛い虫がいるわといった。その虫の色もいちごの肉もすきとおるように蒼白い。そのまんま放って置くと、十顆《か》程の苺の実はみんなただれて腐った。いちごの葉の乱れたところは窓のベランダの藤棚にさやって、まあるいまだらのうすら日が朝からおひる迄通るだけである。そこは不忍池のふち、青葉の上野山がかぶさって来そうな地帯で、セメント張りの安アパートがいくつかあり、その間を腸のような露地が截っていた。露地には下水の四角いマンホールが口をあけていて、それに落ち込む深いドブの、白い苔の上を流れる急な流れは上野の山の地下水であろう。人間はみんな息をひそめて植物だけが伸びるこのあたりは、庭のない家々はみんな露地に面した小さな地面に、朝顔だの、小松葉だの、あじさいだの、或はのうぜんかずらだの、青木だの青桐だのカボチャだのをつくっていた。それが又一種寂びれたものがなしさに大した手入もしないのにいさましく育って、かいがら虫のついた、きたないモチの木の隣りに、ざくろの花が緑葉の中でかあっと燃えていたり、これはと思う下水のふちに棕櫚《しゅろ》の立派な葉がひらいていたりする。メーゾン・ベルビウ地帯の住民は絵かきだの、彫金師だの、浅草の楽士だの、鈴本の寄席芸人たちなので、あの窓に枝いっぱいに咲いたさつきの盆栽や、この窓のオバアサンが浴衣の襟をひろげている風鈴の軒忍《のきしのぶ》は、縁日や草市のあわれさが、その植物達の中にまだ息づいているのである。

コの字の中庭を囲んだこのアパートの曲り角に私達はいる。「今日のお父ちゃんのおみやげは何でしょうね」と外をとおる若い女の声がきこえ、「いつも何にも買ってこやしないじゃないか」と子供がませたことをいう。あとは又静かである。主人公の出がけに何か買ってくるようにたのんだにちがいない月給日の若い妻の気持のゆらぎが残っていた。じーっと来るものにろうばいして、うすいくちびるを曲げているひろみをみると、長いみだれたまつ毛が眼尻で笑っていた。もう三年になる。常盤座のぐるぐる曲る細い階段をトコトコ降りてきたこの女が、楽屋口から入ったつきあたりのうす暗いところでピョコンとおじぎをした。その時の顔であった。彼女は松竹歌劇の踊子で、ハダシでシャンシャンメロディーというやつを踊っていたころである。裕子という名だから紅ひろみというんだと自分で言った。十六の甘ったれのチビで踊るのがうれしくてたまらないようだった。初めての空襲が四月にあって、それから長いこと平安な日が続いていた頃だし、私は高等学校のアルバイトをさぼって、「ききませや　青き南の国の」なんというムーランのジンタのリズムや浅草裏のサーカスの赤絵だのに沈没して、ろまんのかすをむさぼっていた。ひろみは下っぱの方に近かったので、楽屋は二階にあり、そこから舞台の上を通る渡り廊下が幹部連の部屋にのびている。その板の上から舞台を見下して、ぶら下げた大道具のすきまから、青や赤のスポットが交錯し、コーラスの浪にのって、どろっどろっ、とふみならす踊子達の足音をきいていると、これは仲々よかった。

あとをつけまわしていたロシヤの女に逃げられて、やっぱりその実惚れ抜いていた私の心は、バレリーの水母《くらげ》をみるように、既に女の群ではなくなった流動し旋回する光の波に不安定に安定する。そんな理窟をつけなくても、大部屋の入口にずらりとならべて名を書いた踊子の名前だの、壁にはった出の表や、旅回りの日程に、なまめかしい蠱惑をそそられるのであった。大部屋は三階にもあって、その渡り廊下から細いハシゴを更にのぼった箱みたいなところからも、腕の生毛《うぶげ》がほこりにまみれ、人絹の長いスカートのすそがギザギザにちぎれた踊子達が、ギラギラした赤いパンツのまるみをゆらして、キャッキャとあぶなっかしく降りてくる。

日本橋の家からは地下鉄で学校に通うので渋谷へ行かずに浅草へ出るには至極便利であったし、又私をそんなに浅草へ魅きつけるのは、おなかの三角なロシヤの少女に逢えるかもしれないからであった。話は前後するが、そのころアガフィヤはこのメーゾン・ベルビウにいて、地下鉄で浅草に通い、常盤座でバイオリンをひいていた。「青葉に埋もれた上野の山を、くらやみ坂の方へ下りきったところに、大谷石まがいのセメントを張った小さなアパートがある。狭い中庭を四角な建物がコの字にせばめて、その白いペンキ塗りのポーチにはクライミングローズが花びらを散らしていたりする。上野の杜《もり》の木下やみに埋もれたような陰気な安アパートである。扉の左肩にMAISON BELLE VUEと金文字の刻みが剝げかかってみえる。少女はその扉のかげに消えた。暗いうちは又ひっそりと静まってしまう。彼女がロシヤ人だということはすぐにわかるが、私はアガフィヤというその呼び名も知っているのである。浅草のバリエテであまり上手でないバイオリンをならす少女だった。云々」という短篇をかいたりしていた私は、いつもハネにアガフィヤを待ったので、彼女の情夫と称する白井権平と甚だしけた決闘をするハメになったのであった。あごのしゃくれた女のような色白の、あごの先のひげを青くそり込んだ権平は、常盤座文芸部の末席で、メーゾン・ベルビウの住人である。とおりに面した一階の権平の部屋は三味線が三丁、壁にかけてあり、浴衣のやせた肩をいからしてスタンドランプに正座している権平を私はよく通りからのぞいたが、満員の地下鉄で私がアガフィヤのそばに居たりすると、鋭い眼でぎろぎろ私をみた。私は甚だ不気味であったので、歯科用の鋭く尖った鋏をズボンのかくしに入れていて、よらばきるぞとポケットの中でニチャニチャ握りしめていた。「Aは誰にでも、貴君をみるような眼をするのだから、それにあの女はひどい病気をもっているから、気をつけた方がよろしい」という結び文を、権平はラブレターのように恥じらって渡した。そうなるとこっちも意地で、本を売はらってはアガフィヤに入れあげたのだが、踊子達の話を総合すると、彼女の祖母は貴族の娘で、アガフィヤはハルビンで生れて祖母に育てられたらしく、父や母はメキシコに移民してまもなくそこで死に、遺産もなく祖母にも死なれた十三の娘は横浜の叔父をたよって日本へ来た。その叔父というのは貿易関係のルンペン商人で、だらしのない男であったらしく、十五の時彼女は叔父の妾であったという。叔母に追われてからは場末を転々として、いろんな男の手から手へ渡ったらしいのだが、骨太で、のどくびの壮麗な女だった。顔をそらないので、上くちびるのど仏にはふやふやした生毛が生え、乳首には長い褐色の毛が渦巻いていた。金をそっとやるとミエルスイとe《イエー》の音を強く発音して、「国はどこ」ときくときまって、「ハルビン」と答えた。例の権平のおどかしが意識の下にあったし、それに奇妙な羞恥もあって私はアガフィヤに満洲やロシヤの歌をうたわせる位でいつも帰ったが、それがますます権平の嫉妬をあおったらしく遂にアガフィヤと扉一つへだてた自分の部屋で、末広町辺で買ったらしい、長脇差を抜きはなって、眺め入ったりするので、「あんなやくざもの」とてんで鼻で軽蔑するアガフィヤだったが。——それが急に姿を消してしまった。というのは例の南方引上げの下等なドイツ人の妾になってしまったのである。男はピストルでおどして言うことをきかせ、横浜へつれていったというが、甚だ意気上らない二人は、いとも簡単に妥協して、権平はさめざめと泣くし、私は又おろおろして、ひどい淋病で、綿の上に横たえてたらたらたらしながら排尿して、うんうんいたがる権平をなぐさめていた。痛みが引くと権平は又もやのろけ出すのだが、アガフィヤの足にかみついたりするところをきくのが一種壮烈で、あの女の三角の腹に家ダニのようにへばりついているこの男の風景を思いえがいてみた。この男は銀のロケットを胸にかけていて、それがアガフィヤの裸体写真にキッスするような向いあわせのこの男のノッペリした顔で――それはとも角一種の恋を私にして、しきりにくどいたりする権平の媚を私は利用して、常盤座の文芸部に入れてもらい、へたくそなレビュをかいたり、一引五円の幕を挙げる綱にぶら下ったりしていた。ひろみに逢ったのもその頃である。家が神田なので帰りはよく送ってやったが、「その笛を今は頼まむその胸にわれは息《いこ》はむ君ならで誰か飼ふべき天地《あめつち》に迷ふ羊を[*2]」なんという淡紅色の手紙をもらうようになってしまった。そのころはだんだん空襲がはげしくなって来て、松竹歌劇も解散して地方産業戦士慰問とかに出かけるし、私の「白鳥の湖[*3]」も五十円原稿料をもらったきりお流れだったが、私も亦退校云々という修練部におびやかされて教練と動員の時間数を何とかして埋めないわけにはゆかず、原町田くんだりの工場で毎日カンカン鉄をたたいていた。その動員中に日本橋の家は店もろとも焼けてしまい、二、三日して帰ってみれば、日本橋草分けの医科器械屋の店も無残なありさまで、鉄骨はへしまがり、アルミニウムのインゴットと洗面台の鉄ばかりが黄色くなってごろごろしていた。店のものもみんな逃げてしまい、どのみち祖父母も母も古河の疎開先だろうと思って、まだ炎を吹き上げているコークス山をみて立つと、向うの焼けビルの剝げ残ったタイルがキラキラと光った。心配して見に来たひろみにそこで泣かれて、まあ泣いたってはじまらんよと、下町にかたまった親戚も皆やけてしまったらしいから、ひろみの家へ行った。彼女は松竹はやめて、徴用のがれに親父の出ている三共に挺身隊になって出ていた。親父は三共のトコヤである。

神田駅を室町の方へ出て、ドブ川の堀割にそって曲ると、青写真のカンバンがある。その横の三尺にみたないせまい露地をごろごろしている酸の甕をよけて身をはすかいにして入っていくと、袋小路の左側がひろみの家であった。前の家の窓があけっぱなしになっていると、その家の玄関口が又別の露地に向ってレースを垂らしてあかるんでいるので、その家の中にいるような気分がする。それ程その露地はヒサシや煉炭風呂の煙突におおわれて暗い。ひろみの家は、のっけからが奥行二尺程の玄関のタタキで、軒燈には去年のクリスマスの銀紙の鐘が、まあるい花輪の中にぶら下っていて、リンゴ箱を横にしてカモイにのっけた靴箱には、つまさきの鉄が赤さびを噴いたタップの靴や、銀のハイヒールのかかとの曲ったのがあった。あれなり私はひろみの家に居ついてしまったのだが、何しろ夜を日に次ぐ烈しい空襲で、空は赤茶けた煙の色をしていたし、夜に入れば月は赤く、地平の雲も赤火をうつしてもえていた。大空襲の夜があけると、爆発で出来たらしい入道雲がいくつも舞上っていて、地上ではカバ色になった人の死ガイを山のように積んだトラックが動いた。虫のように無神経になってしまった人達は、男女の別も分らぬ黒焼の死ガイのマタにゴム手袋をはめた手をつっ込んでみて、ずぶりと入れば「ホイ　雌一丁」といってはトビグチで引きずった。

日本橋の店の地下室が焼け残っていて、その鉄扉をこじあけた迄はよかったが、何しろ錠がかからないので、荷物をそのままにするわけにはいかず、又出したところでいつ焼けるともわからない以上、いっそここに入れておけと、店のものと交替でそこにとまりこむことにした。夜具は中にあったが、余熱は息づまる位あつかったし、キナ臭い乾いた匂で到底中にはいたたまれないから、半分灰に埋った入口の階段に頭を出してねた。ズボンをはいたひろみと一緒にごろねして、ローソクが消えてしまうと女はぐいぐいと頭をすりよせてくる。警報が何度もなったが、ここにいれば安全であった。前の菓子屋の砂糖が焼けて五日にもなるのにまだごうごう燃えて、黄色い炎が出ていたから、「朝になったら砂糖を取りに行ってやろう」と思った。ひろみはズボンの下に月経帯をしていたが、それをひそかに取って、手下げにしまってしまうので、「いいよ、いいよ」といいながら、やっぱり私はこの女をいとしいと思い、「どんなことがあっても離しはしない」といった意味のことを言った。

あけ方になると冷え込んできて、私達は地下室の奥の方へだんだんもぐっていくのであったが、夜明けに二人して流れ出したコゲくさい褐色のザラメを、ノミでかきとってはバケツに入れた。ベトベトの手を隣のやぶれた鉛管で洗い、焼けた土蔵に小便を長々とかけると、女の唇も私のもガサガサに荒れていたが、私は薄明の朝の光をしみじみと掌《て》に受けてみるのであった。

今日も三越は乾きかけている——と思った。その巨大なセメントのかたまりは胸のところから白くなりはじめていた。三井銀行や物産の陰になって、ここの屋根裏からは三越はデコレーションケーキのような後の塔だけしかみえないけれども、私はそのマッスを、とりわけ雨上りには、皮膚にさえも感じた。ひろみの家は前にも述べた玄関のつきあたりにいとも壮大な音して水を落す手洗があり、その廊下の右の部屋では、彼女がよくチャブ台の上に立て鏡を置いて出掛けの化粧をするのだが、そこから階段をのぼり、更に四角に天井を切りぬいたところにかけたハシゴを登ると私の部屋であった。

屋根は梁むきだしに三十度にたれ下り、床すなわち天井から、じかにのぞいた窓からは、もし天気であれば隣の丸薬屋が物干いっぱいに干す茶色い丸薬の原っぱが広がり、明神様の鳩のふんする銅張りの胸壁の向うに、のっと立った武田製薬、その彼方が三越である。

敗戦後いち早く復興したのが浅草と新宿で、もう運動靴やハライ下げものや、航空機会社出のヒキモノギセルや、ダイカストのナベカマを売っていたが、そのうち神田駅付近にもヨシズ張りの露店が出来て、靴ミガキがならび出した。ひろみの家の前のドブ川も神田川の支流なのか、石でたたみ上げた岸には、いっぱいに夏草が穂を出し、石の割目に迄もあふれていた。向う岸の家の地下室の窓がドブ川の水面近くに開いていて、崩れかかりそうに板をうちつけてあった。私は精養軒の庭でとったカラスアゲハの幼虫を飼っていたが、そのワイルドな姿態は青ヘビのようにカマ首をもたげて、つつくとそれをゆらゆら動かし橙色の角をぱっと出した。

ひろみは又松竹に出ていたが、少女歌劇団はＳＫＤになって、グランドピアノのふたみたいな真鍮のバッヂを得意につけて歩いていた。「夏の踊り」と書いた紫のカンバンの中に白字で二段にならんでいる踊子の名前のまん中辺に「紅ひろみ」と出ているのをみつけた。「天国の花嫁」とかいう映画に一寸出るのだといって、毎日遅くまで築地の教習所で何かやっていたが、映画でみると、すっかり女になっているひろみであった。甘ったれのチビであった少女が、みるみるうちに私の腕の中で背丈がのび、膚もすきとおるように白くなって、女のかたちを整えてゆくのを感じていると、涙ぐましいものがあったが、そんな私の感傷にはおかまいなしに、ひろみは勇んで旅まわりのアトラクションにもゆくし、神田復興祭には、駅のそばの屋台で、並木さんと一しょにりんごの歌をうたって見物にりんごを投げるんだといったりしていたが、私は所在なさに上野のガード下や、馬道の北をうろついていた。

私がいかのへそが好きだといったので白井権平は私の皿へ自分のいかのへそをとってくれた。私はからすとんびをひょうたん池の黒ずんだ浮草の上に吹き出しながら、何という風景の寒さ――と思った。ここは池の上へはり出したヨシズ張りのいかのじゅうじゅう屋である。ここらの風物をちょうかんするには、ひょうたん池に面した映画館の二階の喫煙室がよろしい。大きなガラス張りの向うに六区をとおりかかるヤミ師風の男や、ワイシャツの胸をはだけて、ふんどしと腹の間へ手をつっ込んだ親爺や、ショイ出シがえりの田舎の娘たちが眼の下に現れるであろうし、更にへこんだソファにこしかけてみれば、一パイ五円のこってり甘いしるこ屋や、悪臭をビマンさせているにちがいない鯨のシチウや、芋あん二つ五円の大福やあんこのかたまり、その間にはさまる小間物屋のオカミさんがサイフをくるくるっとほどいて一枚とりだし、あいよとばかりとなりに出して一ぱいのしるこを食う風景が、更に赤みず屋のガラス槽にうかした氷のかたまり、とそれを売る青い眼鏡《ガンキヨウ》の兄チャンの表情が、更に更に、公園の夾竹桃や小さいヒマワリ等々の真夏の日の花の色が、眼にうかぶことであろう。

さて白井権平は横浜のやけた日にアガフィヤの妾宅に侵入し、女の手を引いて御所山のトンネルに逃げ込んだ話をものがたる。彼権平はアガフィヤの穴のあいた靴下にキッスしたそうであるが、「姿三四郎」のエキストラに出たアガフィヤがケントウの場面で大いに笑うところをみたというと、権平大いにうなずいて、新吉原に彼女におなかのかたちのそっくりなマリコという女がいるといった。私も上野のハカマゴシで木かげからいきなりヌーッとあらわれて人の顔をのぞきこむ黒い洋装の女の鼻からのぞの感じがそっくりだといったが、どのみち暗がりで見えはしない、私は内心そのヤミの女に執着していて、ガード下のカフェで「かいそうめん」をおごってやったり、小さい女の子に押売りされたドンブリの中の、のりまきニギリをやったりした。焼跡の水道で眼を洗うアガフィヤの白いまつ毛は金色に輝き、そしてきしゃごをかきまわすような声して笑ったのであると権平はいう位だから又々逃げられたに違いない。

吉原はまだあれはてていて、焼跡には背丈程の草が穂をのばしていた。その間にちらほらとバラックが建ち、焼けビルは急ごしらえの共同便所のように板をうちつけて、しきりをこしらえた。女郎たちは路上にあらわれて、「やろうよ、やろうよ」と通行人にしがみつくのであった。はなしかのいう五燭の電球がうすぐらく照していて、女の眼はあめ玉のよう。そして戸をあけると部屋のまんなかに、ふとんがチンと敷いてあるわけだった。権平はしきりにマリコに通ったが、当時は一時間四十円であった。権平はマリコが高潮のときにキャーッというといったが私のときもやっぱりキャーッといった。

私が飼っていたカラスアゲハは羽化してピカピカした青藍色の蝶が出たが、食草についていたナミアゲハの卵もやっぱり大きくなっていった。私がかまいつけなくなったものだから、それは三齢位で餓死にせまられて、小さいまんま蛹になってしまった、と思うと、秋だった。毎日霧のような雨が降って、三越もぬれたまま、そのころ私達は権平の紹介でメーゾン・ベルビウに来たのだが、権平は女を追って大阪へ消えてしまった。過労でひろみがどっと寝ついたのもそのころである。左肺浸潤といわれて、急に背丈が伸びて貴婦人のようになった妻が、そのままにやせてゆくのはせつなかった。目と目の間を吸ってやると、「金魚になったような気もち」といって、それから私にふれたい時にはいつも、「金魚して」というのである。

一めんにぎろぎろした泥水のような中に居て、女房はいず、ただぐろい苺が食いたかったり、ネオンの光る時雨の新宿の夜空を弧を画いて平オヨギして飛んであるいたり、そして女をかかえたその乳首がビヨンの表現をかりればケシツブのようであると思ったりしていた私は、これはどうもすこしおろおろしているぞと思わざるを得ない。そのころ家は極度の破産状態にあったし、私も私名義の方々の家作の地上権をうりはらう位ではまにあわず、親父の注射器の会社で、翻訳もやれば、貿易庁へもでかけ、職工もやるというありさまだったが、烈しいものにおしながされながらゲンゴローのように足をバタバタしていた。その冬はヒーターをかかえても寒かった。親父の用のかえり、凍ったまっくらな西片町のアスファルトをあるくと、彼方には果物屋の灯がポツンと見え、案のじょう黒い犬がトコトコやってきて、だまって私をとおりすぎる。その蹠音《あしおと》がチャキッチャキッとした。私はてのひらに痰を出して果物屋の灯にすかしてみる。暗いので血はあるのか、ないのか一めんに黒くすんで見えて、びいどろのようであった。

私は紅屋のところから曲り、大学前のみよしののモスリンの赤のれんを透して来る電球のヒラメントを見て弥生町を下る。メーゾン・ベルビウの露地には、わらしべが散っていて、その地面の凸凹を窓から流れる灯がうつし出しているであろうし、妻はあかじみた手をしてパンを焼いてまっているに違いない。

被害の透視が黒い透明のなかに現れるのだと思うと興奮した。ところでこんな小説はどうだと友達が言う。天井が寝ころんでいるうちに上ったり下ったりして、窓ガラスに鼻を押しつけて外をみている。わーっと飛び出して環状線にのり、わくわくしながらぐるぐる回って、さて下りたところが、田端か日暮里あたりとおぼしく、大きな煙突がぬーっと立っている。こんなのはどうだ。セメントのビルのまひるま、屋上だ。まっぱだかのオンナノコが、オナカヲツキダシテ屋上に立っている。まあるいデベソに小チャイ蛙をのせているのだ。私のドライアピはニンフの化けた睡蓮を折ったからして、睡蓮はドクドクと血を流し、妻は植物にされたのであるかもしれない。不忍池から立ちのぼる瘴気《しょうき》は、朽蓮《くちばす》の花を昇華した黄色である。「ほら、こんなにまあるく大きくなってよ」と胸を見せる妻の、シャッ骨《コツ》の下の骨も浮き上ってしまった。その上にあるホクロは父親にも同じところにあるからいやだといって、爪を立ててむしった。いつも茶色の服を着るのは誕生日のうらないの本に十二月の四の日だから、茶色の服をきてれば、しあわせになれると書いてあったからだという。花言葉だの誕生石だのをみんな知っているこの子が不思議なものに見えてくる時もあった。

お前は私の影であり、私だけの風景である。おまえを抱いていても、私にはおまえが実存し、生きているとは思えなくなってしまう。フィルムのように意識の矢のような流れが流れるが、スクリンの像はじじっと静止して動かない。そして弱々しい女の肉体のハイライトが群る木の葉のように、きろきろとかげろうをあげだす。

椎の葉裏は赤く、楠の裏葉は白い。

そして私も妻も、やはり植物なのである。

私は大学の研究室で神話の本を読んだり、午後は親父の会社へまわったりしたので、毎日寝たりおきたりのひろみは私にあててよく手紙をかいた。まっ白な便箋のまんなかが、クリーム色にもやもや

してるのに、
「みのるさま、此の便箋は、かわいらしいでしょう。そのかわり、ほんのすこししかかく事が出来ません。でも、ちょっとでも、書きたいので、かきます、今は貴方御勉強中？　〝気ちがい〟はなおりましたか。心配して居ります。それは嘘です。それでは　さようなら　H」と鉛筆でかいた。封筒は私が祇園で買った正倉院文様のである。そのうらにまつ九製と書いてあるのをまねして、君のために、ひろみ特製と書いた封筒をつくった。表には水彩で小さな洋館がかいてある。あたまはフランスの女のような長いタテロールにして肩にたらした。胴の細い白いタイトスカートがはけなくなるから夏迄に子供が出来たらこまるわなどといっていたのが、こうして兄妹のようにくらすようになると、「死んでもいいからあなたの子供が欲しい。名前はゆきよっていうの」といったりした。

千疋屋で山百合の花を買って来て銅の壺にいけた、その花の人を撲《う》つ生殖の烈しい匂にこれは部屋の中に置く花ではない、と窓の外に出した。朝開いた花はめしべがまっすぐで、まだ成熟せず、雄蘂だけが花粉を噴いているが、二日目には受精した雌蘂がのびて高く頸を曲げのばした。おとろえようとする大輪の花の、めしべの先にしたたる汁は、これは凝縮した性欲のにがさである。妻は大きな画用紙に山百合の絵をかいた。石川欽一郎流に白をつかわないでかいた。やさしいつぼみだけにしとけばよかったのといって、花をかくときにはつかれてしまったのか、よくかいてなかった。そこを手のひらでかくして私にみせる。「何だい、何だい」とみようとすると、「いやあ、いやあ」といって、「いやあ」っていったら「ム」て言わなくちゃいやと甘えたのは三亀松のまねしてである。三亀松はつい近所にいて、伴淳はそこで天プラ屋をしていた。花柳寿美の家は池のふちにある。六龍鉱泉といって地下何十尺とかからくみ上げる銭湯へ行くと、鈴本の古老連のはなしかや講釈師が、よく湯口のところにおさまっていた。三亀松の家のとなりはツレコミヤで、西日がかあっと暑く、トタン屋根のコールタがひびわれて、ぎらぎら光るころになると、ボロンボロンと根じめの悪い三味線がなり出した。妻の熱が高くあぶら汗を流して耐えているときには、私は伴さんのうす茶氷を買ってきてやった。メーゾン・ベルビウの向うの角には女学生の姉妹がいて、窓ごしにほしいままな黒い乳房をみせたが、その同性愛の姿態もここでは静かである。ひぐれると庭のひめじょおんの生長点はおしなべて蒼く影さし、私のスタンドランプには小さな黒いバッタが飛んできて、ピンピン笠の中ではねた。

　池の面は一面の浮草でまっさおなのだ。噴水は高々と水を噴き上げては、石の水鳥の上に、たたっ、たたっと水を落した。水鳥はみんな白く空を向いてくちばしを上げたり、うつむいて胸を見ていたが、水あかが流れてあかじんでいた。のどの赤いつばめが浮草すれすれに飛んで、葉のむらがりにやどった小さな気泡は、白金色に光って動いた。岸にそった部分は動かないが、のこりの浮草の原はひょうたん池のまわりを風でゆるく流れる。浮んでいる木のきれっぱしや、くされ箒がやっぱり動いた。敷きつめた浮草の原が一定の航路を回っているという、これはあわれじゃないかと私は思った。屋台の奥で髪を結いっこしている女達も野獣のような額をし、エフト[*4]とかいたとかげのみせものや、赤い乳房の女をのぞく男をかいたペンキカンバンの色は、あの敗戦直後のなんにもない剝げたような白い寂しさを失って、私に敵意を向けたが、八号館のマリコも今は逃げてしまった。茶色いセメント建の娼婦の家はやはりあって、旧いおもいがもはやたたきへじかに尻を下したような不潔感もなくてあった。花をかかえた中年の女に女達は、「マリコさんて知ってる?」ときくと、「ああ、もう去年やめましたわ」という。丸いうでにあばたがあって、渋い声の女だった。この女が来てすぐにあの女は逃げたという。「お上りして、お茶でも上って下さいな」といって、「この花をごぞんじ」ときく。「さゆり。マーガレット。それからその紫のは?」というと、「千鳥草」と女は答えた。

六区の夏の夜は寂しい。一直線の道路ががらんと静まって、両側の映画館の鉄扉を半分位降した下からは、燈があかあかと流れて、まんなかのドブに達していた。屋台の木の台の上にはまるはだかの女がねているし、立木にはだか電球をぶら下げて夜も屋根を葺いている喫茶店があった。常盤座はまっくらだったが松竹座の二階には一つの窓に灯がついていた。あそこの部屋にもひろみはいたことがある。私もフィナーレをまつ間、例のどろっどろっという足音をききながら毛布をかぶってよくねころんでいた。ドーランと粉白粉《こなおしろい》の匂がみちみちていて、踊子達のぬぎすてた靴だのシミーズだのが散乱し、板壁にはいっぱいに衣裳がかけてあった。フィナーレのコーラスが浪のようにきこえてやがてワッと騒然となると、ひろみは息せききって上ってきた。背中がたまのような汗で、ひろみが風呂に入ってくる間、私もそこでさつまいもを食べた。

権平のことはその後きかない。中央郵便局にすごい程シャンなロシヤ少女がいるよと高等学校の友達がいっていたが、それがアガフィヤであった。とすれば権平は東京にいるにちがいない。

ともあれ夜の浅草は、ものみなが舌をたらしたような蠱惑で私にせまるのであった。

【註】＊1 Dryope（ギリシャ神話）。木の精と化す乙女。＊2 島崎藤村『落梅集』所収「胸より胸に」の一節。＊3
著者に同名短篇がある（『メーゾン・ベルビウの猫』所収）。＊4 eft（英語）。イモリ。

ある霊魂《プシケエ》の肖像

一面の大きな油絵である。画面の左三分の一はたてに、まっさおな海岸である。真夏の日がぎろぎろと照っている右三分の二の広大な白い砂浜はこれは一面のひにやけたはだかの群衆。それがわーっとばかり崩れるようにこちらへかけて来る。次から次へと湧き出るような群集の動揺。ほうはいたるすげえ大崩れ。それなのに、波打ぎわは静かである。白い波頭がうちよせていて、岸までこい緑色に、太陽は深々とさし込んでいるけれども底は見えずに、これは深い。よく見ているとその波打ぎわの静寂の中にじーっとしている人間もある。青年と少女である。ひとみをこらしているうちに、それは幾組も幾組も保護色した蛙のように、見出される。一列に岸にそって抱き合ったまま動かないそれが、今迄見えなかったのは、眼もくらむばかりの人間の滝のせいである。

岸が欠け落ちたように、その一組が海にポチャンと落ちると、これはビールの泡のように、まっ白い泡がムワーッとたつ。青年は少女をだいたまま動かないので、少女は必死に平泳ぎをする。重いから水面へは出ずに碧い海の中をすいすいと動いてゆく。あぶくはそのたんびにまっ白く立つのである。海の中には二寸程のダボハゼのような魚もいるらしい。どこへ行くのかなと思って見ていると、たいしゃ色をしたはだか島へゆくのである。泳ぎついて、のこのことはい上ると、又二人は重なったまま、じいっとしている。少女の顔、それからおなかの方へかけてぼーっと桃色にあかるんでくると、青年は黙って立ち上って、こんどは少女のおなかをみつめ出す。蛙ののどくびみたいなおなかの皮がプクンとふくれてきて、だんだんに大きくなる。それが又プクンと凹むと、股の間から、子供が押し出されて出て来た。つづいてハニワのようなかっこをした豚の子も肢《あし》をつっぱらせて出てきた。赤ん坊は生れたての豚の子を、ビスケットのように食べてしまって少し大きくなった。膚の色はドーランをぬったようないやな桃色で、ベタベタした顔をのぞくと、顔は大きく広がって、一面ふき出ものだらけのニキビづらだった。私は、この島には何にもないのにあの豚をたべてしまって、後は何を食べればいいんだろうと、そんなことを考えていた。

それから又私は、幼い妻がまっかなトマト三つをすりつぶしてポタージュスープをつくるというすじのローランの歌を吟誦しつつ、暴風雨が海風をほっぺたになぐりつける暗い岩だらけの海ぞいの間道をぬけて、皇帝ガリエヌスの家来プロチノスがつくったポリスをさして進むのであった。それはかのローマの南方カンパニヤの一廃墟で、嘗《かつ》ては哲学者の町があったというところなのであったが、プロチノスはそこでプラトンの法律の国を再現する筈であったらしい。

さても又私はこのようなことを考えながらある山の手の街を歩きまわっているのであった。ごぞんじのように真紅《まっか》に夕やけないで、あたり一面の空気迄が橙色になってしまう、そういった様式の暮れ方があって、そこいらの木目の浮き出た板塀の横っぱらが、ハイライトの橙色に浮上り、その中から水彩の桃色をまぜたような空に向って伸び立っている木々の葉っぱや、それは主として欅だったが、その葉や幹の片面迄が橙色に染まってしまっているのである。顔見知のとある小公園にそって曲り、この道を行けば――ああ大学の前へ出るんだなと思っていると、豈《あに》はからんやつきどまりは、しんと椎の木の繁った、セメント張りの邸宅になってしまい、マッチ箱を組立てたようなクリーム色のその家も、夕陽への角度にしたがってだんだんにうすく、雲間つま黄蝶の橙色に彩られているのであった。そこを右へ曲ると東西へはしる道へ出たので、ワッとばかり私の顔は地平に近い金色の太陽を受け、人一人いないその道は金粉とばしたようなあかるさにムーッとし、そこから又左へ曲り込むと、こんどは又暗く、修理中のやぐらを立てて泥を塗っている土蔵の屋根や木々の梢だけが高いところであかるんでいるのである。丁度そこいらから、道は斜面に向って背の低いレンガ塀がサザエのつぼやきみたいに渦巻いて谷底の街に下りてゆくのであったが、私が曲るたんびにムッと来る金色の世界と、暗いつめたい谷間の世界とが替りばんこにやって来るわけなのであった。さっきの曲り角で、金色の後光を背にした少女が、髪の毛の先迄も金の線にして坂を上って来たその少女の顔がまっ黒く日やけしていたからして、私は季節が早くも秋であって彼女は避暑の帰りなのだと知るわけである。それで私は光背というものを制作した東洋の仏師達をいみじく思ったのであったが、さて谷底に下りついて、これは又知っている道だろうと左へ曲ってみると、それは初めて通る道で、道はみるみる細くなり、遂には左手が石だたみの崖のくらい露地になってしまい、クライミングローズが頭上に垂れ下ってきて、右手は産婆というブリキの看板になってしまう。この町は何ていう凸凹な街なのだろう。又もやこの露地はえらい急な坂を、――雨が降ったら滝になってしまうにちがいない坂を昇り出していて、湯上りの女達は一歩一歩うす歯を気づかいながらおりてくるし、荒物屋はピース、コロナと並べて墨でかいた紙をガラスに貼り、舞踊教授だの、歯医者だの、いやに静まりかえった小さな門がまえがタタキのふみ石をしめらせているかと思うと、鈴木三重吉なんぞがいたような、いたずらに構えばかりどでかい、下宿屋のずんぐりした三階がぶあいそにあり、大きなガラス張りの玄関は中庭のフロヤの庭めいたセメント池とヤツデの葉を透かしているのであった。そしてああこのお宮のところは、これは私も子供のとき小学校へ通うのでとおった大学前へきれる道で、あの古道具屋では高麗の白磁を買ったことがあったし、その店はひさしを下げ、黒いつぶつぶのあぶら石をセメントに植え込んだ上を打水してあって、ショオウィンドウには呉須《ごす》の皿と、おらんだ渡りの藍染付の壺がならべてある。井上書店のところから大学の正門をくぐり、第六番目のイチョウの木から法学部のアーケードにもぐると、アーケードの下はまっくらだったが、向うに開ける欅の喬木はその梢が、やっぱり夕日の色である。工科のひょろ長い鉄の煙突はすす黒く立っていて、赤煉瓦のきたならしい建物がごちゃごちゃとあるあたり、私は吸い寄せられるようにその旧式な、明治初年式の建物の廂間《ひあわい》に入っていったのだが、つらつら眺めると、こいつは曾ては仲々瀟洒たるものであったらしく、スレートの急なこうばいの三角屋根の破風には透かしのついた、薄い耳がついているし、窓の上下の御影石には、楯のような浮彫もあるわけで、今は物置みたいになっているけれども、これは仲々いいやつなのであった。いちばん農学部よりのあたりは、そろそろ取こわしにかかったところで、大きな凹地になっているそばのところで、この愛すべき建物はムシリ取られているわけなのであるが、その面は漆喰のまっ白が露ていしており、柱の支えの漆喰の飾りまでが雨にうたれていた。このあたりは鉄材のスクラップ置場になっているとおぼしく、旋盤の削りくずや歯車や鉄棒が赤さびてころがっていたが、一角を削り取られたこの旧めかしいレンガ建は、ひどく私の気に入ってしまった。第一、この断面はというと、今までは廊下だったらしい二階の穴ボコに木の切れっぱしがうちつけてあるのもゆかいであるし、部屋の入口とも思われる普通の緑ペンキのドアが外からの出入口になっていて、チャンとカギが下りているのもおかしい。窓はというと牢獄みたいな鉄の交錯がのぞけるガラス張りで、中はくもの巣だらけである。

あたり一面は凹地の中まで、野菜だのトーモロコシ畠であったが、そこで、しゃがみ込んで太い秋のキウリをエプロンに採っているオンナノコは、これは焼け出されの工学博士令嬢であるかもしれないので、私は気もそぞろになって、そのあたりから逃げ出したわけである。あたりはもう橙色が消えて、空は桃色であったが、この遠近も時間もわからなくしてしまう空気の中に、大学病院の洗濯場の、太くてみじかい煙突が、上野の杜をはるかの下にして、平らな紙をきりぬいて貼りつけたように、ふわりとあるわけなのであった。

私がこんな具合に一種困った顔付をして、凸凹の街を歩きまわるのは、これは何のせいなのだろう。私は谷底の街のおしるこやの娘に英語を教えに出掛けるわけであったが、停電の夜はローソクを二本立てて、ラシイヌ、コルネイユやギリシャ悲劇の話をするのであったが、そしてあわれや私の教え子は、私の機嫌を取るようにおそるおそるネロの話をして下さいというのであって、暗然として私は暴君ネロの話をするわけであったが、翌日も亦かの街の夕暮れは橙色の様式でやって来るのであった。私は神話学をやっている大学で唯一人の学生であって、東洋文化研究所で呪術《シャマニズム》の研究をしているのであったが、怠惰なる学生である私は、ミハイロフスキ、シロコゴルフ、ヤドリンツェフ、クレメンツ、シュテルンベルク、ツロシュチャンスキ、ツァプリチカ、ヨヘルソン、ボゴラス、ニオラッツェ等々はぼんやり眺めて、おろおろ街を歩きまわるわけである。それは一体何故なのだといえば、これは社会関係の故なんだ、階級闘争のスキマにはみ出した空白なのだといえるかもしれないし、いやこの歴史の重圧のゆえなのかもしれない。

　私の先祖は、関青野ヶ原の戦で、大阪方の兜首を二つとり、それで相州上和田村三百三十石、天下の旗本はいいがもともと武田の遺臣であるからして、代々小普請入の無能役におしこめられ、意地も反逆精神もすりへらしてしまった文化文政の頃は、経済的な苦境で頸もまわらぬしまつ、あげくの果は黒船撃攘で菩提寺の鐘を大砲に見せかけ、伝来のヒオドシのヨロイを一着なし、カブトの重さに首を曲げ曲げヒョコタンヒョコタンと一呼《いっこ》六息《ろくそく》の調練に出かけたと思えば一八六八年の革命なのだ。中興の主とかいう享保時代の承殿院様も、やっぱり俺の先祖らしく武芸よりは三味線の方がうまかったという逸話があるし、曽祖父の兄貴である若殿様は、ダダをこねて鉄びんをひっくりかえして半身大やけどをし、折から隣の庭に出ていた根岸主膳守、例の耳袋の作者の知慧で、「小水へつけろ」「小水へつけろ」とばかり、仲間《ちゅうげん》部屋の小便ダメへつけられて——当時の仲間部屋では樽の中へ用をたしたのである、——助かったというわけであるからして、俺自身も亦歴史の幽霊みたいである。おまけに、私の家は明治の初年に医科器械屋になったからして、かろうじて市民社会へ出られたけれども、改易の時に下《さが》った新鋳の天保銭も牛の骨をやく会社につぎこんで、没落していった親戚のうちには、先祖伝来のヨロイをきて、お茶水へ飛び込んだ男もあった位で、だからして私の家の貧窮ぶりも大したものであったにちがいなく、菩提寺の石塔まで売りつくし、例の家康の朱印のある墨付も、多田満仲《ただのまんじゅう》、石川伯耆守以来の系図も、タトウにはられるしまつだったからして、こうやって息をしている私自身も、よくまあ不思議なメールヒェンの古ぼけたがんぴ紙みたいな歴史の先っぽに精神のヒレを動かしていられるものだと思うのである。

　それに牢固たる封建的な問屋制マニファクチャの中に生れて来た私のまわりにも血縁と利害のがっ

、きとからみ合った親類どもが、身動きもならずとりまいているわけであったし、祖母の養女になっている京都烏丸《からすま》の貧乏華族に於てはことがらは更にデスペレートであって、忠度卿《ただのり》がほとほととたたきそうな破風造りの旧い旧い門のくぐり戸をギーと押すと、変てこな鉄のバネが下りてきて、その戸は又しまってしまい、そこからみえるみぎりをめぐらした主家《おもや》の一角にもすぐには上れず、更に左手の築地《ついじ》にくっついた閾のヒザ位まである戸をあけて、天井板のない、寺のように見上げるばかりの書院造りの入口があるのである。そこは土間になっていて、火焰太鼓だの、えたいの知れない形にきりぬいた木切だのちらかっており、でっかい敷台から、上ったり下ったりして内へもぐっていく、どす黒いギシギシの廊下をつたって、ふすまには銀色のホーラーのとんでいる客間にゆき、歌仙を画いた下手くそな屛風のところで、白い地に菊をちらしたへりのついた畳にすわると、「よお」とばかりに若い貴族の経済学士が出て来るわけなのであった。それで初のうちこそ「ゆかいだ。高等学校のころのようじゃないか」と元気そうにもしているが、そのうちにやっぱり二人ともやりきれない気分になってしまって、私が延喜式だの群書類従だの為家の色紙なんぞみていると彼は冷笑するものだから、それで彼や祖母の甥である文学博士の歌人と、京極をあるきまわるわけなのだが、鴨川の水はきろきろと光って、その岸にたちならぶ家々のあかりをうつし、そしてべにがら色の家々には哀しい少女がいて、ビタチョコを欲しがるのだが、やっぱり私は私と同じ歴史の重圧からさまよい出るプシケエどもと、だまって暗くなった京極を下るのであった。そして私は「ハア」とだけいって私に抱かれた人形のような少女のことを思いあまって、一軒だけやっている深夜のカフェがまっ白い灯を流しているのをみやるのである。

けれどもこの私のしんにあるえたいのしれない、断崖が剝げ落ちていくような気もちは、決してこれは社会関係の故でも歴史の重圧の故でも、敗戦の虚脱といったやつでもない。そして又青年期のわけもない放浪癖の故でもないのである。それであるならば私は大学正門のイチョウ並木のまん中の、鉄のマンホールの上に立って、DAS WANDERN[*1]の歌うたってオドればいいわけであって、事実私は一本のキュラソに酔っぱらって、「大学を破門する」と宣言し、ダスバンデルン・ダスバンデルンと歌ったのであったが、私の歌はくらやみのアーケードに反響して、更に私を苦しめるばかりなのである。いうならば、そのような原理にはもはや可逆的に還元出来ない、連続の外にすでに出てしまっている私であるわけで、だからして私は、又してもあの空間も時間もわからなくしてしまう橙色の夕ぐれの中を歩くのであった。

その日はすこし遅くなって、れいのサザエのつぼやきの如き坂にきた時には、あたりは既にくらく沈んでいたのだが、その道の電柱のそばにうずくまっている一人の少年を私は見た。一体何しているんだろうと思ってじっと見るとその子は手には一本のキウリをもち、石垣の間をのぞき込んでいるのだ。そして石垣のワレメにはコーコーとこおろぎが鳴いていた。少年はじっと夕ぐれの中にしゃがみこんでいたし、気がつくとこおろぎの声が、急にさえた音でわき上ってきて、私の心臓をキヤキヤさせるのであった。

私が高等学校に入ったころから、ぬきさしならぬはめにまで私を追込んで、身動きすれば血のふき出るような一つの想念に追込んでしまった女は、私より一つ年上のまた従姉であって、関ヶ原で関東方に味方して兵糧米を寄附して小大名に封ぜられたといういわくつきの坊主の公家の後であるところの、没落した貴族のあととりなのである。私達は祖母同志が姉妹で、祖父が従兄弟同志であるという、てのこんだ血縁なのであって、沼津の別荘に疎開かたがた肺病の叔母のつきそいをしていた彼女と、しばしば高等学校の寮をぬけ出しては見舞という口実で海を見にいった私と、通俗小説のすじ書どおりのことになってしまったわけである。私はそもそもの初から女子大調の鼻につく、我ままでやりきれない女であると知っていたのであったが、その女が薪も自分でわれば、炭も一里もの所からしょって来るというような悲惨なことになっても、あいかわらず陽気で甲斐甲斐しく働いていて、ものいうはあまりに惜しき夕《ゆうべ》なりこぼるるばかりうの花の咲き、というような歌をつくっているのに、騎士的精神の故もあって、別にきれいというわけではなく、鼻の形だけいかにも貴族的であるところのその情熱的な女に、実をいえば狂おしく魅せられてしまって、千本松原だの三保なんかを歩きまわったわけである。どうもその、その当時私の考えていたことだのいったことだのは今憶ってもゲエとなってしまう底《てい》のものなのであったが、それでも小さなハシケにのって渡る三保から清水あたりの海の深いところに、水母がぽかりぽかりと白くみえたのなんぞは、そして更に深いところのは、ほとんど水の色して見わけ難かったのなんぞは、これはたしかに、酔っぱらえば涙ぐらいふき出さずにはいない美しさなのであった。だからしてあの女といよいよいけなくなってしまい、逢えば必ずどっちかが憤然とするといったチグハグな感情のイライラした中にいながら、あの女への恋情だけが、青い刃の彫刻刀でギリギリ刻みつけていくような烈しさにいたのであったからして、その刃がぽきりとかけたときには、私が土肥《とい》の石原に散った松の花粉をぼとぼとぬらして、号泣したとしてもそれは無理ではあるまい。もっともそれは沼津から土肥へ渡る船の上で一しょになった「浅草でおなじみの表現座」なる一党とカストリでめいていいし、しかも又土塀の上では龍舌蘭の花咲き、金山の廃湯は竹樋で町中にゆきわたり、日ぐれれば鉱石の如く光る沖の色のあたり、突出《つきだ》した半島のあちこちに塩やく火がもえだすであろうという感傷的なる風景の故でもあったろうが。

ともあれそんな関係にあった私達が、結婚できなかったというのは、おたがいの家が外面はとにかく、破産をとおりこしたひどい状態になっていたことにもよるわけなのであって、家と家とのプライドがのしかかって来ては、あの昂然たる女としてはやはり耐えるということしか出来なかったのであろう。しかしながらそんな身動きならぬ状態にあってまでもお互にかみ合ったのは、あのしまつにおえない意地であるにしても、その危機にあってすらも、「愛することは出来ないけれど尊敬出来る方」と結婚してしまうあの女の居なおったふてぶてしさが、いくらその中に女のみじめな虚栄心をみるにしても、私にはがまんのならないものであったということを知られたい。

かくして私は紋黄あげははつつじに飛来し、じゃこうあげはは花粉にまみれたる南伊豆に於て、かの表現座に集る近村の娘たちがチョーチンをつけて岬を回って集って来る土肥の夜は、蛙の合唱をきき、踊子と楽師夫婦にはのうさつされ、ドロロンドロロンと祭の太鼓の練習に余念もない漁師達とわかれては、田中絹代えんずるところの活動写真のカンバン絵を、電球のもとに近々と視るのであった。

そのころから私は古瓦のマニヤにとりつかれて、勁《つよ》い線をほり込んだ古代の精神に今更驚くのであったが、奈良近郊の寺寺をめぐりあるいて、仏像よりも何よりも、先ずもって瓦をぎろぎろ見上げるという状態であったからして、修理中の薬師寺の瓦をもさっていきて、天理教の本山に昼寝して詩を賦していたところの吉行淳之介を恐れさせるに至ったのである。したがって私は奈良の茶屋のくずれかかったひさしに二月堂と銘の入った桃山時代の巴瓦を発見し、法隆寺は再建したのであるということを、中門東南でひろって来たおびただしい瓦を整理することによって知ったわけである。私のマニヤはあらゆる古建築のヒサシをねらって、たらたらして眺めさせるに止らず、実に大学赤門のウメバチの定紋入巴瓦や山上御殿の飛鳥模造の鬼瓦をドロボーしてやろうということになって、夜陰に乗じてハシゴをかつぎ出そうと計画したりしたのである。

我々怠惰なる一派は、そのころムーランであるとか、空気座、松竹歌劇に沈ぼつして、踊子達のパトロンになって彼女達をつれ歩くのがはやるのであったが、ハネてからみつまめその他をおごってやり、金三十円でタップの鉄でも打ってやれば、既に一かどのパトロンたり得るわけなのであって、紅ひろみ後援会なるものを組織して、進駐軍慰問でへたへたになっている少女を、浅草公園あたりにまちぶせて、うどんとあんみつなぞ食って、三味線の音をしりめに、「アロンザンファン・ドラパトリュ[*2]」と気焔をあげているわけなのであった。

踊子にふられると、我々怠惰なる一派は、しばしば隅田公園あたりをうろつくのであったが、あの雷門附近のバラックの集合するカフェ街の背後にひろがるそのあたりは一面の焼原であり、向うの川ぷちには松屋がみんな穴のあいた窓して、大きく軍艦のように、そしてその左には地下鉄ストアの塔が曲ったように、ああこれは中世のキルへ[*3]のように影絵になるわけであった。そして我々は曾て花屋敷のあやつり人形が、紗の布下《きれおろ》して、これは海中の表象。その向うで大だこ、小だこはおどり、鮫あらわれて子だこをみんな食ってしまうと、潜水夫あらわれて、ヤッとばかりきりつけ、鮫の胴中に見事ぽっかりまっぷたつになってしまうあの夢を再びするわけである。

敗戦と罹災と財産税の為に私の家の注射器とベークライトの会社はつぶれてしまったからして、私はチビの踊子紅ひろみの居候になったり、友達の下宿や天理教会をルンペンの如くとまり歩くのであったが、そもそもそれは私の家のしんきくさいプチ貴族精神に、「おれをしばることは出来めえ」とリリオム[*4]の如く言って、私が家をうろつき出たからである。

手足の関節がギシギシ組合さって、しばられたように身動きもならないときみたいに、私は寝ることも出来ないときにはモーローとしているか本を読んでいるかしたが、私としては何物かに死ものぐるいで反逆する意地を張りとおして、「考えること、それはもはや何かである」と、私の風景の下ぬりの絵具の中までももぐりこみ、ドンランな思考の先っぽである神経をカッと見ひらいて、はいまわるより外はなかったのである。私はまさにあの紅ひろみを、そのオデコの静脈から、ふくらはぎの白い身割れにいたるまでも、この世のものならず視たのであったが、女はまさに私のプシケエの前に置かれる一つのCHOSE[*5]であって、この私の腕にひろがる波うった髪。これはまさしくも私の妻であると、私は私のＤＩＮＧ　ＡＮ　ＳＩＣＨ[*6]を視きわめんとあがき、私の意識のノエシス[*7]は女にのりうつってしまうのだ。であるからして私はどうせ財産税にとられるんだからと人のいい親父をくどき落して、私の名義だけのものは共産党に投資させてしまい、メーゾン・ベルビウにたてこもることにしたわけである。

私は夜の上野駅ガード下のカフェや、上野町附近のマーケット街を歩きまわり、浅草公園の裏、楽天地アトの白々したセメントの山あたりをうろつくのであったが、この暗さの中にかすかにも螢光する何ものかの姿態を見きわめてやろうとするのであった。例のヒョータン池の中の島——あそこには写真屋があるのだが——へ渡る藤棚になった下には、ヤミ屋だの贓品《ぞうひん》の故買者だの、男装女装のヤミの女どもが集って、じろじろとお互にうかがい合っていたし、バリエテではお客は喜劇役者のくすぐりなんぞにはにこりともせず、幕切れに風船かかえたすっぱだかの踊子が現れるのをカタズをのんでみまもっている。その、一人で笑う喜劇役者の白い顔はまた何といううそ寒さであるのか、ロック座の三階なる文芸部は西日がむすように暑かったが、私はそこの友達と、十円の大入袋ながめつつ、沈んだ顔していたのである。けれども私が例のごとくスポットのところに立っていると、「あらあ、ごめん下さいまし」とリリカルな声して出てゆく、はだかの女優達の、ああまだここには浅草がある。幕が上るとターッとかけ出してゆく松竹歌劇の踊子なる私の妻は、植物のようにいよいよやせるのであったし、私も亦何物かにつかれたように、蠱惑の背後にでてやろうとして、いよいよ街を歩きまわるのであったが、この現象するロマネスクなすじがきを越えて既に何物かの中へ出ている、これはニヒルなんぞといった生半可なものであってはたまらぬので、このつめたい風のすーすーと吹くような世界は——時間などというものはもはや沼の底にたたっこんでひくひくうごめいているにすぎないのだが、私はそのやみの中にぎろぎろと形姿《けいし》するにちがいないものを、息をこらしてみつめようとするのであった。

あの上野駅のまえにうすっぺらく壁のように建っている聚楽の屋上にのぼったことがあるだろうか。私は私の友達なる心理学科学生の恋人であるクツミガキの少女が、京成のトンネル入口に現れるのを見下して待つべく、小雨に片耳ぬらしてその屋上に佇んだのであったが、あそこから省線の線路を見下すと、あのガード下のカフェ群は何というさび果てた背中を見せるのであったろうか。東北線、上信越線、京浜線環状線とある三つならんだガードの、それぞれの下に並んだカフェの裏窓は、一つの煙突の如く煙ふき出し、枯れた植木鉢やえたいのしれないぼろ切れ、石ケンなどを、剝げちょろけのペンキ窓に並べて、ここに、私の好きになった駅前の須田町食堂のカウンター娘も住むのであったろう。ここからでも眼をこらせばわかるように、山の手線のガード下にある須田町食堂は、一角がしるこ屋に食いこんで、カギ形になっているのであったが、そのカギの両端は、駅側のガード下と、聚楽側にひらいているのであって、その突出した側の二面の壁には鏡がはめてあるので、そのL字形の中にいて、フルーツポンチの赤い水すすっても四角な中にいるような不思議な気分がするのであった、私はそのおとなしそうなカウンター娘が好きであって、金のないときは見本のガラス箱をみる風してその娘のきれこみの深い、長いまつ毛のそろってのびた色白のプロフィルをのぞくのであったが、さてまん中の線路下と、いちばん聚楽ぞいの線路下との間はつながっていて、そこが中庭のような谷間になって、家々のアカリ採りの窓があき、便所の風車が回るのであった。

まん中と浅草よりの第三番目のガードの間が例のガード下カフェ街の廃墟であって、上野町マーケットすなわち広小路よりの陸橋の下から入ってゆくならば、先ず二米《メートル》ほどの小路の両側に二本突っ立った電球入りのほこりだらけの赤トーローが「交通安全」と、しるしばんてんの紋所流《もんどころりゅう》のちぢれ字体でガラスに丸くかいてある、その左は華僑の石ケン屋とトコヤ、それから両側に、ルイ十四世風であるとか、ドーリヤ式の漆喰飾りは雨にうたれてはげちょろけ、赤やエンジ、緑のタイル張りだけがひびわれて光っているところに、組木や、彫刻のアーチ形の窓のあいた、曾てのカフェがくさりかかって並んでいるのである。山の小屋、パリス、市松、いせかん等々おやすみ処とか御荷物あずかりますとかいたそれらの廃墟は、夜となればネオンの光に、女給のアイシャドウしたのが、「ねえ、にいさん」としなだれかかってくるのであるが、うらぶれたといったのではまだ美しすぎるこの風景は、それらのカフェの廃墟が、石ケンの直売屋や、クズ鉄の置き場になっていて、窓のベニヤ板は雨でふくらみ、彫刻のぬりは白々とはがれつつ、しっくいは雨の流れを染めているのであって、はきだめの如き有機物の集積はもはや分解しはてて、白い骨骼をさらけだしているのであるからして、それらの一つのささやかなショオウィンドウが、マジマ式ペッサリやコンドームばかりを、電気器具の部分品じみた風景でならべたてていても、別に驚きはしないのである。曾てここいらから御徒町へかけて、一列にならんだトンカツ屋、小料理屋、ヤキカツ屋（これはトンカツの両面を焼いたやつ）、支那ソバ屋が繁栄したころは、ガード下にもまだ甘美な何物かの色彩があったであろう。それらがことごとく小便くさい焼原になってしまって、上野町のマーケット街がひからびたはらわたのようにたちならび、今ここに残るものは、これは一体何という風景のうそ寒さなのだ。不用意に感傷するならば立どころに凍傷するであろうこのあたりの谷底を、ガード下のセメントに印せられる小便のあとを翳らせてやってくる、又してもあの黄色い様式の夕ぐれの空気の中に、遠近も時間もわからなくしてしまうあのえたいの知れない気流の中に、私のプシケエはほろにがく出ていたのである。

夜に入ってあの西郷さんの立っている台地から、地下鉄ストア、浅草の灯のあかるみを見下した人は誰でも、あそこのベンチやセメントの胸壁にもぞもぞと寝ている人間達に驚くよりも、あの北へ向って行く線路の幅とそれをくぐってところどころ光りながら、浅草かけて曲ってゆく、くろい電車の線路の示す、はかり知れない空間を、不気味に感じないものであろうか。そのときガード下の灯は、リンゴやパイプや羊羹をてらしており、ハカマゴシに集る女達は、不忍池こして大学を望むセメント柵に腰かけて、「興奮さしてみせるわよ」とくどくであろうし、ひるまは靴みがきの並んでいた山下では、さえたねじめの三味線が、千隈川や小鍛冶をひびかすであろう。

雨のふる日は闇の女達はどうするのであろうと思っていた私が、又もや風景によっぱらって、ガード下の暗がりにある共同便所に入ったときに、それは昼間みれば、「きれいな便所あかるい気持」と書いた焼トタン張りのものであったが、私はそれをまざまざと理解したのである。傘さしたまんま、私はそのベチャベチャした泥んこの中に入っていって用をたし、さて背後の女便所をみて、そのとき私の眼はだんだん暗やみになれてきたものだから、扉がみんなとれていずれ焚物になってしまったにちがいない女便所の中が洞窟みたいに見えたのだが、その洞窟には一人一人の女達が入って、一列にしゃがんでいて、私の方にむくと一せいに、この世になしうる限りきわまった、わいせつな姿態を向けているのであった。中腰してウィンクしたのもあれば、体操のように足をまげて手を振るのもあり、或は又クルッとズロースを下げて、うずくまった姿勢のまま、顔赤らめているらしいのもある、お互にバニティがあるからして、女達は一言もいわない。コルドバの夕暮の水浴をメリメは書いているけれども、この暗やみの中にくりひろげられる風景も、唯ほの白く女であるとわかるのみなのだ。

十銭《ヤリカン》ばばあというのが不景気時代の浅草の共同便所にいたし、そして更に昔は、「このままなら二百文、帯といたら三百文」と、ゴザをだいた街角の女が佇んだけれども、このありありと現実の女達の列の白さはこれは一体何という静けさなのだろう。この女達の姿態は何という哀しさを越えた、烈しくもたくましい股間の空隙なのであろう。
私はそれで、やはり困った顔付して、うつむいて歩いては、すーすーする暗い風に空恐ろしく吹かれているのであったが、黄色い脚したガードの柱のあたり、泥水のなか、自動車の油はしたたって夜の虹のようにひろがってゆくのであった。

【註】＊1　歌曲「さすらい」。ヴィルヘルム・ミュラー詩（一八二一）、フランツ・シューベルト曲（一八二三）。＊2　フランス国歌「ラ・マルセイエーズ」の一行目。Allons enfants de la Patrie（行こう　祖国の子供たちよ）。＊3　kirche（独語）。教会。＊4　戯曲。モルナール作（一九〇九初演）。＊5　仏語。もの。thing。＊6　独語。もの自体（カント）。thing in itself。＊7　フッサールの用語。noesis。「思惟。意識の作用面」（広辞苑）。

泥　絵

こおろぎはコーコーと夜をいっぱいにして鳴いていたが、耳をすますと時々は、思いつめてぎゃらりぎゃらりと鳴いた。鳴き出しの音はコーと冴えるのだが、ぎーらぎーらとなり、ぎららぎららと狂おしくせつない。

その中を浅草の不良少年の一党は、手には面々懐中電燈をぶら下げ、腰には釘ぬきやカジヤをたばさんで、暗夜ひそかに品川の一角さして急いだのであった。我々海賊の一同はというと、先ずのばしかけの頭に水をつけては、オールバックならぬ海狸《かいり》の如き頭にかき上げ、黒黄だんだらの野球帽に、シャレたニッカーボッカー、背《せい》はというと私のヘソのあたりまでしかないところの小桜の三平。次には亜麻色のはえぎわ一直線にすり込んだように生えている、これは私よりもはるかに背だけは高いアンドレイ。つづいてシャボン座文芸部兼美術係の他ならぬ私と、それから三平の姉貴分でジョセフィヌお咲、彼女と三平は地下鉄専門のスリなので、それからアンドレイはジンタで妹レレチカとビオロンをならしギタルラを鳴らす楽師なのだ。さても又事の起りというのは、シャボン座の常連で、夜な夜な楽屋の風呂に入りにくる三平をつかまえて、かのアンドレイが、金を貸してはくれまいかとたのみ込んだことに由るのだが、というのは妹のレレが喀血して今日にも弱っているという話。そんなら俺、といささかレレチカに惚れている私は、早速にもボンズをぬいで売ってやると言ったのだが、いやそれには及ばないよ。一つ海賊をやろうではないかと三平は言い出したのである。

品川のでかいガード下に焼電車がるいるいとしているのをのぞいて、いささか気味悪がったりするオク病な海賊どもは、橋を渡り、又橋を渡り、細い露地の両側は「網」とか「赤虫ゴカイ、キジ、餌あります」というペンキ看板や、ガラスにはった紙にかいてあるあたりへと、もぐり込んでいくのであった。ドブ川の、まん中は網舟の水路になって残るが、潮がひくというと泥田のようになってしまうあたり、今は満潮でぷーんとドブと海藻のにおいがただよっている、とあるボート屋へと、道はセメントの坂を下りているのである。ボート屋の娘にはすでにわたりがついているので、まもなく二艘のボートは東京湾の沖をめざして、ひたひたと漕ぎ出したのであるが、埋立地の焼工場がきらきらと電気をつけて、あれは電気製塩をやっているのだよ。と私は三平に言った。水先案内三平は、オレコゲナイノダヨ。先生コイデクレヨ、とたよりない限りなのであったが、私は水筒のカストリをなめながら、中天高く宝冠の如きカシオペイヤ星座を仰ぎ、彼方に見ゆるはロードス島。かなたにかすむはクリートか。てもよいながめではないかと、先日少年知識文庫で憶えた星座を指さし、おおあれはペガサスの大正方形。あれなるアンドロメダの星雲は、宇宙がもう一つ生れているのだよ。と悦にいって、少年スリの眼を輝かしめたのである。美貌のお咲とアンドレイの舟は、ともすれば後れ勝であるのだが、それはかのジョセフィヌのお尻の重さの故であろう。美貌と申しても、それは説明のいるところであって、オデコは二つ凸凹がとび出していささか野獣に似ているし、口は大きく、キスミーロ紅で鮮かだし、貴族的なのはその鼻なのだが、これは典型的なローマ人の鼻《ろうまんのうず》である。顔は黄色く、体はるのあるの女の如く、というとあまり美人でないことになろうが、ところが、何という眼をした女なのであろう。それは、どんな男でも、この女は俺に惚れているのだなと思わせる不思議な魔がいるのではないか。三平の説明によるというと、先ずカミソリを以て皮の金入《ドル》れをちょんぎり、これは皮でないとまずいので、擬革《レザー》のやつなどはすべりが悪くていけないのだそうで、皮の切口からすーっとサッタバを引っぱり出す時がなかなかいい気分なのだそうだが、そいつをすばやくジョセフィヌに渡すのだそうである。形勢非なりと見てとれば、彼女はたちまち朝鮮語でベラベラしゃべりまくり、大抵のやつはそれでへきえきしてしまうらしい。もっともこの奥の手、つかう程の破局にも至らぬとみえて、彼女等の一党はいまだ健在なのであった。舞台カントク先生が、「でも剃刀なんぞもってりゃ、うるせえだろう」といえば、「じよだんいうねえ。カミソリもってて悪けりゃ、荒物屋はスリの問屋だい」と見えをきった位であるから、このハンサムな少年は仲々スミにおけないのである。

一行は、これは強制疎開のガラス戸を山と積み上げてあるというお台場さして進むのであって、ガラス一枚百五十円の今日、百枚失敬すれば、これは一万五千円。大《おお》十五個の丸もうけだと、三平はいうのである。成程これは、「役者に金貸したって返しっこねえから、くれちまおう」なんぞと、つねづね気焔をあげる三平だけあって、なかなかすげえと感心した。まてよ。同勢四人、うちわにみつもって一人二十枚としても、ゴハの四十。八、一ガ八の一万二千円とはすげえじゃねえか、とそぞろ気も大きくなった私は、アンドロメダ姫を救わんとするペルセウスの如く、我が白き鳥《あびす・あるば》レレチカの為に、水夫の役を買って出た次第なのであった。

三平は十四なんだそうだが、ジョセフィヌのやつめ、俺をくどくのだよ。と海面にいざよう月光をたたいて、後ろの舟をにらむのだが、今やアンドレイは例の眼にのうさつされている最中とみえ、大分ピッチが落ちてきた。いろきちがいめと三平はやきもきして、月の影をかきまわし、そぞろ酔がまわって愉快である私の足に、海の一部を雨とふりそそぐのであった。

お台場は近くに黒々浮びながら、行けども行けどもこれは遠いので、アノラック着込んだ私は、そぞろ冷汗に身をしぼる許《ばかり》。海面が又、月光を浴びながらいやに暗く、怪物Cyclops《きゆくろおぷす》の島に近づくOdysseus《おでゆっせうす》の如く、オールもつ手もぬらぬらしてまいった。遠ざかりつつある東京の灯と羽田の航空燈のぎらぎら。これは地中海の港のように、それかあらぬかアンドレイは、帰れそれんとへと日本語でうたい出したではないか。日本流にかぞえて十七歳である彼は、ジョセフィヌお咲のなまめかしさにたえかねて歌うたうのであったろう。彼も亦妹のことを思えば、千両箱十五個の夢に酔いしれたとおぼしい。

「先生、ジョセフィヌは実は先生に惚れてるのだよ」と三平は容易ならざることをいい出した。

「それは、先生があの女に惚れないからにちがいない。ジョセフィヌは先生をこわいこわいというのだよ」

「成程」と私が沈んでしまうので、

「それにあいつは、先生に裸をかいてもらうといってるが」

うんそれは――と私は言うのである。「大阪にいるあの子の亭主に送って、わかれたあの子を思い出させる為なのだが」三平よおまえ迄あれに惚れてしまったのかと私は、南の水平線に横たわる鯨座を、物思わしげににらんだことである。

「先生はお大名の子孫だという評ばんだが」

「べらぼーめ、チャキチャキの貧乏旗本、あんまりきいてくれるなよ。アンドレイの方が本物だ。アンドレイ・ボルコンスキー[*1]は公爵だぜ」と私は、「そう言えば、お前も貴人の相、口がこう上へきれ上っているあたり――」

「俺は、俺はプロレタリヤ」

「成程、成程」俺も画は一枚もかかないが、やっぱりえかきにはちがいないのだ。

　ソダがボートの底にガサリガサリと鳴りはじめる頃は、お台場は城墟《しろあと》のように近い。

「これは変だぞ。こいつではないのか」

　と三平は小手をかざしてぼやいた。不思議や不思議や、めざすお台場は秋草がそよぐばかりで、何にもない。ボート屋の娘は今日ひるまたしかにあったといったのだが。と三平は狐につままれた様子で、「やだぜ、やだぜ。とにかく上陸しようではないか」と探検隊一行は石垣にボートのり上げて、「おお、これを見ろよ」と、ガラスのかけらを、私は、月にかざして嘆息した。材木の破片だの板片だの、生々しく散らばって、白々としているあたりは、たしかにここにタテグの山があったにちがいない。三平は、石川ゴエ門の如くに見えをきり、じだんだふんで一直線、石垣をかけだした。「チェッ。チェッ。チェッ。チェッ。無念なり。無念なり」恥かしがって三平の影ぼうしは、かなたに黒くちぢんでしまった。ついさっき何者かがはこび去ってしまった後のまつり。そしてこの島にもこおろぎは、ぎららぎららと鳴くのである。

　アンドレイはしょうぜんとボートにしゃがみ込むし、お咲は、「まぬけだねえ」と舌うちして、私の水筒のカストリを、ゴクゴクと空にしてしまった。

　けれどもここから見る東京の夜の灯は、何というなまめかしさであるのだ。私はトー然となって、京浜国道行きかうジープの灯や、広告塔の点滅。細長い深海魚のように窓のあかりを連ねて音もなくおよぐ、省線の灯。それが品川とおぼしい駅にすーと止って、又動き出す。これは何というあわれをこえた非情の世界であろうと、酔眼モーロー地上をみれば、怪物きゅくろおぷすの眼の如く光るのは、まさしくも割れガラスの切口ではなかったか。

　東京港の夜のひかりよ。螢光してもろもろの煙突をふちどり、カモツ船のマストをくまどるそのかなしさよ。と蘆笛《エレゴス》ならして、2ヘクサメーターの対聯を、うたいたくなったのだが、まてしばし、「おお、アンドレイよ。君の傷心は、ともに我々のいたみではないか。アンドレイよ。あとはこの俺、何とかする故、なげくことはないよ。それよりかまあ、何という灯の海なのだ。この暗い月夜に、俺は先祖のように、黒鯛《けえず》でも釣りたくなったよ」とゆるい傾斜の石垣に寝込んでしまったことである。

「先生しっかりしてよ。私のエンデュミオン[*2]」とだきついたのは他ならぬジョセフィヌで、「いやこぐぞ。こぐぞ」とボートへのり込み、一気に酔がまわった頭を女の脚に横たえたのであったが、三平とアンドレイは、ああついに先生もやられてしまったなと舌うちして、これは、エイヤエイヤと、フェニキヤの海賊よろしく、遠ざかってしまうのである。私はというと、銀河を背景にランランとWを画くカシオペイヤ星座を、あれはエジプトの女王なのだと、眼をすえて、視たのであったが、天空の暗いモヤモヤは、これは黒いのじゃなくて、銀河を中心とする蒼白の波模様であったと、この夜空を天かける灰色の天馬《ペガサス》を夢みたことである。

　女のおなかは私が頭をうごかすたびに、かすかな音で、ぎゅっぎゅといい、これは子宮の音であろうかと、そうともしらない、まつげを合せた女の顔を、意地悪くもみているのであったが、

「先生、はだかをかいてくれるねえ」

と、耳もとでつぶやいたのに、私は大ようにうちうなずきながら、男と女の酔っぱらいは、孤舟にかき抱いて、あおのけざま、星月夜《ほしづくよ》の海の上を、ぷかりぷかりと漂っているのであった。

万金の夢はかなく消えうせたが、三平は又々一計を案じて、ね、ライターオイルは香水ビン一つで三十円にうれるから、一つガソリンを手に入れようではないかといい出した。

それは、駐車場の自動車のお尻のフタをあけ、残るガソリンをサイフォン仕掛でくみ出そうというので、一ガロンあればこれはてえしたもんだというのだが、気弱いアンドレイは、もうそれには及ばぬと観念していった。「レレチカはどうやら安静にしてればよさそうだし、それに俺、進駐軍のボーイになるから」とアンドレイは泣き顔なので、「よかろう。そうなれば電車はフリーだ。英語が下手なの位は分るまいよ」と勇気づけてやるのである。

三平は正真正銘の大和民族と、曾てえばった位で、一党はいずれも国籍不明のコスモポリタンなのだが、髪の毛をオキシフルで赤く染めたジョセフィヌは、朝鮮語、日本語、フランス語をべらべらとやるが、そのいずれも正統でないらしいのは、悲しいことである。ロシヤ語が話せないスラブ人であるレレチカは、ますますかなしい十五の少女であって、小さな顔に巻毛をたらし、静脈のういている額にはぼやぼやと生毛が輝き、そしてきしゃごをかきまわすような声して笑うのだが、私がそのオデコを吸ってやろうものなら、長い長い一糎《センチ》もあるマツゲは、ぱっとばかりに、青い青い眼を翳らせてしまうであろう。このアンドレイ兄妹は、ハルビンからの移住者なのだが、それぞれ歴史からはみ出してしまった我々のこと故、くわしいことはわからない。

いずれも異境の植物である私共は、一種の世界語《コイネー》で物語り、だ・すいだーにゃと別れたり、汝なくして我は不幸ぞ、紅き風信草《ヒヤシンス》も楽しからぬにと、恋をかたるのであったが、集るところは浅草の、我がパルナススなのであった。楽屋の物置しきったアトリエで、私の神経は葉脈のようにひらいて、右の乳房がかすかに左よりもふくらんでいるジョセフィヌを見守るのだが、かすかな蒼白を混血女のからだのいたるところに見出す私は、寒い寒いとヒーターごたつにもぐり込んでしまうジョセフィヌに、これはだんだん神経を、浸蝕されてゆく砂丘の気分であった。

　プルーストは、ベルグソンの従弟であって、失われた時間を索《もと》めて意識を切り下げていったのだが、私は女を一つの物《ショーズ》とみつめて、意識の空隙をさぐり出し、そしてさか立ちのマルセル・プルーストは、時間の頸をひねりつぶして、泥沼のような中へたたきこんでしまおうと、意識を切り割きはじめたのであるが、何ぞ牛刀を用いんや、私の永遠の相《すべきえ・あえてるにたていす》は、神経の葉脈が篁《たかむら》のようにひらききった先の痴呆の輝きに蟲惑され、時間もろとも、意識の泥沼にのたうちまわって、物と我との決闘は、かのノバーリスの魔術的観念論ならぬ表象の龍巻に吹きとばされ、私のカンバスは、泥んこを指もてなすりつけた如き、痴呆の図ではなかったか。おおノバーリスよ。君は君の霊魂《プシケエ》のふるさとを、かの香ぐわしきアウグスブルク*3をもつではないか。青い花も十九世紀のシュワーベン*4には花開こうではないか。いずこよりか根こぎにされ来って、この暗い気流の中に痴呆する俺は、この胸の底の郷愁《ハイムベー》を、今はいずこに向けるべきであるのか。ともあれ我々の一党は、故国も歴史も今はもたぬ灰色の霊魂《プシケエ》の群像であろうからして、私も彼女を死灰の色に画かねばなるまい。

　青白い閃光のぎらぎらする泥沼に、これは霊の灯をとぼした如き、灰色の裸体はうずくまっている絵なのである。

　さもあらばあれこの決闘は、芝居がハネてから、楽屋の物置で、夜をこめて戦われるのであった故、私も女もモーローと疲れて痩せるのであった。踊子のハダカにはマヒしてしまっている筈の私の神経も、強アルカリの如き女の体臭には、ぼろぼろと黄色い綿くずのように腐蝕されてしまうのである。ひるまはひるま、私も女も働きつめるのであるからして、血の気のうせた女を抱いて私が眼、さますころは、全身の関節がバラバラになりそうな疲労であった。女も亦私同様外食券の栄養不良と過労でもって、いやに沈痛なムードになってしまい、さながらかの、アラン・ポウの古塔の肖像画家とその妻[*5]の如くに、女は画き上るとともに生気をうばわれて死んでしまうかと思われる状態なのであった。ジョセフィヌのその従順なしおらしさというものは、これは何という変りようなのだと、「製作中は禁欲だ」と宣告したゆえ、情欲にきりさかれる女は、私の腕の中で泣くのである。私は又つべたくなった女のからだの、背中から尻のまるみへ移行するあたりの、皿のような骨盤のくぼみを、なでながら、「おまえに惚れてる」といってやりたい念《おもい》であった。

　相棒がこんな状態ゆえ、小桜三平もあいそをつかして、日本館の横でクツミガキを開業し、私もジョセフィヌも手伝うのであったが、かのアンドレイはホテルのボーイに住込んだからして、レレの滋養はおろか私のウイスキーまでもまわる次第となった。

　シャボン座は私のものした「鳴神上人後日譚《ものがたり》」なる喜劇《こもいでぃあ》をやっていて、それは大内《おおうち》にうらみを含む鳴神がもろもろの龍神、滝に封じこめて、雨をふらせないのを、雲絶間姫《くものたえまのひめ》が色仕掛で、くどき落し、滝のしめなわを切ってしまうという歌舞伎十八番の後の場面で、はいぜんたる豪雨とともに、タ、タ、タ、タとくやしがる鳴神に、実は雲絶間姫がほれてしまった話なので、雲を飛ばして後を追う鳴神が、神通力を失って墜落すると、妾《わたし》と貴方は夫婦ではありませぬかとメンメンとなってしまう物語なのだが、休電日には踊子達が、舞台稽古をしている声が、私のアトリエまできこえて来るので、箒やマット、バケツもろとも衣裳のツヅラがところせまく、スリッパや紙くずが山積しているアトリエではあるが、その宣叙調が流れてきたり、おん、どう、とろあ、どろっどろっとふみならすバリエテの舞歌《まいうた》をきくのは、これは仲々よかった。私の心象に映ずる浅草の風物を哀歌韻律《えれげいおん》でのべようならば、バラック建のＲＯＣＫ座の、物置からながめやる灯ともし頃は、あんたんたる夜霧が、焼跡を流れ、国際劇場の灯、キャバレーの灯、はては立ちならぶバラック建のしるこ屋、釣ぼり屋、射的屋、ガラガラ落し屋、コーヒーの素《もと》屋、ライター屋等々等、の灯が、チューブからしぼり出してなすったように点々と輝き出すのであるし、昼すぎからヒョータン池の藤棚下にたむろする故買者の群は、事もあろうに巡査《ポリス》の制服を千円《おおいっこ》で売り買いしているし、それに混る男装の麗人達は、蚤にくわれた素足に運動靴といういでたちのパン助同様、道ゆく人に秋波を送ることであろう。サーカスの天幕からひさご通りを北へきれるならば、ストリート婆さんはピースをふところにたたずむであろうし、桜肉屋《けとばしや》、ガマガエル皮のハンドバッグ屋、それから一つかみ程の柿やぶどうを並べている、全部売れたところでいくばくにもならないであろう果物店。ここら一帯は湖底のような停電地帯なので、アセチレンランプが、きらきらとともるではないか。そして停電さわぎに新生した、新案ランプ屋は、戸板の上にそいつを並べて、暗い公園の樹下、かの易者の如く、ほのぐらい豆ランプ、とぼとぼとつけているではないか。

宿銭《ドヤセン》ケン約の為、一党はこの楽屋にしばしばとまり込むのであったが、そしてかの不忍池にのぞむ、美景館《メーゾン・ベルビウ》なる私の居城は、レレの病室と変じた次第なのであったが、人は上野東照宮下の、区役所ゴミ棄場の附近、都電は曲りくねって、ヤブマオやイラクサの葉が、ぎらぎらと赤サビ浮した大ドブを覆って、アレヂノギクは綿毛をとばしているあたりに、明治何年以来旧ぼけている、スレートぶきタイル張りのアパートを見憶えていることであろう。洞窟のようにショオウィンドウの中へのびているセメントたたきは、常に冷々《ひやびや》としめっていて、BOND STREET なるパイプタバコの罐にえがかれる如きESTABLISHED《いすたぶりしと》 OVER《おうぶあ》 90 YEARS《ないんていいやあず》と銘うつ如き、緑のトンビ外套にシルクハット、ステッキ片手の紳士が煙草を買うであろう如き、明治以来とおぼしい青と白のしま模様、それがカーキ色と灰色に変じてひるがえっている日除けを、十ばかりならんだ三階迄の小窓にコーモリガサのようにこれはつけている。入口にはガス燈がいまだ倒れずに立っていて、その鉄柱にはよくみると鍍金の字がみえるので、曰くメーゾン・ベルビウ。

　まさしく、建物の右端にひらく螺旋状の階段の入口、火災報知機の赤ボタンの上には、黒い看板、MAISON BELLE VUE と金文字なのである。階下を占領する家主の杉老人は、私の死んだ親父の友達なので、公園よりのショオウィンドウには、バットの吸い口のすす玉をぶら下げ、これ又バットのギン紙の直径五寸になんなんとする大玉をころがし、そばには黄色くなった軽羅、ハリガネ脚の踊子人形が、ほこりをかむってあるところの、TABACO 屋、――これは配給以前の風景をそのまま、杉老人は刀剣古物商なのである。だだっ広く床いっぱいのガラス戸棚は、緋縅《ひおどし》、黒糸縅《くろいとおどし》、萌葱縅《もえぎおどし》、etc.の鎧兜、それから袖のように廻転する薄いガラス箱の中の、何千という刀剣類、重要美術品級のやつばかり、十数本という話で、それから種ヶ島、刺股《さすまた》、袖ガラミ、等々、まだある、古めかしい鐔箱《つばばこ》の中の、金象眼、銀象眼、赤銅《しやくどう》象眼の鐔だのコヅカだの、ハバキだのセッパだのメヌキだの、銘は横谷《よこや》宗珉《そうみん》と落語みたいで、そういったうす暗い古代の武器庫《ぐら》のような店の、池に面した一列のガラス戸には、籐椅子のほどけたの、寝台、酒壺、仏像が、公園の葉をもれてくる秋の日をうけていて、大きな鉄カゴの中には、まっかなアフリカの大インコが、時々、ぎゃあ、という。

不忍池の北側を歩いた人はだれでも、記憶に止められていることであろう。このメーゾン・ベルビウの最も奥に、杉老人は虎の皮や、熊の皮、オットセイの皮をしいて、蒔絵の煙草盆からキザミをとりだし、老夫婦さしむかいで、プカリプカリとキセルの煙を流していようというもの、そのたびに煙草盆の引出しが、老人の方へ出たり、老夫人の方へ出たり――、彼は無限に好古癖《アルカイステ》の欲ばりなのだが、人のことには一切かまいつけないので、狂人ではあるが、私はあから顔の小男である老人が好きである。

二階は、つぶれかけた火災保険か生命保険の事務室であったとおぼしく、ちゃんと看板は出ているのだが、今は書類の倉庫になっていて、三階の池に面する西端が私の部屋なのである。こいつも、武器庫の一部であったのだが、私の家が破産して以来、私の為に明けてくれたので、家具、洋服、重い書籍のるいは一切売りつくしてガランとしたシックイの壁は、私のえのぐと、足アトでよごれ果てているので、それは、私が夏のだるさに、ベッドから足をのばして、壁にえびのようにのけぞる、悪癖の故なのだが、そのよごれた壁には、VENTE VOILLEMOT の紺紙にコンテ画きの、裸女のデッサン一枚。それは、白のパステルで、たくみに胸の上のハイライトを出しているので、三本かかれた腕は今や、一つきの酒壺を、もち上げようというのか。黒門町《くろもんちょう》の古本屋から、買ってきたものだが、フランスの無名の画家なのか、裏には、じゆえむ……何とかと、えらい達筆でかいてある。

その部屋で人形をつくったりしながらレレチカは寝ているので、人形といえばフェルトの手下げをぶらさげ、花タバもった小ちゃいのを私にくれた。手下げの中には手紙があり、

クツにはウラがあります。ズロースもはいています。先生はみるから。

花タバは先生に頂いたカーネーションのムネカザリのこわれたのです。アタマは私の毛のクツ下。カワイイデショウ。先生と私の子供です。名マエはユリー。可愛がって下さいね。

とある。レレチカよ、おまえはソログープの少女のように、死んではいけないよと、私はほろりとしてしまうではないか。レレの後頭部の絶壁アタマは、その先がタテロールになって背中で渦巻くまでの髪の毛の直線が、いやにしっとりと亜麻色に光るのだし、おまえの小さな肩は俺の掌《てのひら》に入ってしまうように出来ているではないか。ヤケに又長い脚は、穴アキ靴下からのぞく蒼白さだし、やせてしまったおまえの頬は、微熱の故に、曙紅《えおす》の色に染まるではないか。どうして又おまえはそのように素直なのだよと、三十にもならないのに、もはや晩年の深海にある私の霊魂《プシケエ》は、一人の信仰厚き娘を、灰色の気流に浮かんで胸みる、白き鳥《あびす・あるば》と見るのである。

私は、毎日小屋がハネると、浅草や広小路のマーケットでバタや玉子を買いもとめ、清水堂のあたりから池へ下りて、レレを見舞にいくのだが、この坂の下にも倒れているガス燈をぼんやりと毎夕意識するのである。本当に、上野公園のあちこちには、いまだに古風なガス燈が残っているので、それは清水町から花園町、七軒町へかけても、くらい露地のすみなどに、じっと孤立しているのである。私が少年の頃までは、長い竿の先に火をつけたハッピ姿の人足が、どんな街のすみまでも、日くれればかけまわって、ぼっと街の灯をともしたのであったが、そして上野公園は、たんぼが出来る程に今はあれはててしまったのだが、おやと驚く程に、むかしの姿が、倒れかけたガス燈にのこっているのである。レレは私のしたように小さな双眼鏡で池の向うの丘にある大学のネオゴシックの時計塔をのぞいて、時間を知るのだが、その眼鏡でのぞくというと、中世風の窓かざりのみえる空也《くうや》もなかの焼けた塔、日活館の、ルイ十六世風のエリ飾り、それからイギリス風の松坂屋、宝丹、サラセン風の白壁光る建築家の家、岩崎さんの円頂閣が見渡せるのである。水が乾いて、枯葦やトーシン草のそよいでいるボート池には、ムッソリーニがくれたベネチヤのゴンドラが沈んでしまっている。

「さびえっと・らっしゃ、その名は限りなく俺をひきつけるが、らっしゃ、その名も俺には、やっぱり無名のロシヤだ。俺は懐疑の眼を、向けないわけにはいかないのだよ」と、ハルビン生れのアンドレイは言うのである。

「ああ、俺達、故国を破門した離散《でいあすぽら》の一党は、そも十世紀も待たなければならぬのか」

「一体何を待つのだね。時間は流れない、意識の核《ノエマ》*6に無限に重なる一点だといった君ではないか。流転する時間は、しめころして、俺達は、永遠の相《すぺきえ・あえてるにたてぃす》の重い重い気圧に耐える筈ではなかったか」

「だめだ。レレチカは死ぬであろう。俺達は絶望のあまり、死にはてるであろうよ」

「死に至る病。それは絶望であるというのかね。それとも――」

「だめだ。擬哲学者にして、ノンキナ芸術家である先生よ。だめである」

「それならば――」と私はいうのである。「かのクライストの如く湖畔にピストル2発、横たわっては」

「あれは、かのうらやましき十九世紀ではなかったか」

「成程」と私は、自殺した天才牧野信一すらも、のろわしくなるのである。

かかる循環論証《でぃあれえろす》は、故国を見失った私達にしばしば交された言葉であったが、エレア学派の残党である私は相変らず、暗い楽屋のハダカ電球の下で、身をすりへらしながら灰色の絵をかいているので、ジョセフィヌもまたいよいよ痩せて、腰の線も異様に殺気をはらんで、たるんでくるのである。ジョセフィヌのまなざしには、今は命がけで、私と情死せんとの意気込が見えておった。

一人勇ましいのは三平で、左翼のビラ貼りをやったり、「みがいてらっしゃい」をやっていたのだが、それが息せききって飛び込んでまいり、今や芸術の魔はジョセフィヌと私をとりころそうという時であったが、ジョセフィヌが、きゃっと叫んでコタツにとびこむひまもあらばこそ、

レレチカが死んじまった。

と告げるのである。一同おろおろとかけつけた時には、白い鳥はもはや息をせなんだ。かのエオスの頬は、蒼白となってしまっていたのである。そんなに悪いのであるならば、画なんぞ棄ててしまうのであったと私はむせぶのであったが、「実はだんだん快方に向っていたのだが、死んだのは心臓マヒであった」と眼ははれ上って狂気せんばかりのアンドレイは髪をむしりながら、私には分らないスラブの方言で、神を呪いつづけておった。平生無神論の懐疑派であったアンドレイは、妹の頸飾りのメッキのあかじみた十字架を、

「この偶像《イドリウム》よ。可哀そうに」

と額に押しつけるのであったが、アンドレイの一直線の額には、十字架のアトがついて、ものすごい限りなのであった。私は三平に油彩道具を売はらってもらって、金を待ちながら、レレチカの死体をアルコホルでふくのであったが、小さな胸のアバラ骨の間にたまったアカをこすり落すと、この少女は雪花石膏の置物のように、小さくなってしまう。

この少女の浮出た鎖骨《シャツコツ》の所に、私は血のにじんだ歯形を見るような気がしたのである。それは少女が死んでも猶赤いのである。曾て吉原の六号館にこんな少女がいて、お客がおまえはへただからだめだというと、「でも、一所懸命つとめますから」と客を引いておった。十八だといっていたがまだ子供であったので、ケンバイの時には、隅田公園へ逃げて、鑵のフタで砂地に丸をいくつもかいておっ

た。その少女の胸にぽちりと赤かったお客の歯形が、この無垢《いんのせんす》の聖少女にも眼に生々しくよみがえるのであったろうか。ともあれ私は秋の日ざしが弱々しく斜いた路上の柳の枯葉の間に、これはトーガラシのように赤く死んでいる赤とんぼをふっとみつけた気持であった。

この暗い暗い気流の果の、つきつめた意力は、アンドレイをギリシャ正教の信徒にしたが、ジョセフィヌの、パーマネントのもじゃもじゃ髪が、パンヤにふれる手ざわりであったと、あの女が坐るときスエーターのうしろから、背中の肉《み》がのぞいたりするのを、生々しく意識に浮べておった私は、死なねばならぬ芸術の宿命とならば、ジョセフィヌを女房と呼んでやろうと、そして今こそあの女を荒々しく愛撫してやろうと、火山《ぼるけいの》の底の修羅のような、情欲にもえていたのである。

物置のアトリエに夜のこおろぎが這い出して、ぎーらと鳴きながら、ジョセフィヌのからだを向いて、まっくろいめだまをつやつやさせていた頃から、私は魂《たま》きゆる程の狂気《まにこす》で女に惚れていたのであったろうか。私と女の狂気の果は瀉泄《かたるしす》の如くに死ぬのであったが、私に抱かれた女は、思いを遂げて、こおろぎのように切なく、笑うのであった。

【註】＊1　トルストイ『戦争と平和』の登場人物。＊2Endymiōn（ギリシャ神話）。美青年の羊飼い。月の女神セレネに愛され、永遠の眠りにつく。＊3　ノヴァーリス『青い花』の主人公ハインリヒの母の故郷。＊4　アウグスブルクを中心とするドイツ西南部の地域。＊5　短篇「楕円形の肖像（The Oval Portrait）」に登場。＊6　フッサールの用語。noema。「思惟されたもの。意識の対象面」（広辞苑）。

三日月砂丘《バルハン》

——鼻は、鼻はいい。

——口は。口ハ貴人の相ヨ。

と細君はずるい眼をあけた。占いの本によると、唇ノ端、ココロモチ上ニアガッテイルノガ貴人ノ相。細君は横へ頭を向けてアクビをした。頬ボネの下は絶壁のようになって貴人の唇はとんがり、瀕死の鳥のようにアクビをする。——と思った。のぞくと涙がたゆみなく動いている女のめだまは、種子《たね》を出そうとする葡萄のつぶである。それは紫深い葡萄であると、私は言おう。その眼が涙ぐんでしまったのはアクビの故ではない。それは白鳥の買えないかなしみの為である。

——ひとつ白鳥を買おうかな。

と言いだしたのは私なのだが、それは頸を握ってみたいのだよ。オレ動物園の池では何度もやってみたのだが、気流のように逃げてしまうのだ。

——アヒルじゃだめ？

——アヒルは、英作のをやってみたのだが、餌食ってる時、しめっぽい板みたいなのだ。うるさがって頸を振る。それからパクパク食いつくよ。

細君はそれで、白鳥買えないかなしみで、涙ぐんでしまう。この女の頬は絹のようにつめたい。かもめなら、波打際にむっつり立っている時もあるが、あれは嘴《くちばし》が曲っているからこわい。――やっぱり白鳥でなければ。庭の凹みに、ロオマ風にまるいセメント池に、オレ、羽を切った白鳥を抱えていって浮ばせてやろうかな。おとなしくしている鳥の、その重さがいい。

瀕死の女房と私は、こんな会話をするのだが、今宵の月は何という黄色いことだ。松林の、月光に黒い影入り乱れているあたりをのっしのっし、これ又長い影を、松の巨木の影にくっつけながら歩くと、あの砂丘のむれは人間が、砂時計のように、しっぽの先から、さらさらさらさら落して歩いたしま模様ともみえるではないか。高い高いセメント壁は、お隣りとの境なのだが、その壁にはニョキニョキ穴があいて、松の大木が出入りしているので、いくら俺を閉じこめようとしても、難なくお隣りへと行かれそうである。防風林の砂丘の向うは、さみどりの松苗が茂っていて、そこから一気カセイに波打際までの斜面は、ひと目にみはらす海の、限りもない広がりなのだ。その斜面に、月光が黄色く行きわたる夜は、例えば今日の夜の如くに、ダット画くところの銅版画の精霊《しょうりょう》達が、輪をなして踊るかと思われた。輪舞のまんなかは、蓮の実の形をしたうてなが、まっすぐに立っていて、其処には、はだかの子供が坐っている。三日月は、子供の後ろにあるからして、子供の肩も、うてなのふちも光っている。小さな精霊達の、動きまわるお尻も、乳房も、新月の色に光るのだ。男女男女と手をつないで、くるくる廻っているやつを、子供は、「ほう」といった顔つきで見ているのだが、子供の頭上にはひるがおの花がうつむいて、その漏斗《じょうご》のふちは一列の夜露の光。うまのすずめ草みたいな葉も、むしとり菫のようなのも、みんな露の珠を下げている。海はというと暗い。
北欧の春の夜は、氷河を溶かした水であるから、この海はトゥオネラ河の暗いつめたさであろうか。オライアン星座は、ワイナネイモンの大鎌を光らせ、レミンカイネンはトゥオネラの白鳥を射ようとして、かの長き頸の鳥を射ようと、水蛇にかまれて死んだ。
暗い砂浜に、白々と光りつつ、三日月形にもり上る砂丘に登った私は、ウェルンドル[*1]の歌をうたい、消えてしまった白鳥の乙女達の還りを待ちくらす譚《サガ》を唱うのである。

ところで細君は時々息を二段にする。不規則に息を二度も吸い込む女のヒジを、私は不安げにつまんでみるのだが、離れて寝ると身体はつめたくなってしまう女なのに、そばに寄って来るとたちまち火のように熱くなってしまう。朝は冷たく、能面のように眼をつむっている女であったが、そのとき妻の上瞼《うわまぶた》のつけねはかすかな紫に染まるのである。

想念が音になろうとして、意識は深夜、冬のうすら日のように通りすぎる――といったらこれは冷たすぎる。それは熱い熱いエリマキの中でぼんやり目を醒ます気持。意識の底にはカナカナが鳴いた。この青い透きとおった蟬は、私のぐれんの空間に、しっぽを動かして鳴いた。それはカナカナではなく、ギャラギャラギャラギャラと鳴くのであって、私は何とかこの心象の風景を「カナカナが鳴く。キリの先がオレル」と言葉に結びつけようと試みるのだが、それはどうしても言葉《ロゴス》へと昇華しないで、想念と音表との非連続は、俺を苦しい限りの痴呆にしてしまう。俺は言葉を失ってしまった故に、音を失った啞の思惟しか出来ない。思念と言葉《ロゴス》との間に、はみ出してしまった俺は、唯幻妖な風景をみているばかり。そこは凝固しかかる蛋白質といった、ランルの如き風景。

――鬼の門に来たな。

私は身構えて全身を強直させ、神経かっと視ひらいて、うすら日の意識を失うまいとするのだが、道は山峡にせまって、斜いた陽は日なたの山と日かげの山を対立し、荒れ果てた岩肌は黄色く、地獄への門を開く。油を塗ったようにテラテラする青銅像《ブロンズ》。円錐なして深まってゆく地獄の門は、「こここすぎてかなしみの街」とダンテ風にいい気になっていられようか。それは言葉で物考えることを、不可能にしてしまうのだ。


――何が隣人。その白い顔にハラガタツ。この暗さ覗いてやれ。「視入ること、それは既に何かではないか」花がね。鮮麗な花が空気の中からつかみ出せるよ。この手の中をごらんなさい。これは異教徒のかなしみの花。

オヘソをみつめるバラモンにツルゲエニェフはおったまげ。モンテエニュは十時間、小便をこらえることが出来た。

――科学を信心しないかね。俺は異教徒。

想念と概念は他人だから、その空隙に俺はスイスイもぐり込んでしまう。意識の層はゼリーのようで、それはもぐっていくとキラキラ揺れるから、俺は小さく、ゼリーの中の気泡の気分がした。そのとき俺は、月夜の蟹と化してしまい、俺のはしりまわる頭上三米程の海水は、ゼリーのように月光をとおすゆえ、自分の影は砂に動いて、時間のように通りすぎる月光に、俺は身も透きとおる憶いであった。

黄色い草原の彼方は青い草原、その彼方は白い草原。その霧の中を猛烈な速さで、シベリヤの呪術師《シャマン》の言い方をすれば、「風が身体を吹きぬける位速く」そして湖の真中に佇んでいるといったかたちの俺をめぐって、霧がまっ白くたれこめてしまった湖の周縁は、等間隔に灯がうるんでおり、電車や自動車は、ヘッドライト点けて湖の霧をまわってゆく。

意識。それは顕微鏡の視野のようなぽつんとまるい、穴なのであろうか。この微光する白い穴を覗けば、血液循環のたびに濃くなったり薄くなったりする波のような想念の色合が、観念《イデア》の音とともに波動している。この音、この色。それは外界の何物かへ結びつこうと暴《あら》しのようなエネルゲイアを秘めているのだが。

空はとろんとした夕日の紅《くれない》。夾竹桃のぼつぼつは岬を豹の文様に彩り、俺は坂登る。夾竹桃のぼつぼつと青い入江を見下す道に、白いペンキ塗りの柵があり、プラトン博物館という札を下げている。四角い建物の窓がするするとあいて、大きな手ぶくろはめた男が腕をのばし、俺に握手を求めた。ひと目でわかる狂人の眼を俺は恐れて、岬の彼方、夾竹桃のぼつぼつに眼をやるのだが、その男は、たしかに俺なのだ。

この街は、何処の街。ペンキ塗りの気象台と三角屋根の教会を、丘の上にもつこの街を、海の上から眺めるならば、四角い一刷けずつで表されるところの、旧い別荘風の家々が、隆起した緑の山々に更にもり上って、デコレーションケーキとみえるのだし、更に近づいて見るならば、それらの家々の鉄ゴーシのルイ十四世風の装飾や、ステインドグラスの輝きが望見されるのであるが、原色の吹流しをつけているまっ白い気象台はその上で風見のニワトリがクルクルまわっていると憶しく、北をさしているNの字や、避雷針の金メッキもきらきらしい。黄色味がかった家々の塀や胸壁を埋めているのはこれはセザンヌ風の緑の木々で、教会のピアノは燦然たる宗教楽のフーガをかきならし、和音の疾風は、白昼の路上に、茶色いビール瓶のカケラのような、すきとおったつめたいものをふりそそいでいる感じである。丘の上を横切るアスファルト路を、港へ向ってS字形におりきった所に、盾形の紋章をつけた仏蘭西国領事館があり、その小さいレンガ造りは、よくみると一つ一つのレンガに横文字を並べているのだが、それが見えない位に今はキヅタがからんでいる。土曜日と日曜日の外、ガロワ先生はそこにおられるので、先生の博物学の弟子である私は、傘をかついで、ステッキもった先生と、昆虫採集に出掛けるのであるが、栗の花がムンムン匂っていたりする頃は、下に傘をひらいて置いて、ステッキの先で枝をたたくと、緑や金や紅や虎の模様の甲虫どもが、傘いっぱいに落っこちる。それをあわてて青酸カリの小瓶に入れるのであった。傘の柄は曲っているからして、高い枝にひっかけて曲げ下ろすことも出来るし、その傘はまた大きくふくらんで、布地も白く陽やけしているので、小さな甲虫どもは逃げもかくれも出来ないわけなのだ。花カミキリの発生する頃は、私達の最もいそがしい季節であって、先生は瓶いっぱいの虫の死ガイを、

――ジャムみたい。

とアゴヒゲをふるわして悦に入られるのである。途中で雨がザーッと来ても、私達は平気でその傘

をさす。ガロワ先生は鞘翅目《しょうしもく》に関しては、世界的な蒐集家であるところの、大博物学者であって、ガロワ虫*2というのを御存じの方もあろう。

それはある晩夏なのだが、脳の衰弱した私は、例の如く外界の音と顕微鏡下の想念との空隙に痴呆してしまい、異国のような街々をどうにも仕様がなく歩きまわっていたらしいのだが、たしかに私は、向日葵が、まっ黒い種子をふき出しているガロワ氏の住む街へ行く途中であったに違いない。

相変らず、白昼のアスファルト路は丘の上S字形に照っており、海までの斜面を埋める芒《すすき》の穂は、海の群青にくっついてしまっているのであった。

その道の果てから坂を下りて来る白服の少女があって、太陽を背にしている彼女の髪には金色の縁が光っていたが、真近く顔を上げた少女は私を見るや、「アッ」と叫んで気を失ってしまったのである。私も亦、少女の眼をみたとたんに、かげろうのようにもちこたえていた意識を失い、小さな切石をならべ、サザエのつぼやきの如く曲りくねって、急な坂をなす路上に倒れてしまったのだが、この道がいつの間に、ぎらぎらしたアスファルトから、中世風の古城の如き切石に変貌したのであるか、私は知るよしもないのである。

ともあれ晩夏の日ざしは傾いて、斜面の切石いっぱいに、黄色い光を投げていたから、うち重なった私共の影も、石畳の上、ひやひやと冷たかったことであろう。

少女の髪の暈《フリンジ》は、あまりにも鮮麗な像を残したので、私がおぼろに古城の天をうちみた時にも、少女の影は網膜に残って、晩夏の水絵空《みずえぞら》に黒い残像を印したほどであった。

少女は気がつくと鳥の囀《さえずり》の如きシラブルで、早口にしゃべり出したのであるが、私には私の失神の理由が、ほぼわかったのである。それは少女の新月形に上向いて凝視する眼を、瞬時かげらす長い長いマツゲの故に相違なかった。その声は、もとより知らぬ言語であった故、私は阿呆の如くうちながめて、とめどない波動を感じているのみなのだが、私が古城の塔に向って歩き出すと、少女も亦歩き出して、私の影を離れないので、為に私は自分の影に少女の形のブランクが、うち抜かれてしまった気分なのであった。

塔の入口は列拱《アーケード》で、列拱《アーケード》を支持する太い柱の、柱頭装飾は、ビザンツ風の唐草模様、外壁は風化した龕《ニッチ》があり、明層《クリヤ・ストーリイ》からの採光は、内部の螺旋形の石階《せきかい》を照らしている。折からの黄色い夕日は、このロマネスク様式の古塔の前面を、ことさらに黄色く浮き出しているのであったが、龕《がん》や窓々の刳《くり》形《がた》、軒蛇腹の小アーチの連続は、吸いついたような影を側《かたわら》に深ませているのであった。

その壁に垂線を下し階《キザハシ》に折れた私の影をみつめるならば、さやかに白い点を指呼することが出来る。その異質の盲点は、次第に自らをあらわにして来て、白い少女を現ずるのであって、しかも私はこの少女が、マツゲを挙げて凝《じ》っと見上げていてくれなければ、たちどころに息をするのも面倒になってしまうであろう苦しさであったことも、白状しなければならない。

霊魂もたぬものの如く、私のそばに揺曳《ようえい》している少女の声は、私が塔の石段を登りながらも、絶間なく波動しており、その律音は、国語よりも、一層想念には近いものであるらしく、次第に私もその意味に魅きつけられてゆくのであったが、それは例えば、グラナダの夜の鐘の如く、余韻嫋々《じょうじょう》と引いて西班牙《スペイン》の空に消えゆく如く語られるのであった。悪戦苦闘のあげく、一息に言ってしまえる程度の呪うべき言葉しか出てこない私は、かなしげな顔をしてみせるより、てだてはない為に、ソッポを向いて、壁面の組紐模様の交錯に眺め入ったりしていると、たちまち彼女は、瀕死の音を息も絶え絶えに響かせるので、私は気が気ではなかった。

少女はあの道の果ての湖から来たのであるらしく、湖の岸には黄色い野菊のやぅな花がいっぱい咲いていたと、その声から知り得たのであったが、湖といぅ時彼女は水晶を打つ如き湖の音を響かせ、黄色というときには黄色い声を出したわけである。

一寸の微動で、過飽和溶液が針を噴くように結晶してゆくめざましさを以て、その音は私の想念と結晶し、はては私、その少女を烈しく恋するに至ったのである。

塔頂は一箇のドラムになっておって、そこに至れば、石段は更に更にせまく、遂には私、自分の足を中心にコンパスのように廻らねば登れぬ姿勢となったが、モーローとなった私は、ようやくにして塔頂の星空に顔を出すことを得た。星は暗夜の夜光虫の如く、ところどころに寄り集ぅて明滅していると、私は見たのである。その星がみるみる金米糖の踊りと化してべたべたになったのは、私の少女に対するだらしない精神によるのであって、せつれつなるラテン語を以て、さては更に拙劣なるギリシャの単語を連ねて私の心情を表現せんと欲したためであろう。

少女には深い悔恨の色が見えたが、彼女は私の影から去られないのであったし、又私の眼をみていなければたちどころに死ぬであろうオライアン星座の預言であったゆえ、PARACELSUS《パラツエルズス》の「水精、《リベル・デ・》風精、土精、火精その他もろもろの精に関する書《ニンフィス・シルフィス・ピグメイス・エト・サラマンドリス・エト・デ・ケエテリス・スピリチプス》」を引いてその白鳥の身を説明するのであった。それによれば、この世には人間すなわち「アダムより出でたる身」の他、「アダムより出でしにあらざる身」が存在しておる。これは人間と同じ「血ト骨ト肉ト」はあるが「魂无《ナ》く」地水風火孰《いず》れにも住んでいるが就中《なかんずく》「水の人々は、人間に等しき姿」である。けれども水妖をあんまり見かけないのは、人間の不滅の霊魂が彼女等には耐え難い重さであり、それに、ニンフはあまりに深く人を愛する故、愛《エロオス》が身をすりへらしてしまうからなのだ。そういって彼女はECHO《エコオ》やCLYTIE《クライティ》、SCYLLA《シラ》それからUNDINE《ウンディーネ》の例をあげて、山彦の声だけになってしまったエコオや、太陽神アポロオを仰いでは涙にくれていたため、向日葵になってしまったクライティの話を想い出させるのであった。

音が音を限りなく越えて、縹渺《ひょうびょう》たる観念の音に限りもなく近づく、といった少女の話法は、悲劇的な宣叙調を以て流れるのであったがこれはたしかに旋律よりも和音に、垂直的な意味が内包されているゆえ、国語の枚挙にたえないのであるが、それはセバスティアン・バッハであるとかゲルックの楽曲を想起することによって、ある程度伝えることが可能であろう。

古塔の上空は、夜光虫のように螢光する星くずであったこと、前述の如くであるが、その塔頂の胸壁に腰かけている少女の乳房の谷は、私を昏倒窒息せしめんばかりに上下するのであった故、少女がニンフの恋の悲劇的性格を話して、ため息し、ひと目で私にこがれる身となった以上は、もはや消《け》ぬべき死を覚悟しているといい終るや、私は少女をつかまえて口づけしてやれと勇を鼓して手をのばしたのである。

あきれたことには私の影は闇のなかにもするするとのびて、胸壁の銃眼からはみ出してしまい、私は自分の影の先っぽに揺曳している白い羽毛のような少女に手がとどかなくなってしまう。かくなる上はと、私は塔の頂から、羽毛めがけて飛び出したのであるが、矢のように墜落すると思いの外、私はたやすく少女の胸を抱いており、白いイブニングドレスの裳裾がゆらめくにつれて、私共はふわりふわりと星くずの中を落ちてゆくのであった。

——白鳥は湖に降りて浮び、又降りて浮び、遂には花散らす吹雪の如く、黄色い花の湖は、一面に光の渦と化してしまった。白鳥達は処女の姿となって、夕《ゆうべ》に上り、朝《あした》に下り、石を摘《ツ》んでは池を造ったが、その堤《ツ》を築《ツ》こうとして、徒《いたずら》に月日を積《ツ》み、築《ツ》けども築《ツ》き壊《ク》えて出来なかった故、処女達はこう唱った。——白鳥ノ羽ガ堤ヲツツムトモ　アラフマモウキハコエ[*3]

そう口々に唱って、白鳥は天に昇ってしまって、復《また》帰らない。

私の片翼は湖をつつもうとして、溢れた水に押流され、いたずらな西風《ゼファラス》がとばしてしまった故、それを貴方は息とともに呑み込んでしまったのである。だから私は貴方の影を離れることが出来なくなり、貴方の眼を見失うならばたちどころに、私は死んでしまうであろうし、それでなくても、あのオライアン星座が海に沈むまでには、私は恋に身をとぎへらして死んでしまうでありましょう。

——一体、どうしたら羽が返せるのだね。

——ソレハ私ニ、息ヲ吹キコンデ下サレバイイノヨ。

それで私は、白鳥の少女を抱きかかえ、唇を合わせておいて、肺活量計に向う如くに、少女の身体に息を吹き込んだのである。夜空をゆらゆら落ちながら少女は眼をつむって無限に息を吸うのであったが、息《プシケエ》はまさに霊魂《プシケエ》なのであって、霊魂を注ぎ込まれたニンフは、たちまち人間と化して、私の細君になってしまった。

――おまえの頸はこの湯のみ茶碗の直径しかなく、おまえの膝は又こんなに小さくていいものだろうかと私は、ストッキングの上からつかまえているのだが、月が満つるにつれふとって来た私の妻は月が欠けるたびに、今はいよいよ軽くなってしまうのである。オライアン星座は、両端に赤と青の星をつけて、大鎌の形に三つ並び、南の洋上に立っているのであったが、藍色の天空には上弦の細い三日月が浮んで、裸形の女はそれにうちまたがっていると覚しい。

死は、オルフイック教徒*4にしたがえば、不滅の霊魂が肉体から離れることであるから、霊魂もたぬニンフは死なない筈であった。してみれば白鳥が死ぬと言ったのは、あとかたもなく消えてしまうという意味であろう。彼等をあんまりみかけることがないのは、彼女が言った如く、彼等同志いたく愛し合う結果、愛《エロオス》が身をすりへらして、みんな消えてしまった為ではあるまいか。霊魂は死んでも不滅であるとすれば、死霊《しりょう》になるということは何というやりきれないことであろう。泥沼のような記憶は永遠に持続し、その重さに耐えないで身もしぼんでしまうのは、独り人間と化した白鳥の嘆《なげき》ばかりではあり得ない。

このようなことを考える私は、この海辺の街へ、狂人としてとじこめられているらしいのだが、ここで私は別荘番英作の、気の毒そうな顔をみながら、温室の天窓を開閉する掛《かかり》をやっておった。温室の中はモーローとする温気であって、右側にはシルバアボオルという洋菊ばかり、左側には真赤なカアネイションばかり花咲いており、市松にはられた針金の穴から頸を出しているカアネイションの一つ一つの頂には、紅い花がついて、開きすぎないようにサクラ紙が巻いてあるやつもあった。こういうしごとをするのは細君に違いない。温室のまん中は滝であって、のぞくとニシキ鯉が水をはき出しており、ガラスごしに見える後の山の蜜柑畑は、今しも金色の実をつけている。この花と蜜柑は私共の食糧と変ずるわけなのだ。

昼間の海は、ランランとして広く、大気の乙女イルマタル[*5]が、水の上のたうちまわってもだえながら、永遠処女の故に猫も子供は生れぬ創成の裸形を思わしめた。

——愛とは、そもいかなる、もやもやした実体なのであろうか。息を吹込むことによって、あの白鳥は霊魂を得たのである。すれば霊魂とはいかなる神的実体なのであろうか。未来永劫、こいつは消えないとすれば、先ずもって俺は霊魂について考えなければならない。このように大切なことを、言葉でもって考えなければならないとは、何という貧弱な俺の脳ズイであろう。

プロチノスの論理にしたがえば、これは可分的な肉体の完成態《エンテレケイア》ではない。何となれば霊魂は身体の全部に遍ねく行き亘っているが、肉体が幾つかの部分に切断されても、その各部分が夫々霊魂をもつことはないからである。成程チョン切れた手に霊魂はない。

然らば霊魂は如何なる存在であろうか。ストア派のいう如く物体でもなく、ペリパトス派の説く如き完成態《エンテレケイア》でもなく、然も行為するものであり、制作するものであり、其他多くをその内に有し、それから多くが結果しながら、然もそれ自らは物体とは異る実体《ウシア》であるとすれば、これこそ、明かに真の実在《ウシア》と呼ぶところのものではあるまいか。

私は終日、かかる循環論証《ディアレエロス》の妄想にふけって、砂丘のむれが、うす茶に染まり、縹色《ハナダ》の影深むのも忘れる思いであったが、細君の左の腕にはまぎれもなく、かすかに鳥肌立っている部分があり、これこそ俺がのみこんでしまった片羽の痕なのだと、思い込むのであった。


――トレドの真珠[*6]よ。

私がイスパニヤ調でそう呼びかけるならば、

――ドン・ギッチュアレ・ド・サルダーニヤ様。

とたちどころに眼をあげて答えるであろう女であったし、

――林黛玉《りんたいぎょく》よ。

というならば、

――花謝《チ》リ花飛ンデ飛ンデ天ニ満ツ
　紅《クレナイ》消エ香断エナバ誰有ッテカ憐マン
と紅楼夢《こうろうむ》、葬花ノ人の長詩をうたって、多愁多病の眉をふせる女であったので、このように鋭く、私の心情に染まってしまうことが出来ようとは、これはまさしくこの女が白鳥の化身である、何よりの証拠ではないかと、私はかの星座が沈む日を、断腸の思いでいるのであった。


女のふくらんだアゴを上向け、アゴの下の静脈をうち眺めながら、

——愛とは、そもいかなるもやもやした実体なのであろう。どうしておまえは、そのように死なねばならないのだね。

というと、女は頸をふって、シラナイといい、涙をたたえた長いマツゲのすきまから、ウニの眼でキラキラ見ている。のどから肩のレリーフが、冴々と白い女であった。

頭を私のアゴの下に、つっこんでしまった彼女は、

——ソレハ愛シテイルカラ。

というのである。長い女の髪は、後頭部の絶壁を流れて、背中で渦を巻き、

——愛トハ、ソレハ死ヌコト。

と、こおろぎの声で言うのであった。

——おまえはその襟アシの生毛を、剃ってしまってはいけないよ。

と私は、腕の内側に女の胸のふくらみを感じながら、身体ヲ恋ガスリヘラスノといった女をかなしむのであったが、

——コンナニモ、コンナニモ。と女は私の手を胸に押しつけて、私貴方ヲ大切ニシマスカラ、顔ハスコシキタナクテモ我慢シテ。

と言うのである。

私はワルソオ経由、羅馬《ローマ》行の切符をもっているのだが、それは細君が東京駅で、精算券の代りにもらったものなのだ。紋章の打出してあるその緑の切符は、裏はロシヤ語、トオキョオ——リイム。フサン——ハルビン——ワルシャワ経由とある。私は幽囚の高い壁の中で、一枚の切符を眺めては、

波蘭土《ポーランド》を通りすぎる汽車を思い、ライ麦畑の中のひなげしを想い、ピアッァ・バルベリイニを思い、イタリアに馳せたゴーゴリの夢を再びするのであった。ゴーゴリは梯子をくれと叫んで死んでしまったが、すると私は、片道の切符とオペラ一つ観る金しかもたず、羅馬に放浪して乞食となってしまうのであった。建ちならぶゴタゴタした屋並の間に、古風なバジリカも、崩れた城壁も残って、そして俺は今しも、西班牙階段《スカラ・スパニャ》に立つではないか。俺の影はミケランジェロの如く巨大となって、影を透かして、ドームの耳が見える。ここはタッソオの死んだ地ではないか。

——羅馬に死にたい。

——死ヌトイッテハイヤ。死ヌナラ一ショヨ。

と、妻は一所懸命私を止めて、ソノカワリ、べにすへ行キマショウヨ。というのである。我々のベネチアは入江の突角であって、そこには海に散らばる扇形の岩礁があった。私と細君は相擁《あいよう》してその海の中の岩礁の一つに坐り、「ベニスは海から行くべかり」と、私は葉巻の煙を海風に飛ばしながら、

——あの岩を見よ。地中海の夕べの雲は、暴《あら》しを含む雲であるから、あの青銅像は螢光の色に光っては消える。トオマス・マンはかく言った。この波は、アドリヤ海のエメラルド。そして俺達は、地球の上を転々して、オライアン星座を見失うまい。

——嗚呼、ソレハモウ、言ワナイデ頂戴。貴方ハ忘レテシマッタノ。小サナ私が桜ノ花ビラ糸デツナイデハ、貴方ニ掛ケテアゲタノヲ。私ト貴方ハコノ街デ、オ休ミニナレバイツモ一ショニ遊ンダデハアリマセンカ。アノ三日月砂丘《バルハン》ノ頂ニ、カラス貝ノ中カラ私ガミツケタ真珠ヲ、秘密ニ埋メタノモ忘レタノ。貴方ノ蜻蛉《とんぼ》トリノ籠ヲモッテアゲタノモ、モウ忘レテシマッタノ。ソウスレバ蜻蛉が元気ニナルトイッテ、貴方ハ蜻蛉ノ翅《はね》ヲミンナムシッテシマッタジャナイノ。

東京ニ帰ルト他人ナノニ、ココデハ友達ダナンテ、イジワルナ冗談オッシャッタクセニ。アア、ソレデハ、椎ノ木ノ下デ、初メテ抱イテ下サッタ時ノコトモ、モウ憶エテハイラッシャラナイノネ。

——いや忘れはしない。おまえは棒のように背中をまっすぐにして、のけぞったではないか。つむったおまえの眼をみて、オレ、この女は何処で接吻の仕方を憶えたのだろうと考えていたよ。おまえは唇をかすかに開いて、俺をナメたではないか。

それで細君の顔は曙紅《エオス》の色の歓喜に輝き、深いため息をもらしながら、

——アア、ソレデハキチガイハナオッタノネ。

と言った。私は瞬時放心の態《てい》であったが、憤怒に似たる不快は逆行して、おまえ迄俺を凌辱していたのかと、

——おまえが、白鳥でないなんてことがありえようか。

とうめきながら、三日月砂丘に悶絶してしまったのである。記憶は、意識の泥沼であって、もはや底なしの沼には頭をブチ割ってくれる岩もないのであった故、砂を転り落ちながら私の口は、うめけども空しく、砂丘の砂を噛むのみであった。

かかる突然の私の発作を、細君は自分の責《せめ》と感じた故か、又恐らくは私の落差を、鋭く感じとった故に、もともと病身で、結婚は無理だといわれていたのに、命懸けで私の妻となった女である故、たちまちバクテリヤの浸す身となって、もはや燦爛の星座もあらばこそ、瀕死の鳥のアクビをくりかえすのみとなった。

この女の頬は、谷と化してしまったのに、この眼の下のふくらみは何であろう。それは唯泣く為の

筋肉としか、私には思われなかったのである。

私はもはや、「汝もなく、神も、我もない」絶望の果つるところ、構想力《ファンテジー》のかけらも燼滅《じんめつ》して、死にせまる女をかき抱くのみであったが、妻は今生の願いだからと、こういうのである。

——アナタノ手デ死ナセテ。私が息ヲヒキトルトキ、頸ニ手ヲマワシテイテネ。ソウスレバ私、貴方ニ死ナセテ頂ケルト思エルノダカラ。

女の望みはそれ以外になかった。妻の命懸けの祈りの故に、私は既に正気を回復していたのであるが、女はそれと知って、うれしさのあまり又涙を落し、ゴメンナサイネという如くに、その涙はマツゲの先から、私の掌《てのひら》につめたくふりかかるのであった。

このようにして妻は、私の掌の中で、最後の息をはき出したのであったが、涙の雫のような末期の言葉は、このように私にはきかれたのである。

——愛トハ信ジルコト。私ソウ思ウノ。

細君の言葉を疑うことが出来ようか。女の身体は、見る見る雪白の羽毛と化してゆき、細い両手からは、蓮糸《はすいと》のようなものが限りなく湧き出すと思ううちに、それは白い白い風切羽《かざきりばね》と化して、私は眼もまばゆい白鳥の頸をつかんでいたではないか。

不思議というべきはその夜、オライアン星座が、オレンジ色の海の彼方に消えてしまったことであるが、これも月のあまりの明るさの故と考えれば、奇怪ではない。

私は死んで白鳥となった女房をかかえて、かの三日月砂丘にのぼり、冷静なる正気を以て月夜の海を眺めたのであったが、オレンジ色の海には月光の雨が、無限の寂滅にふりそそいで、白鳥と化した女を傷《いた》むのであった。

妻は失われた私の想念を回復するために、自ら死んで白鳥になろうと祈ったに違いない。白鳥の頸を握ってみたいと、私は曾ていったゆえ。

その妻を、あまり待たせたくはなかった私は、白鳥にうち重なってピストル自殺を遂げてしまったのであるが、私の頭にうち抜かれた弾丸の穴を通して、月光はさんさんと砂丘の風紋を照らし、私の影絵《シルエット》に射ぬかれた月光の円板は、月がズレるまでの一時《ひととき》、二つの霊魂を吸収して、らんらんと輝いたのである。

註　バルハン Barchan は三日月形の砂丘をいう由。

【註】＊1　フィンランドの民族叙事詩『カレワラ』より。＊2　フランス人外交官エドム・H・ガロワ（一八七八－一九五六）が一九一五年、日光中禅寺湖畔で発見。＊3　『常陸国風土記』の一節。「白鳥の羽が堤をつつむとも　荒斑真白き羽壊え」。＊4　古代ギリシャの密儀宗教。＊5　前出『カレワラ』に登場。＊6　プロスペル・メリメの短篇。

ビュラ綺譚

蘭子が風呂屋の鏡の前にしどけなく坐って、つま立てた足の爪まで、マニキュアの紅をさすとしても、それは彼のエチケットであろう。いかなるパリの女でも、彼程の執念を以て、顔をつくりはしない。落した眉を紫に引き、アイシャドウの藍で細い鼻梁を浮かせ、鼻を濃く、周縁に向ってぼかしてゆくパフのさばきや、数種の紅をさす彼の唇の曲げ具合、鏡への精根込めた視入り方はしばらく置き、シミーズを何本かのコルセット帯でしめ、胸はシミーズの上に綿入りのブラジェアと彼は称する乳形のものをつけ、ニッカースの上にはさらりとスリップをかぶり、身もだえしては腰の線を出そうとする彼の技巧は入神《にゅうしん》の事に属する。その上から紫のスウェタアを着てしまえば、これはバアバラ・スタインウェックの胸であると、そのように蘭子は考えて、羞恥した。もの珍しげに集って来る子供達には、

「見せもんじゃねぇやい」

と一かつして追ぱらうのだが、男湯のお客達にはニヤニヤ肩をすくめて嬌笑を送る。その肩のゆめ方は一種可憐ないなとなって鏡にうつるのであるが、彼はそのポーズに得意満面であると見受けられた。パアマネントのモジャモジャ髪は先日截られてしまったと覚しく、中途半パなうしろ髪をアップにしてピンで止め、その上から緋と緑のネッカチーフをかぶってしまえば、婉然たる美少女は、ケ

ズネの上に茶色の綿靴下をクルクルと巻き上げ、やおら立ち上って、よじった背中を映している。掌だけはさすがに無骨であるのが、内側へつぼめて、スカートをつまむあたり、何たる風情であるか。

「おまえサン。一体どこへ出るのさ」

　淫蕩な眼をして番台の女将がしつこいのに、

「さ、どこかしら」

　とうけ流して、サンダルを引っかけた蘭子は、小股にせっせと、上野の木下やみの夕ぐれに消えてしまう。

　不忍池の泥沼は、落花の吹きだまりをこしらえて、そのドブへ落ち込む附近は、水の面も歩いて渡れると見える程に、花びらを浮して暮れのこるのであるが、夜に入れば日活館の赤いネオン広告は、小さな反射を泥水の上に落す。ガード下の店ではセロファン包みの羊羹やパイプがはだか電球にキラめく時、山下のカフェや食料品マーケットからの騒音は、かすれたレコードのセントルイスを、蕭颯《しょうさつ》たるダイナミックに拡大し、夜の女どもにまで、ガニ股のステップをハカマゴシの切石の上に踏ませ、その長くひく金管の音のヤブの中にも、ひそかにささ鳴きする三味線の響は、吾妻八景をうたうであろう。ここに集まる数百の夜の女達の中には十数の男も混るのであるが、ハキダメに鶴と群を抜く蘭子の美は、男にはもったいないと、一党の風評である。

　都の東半分が絨たんを広げたように焼け、本郷台から西もまた焼けたその間に、島の如くとり残された地帯、これはもっぱら上野の杜と、風の吹きまわしの為でもあろうが、この不忍池の北縁のあたりが、曾ての浅草、向島の住民を吸収して、旧い浅草の風貌を再現している、丁度そのあたりなので、浅草濹東はもはや昔日の俤《おもかげ》を止めぬ植民地の品下りようであるからはと、ここに根を下した芸人役者達も数多い。それに、黒門町の一角を残して、南は神田明神、万世橋までを焼いた火勢は、寄席芸人や、何々劇団、何々舞踊団の一党もここらに集らせたと覚しい。その木下やみの緑に埋もれ、コケラ葺のスレート屋根が頭をのぞかせているメーゾン・ベルビウ地帯の南縁、七軒町から弥生町へ移るピタピタした陰湿地は、曾てあやしげなバアが、セルロイド製の赤いランタンをぶら下げて門がまえ、芝生の奥のビリヤード、麻雀倶楽部といった奇妙な風体の源氏屋や、そのあたりから棟割りの長屋の、腸の如き露地の一つ一つが、のれんをぶら下げ、しるこ、みつまめのたぐいから、ワンタン、焼売に至るまで、深更の灯を流していたのを、記憶される方もあろう。

縄のれんをふり分けて入ってゆくと、チャンソバヤの親爺は、「不味うござんすよ、貴方」ともじもじしたりするその辺りは、陰サンな鉄くさい町工場や、白玉にんにく、黒の花といった製薬所、それから香水製造、ビンヅメ食品製造のボロ商会の中に埋まっているのであって、長屋の住民は大方、広小路のテキヤ、小バク徒、ジマワリの一党なのである。そこは現に、何々旅館とペンキをぬりかえて、温泉のマークなんぞくっつけた、パンスケの根じろともなっているのであるが、その兄チャン連中並びに娼婦達の景気を、鋭敏に反映しつつ、その一角が闇商売のギルドと変貌し、家屋しゅうせんや、チワゲンカ、贓品《ぞうひん》取引といった小さな渦を底流させつつ、昼間はしんかんと、露地にたまった綿ぼこり、髪の毛のまるめたの同様、しらじらとして静まっている、その風景の中。

木いちごはほうほうと伸びて白い花をつける頃ともなれば、キラキラした春の日に赤いモミウラの布団を干しているこの露地奥角の喫茶店、仮にビュラとでも呼ぼうか、日数をふるにつれ、平たく皿の上にへばりついてしまうあんこ巻きを、ケースに並べ、にごった紅茶を出すであろう黒塗バア風建物、ここから西、大学病院洗濯場へかけてはこの町が半分焼けて、バラックが草の中に建ち、焼石をめぐって黄色い花が咲くのである。その草の中に闇の女風の全裸の死体が、二箇も発見せられたあたりなので、バア風と申しても窓のヒサシは赤さびれた波形トタン。家にそって植え込まれたシュロは半分枯れかかって、ムシられているといった具合で、コールタ塗の彫刻柱のかげは通りに面した調理場の、黒くすすぼけた煙出《けむだ》しなのである。それも焼原を吹きまくる北風をよける為か、乱雑にぶちつけたオガクズ固めた人造壁の、凹みには、くさった龍舌蘭の鉢なぞ置いてあったり、茶色く日やけした籐椅子だの、パンヤむき出した革ばりのソファなんぞのぞかせておる。セメントタタキのあちこちに処きらわず、真鍮板をはりつけた柱のつっ立つ店の中は、物置のていなのであるが、奥の棚にほこりをかぶった酒壺は、並んだ時から酒とは縁遠い、古道具屋からのよせあつめが大分であろう。かかるくだくだしい叙景は無念ながら止《とど》めるとしても、このビュラの裏側すなわち南側は、傾いたモノホシであって、前述のなまめかしい布団を干すのであったが、この一ならびの棟割り長屋は、そういえばひとしく背中に物干を並べているのであった。それが四月の風にひるがえるモンペ、紅ソックス、ブルマといったものを、満艦飾に連ねている風景は、この雨ざらした紙くずの如き一角にも、いくばくの少女達が、おのもおのも恋をしては、子を産もうとしているのだと、ひそかに察せられる。

この地域は夜に入るとうってかわった夜光虫の生気を回復して、妖しき光を輝かしはじめるのだが、さて、かかる晩春のある晩のこと、私はアルコホルを欲してビュラへ出かけた。

「あら、お久しぶり」

と、嬌笑して迎えたのは、ビュラのマネイジャ、芸名を何とか八十八《ヤソハチ》という歌舞伎女形《おやま》のなれの果、でっぷり太った四十男で、毛の濃い丸い指には、ルビーの指環をつけている。八十八だけが背広に赤靴ばきで、入口の三角椅子に腰を下し、女房は金魚のようなフチナシ眼鏡の女、これは調理場にひらひらしている。ウェトレスとみえるのは女装のガルソンなのだが、蘭子はこの二階に間借りしているのである。

「そういえば蘭子さん、いらしてよ」と八十八は二階へ声をかけ、

「頂きますわ」

と私のシガレットケースを明けて、アゴの下から指を出して煙草に火をつける。闇の女どもは、ズボンでのしのし歩きながら煙草を吸うのに、皆こんな手つきである。蘭子は階段下の踊り場から、更紗のカーテンを細目にあけてのぞいたが、いそいそと立ち現れ、花模様の友染の、襦袢の袖が媚《なまめ》かしい。リキュールと称する色つけアルコホルをなめていた私の横に、自分も銀盆にキュラソをのせて来て、きちんと坐った。そいだような両頬の細さが、彫刻めいた鼻を浮きだし、L字に鋭く折れた眉の、下の眼はすずを張って、愛嬌を失わないのは、笑うとはにかむ唇の薄さも手伝うが、何より二重のきれの長い眼のあたりが影を深める故なのだ。それに彼の肩の鳥の胸のようなたよりなさや、みはった白眼の蒼さ、ちかっていうが予は日本の女にこれ程すずしいのをみたことがない。

岡っ惚れの私は、アルコホルよりも蘭子が見たくてビュラに入ったと、白状せねばならなくなった。酔うと蘭子は私のたくし上げたYシャツに頭をのせ、私の二の腕を唇でパクパクなめたり、白いナスビっ歯で噛んだりするのであったが、言葉も商売の時とは異なり貴族の娘のようにここでは慎み深

い。長い生際《はえぎわ》に汗を浮べた細い横顔をかしげながら、「私、いっそ言っちゃおか」とのろけ出すその片思いの話というのは奇妙なものだが。

「生命《イノチ》売り度し。会津六郎」

かかる紙ビラを上野駅附近にベタベタと貼ったその会津六郎なる勇士が、蘭子の初恋の男であると、ここで知られたい。事がらは三年ばかりさかのぼるのであるが、田原町の焼あとのドブドロの上に、マーケットの如きものがヨシズをはり出したところ、地下鉄の穴からは、ポマードの匂やら、ゴムの匂やら、女の皮膚もろとも、下駄ばきはキンキンと鉄板を踏みにじりながら、間歇《かんけつ》的に吐き出されて来る人間どもの、ここでケロリとすまして六区の方へ歩き出すあたりに、ライ魚なる蛇体《ジャタイ》の朝鮮魚を木の水槽におよがせ、ヒッカケ釣りをやったり、その奥では、ガラガラ落しやイカのじゅうじゅう焼、貝のおでん、シャテキ屋が店をひらいた頃のこと、十六歳の少年徴用工中山雪夫は、飛行機部品の下受工場をオッポリ出され、むなしく六区のドブ水をうろついていたのであったが、この少年というのが蘭子のことなのである。

後家をとおして産婆をしていたオフクロと、大学病院の看護婦見習であった一人の姉とは、そろって三月十日に、弁天湯の煙突下の穴ぐらで白骨と化してしまったからして、なにしろそのころの群集心理は、火に囲まれれば暗い穴へと入りたくなるので、防空壕様《よう》の風呂屋の釜下から出られなくなった人々は、燐酸石灰と化してしまった。雪夫は火の壁をつきぬけて不忍池へとび出したものの、池の中へも焼夷弾は花火のように落ちて来て、烈風は木炭のような火のかたまりを吹きつけ、公園の柳は書割りのように平たく浮き出すかと思えば、路上に落下して撥ね上る焼夷弾は火を噴き出すと昼間のような閃光であった。浅草の寺ではコンクリートの納骨堂に避難した人々が、合掌した和尚を中心に、ラオコン像の如く、そのまま納骨堂に納まってしまったと伝えられた位で、火が落ちてから雪夫が現場に踏み込んだ時には、軽石様の骨が靴の下にビシビシ崩れたりした。

雪夫は上野地下道や浅草かけて、転々放浪していたのであって、疎開してあった姉の晴着などもって来ては、売るにしのびず、移り香をかいでみるのであったが、一度も袖を通さぬ嫁入仕度の訪問着など、染料とショーノーの匂しかせず、つめたい絹の肌ざわりであった。その姉は丸顔の色白の女であって、そういっただけでもふやふやと産毛のはえた耳たぶの血の色など、思われるであろう、情のこまやかな素直すぎる女で、雪夫を恋人じみて愛撫した雪江であるから、その姉のわき下の甘酸い匂など憶出すと、至極あたりまえなことであるが、雪夫のシャツを着ている姉の乳房を、シャツの上から触れるのをうれしく思った、その死んだ姉の友染を着て寝て、べたべたにしてしまう悲哀など味い知った頃であったが、男装の麗人というやつに魅せられて、常盤座の幕引きになったり、あげく、エロレビュのエキストラになったりした。

ほの暗くしぼったスポットライトの投げる金の線に、金粉とばしてほこりの舞う中に、数人の女が現れて踊りながら、スカートをぬぎ、シミーズをぬぎ、それを一種野卑を通りこして凄みを帯びたルムバにつれ、腰をひねり、手をくねらせながらやるので、ライトはいよいよ暗く、銀の鱗をつけたパンツと乳オサエがベールの下で光り、尻をクイックイッとひねるにつれ、股の肉がゆらゆらする。そのキラキラも取る時には、ほとんど舞台は暗黒で、遂に裸形となった女達は、貞操帯様のもの一つで冥々暗々のうちに身もだえる。その最後のものに指をかけた途端、舞台は真の暗やみと化してしまい、一瞬息をのむ客席の、目をくらますのはパッと交錯するケンランのスポットライト。三色を乱舞させるやつで、誠にぐらぐらとするその光の中は、何と赤フンしめた男達で、耳をローするジンタに合わせて、

「エンヤラヤノ、エンヤラヤ」

と拳をつき出して勇壮に乱舞するといった種あかしだがそのエンヤラヤになったので、女優には鼻であしらわれたが、男達には、ねずみのような声の女形調で、

「あら、すてきじゃないの」

とちやほやされ、浮気な恋心といった奇妙な好奇心で、俳優達に身体をなげ出してしまった。女優達への見栄もあったので、女よりもきれいじゃねえかと可愛がられるのが晴がましい、倒錯した狂乱なのだが、姉への記憶も生々しいので、それも闇の中にすえた鮮麗な花と、秘密に酔っていられたうちの話で、楽屋では露出癖の女優達の乳房も、つらつらみればチリメンじわの、白茶けた風物にすぎなかった。


　こうした異常な生理にいた雪夫が、その夜立ちすくんでしまったのが田原町の釣り堀であって、恰幅のいい浅黒い三十男、結城の着ながしで、袖をおさえながらヒッカケ釣りをやっている、革裏の草履に紺足袋と行きたいところだが何しろこのドブドロで、素足に下駄ばき、そのつれている吉原芸者が滅法美しいので。

　油気なしのつぶし島田、地味なこしらえの一人は中年増《ちゅうどしま》、銀に柳の京扇子《おうぎ》で何気なく風を送りなが

ら、褄《つま》は乱れずすーっと来る吾妻下駄の、足袋はわざとはかずに、平絽《ひらろ》の千鳥も鳴くすずしさ、つれの若いのが又思いきり派手な丸腰で、道成寺風の金刺繡の黒繻子《じゅす》帯、橙色の鹿子しぼりを、きりっとしめて、鮮かに立つ銀杏返し、思わずはっとする程の整いすぎた顔立ちがやや浮れて、眼尻だけ白粉を抜いた眼で、「あいさん」と男を呼ぶその声は、やっぱり惚れているとひと目でしれた。電球の色のせいもあろうが、浅草一円は泥沼みたいなころだから、あたりは水をうったようにしんとする。

雪夫は先ず若い芸妓《こ》のあでやかさに目をうばわれたが、かかる美貌に惚れさせる男へも、女心めいた感情が動くわけで、男は糸の切れた竿を捨て、ガラガラ落しをやらせている女に歩みより、細い腕でそっぽへ投げる女達をアゴにしわよせてみていたが、

「一寸貸せ」

とふくみ声で言うと、つみ木を一つとり、無造作にヤッと投げると、皆ガラガラと崩れて、最後の一つまでも美事一撃でぽとりと落ちてしまった。偶然の成功だろうが、やっぱり水ぎわ立った男まえで、雪夫もこの一撃で胸ぐるしいまでの恋心を、それでも浮ぬ顔でいる男に覚えてしまったという。

それが何度もきかされた蘭子の初恋なので、崩れる積木の山からの連想は、まばゆい芸者の帯、斜にしめ上げた絢爛たるやつの量感、それをつまらなそうに遊ばせている男の江戸前の風貌が目に浮ぶのであった。姉の着物を着て寝るだけでは病気がやまず、小屋でおぼえたこつで、鏡台に向えばひとりでに化粧の魅力に引きずられ、口紅をぬった後の、ひやひやするこわばった感じが忘れられずに、眉も一々そっていたのではと、眼をぱっちりみせる為、一本一本毛ぬきで抜くといった凝りようなのだ。釣堀の男の名前は、有名な風来坊ゆえすぐ知れたが、ばかばかしいと知りつつ、どうにもぬけら

れない泥沼の気持で、鏡をのぞくと真剣になってしまい、マツゲも長くする為に先をハサミでつまみ、ラヂオの美顔術できいた、果物の汁で溶いたメリケン粉をぬる迄にうき身をやつし、もともと女のような肌だったが、落ちた頬の、上気した血の色が水白粉を透かしてぽっと見えたりする、たしかに凄艶な美少女とみえた。

その美少女のまま人混みへ出てやれという魔力はやみ難く、遂には地下鉄へまでも出没しだしたが、大の男の茫然みとれたりする可愛らしさに、女心めいた興奮すら覚え、満員電車の図にのって、手を握ろうとしたりする男のいやらしさには舌打ちしながらも、やはり彼、大満えつであった。

かかる変態男どもの間には、おのずからなる組織があるので、日活館あるいは公園共同便所の一つを集合所として、活動がハネる毎夜十時をまわればビュラに集るのであるが日活館は又公園ズベ公どもの暗闘の場面でもあって、村夫子《そんぷうし》然たる男の膝の上にもたれかかってしまう彼女等の風体はパンスケとは一寸異なる、すなわち靴が新しいとか、靴下が新しいとか、顔が浅黒いとか。その他紺と橙のだんだらポロシャツに、ザルの如き革靴のいでたちで、アイスキャンデーやピーナツを売る一党、それから地下道組のプロレタリヤ、切符売やの兵隊姿、新聞売や靴みがきの少年組、更に下ってジミヤの下は、ナンミョホーレンゲキョーの乞食、それに子を貸すピース売のばあさん。その下が完全な浮浪者群で、動物園の鉄ゴーシから猿の姿でアイスキャンデーを売る学生姿、三角クジのアルバイターは一党からいえば貴族に属する。それら各種の層の社会がうようよ集っている日活館の雑沓も、池を廻ってここまで来れば静かなので、都民文化館附近の浮浪者テント村あたりに来ればこれらの人々が思いもよらずじっと生活を守っている様がみられよう。池の南と北のこの交流は、何だか涙ぐましい生活の相を示しているので、闇の女達が大衆食堂でめしを食っていたり、ソバをかっこんでいたりする情景もうかがわれるのである。

この澱《おり》のように沈む地域の深夜、ビュラに集る面々は、三文オペラの一党、長唄師匠、何々舞踊団のメンバア、蘭子を盟主とするヤミの男達であって、それに清水町の画伯、柳派のはなしか、美術学校放校生の連中が混るのである。したがってビュラのボロ壁には、目もさめるような落椿の日本画や、モジリアニの模写がかかり、なかなか達者な少女の髪洗う塑像がおかれるのであるが、これは借金のかたに、ぬけめのない八十八が巻き上げたと覚しい。

ビュラの十時過は、いずれ三文オペラの劇評や、立女形《たておやま》の風評、同性愛のしんみりした話が話題の大部分であって変態男どもは競って女言葉で会話する故、大分てれくさい憶いを我慢しなければならないのだが、この露地を、

「婆あ芸者のおつるでござい」

と流して歩く新内流しは無論女装の男であるのだ。

やはりこの一角、ナニワ節かたりの妾のやっているみつまめ屋には、主として男装のパン助どもが集るのだが、モダンボーイ型にかり上げたラッパズボンの女達には、一党烈しい軽蔑をいだいていて、どうもあの胸のあたりの気味悪いこと。と新内流しをつかまえては溜飲を下げている次第である。

蘭子がこのビュラに住み込むに至ったいきさつは、慧眼なこの一党に変装をみやぶられて、つれ込まれたに由るのだが、そろそろ食うには困るし、好奇心もやみ難く、で、ビュラに巣喰うヤミの男共のメンバアに入り込み、彼の美貌とカセギはたちまち一群の頭と出世して、いつも数名のヤミの男女

を引具《ひきぐ》して、東照宮下から五条天神を歩きまわることとなった。冬ならば黒い毛皮のオーバに腰をすらりとつつみ、金のアザミのブローチをつけたる蘭子を見出すであろうし、彼がスタイリストであることはニッカースもゴムでしめるのを用いず、身体に合せてヨークをつけ、釦止《ボタン》めにしている細心な心づかいでも知られ、これは今年流行のギャザーだらけの水母のようなスカートをはき、大きな尻が板のように横へ出っぱる女達への彼の気位でもあるのだ。だからして作者は蘭子が絶世の美貌であることを再び強調する必要があるわけで、彼の子分が赤ら顔のノゾにだけ、白粉をコテコテとつけ、時代ものの長いスカートをゆらゆらさせて、風呂から出て来るグロテスク趣味は、蘭子のものではあり得ない。彼の子分のうち更生会館に住する、お銀、三公、ショーリの三人が男だが、彼等にオジギされた日には予とても冷汗が流れるのを禁じ得ないのだ。

その蘭子は商売道具をつめ込んだテケツをぶら下げ、或る時は橡の花咲く清水堂の石段で、サクラ紙を折っているかと思えば、黄八丈に鹿の子の帯を、粋に着こなして、暮れせまる石段や、アスファルト路の角に佇むであろう。

椎の芽立ちは、黄色い嫩葉《わかば》を旧い緑葉の上にくっつけて椎の木が傘をかぶったていに見えるのであるが、その葉ごしに銀糸の雨が蕭々と降り、樫や椎の花粉が漂うころ、行人にふっとさし掛けて来る、杜若《かきつばた》色の傘の主は、恐らく蘭子であろう。もし晩春の雨雲が地平から浮き上り、低い日ざしがもれて、ここから見下すメーゾン・ベルビウ地帯のスレート屋根が、暗い空よりもあかるく映える時には、蘭子はきゃしゃな顔立をそむけるであろう。私は奇妙な因縁で彼ならびにその一党と知ったのであるが、それはかかる条件の下にであって、蘭子は池の暮色に眼をやって、

「鷺が飛ぶわ。脚の細いこと」

といったものである。蘭子は、仲々楽しいやつであってスケパンと同列にみなされるのをひどく嫌い、ちなみにノガミのパン助といえばピンからキリまであるわけで、池袋あたりから毎夕隊をなして集って来る臭い女達、五重塔下に三角の乳をみせながらシラミを取っていたり、朝な朝な弁天島の水道で、すっぱだかになって水浴している乞食ダイアナ達に比べれば、誠に蘭子の意地と潔癖は庶民貴族精神というべきであろう。彼が毎日風呂に通って、入念に化粧する図は前述の如く、私はしたがって毎夕彼と顔を合せていたのだが、此処でこうして傘さし掛けられてみると、まこと、下町風の純情可憐な少女そのものであり、岡惚れの私は、悪いことをしたわけではないが、くっ、、、たくした夜はビュラへと出掛けたものである。

ここに集る一党は、曾ての浅草紅団の正義、純情をいまだ失わざる人々で、予も亦常盤座文芸部から眺めやるとなりの活動館のコールタ屋根が、ロールパンのかたちであった時代をなつかしみ、蘭子をつかまえては、人間がつまらぬ事で惚れちまうのは、おまえのガラガラ落しばかりではないよ。大した奴ではないと思い込んでおったさる劇団の女優と並んで歩きながら、女の足がたがいにスカートを蹴って動くのを後ろより見下し、細い足首であると思ったとたんに、この発見は、予をして女房に惚れしむるに充分であった。この女は舞台稽古の時、いつも片足をつま立てていたものである。というようなだらしないのろけをきかせておった。

一党は浅草紅団の感傷的な歌をうたい、或る時は軽喜劇の団長大スタア舞踊家を混じえて、酔っぱらえば、ボッカチオ「祖国の歌」を合唱し気焔あたるべからず、このごろ舞台に返り咲いて、それで始めて女で出られるという老歌舞伎俳優の多幸を祝するのであった。

蘭子に想を寄せるのは男ばかりでなく、予の知るルミなどは熱狂的なひいきであるが、ルミを中心とするグループは逢初橋《あいそめ》のパアマネント屋「銀巴里」をサロンとしておる。彼女には公園のアイスキャンデー屋も敬意を表し、

「姐さん、今晩は山へとまらしてもらいます」

と頭を下げに来る位だから、野獣のような女ながら、なかなかさばけたやつであって、その代りケンカは猛烈にして、蘭子の一党にケチをつけるジマワリどもがあるとすれば、彼女ら一党にぐるりをとりまかれ「蹴り」を入れられる覚悟でなければなるまい。ねぼけ顔にカモジをぶら下げ、ピーナツをかじりつつ、銀巴里に現れる彼女は、椅子のヒジかけに腰を下し、あぐらをかいて、子分のユキに上衣をぬがせながら、

「ユキ、右のポケットにサイフがあるよ。休んできナ」

というであろう。彼女の胸の厚さは抱いていらだたしい程で、空気のレイヨンの中には液体の如き乳房がしめ込まれておる。やがてのことにサイダーをぶら下げたユキが帰ってまいり、「どこいってきた？」ときけば、「カッパ」とユキは答える。それは根津銀座通りの喫茶店。そいつをルミはゴク、ゴクとやり、あとは子分のまわしのみである。

「ミチのやつあ、あのセイタカにかじりつきやがって借金だらけさ。昨夜も自動車で帰ったその借金までして一人に熱あげるなんて、ヤキイレてやんなきゃならねえ。女なんざ有楽《らく》町《ちょう》いきゃ二、三人拾うなわけなしだ」

カアチャンというのはやはりこのビュラの軒並み、彼女等が間借りするところのオバサンであって、

小金貸しもやり、つやのない生毛だらけの顔、蒼白いミチもそこに住んでいる。顔立はなかなかいい子なのだが無精なのと貧乏なのとで、これはと思う白い腕も手首はあかじみ、爪が奇形的に短いところがいつもきたならしい。カモジは、蘭子もしばしば用いるところの扇形のやつであって、エリアシにくっつけ、両端のヒモを頭の上で結ぶから、リングが衿のあたりにいっぱい並ぶのである。彼女等の体臭は人間の液汁の臭を帯び、その臭は彼女等の住み家にもしみ込んで、安白粉と混じているのである。彼女等は大抵田舎に貧農の家族をもつので、田舎に帰る時には、せい一ぱい着かざって、みやげ物も借金してもってゆく。家族達は娘が出世したと自慢なのであろう。

梅雨となるとこの地帯は誠に憂鬱であって、畳はさらでだにじとじとと汗ばみ、物干のてすりにはゴムのような茸が生える。窓をあければ戸外はむしょうに明るく、キャラキャラした隣家のポータブルは「ア　パリ　ダン　シャク　ホブ」[*1]と歌うであろうとき、室内とは格段にむっと暑い空気の中に出た私は、ビュラの二階に寝そべっている蘭子をひっぱり出して、広小路の鈴本昼席へ出かけるのが日課であった。私は市井無頼の小説書き、女房はマメマメ記載せる献立表を残し置き、芝居をやって家に居つかず、放浪の想いやみ難き予は、闇に棲息して隠花植物のはなを開く、かの一党の自由精神に、鬱屈した精神をつかみ出す憶いであった。五月雨が池に限りなくふり込める頃は神田祭や三社様のなまめかしさに浮かれて、セルでは肌寒い夜道を、遠い灯や神楽の笛をききながら蘭子の傘の中を歩いた。彼の片思いののろけなぞ、しんみりきいてやるのは私位であったゆえ大いに信用を博したわけであろう。私は又、道ゆく人もふりかえらずにはいない緋鹿子帯の娘をつれて歩くのがいい気分なので、夜祭にはほとんどすべての商家の娘が、綺羅をかざって出そろい、中には予の幼なじみも混るのであるが、彼女等といえども蘭子の凄艶に及びもつかぬ美少女どもであるということは仲々痛快なことであった。

「煙草ないでしょ」

というや、蘭子は地下道のガチャンコに、いそいそと袂を振って近寄り、私のポケットから十円ひきぬくや、十一箇の弾丸《タマ》を巧妙にはじいて、たちまち一つかみのピースを私の掌の上に並べるのである。まことにガラスの中を廻転する鉄玉が、ホームランへとび込んで、ざらざらとタマが出て来るのは痛快であった。

蘭子はかの会津六郎が、一撃を以てガラガラ落しを崩壊せしめた情景に深くうたれたものか、これに執着して熟練を重ねた末に、指に血マメを生じ、指サックをこしらえた位に熱中したゆえ、十円で三十分ねばればピース一箇は楽々モウケられるに至った。蘭子の科学的説明によるならばこのパチンコ機械は通例二分の一に調整してある。したがって穴の二十四あるやつ、十六のやつにしたがって、頂上のホームランに入れる為には両手でバネをおさえて二分の一ではじけばいいというのである。タマを連続二発入れ、頂上でパチリとぶつかって次々にホームランへとびこみ、一挙二倍のタマが出て来る妙技には胸のすく憶いである。

蘭子にとって、それはあの男に又逢えるかしらという辻占なのだが、かかる妙技を百パツ百中するにはまだ大分かかりそうである。

「ドコイクンダヨ　マッタクウ。オラ、ハダカデスンナヤダヨ、ヨルヨナカヒッパリマワシヤガッテ」

かかる叫声と下駄の足音がカチャカチャと目下聞えて来るが、あれはルミの子分たるユキが客にふられそうになってわめいているのであろう。メーゾン・ベルビウ地帯の今ごろは百鬼夜行のすさまじさだが、その陰サンな中でパチンコ占いをする蘭子の心意気というものは、まことにうれしい姿であ

った。聞きたまえ、

「チュッ。チュ、チュ、チュ」

とクイックを遠く歌い出したユキのうかれざまを。うまく話はまとまったのであろう。

それはともかく、梅雨のあけ方、ビュラの入口にはシュロの花が長く噴き出し、雨はしきりに降る夜であったが、蘭子は四万六千日の人混みで、会津をみたと、胸はずませていい、「後を見えかくれにつけたんだけど、こっちを向いてもくんない」と、黒いテーブルの上に並べた緋色の鬼灯《ほおずき》をもみながら、しどけなく肩を落して言った。雨の音の中で蘭子は酔っぱらい、例の風呂屋の後家がうるさくつきまとい、いやらしくてこまるわというような嬌態を演じていたのだが、

「蘭子さんは童貞なんですって」とマスタアにからかわれると、

「当り前だわよ」とテレているのである。


ここに至っては、我々浅草ショウ流残《るざん》の一党、自烈《じれつ》たさにたえず、蘭子を会津に会わせなければ可哀そうだということになった。会津は上野浅草へかけての風来坊、親分という柄ではない。千束の染物屋の若旦那なのだが、中学の途中から遊び人の世界に沈溺したのは、親父が先に立って遊びにつれ出したからで、親父というのも桁はずれの豪気肌で、猟銃で女房と父親を傷け、大分家産を傾けたあげく、保釈になっていたらしい。何しろ十七、八の頃だから、芸者の方で遣《つか》ってくれ、徹夜で飲んでいる親父をしりめに、チヤホヤされながら芸者をつれだして遊びまわるのが、愉快だった。兵隊でジャワからラバウルまで引きまわされ、いろんな色の女を知りつくし、トカゲや大ネズミなんぞ食って帰ってきたが、空襲で一家眷属皆死んでしまい、隅田公園にずらりとならぶ不詳の墓があるのみであ

った。その当座は処々の焼原の地上権など売りはらい、それに公園よりの地所を差配させた出入りの顔役が、マーケットをつくって大したハブリなので、その方からの上りもバカにならず、昔の夢を再現して柳巷《りゅうこう》にひたっていた。例の芸者、本当は芸者家の娘なのだが、紀代とは旧なじみなので、蘭子がみたのはその頃のことであるらしい。

何が江戸っ子でえ。斜にかまえやがって田舎臭え。通がりがきいてあきれら。と出入りの顔役にワラジをぬぎ、客分という形で命売りたしをはり出したころには、家産はとうの昔にフッとばしていた。そんな話は一党がきき出して来たので、吉原芸者の美しいのと男をはり合う、これまた絶世の蘭子の美貌は、どうしてもこれ、一もんちゃくはまぬがれぬわいと、岡やき一党の気のもめることではあった。

元日にはたしか私の寝込みをおそって、観音様につれ出し、五円のオミクジが小吉だといって喜んだ蘭子であったが、今年の花が咲くころには、いよいよパチンコの腕まえも冴えてまいり、遂に会津をつかまえたのである。それは蘭子の子分が、相かわらず着流しの会津をみつけて注進に及んだ次第だが、花の下をみえがくれに行くザンギリの粋な後姿をみて、蘭子姐さんも、さすがおろおろして、いじらしい限りであったという。

「ねえ貴方」と寄りそって、「つきあってよ」というと男は、「オ金《シン》がねえ」とにべもなくいう。

「そんな、下品なことよしてよ。ね、お願い、家へ来て」

その話は大分三公からきかされたが、蘭子は憶いを遂げたと覚しい。

「あたしなんか、どうせオモチャですもの」などといっている蘭子は、「こんな身体ですまない」と会津の身代りにいつでも死ぬ心意気とみえた。予にひそかにもらしたところによると、例の芸者屋の紀代は蘭子にやると彼は言った由なのだ。

夜沈金《よるちんきん》の夜桜の中には一列に灯がとぼって、行き交うジープの投げる光は木立を截って並木の影をまわすのである。前髪に白く桜をピンで止め、男の袖の中に手をつっ込んでぶら下りながら歩いている蘭子をみつけて、「仕様のねえ奴」と予はあきれた。

野郎かたなしながら、シンパイシテイル。こんな電報を旅先きの女房に打ってやろうかな。女房儀病気休演ノ為……こんな紙が出て、翌日にはすごい顔をして帰って来る女である。蘭子と紀代のはり合いがどう落着するのか、そいつは作者如きものの知ったことではなく、竹之台の路上では野外ダンスパーティがうごめき、こいつはどうも、おちつかない。

現行犯パンスケのカリ込ミとおぼしく五条天神の木かげでは、いきなり照明がたかれ、シウシウ噴き出す閃光に、木々はあおく、幾組もの男女の姿勢はほの白く浮き上ってしまう。ポリスがわらわらかけ出すと、みんなつかまってしまい、もろもろの曼陀羅絵は夜桜の中に沈んで、これは、

鬱金《うこん》の月夜であった。

註　ビュラ、別荘（Villa）の意か。実在せるカフェなれど作者その意を識らず。

【註】＊1　リス・ゴーティの曲。邦題「巴里祭」。「À Paris dans chaque faubourg」。

狂気の季節

その黄色い沼は、都会のまん中にある。それは主として枯葦や、かやつり草の色なのだが、その内側は茶色い枯蓮のエリマキ、そして水鳥がほじくり返した黒土の水たまりは、沼のまん中の波の色と同じ、剃刀をひるがえすような色だ。

剃刀といえば私は、右のポケットに、友達からもらった筈のGILLETTEの両刃をいれていたが、その刃は青色紙を破って、俺の足は血だらけになるかもしれない。みるみる沼の中心は深い谷底に遠ざかってゆき、私は、枯れた灌木をかきわけかきわけ、一直線に湖心に向って駈け下りていた。沼の中心は際限なく下にあり、転がりながら視野に入る空を仰ぐと、雲一片《きれ》ない空は、茶色い岩の上にのぞくところの、岩をめぐるビルディングの塔。――それは松坂屋なのだと思ったが、その塔にひらめく赤い旗が、遠い遠い距離に音もなくはためいている。これは、曾てみた他人のかいた風景なのだろうか。傷ついてもいたくはなかったが私は、右のポケット必死におさえて駈け下りておった。

サーカスは、このサーカスには山羊と熊しかいない。それで、じゃんじゃんかけている金管楽器のレコードも知らぬ顔で、この秋の、天幕のまえの日だまりに、ちっぽけな、うすよごれた山羊がつないである。この山羊は鼻先にころがっている紙クズをたべない。風は、ばたばたと雲つく天幕をふくらませ、立上ったノドの白い大熊や、山羊が玉のりしているカンバン絵をしわよせては、カンバスの生地剝げちょろけてみせるが、横手へまわれば客席の、ヒナダンの後ろ側ばかり、そこにはギョーズとかいた支那料理屋の、青と赤のペンキ塗。

不空《ふくう》けんじゃく観音の掌《てのひら》は、それはこう——握ってからゆるゆるお開きになったに違いない。だからあの、左の掌は、こっちを向いている。うそだと思ったら、あの洋傘を指の先でくるくるしている女の、掌の動きをごらんなさい。

水道の水で産湯をつかい、アーク燈のぎらぎらした光でそだった天使達といいたいが、みんなうすよごれた処女《おとめ》達。ああその黄色くドーランやけのした顔はどんなに、まつ毛、長かろうとも、中高のこぢんまりした眼鼻は、どんなに彫刻的であろうとも、踊子よ、うすいゴム一片が処女の象徴であろうなら、俺は、何べん楽屋の階段を、はしごづたいして疲れようとも、やっぱり何という、みんなうすよごれた処女達なのだろう。

例えば、一つの記憶が、始めて胸をみせてくれようとする鶴子《たづこ》が、鋭いまぶたを紅潮させ、次いでそれを刃物のように蒼白にして、私を見上げるやいなや、ポキリと音したホックの音は、骨骼の崩れる音と私はきいた。その貴族の娘は、水色の好きな女で、その初夏も、うすい水色のアフタヌン・ドレスを着ていたが、その肩は私の腕の中に崩れて私は、女のすきとおるように白い、いやに壮麗な、えりあしばかりをみておった。クレープデシンの上からいつも感じた異様な触覚は、指先にたしかめられたが私は、更に冷酷な博物学者の眼で、レモンを截ったあめ色の尖端をみるのであった。そこにはありありと黒い毛がうず巻いていたのであったが、「残酷だわ」といった女は、私の唇にかみついたのである。

記憶は意識の泥沼である。

そのころ私は高等学校の帽子をかぶって、夏でもマントふくらませて歩きまわっていたのであったが、まっ白い道ばかりが眼にちかちかしていたのである。食堂の椿の花が、それは少女の顔位の大きさであったが、いつのまにかさつきに変ると、寮の部屋の窓から広がる郊外の麦畑もようやく穂に出て、熱っぽい風がうねって緑の穂波を、絹の光に輝かすのであった。たそがれの色が麦の葉先の露とともにせまって、畑のまん中、蛙がなき出す頃は、ふり仰ぐ高等学校の塔に夕日が赤々と射した。

朝、おろおろ私が学校に出かける時刻は気の早い友達がオレの下駄はいていってしまうゆえ、私はゲタバコのスミっこからヒヤメシゾーリの片っ方ずつをさがし出し、その時俺の踏むゲンカンのスノコはカチャンカチャンと鳴るのであったが、学校までの坂道のジャリを、バフンを気づかいながら登るのであった。痛そうに尖る道ぞいの穂麦の、そのフシからフシまでの鋭い直線は、

熱を病む記憶を蘇生させる。

中学生のオレは、教練のぺなぺなカーキ服で、麦畑の中にひっくりかえっている。黄熟した穂は、白い焔のように、丘をめぐって光っておった。オレはあんまりあかるいので、ボーシを顔にかぶせて

眼をつぶったのだが、耐えかねて眼をひらくと、すりきれ汗じみた中学ボーシのラシャのメからは、六月の陽がもれていて、虹のようなまるい沫《あわ》つぶが、いくつもいくつものぞいておった。眼をパチパチやっているると、それはやっぱりまたたくのである。俺は朝、野外教練へ出かけるべく駅に行ったのだが、そこに集っているやっぱりカーキ色の学友たちをみると、胸つき上げるえたいのしれない気持になって、うっそり逃げてしまったのである。俺一人カーキ色の服を着ながら、ゲートルを巻いてない姿が、それがボーシの中で眼をぱちくりやることであったが、

この異境の気持はやっぱり今もするのだ。

一天かき曇って、黄熟した麦の波が湿気をはらむと、これは、何という凄い色に変るのであろう。

枯草は燃えているのである。凄い色した草も螢光して燃えているのである。印象の強迫は俺を狂せしめる。

野辺の鶯なる蟋蟀《こおろぎ》と、樹《こ》の間に憩う蟬のため、ミュロオこの共同の墓を築き、乙女の涙をしぼりぬ、とギリシャ詞華集はうたうけれども、アニュテエの作かレオニダスの作かそれはわからない。夜の油蟬はぎりぎりと鳴き叫び、あのエンマ蟋蟀の、しっぽに長剣つけたやつは、バーッと翅ひろげて飛ぶのであるが、蟬も蟋蟀も死んでしまったから、窓あけて見えるものは、やっぱり黄色い沼なのだ。私はキンダーブックの表紙を憶い出す。子供が小さなキンダーブックを見ている表紙である。そばには

犬がくちびるをなめて坐っている。その表紙の少年がみている小さな絵本も同じキンダーブックで、少年のそばに、犬がくちびるをなめているのである。その小さい少年は、又更に更に小さいキンダーブックをみているに違いない。その更に更に小さいキンダーブックにも少年と犬はいるに違いない。小さな無限が、絵本の表紙にどす黒くつまっていると、曽てチビの私は、ボー然と考えた。

　お前はこういう顔してるのだよ、と一枚の鏡をつきつければ、鏡の中のオレの眼はオレをみている。そのオレの眼は又オレを映しているに違いない。又その眼は……これは、決闘である。おれの霊魂は砂にそそいだ一杯の水のように、しゅうんと消えてしまって、凄い色の草のエリマキして沼が、現れるじゃないか。コトンととぎれた意識の崖の底、沼には月が出ているからして、こおった枯葦の根は光るのだ。じゃらんじゃらんと象牙のウデワをならして、夜の女のたくましい腕は、俺の首ったまにうねくり、黒い毛ガワのハーフコートには、金のアザミが開くのだ。「寒いからやだ」といってもその女は、「もうじき私は消えてしまうよ」と俺を林の中につれていってしまうし、女の灰色の皮膚はヤモリの皮膚で、乾いた乳房の谷を月光が照すなら、俺は、白楊に頭をもたせてふらふらしながら、うずくまって、口に含んで俺を犯す女の、たえだえの、あざむきの気息をかなしむ。

　月は、湿地に白楊の影をならべているではないか。斑雪は夜目にも白々と、その上に散る針葉樹の種子まで、明かに浮き出す。女は、「ディドリッヒのようでしょ。よく見て」と月を仰いでのけぞったまつ毛を動かさない。「名前は蘭子」と、そういった。蘭子は沼に来れば必ず、「アラ」といってすれちがいざま俺にヤモリの掌で、水銀を刺すのだ。そのとき俺は月夜の蟹と化してしまい、俺の走りあるく海底の砂浜は、見渡すかぎりの波紋のしま模様。そして蒼黒い俺の甲羅の上、三米《メートル》ばかりのすき透った海の水は、ゼリーのようにふるえながら、スイスイ月光を透すので、俺の影ぼうし一つ砂に動いて、俺は、不安のあまり身も細り、蟹缶の骨のように、身も透きとおる憶いがするのである。
(蘭子は実は男なのであったから)

霊魂の気圧は、外界よりも低いのであるらしく、氷片のような表象の吹雪は、うっかりするとめちゃくちゃに飛込んで来て、俺は死んでしまう。そいつは、ダンゴのように見える時もあるが、時間のクシを一本とおさないと、ダンゴにならない。ところが元来が虚妄のクシであるからして、きたならしくて、きたならしくて、俺には……と俺は初恋の女に話す。藤子は今では友達になってしまった。それは彼女がローのように肥ってしまったせいであろう。十三の藤子が初夏の晴天を背景に、丘の上の公園に立つならば、俺は死んじまいたいと願ったであろう。俺は芝草につかまって、よじ登る蟻の気持で、飛散する虹のめまいに耐えておった。藤子は銀行ヤの娘である。

「鼻は――鼻はね。赤いと何故おかしいのかというと、紅で彩ったと、紅い色がかぶせてあると感じるから、おかしいのだと、ベルグソンはいうのだよ」藤子はニヤニヤ笑っている。「あまりに高価な精神の浪費だ」という顔しているから俺はファンテジーの論理について、この弁証法神学者に説かねばならない。「藤子は理性の信者だが、〝紅鼻は彩った鼻である〟というのは推理する理性にとっては虚妄だろうが、想像にとっては、きわめて確実な真理なのだよ。だから理性の論理ではない。想像力の論理がここでは必要なのだ。俺は、時間のクシを沼の中にたたっこみ、うまくつみ重ねられているいろんな判断や、しっかり根を下している観念どもの外殻を引っぱがして、地下水の水脈のように、互に入りまじっている種々の形象の、一種の流動的な連続が、自分の底に流れているのを眺めなければ、この論理を再構成することは出来ない。これはベルグソンがいうのだよ」俺は黄色い沼を眺めて、彼方の白い樹が輝くのを見る。

十三歳の藤子の髪は、六月の青天に金色の暈《かさ》を輝かせているから、眼を空に移しても、藤子の黒い影は網膜に残って青空にうつるのだ。

沼の彼方の岸には白肌の橅《ぶな》が二、三本高く光っている。何かしらぬドキドキするものが私のうちに流れはじめたようであった。それが春の樹液のようにジーッと少年のからだのうちにみなぎって来る。私はそのころ遠い古代の遺跡や廃墟に魅されて、小学校の児童文庫からはエジプト発掘の本だのクレタのシュリーマンの発掘の本だの、アッシリアのティグリス・ユーフラティス河の話を借り出して、読みふけっておった。そのうち象形文字は特に私の心をそそったように憶える。ロゼッタ石の話だの、ライオンはどういう意味で、鷲は何、楕円でかこまれたのは王族の何の印だとか、よく憶えては一人で喜んでいたりした。そのころ私の好きな女はテーベで発掘されたハトル女神の横顔である。その大きな切れ長に澄んだ瞳、その眼じりの藤づるのような曲線や、黍《きび》のようなものをさし出している手のかたち。私はルーブルにあるというその壁画を想ってそっとため息をもらす。そんな私はツタンカーメン王だの、ラムセス二世のことを考えては寝るのであった。そして十三の私は夜具の中で、時々変な気持にとらえられるようになる。手や足が針金でしばられたように動けなくなってしまう。針金が無数に組合わさって、手足を動かすとそれがキシみそうになる。それがキシむのは恐ろしいので私は息をひそめてジッとしている。ソッと指を曲げたりしてみた。私は夜中に眼をあけるとクーン シーンという蚊のなくようなかすかなうなりをきく。赤や緑や黄色が巴のように暗い空間を飛びまわって、眼をとじて両手で強く眼球《めだま》をおさえたようなえたいのしれない色彩の乱舞であった。体操の縄梯子を登ろうとすると、痛いようなしびれるような電撃が、しばしば私に赤い顔をさせる。それはエクスタシイの前兆であったろう。私は御所山の叔父の家の池の中で、金魚が卵を生むところを観察してやろうとしていたが、経済学者である彼とは、よく港を見にいった。叔父と一しょに見た文化映画のスクリーンで大きなアマリリスはみるみるヌーッとのびてぱっと開いたりした。叔父のところにいる親類の女の子、Ｆと私は野毛山や外人墓地を歩きまわる。私には女の姉妹《きょうだい》がないので、少女と二人歩くというようなことは始めての事であった。公園のだらだら坂の二つに分れた道のところで、反対の方向に行こうとした少年は肩と肩とをぶつけ合ってしまう。少女は赤い顔して、「ごめんなさいね」といった。私はどんどんかけ出して赤土の崖をよじ登り、からすうりの白い花を検べてみたりする。芝草の中ではクロナガアリがこぼれそうに芝のかたい葉につかまりながら、神経質に動きまわっておった。少女が感傷的な顔をしている間、私は青いオオトをむきになって追っかけていたのである。

暑いある日、私は叔母とＦと御所山のだらだら坂を下りていった。港へいこうとしたのである。Ｆはすぐ後からくるといっていた。そのとき私は初恋の女に逢ったのである。その女の子は私達の後からやはり坂を下りてきた。私は何べんもなんべんも振返らざるを得なくなった。初恋なんていう言葉はちゃんと知っていた私だから、この気持がそいつなんだなと私は思った。それでもあんまりしげしげ後をみるのは気がひけたので、「Ｆはまだかしら」などとごまかしては後を見た。坂を下りきった所で、私達が立どまってＦを待っていると、その子は近づいて、チョコンと叔母におじぎをして行きすぎた。秀麗な印象は残ったが、彼女がどんな服装をしていたか、どんな顔かたちであったかは思い出せない。どうもそれは見なかったように思える。私はそれ以上彼女について何にも知らない。私はＦには恋をしなかった、けれども、どうも初恋の女はＦとまぜこぜになって、あのスクリーンのアマリリスの像のように開くのである。銀行ヤの娘というのは、私と小学校で同級の女の子であって、藤子というのだが、私は曾て彼女にモーレツに抱きつかれたことがあったので、初恋の想念は藤子とも結びつくのであるらしい。

　小学校四年から五年へ移る時に、熱病をして、ひよわくなってしまった私は、海へはゆかれず、U先生の宇都宮のお宅へいったのだが、トーモロコシの白く実のいった毛房をぼきりと折ると、白々した生木《なまき》の色が眼にしみた。黄色い壁面いっぱいに洋画が大きいのや小さいのや掛っているアトリエには、青い眼のやんまが飛びこんできて、大きな窓ガラスにぶつかるのである。宇都宮の城下町を一層雄大に古めかしくする雷雨がきて、そのアトリエの窓ガラスは、蒼白い滝になるとき、ピチピチした褐色の女の肢体に私は爪を立ててたしかめてみたいと思うのであった。エッチングにつかう稀硝酸の水槽は、銅のイオンのうす青に染まって、湛えているのであったが、私が宿題の水彩をかいていると、のぞきこんでオセジを言ったりするモデルの女を、かきかけのその油絵に見出そうとする、黄色く熟した梅の実が、ぽたりぽたりと地面に落ちる少年の心を私は、油の匂うようなかきたての絵にして、のぞくことが出来る。

ふり返る時、それは逃げる時である。

　俺は、眼をつぶって逃げなければならない。その私の足をすくませ、眼をあいて沼に向って駈け落す鶴子の記憶は、私に三浦の蒼白な顔を蘇生させる。三浦はチャンドラボースのような顔をしていて、ロイドメガネをかけ、頭の毛も柔かくチヂレていたが、中学で同級になった男で、しぶとく我儘なのは、義理の母親一人に育てられたせいなのだろう。それで友達はあまりなかったが、私のいい子になりたがる仮面を、ひっぱがしてくれたのはやっぱり彼なのだ。その三浦に、江戸川べりを歩きながら改まって、「いつまでも友達でいてくれよ。メフィストフェレスなどといわれるのはオレ、たまらない」と気弱な声を出され、いやに丁寧で、病的な程美しい三浦の母親からも、「父親のない子でございますから」等といわれると、てれくさかったが、三浦の一つ上の姉が鶴子なので、きれいというより鼻の形だけいかにも貴族的な鶴子に、少年の私は無関心を示したかったが、それは三浦への羞恥もあったに違いない。

そのころ三浦は、文芸的な野心に焔えていて、「女性も交えて(こんな言方はいかにも三浦風だが)同人雑誌をつくろう」といい出して道具立ての好きな三浦の事だから、原稿用紙まであつらえて刷らせたりして、毎晩友達が集ったが、なにしろ人数がたりないので、藤子の家も近かったので、はにかむのを無理に仲間に入れてしまった。一党は神楽坂のおしるこやや、レコードやを歩きまわって、しきりと気焔をあげるのであったが、中学の三年から四年へ移る時で、軍国調の弾圧がひどくなり出し、それが我々ののんびりした一派にはてひどくこたえたので、反逆の気焔がふき出したのである。我々は手のつけられない生意気な一党であったにちがいなく、冷汗に身をしぼる憶いがするが、小石川の高台にあるG中学は、一年の入学式の時に、「君達は背広服を着ている紳士なのだから、これからは紳士として待遇する。諸君の内なる権威を信頼するから、私は諸君を規則でしばったりはしない」と校長が言って、これはえらいことになったぞと、我々は体をふるわせた位であるから、そのせいもあったので、昭和十三年といえば、挙国一致とか時局なんていう言葉がハバをきかせていたころであったから、私はこの校長に始めて火をつけられた気がした。その時局の圧迫で、校長も私が二年に上るまえに、「開拓者たれよ」といってやめてしまったからして、それからの暗澹たる時代の中で、あぶなっかしい腰つきながら我々が、「烈々たる秘められたパトス」などといって、どうやら耐えることが出来たのは、この内側にともされた鬱勃たるものの所為《せい》であったにちがいない。私大の講師をしていた横浜の叔父も、そのころつまらぬいいがかりで検挙された位であるから、三浦などが顔を蒼白にして気焔をあげるのも無理ではなかった。神楽坂のキラキラした灯や、暗い江戸川ぷちを歩いて、白い息をふき出しながら、俺達の考えてることは、これはなかなか大したことだなと思いながら、アダム・スミスや、カアル・マルクスや、それから夢のような恋の話をするのであったが、三浦がヒューマニズム調の戯曲をかいたり、私がメンデルスゾンの主題による幻想曲なんていうのや、ハープをつから交響曲を三浦とつくろうとしたりしていた、そのころの我々にとって、カアル・マルクスという名は、何と禁断の蠱惑をたたえていたことであろう。

三浦は母親をひどく悪《にく》んでいて、二言目には家を出ると言っていたが、血縁の因習に食いころされたような男だから、彼が歯がみして反逆する気持も思えばひしひしと来るのだが、それにしても私には三浦の母親は親切な優しい人に見えたし、姉の鶴子にしても、まあいい姉さんなのだから、三浦がそれ程にひどくいうのは、彼の我儘だろうと思って、むしろ母親の側に同情していたのである。三浦は又、例の露悪癖で、「マスターベイションの後で、モーローと灰色に見える街へ出てゆく」小説などをみせたりするくせに、家族関係の事などにさわると、ひどく身がまえて黙り込んでしまうので、彼が死ぬ迄三浦の家のただならぬ気配の理由は、知ろうとも思わなかった。私が三浦とほとんど口をきかなくなったのは藤子とのことで、小学校以来のロマンティックな記憶もあった。私は藤子を美しいものにしておきたかったのに、「今日藤子氏床屋にいたぜ」などなどといわれるのがいやだったのだが、その時も三浦の母親は恋々たる手紙をくれ、仲なおりをしてくれとくり返して、このことはあの子には決して話さないでくれ、といやに念を押してあった。そのころから私は小説本のラン読ばかりして、うるさい学校もさぼりつづけ、試験へも出ない有様であったので、成績も首席のあたりから三ケタまで転落し、今迄大目に見ていたらしい教師達にも続々意見される有様であったからして、それに級の奴から恋文が来たり、三浦とのことを中傷する奴があったりして、おまけにいつも朝、市電の停留場で待っているそばかすだらけの、猫みたいな眼をした女学生が、紫インクの結び文をくれたりしてうるさくつきまとうので、私とのことが父親に知れて、大分しかられたらしい藤子に、もう逢えないといわれ、ひどく感傷的になった私が、モリエールばりの孤愁に陥って、三浦を憎悪したりしたのは、彼にはすまない限りであった。私はこいつは何とかしなきゃと一人で苦悶しながら、藤子の父親と決闘してやろうか等と、滑稽な事を考えたりしたが、世の中は私達の考えつかない様なことまで取上ますもの。女は細心な馬鹿よ。意志よりも第三者のことを考えます。などといった藤子に、もうあと五年位は決して逢うまいと意地になっていた。

　記憶は意識の泥沼である。沼の中にたたっこんだつもりの時間は、とぐろを巻いて俺をしめころしにかかる。三浦は十八の春死んだ。肺病で中学は休学していたが、それ程の病状ではないらしかったので、いろんなことで利己的になっていた私は、三浦が、「俺は死んで、このどろりとしたものになってしまった」と書置して、布団の上に何かどろりとしたものをたらして置いて家出しようと思うなどと、手紙をよこしたりしても、又かとばかり気にしなかったのだが、三浦の母親から彼の書置めいたものを見せられた時には、ギョッとした。題は「自滅するものの独白」というので、三浦が恋愛の詩だの断章だのかきちらしていたノートの余白に、丸こい字でごちゃごちゃ書いてあるので、私がギョッとしたのも実は彼が本当に死んでしまったからなのだ。そうひどい病状でもなかったのに、心臓に急変を起して死んだ三浦は、ひどい不節制をして、自棄的な神経衰弱におちいっていたらしいから或はこれは周囲へのつらあてに作品として書いておいたのかもしれず、例の「どろりとしたもの」を残して家出してやろうというつもりだったのかもしれない。ともあれ私は三浦の姉の鶴子と、この後、泥沼のような愛欲に落ちていったのであるからして、三浦が地獄で、「どうだい」と冷笑しているような想いもするのである。それは大略こうなのだ。

俺は自殺するのではない。自滅せざるを得なくなったのだといったら、「そう深刻がるな」と君に言われそうだが、しかし俺はやっぱり死ぬよ。口でこそ冷笑するが、君の心は冷笑することをすまい。そして俺の死を一番重大に感ずるのは、俺の次には君だろうから、俺は君に見当違いのショックを与えまいとしてこんなものをかくのだ。君は厳粛な顔をするね。俺はいつも思うのだが人が死ぬなんていうことは大したことじゃない。だから死についてあんまり重大に考え、厳粛になってもらいたくない。又俺を自滅せざるを得なくする運命（これから話す）、それも実は大したことではないのだ。

重大なのは俺が死ぬまで芝居をしなけりゃならなかったということだけだ。俺はぶっているように君には見えるだろう。君が冷笑するのはそれなのだ。しかし俺はもう一度ひっぺがして、芝居せざるを得ない赤裸裸な人間をみてもらいたいのだ。人間はジャーナリスティックに出来上っているよ。

（置時計がうるさくてかなわぬ。その歯車の刻む一秒一秒が、無限の時間を分割することによって認識しようという、有限なるものの無駄な努力であるような気がする。俺はこのうるさいやつを押入にしまってしまった。しかしまだ歯車の音が耳についてやりきれぬ。俺は今時計を毀《こわ》して

やった）

＊　＊　＊

静かだ。鶴子はのんびり寝ていることだろう。彼女は夢も見ない程健康なのだ。それに反して俺は、このとおり胸をやられ、神経衰弱でみるかげもなく憔悴している。咳がつづけざまに出る。痰が喉の奥にひっかかって痰つぼを離すのも不安なのだ。泣言のようだが、健康であるということは憎悪と恐怖に値する。

君はいつか俺達姉弟が似ていないと言ったことがある。君は忘れちまったろうが俺はギクリとした。鶴子は実は俺の姉ではないのだ。勿論戸籍の上ではれっきとした姉弟だ。けれども俺と彼女とは従姉弟よりも遠縁なのだ。俺は今の母親の子ではない。父と「きみ」という女との間の子なのだ。そればかりではない。姉も父の腹ちがいの弟である叔父と今の母親との子なのだ。この叔父は大陸へ出奔して行方が知れない。ややっこしいが系図でかけばこうだ。

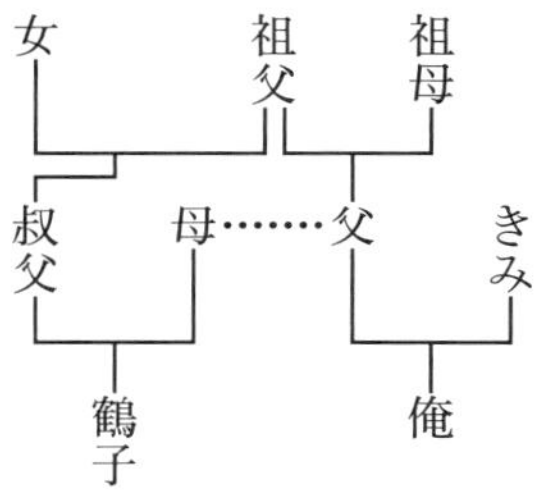

鶴子はそれは知らぬ。うすうす感づいてはいると思うが、彼女はしいてそれには耳をふさいでいるらしいのだ。俺はこの現実のスキャンダルを十五の冬、死んだ父からきいて戦慄を禁じ得なかった。君も知っているように俺の祖父は中御門《なかみかど》の血を引く貴族だ。父は母と政略結婚をさせられたらしい。母は叔父の恋人であった。父は母を極端に嫌悪するようになって、俺の実の母きみと離れられなかったらしいのだ。実母も今は死んでしまった。

君はまだ憶えているか。中学三年の時だ。芥川の自殺の話がでて、君はあれを冷笑して言ったろう。「自らを大凡下《だいぼんげ》の一人と気取ることによって、彼が大凡下でないことを大向うにうったえたのはさもしい」と。（これは俺がいったのかもしれないが）俺達は藤村操や有島武郎やクライストやワイニンゲルのジャーナリスティックな逆説をやっつけた。あれから二年もたって、こんな幼い気焔にすぎなかったかもしれぬ君の議論をむしかえしたりするのは、議論そのものがいいたいのではなくて、

「君は自殺する必要のない男だから、そんなことをいうんだ」

というのを思い出してもらいたかったのだ。俺は実際君の平和な家族がうらやましかった。むしろ憎悪したい気持といったらいい。例のスキャンダルに完全に参ってしまっていた俺はひたすらかくし、それにふれられるのを拒否した。弱い俺は君に同情されたかったが、それよりももっと弱い俺は、同時にそれを不必要なことだとして、一人で耐えさせる程、俺を臆病にしてしまった。

俺には先祖以来、血族結婚で濁りに濁り、欲望と簒奪の醜怪な残滓のつもりにつもった俺の、淫奔《いんぽん》な血を呪う。俺は鏡をみるたびに、強度の近眼鏡の奥に、ギラギラする性欲をみた。暗黒の

欲望が貧弱な肉体を荒れめぐるのだ。

俺は、姉と姦淫する夢想にとりつかれていた。姉は俺と別々に育てられた。そんな事が余計俺の気持を変にさせたのかもしれない。少年の頃俺は、「貴方のお姉様ですよ」と婆やに教えられた鶴子に限りない夢を画いたものだ。俺と母とは、外面はとにかく、内面では赤の他人同志だったが、鶴子には俺は姉弟の思慕を感じていた。それが実の姉弟でないと知って以来、俺は彼女を恋するようになってきたのだ。しかもそれは純情な少年の恋ではなくて、ギラギラした好奇心の入りまじった姦淫の妄想を離れないのだ。鶴子がカルシウム注射をしたりすると、俺は、「穴という穴がカーッとあつくなる」といった医者の言葉を思い出して、野卑な愉悦にふけったものだ。俺は君の顔をしかめているのが見えるよ。俺は姉の身体を熱心に観察しはじめたのだ。これはもう恋ではない。俺はふざけるふりをして、彼女に口づけしたり、湯上りの鶴子をつかまえて、その乳房を必死に握りしめたりした。鶴子は泣きながら、「母さまに言いつけます」といった。その時の俺の顔がどんなだったか。自分への軽蔑と憐憫と――わかってくれるだろうか。俺は高い崖から無限のナラクへ落ちてゆく気がした。いつまでたっても地へはとどかず、俺は不安げに足をちぢめ、首をすくめてみても、もはや地面は俺の頭をたたき割ってはくれないのだ。彼女はそれでも何にもいわなかった。一寸ハメをはずしたイタズラだと思ったのかもしれない。俺は、おどけのようにはしゃいだりして、鶴子の寝室にもぐりこんだが、彼女は必死に抵抗して泣き叫びながら、俺を軽蔑し、母が来た。俺は蛇のような眼で、黙ってだき合って泣いている二人の女をにらんだ。

義母は気の弱いコンベンショナルな女だ。死んだ父への義理につかえたのか翌朝も何もいわなかった。鶴子と俺を引はなすことも出来ない女であった。俺は表面何事もない、まことしやかな顔をして、母子三人が、内面の敵意と陰険な気がねをかくしてくらしているのにもはや我慢がならない。

しかも俺は肺病で、その母と姉の世話にならざるを得ないのだ。「どろりとしたもの」を残して家を飛びださずにはいられまい。

これから又例の三浦風の逆説で、俺を精神的に自滅させる動機は、俺を肉体的に自滅させる直接の原因ではない。それは神経衰弱から来る一種の変態心理かと反省もしてみたが、病苦から発散する憂鬱な自負心が俺を酔わせるのだ。それが多分にわざとらしいこの告白めいた書簡を君に書かせるのだ。とかいてその後に鶴子は君に惚れているのだよ。等と書いてあるのだ。

三浦が本当に死んでしまったのは私にとってやりきれない負債である。少年のうちに早い成年に背のびして死んでしまったような三浦の不安は、私にのりうつってしまっているのだ。「断崖から無限のナラクに落ちこみながら、しかも地面は頭をぶち割ってくれない」などと三浦にいわれると、私迄気が狂いそうになる。三浦が歯がみしながら握ったのがこの鶴子の乳房なのだという強迫観念は、鶴子の乳房にうずまく黒い毛になって俺にせまって来るのだ。都会のまん中の黄色い沼は、実は三浦の残した空隙なので、その空隙にすっぽりはめられた俺は、三浦の幽霊にのりうつられているのかもしれない。何でも思い通りにしなければ置かない三浦は、ペスタロッチにひかれると早速、全集を買ってきて赤線をひきひき読み始め、音楽は、和音の哲学だなんていいだすと、音楽学校の作曲科をうけるといいだして、バイエルから習いだす男であったから、病気になる前までは岩波茂雄に感激して、強引に弟子入して、ルソーのエミイルの話ばかりしていた。そういう男だから、死んでもタダは死なないのである。その三浦に、鶴子をやるぞとばかり嘲笑的な純情でいわれると、俺は逃げだしたがダメであった。俺は三浦と恋愛していたにちがいない。

　世界は死霊に満ちている。半袖をきた鶴子の柔い腕は俺の肩にくっついている。バスはゆれながら碧藍《へきらん》の入江をめぐるのである。昨日煤のようににごって、海藻を黒々と揺さぶっていた伊東の海も、今日晴上って六月の日ざしが照りとおると、言語に絶する青さになった。バスの窓から見下す日蓮崎の青葉の向うに、全面に陽を反《かえ》す伊豆の海が、天につらなって輝くときには、六月の海風は栗の照葉《てりは》をそよがせ、クリーム色の栗の花穂をふるわせるのであった。私は鶴子の厚い胸を感じながら、白い橋の上から、イナの群が河口の深みに寄ってゆくのを見下すのである。私は白線の帽子を紺がすりの袂におしこんだままほとんど口をきかなかった。浜には眼の限りゴザの上に青い鰯が干してあり、バスの停留場のそばにも生乾きのスルメが、目を透している。女はいらだって私の手を握ったりしたが、それで私は初めて鶴子を抱いてみた。背の低い女だったので、下駄をはいた私の足は、女の体重でよろよろした。「東京駅で待っています。お話ししたいことがあるから」と学校の寮まで女は電話をかけてよこし、そのまま伊豆まで来てしまった。汽車の中で鶴子は、大陸へ出奔していた叔父が帰ってきたのだといって泣いた。三浦の遺書にもあるように、彼は鶴子の実の父なのである。血縁の呪いが、三浦を殺したが、今度はそれが私に迫ってくる。三浦の叔父というのは遺産分配で、裁判沙汰までして三浦の父と争い、上海にとび出したのである。

「可哀そうな、お母さん」と鶴子がいうものだから、私も可哀そうになった。「今更叔父さんなんか、何をいう権利があるの。ダンサーなんかと駈落して、みすぼらしく落ぶれて、それで棄てられたからもどって来たに違いないの。それがずうずうしく家へ入り込んで、あんなのがお父さんだなんて、いや、いや。私はどうしたらいいの」と鶴子は、あんまり泣いたので、まっかに、きたなくなっていった。

入江をめぐる山々は、みんな夾竹桃の花が咲いて、ぼつぼつと桃色の豹の文様になり空はとろんと夕日の紅、それが入江の表にもうつって空気迄ジョルダンの赤味がかっている。坂道を登ると、入江を見下す、ペンキ塗の柵に、ギリシャ語でプラトン博物館とあり、白い皮の大きな手ブクロをはめた男が、私をみるや、窓から腕をのばして握手をもとめた。ひと目でわかる狂人の眼を、俺は恐れて、見ないふりをして彼方の岬の夾竹桃のぼつぼつに目をやったりしたが、その窓から、ギラギラ入江を眺めているのは、実は私なのであった。「結婚するまで、それだけはかんにんして」と必死の目をした鶴子が処女であったということは、何という錘《おもり》であろう。狂人の家は夕の曇り空の灰色で、四角い、セメント建の稜は切りたって赤い空を限っているのだが、みるみる木枯しはいつのまにか吹きさって、夾竹桃は枯れた雑草のような、もろい骨ばかりになってしまうのである。手をさしのばせばとどく程に、その枝先は近くにみえた。それは時間も遠近もわからなくしてしまう、あの夕ぐれの空気のせいで、きたないうぐいす色のペンキを塗った鉄格子から私が腕を引っこぬく時、部屋のスチームは、カンカンと蒸気がまわってきてまた私は同じ沼にひきこまれてしまう。窓ガラスはスリガラスの部分まで、夕日の色にそまって、私はその薄明ににじり寄るのだが、向うは爪をたててみても既に見えなくなってしまった。

それはものみなが死へ駆り立てられている不安なのだが、兵隊になれば余りに明らかな死であったから、そのころの私達は、一歩一歩がぎりぎりの終局だと観念した。寮で同じ部屋にいた結城は、一週間ばかり布団をかぶって寝ていたが、「唯のひと目が俺の一生を決めてしまった」といって唖の少女に神話めいた恋をしていた。私の部屋は寮のコの字建の突角にあって、地の利を占めていたから、みんなが集ってあばれるので、すぐネダが抜けてしまい、夜中に笑うと、畳がゆらゆらして、窓ガラスまでビリビリした。剣道二段の五十嵐が、夜中であろうと、いきなりシナイをふりまわし、「見よやローマの壮大も」と歌いだして、壁をなぐるので、黄色い壁は隣まで穴があいてしまった。キエルケゴールはあまり読まないが、いつも持ってあるいていて、図書館のキェルケゴール選集を、東横線の電車の窓の穴へ落して、桜木町までいっても取れねえからあきらめたなんといっていた。五十嵐の一党は、浅草のゴモク並べにこっていて、いけば大抵いた。壁の穴からのぞくと、根本がいて、ムーランの踊子に惚れて、さかんにワイダンをしたが、結城などは、にがい顔をしてよく議論していた。「女なんて貴様、精神なんぞねえもんだ。恋愛だなんてうすぎたねえ。人間は食欲と性欲しかねえぞ。あとのはチンチンビラビラの飾りにすぎねえ」と気焔をあげだすと結城もかなわなかったが、学校へは一向に現れず、ドイツ語の試験になると、「俺は辞書を引いたんだが、俺の辞書には、こんな単語出てねえ」といって、新宿のムーランの楽屋裏で、座布団の下にザルをかぶせた火ばちで紙なぞ燃しながら、コタツにあたっているので、「根本よ。おまえは根本的に改めねばいかんよ」と教師にやられた位である。日立へ動員に行っている友達は、機械と轟音の中で、「桜の花は、寂しい花だ」といってよこした。雨の夜、傘さして寮にもどると、ぬれた傘の表には、桜の花びらがべっとりはりついていた。ねむくてねむくて私は、屋上で寝ていたが、それは夜半でもストームをおどりにおしかけて来る奴がいて、寝ていると五十嵐が腹の上であばれるからなのだ。それから外へ出て、陸橋の上から下通る東横線に一せいに小便ひっかけたりした。何ものかの強制が理性も自我も無神経に押し流してしまい、朴歯《ほおば》にローソクを立てて俺達は、アブクのように流されてはたまらぬ、何とかして本ものをつかまえたいと話し合うのだったが、校庭の彼方には白い花が咲いていて、それが散ってレースの首かざりをしたように見えた。教練の教官にキヲツケエといわれて、キヲツケするのはまことにアイロニーであったが、その小休止に何の木だろうとそばに寄ってみると、それは西洋すももの花なのであった。我々の中には、飛鳥や天平の文化をのこした祖先がいると思い、そういった民族の静けさは、恋しかったが、国学者や国民精神論者が見のがした、日本の古代そのものを、死ぬまえに出来るだけ見ておきたいと思っていた。小さな足跡でも残そうとするのは私の感傷であったが、それも動員や空襲の間にするのできれぎれの貧弱なものであった。私はあせって、学校へは出ず、たまらない、たまらないと思いながら、やっぱり何にも出来なかったが、試験にはまた首席になって不思議な気分がした。学校の門のところで、配属将校の老大佐につかまって、「お前はちっとも学校へは出ず、出ても教練はさぼって帰ってしまうが、一体何をしてるんだ」といわれ、「考えています」といった。「考えたって何にもならないよ。お前はもうすぐ兵隊にいくんだろ。キヲツケの仕方ぐらいおぼえておけよ」と大佐はいった。百三十日も欠席して、教練や動員へは出ず教授会で問題になったのを、「見込がある」といって助けて上げてくれたのは彼だという話だったから恐縮したが、考えれば、皇国史を売物にしていた教授や修練部の便乗教授など今こそあっぱれ自由主義者の顔しているが、「学校は校則で、統制を乱すものを追放することが出来るのだぞ」などとおどかしたりしたので、私は怒ってやっぱり学校へは出なかった。それに、鶴子とのこともあったので、我がままでやりきれない女だといらいらしながらも、女の情欲に巻き込まれてゆく私は、身をすりへらすような気分がした。警報で人影のなくなったところの旧い庭園を開放した小公園で、二人は重なりながら、金ダライをたたくような退避の警報を耳遠くきいたが、アメリカの爆撃編隊が頭上を通って、爆弾の地ひびきがだんだんに近づく時にも、「虫のように抱きあったまま俺達は死ぬのだろうか」と考えたが、鶴子は、「死ねたらいい気持」と死の花のように笑うのであった。

女の腹の細さと、胸から脚までのからだを腕の内側に感じながら、私は、この女の子供はこの乳房を吸うのだなと考え、この女は電車の中でこの毛深い乳房を赤ん坊に含ませるのであろうかと考えたりした。それは、死んでしまう昆虫の雄のかなしみだったが、そのかなしみは時間のように私のからだをすいすいと通りぬけるので、私は、私の下腹に重い鶴子のふとももをたしかめて、この重さがいいと思ったりした。そういう時私は、珍しく鶴子を憎悪していなかったが、女の重さが我慢ならなくなると私は、よく横浜の海をみにいった。港の附近は海軍が占拠して港は見えないようにしてあったので、私は仏蘭西領事館から、気象台へ登る坂道を登って、畑の中に坐って青く湛えた港をみるのであったが、気象台の白ペンキは、ゾーキンかけたようにうすよごれ、外人墓地の白く輝く十字架の向うに、谷底にプールがある凹地をこえて、教会の鋭い三角屋根が立つのであった。駆逐艦の薄い舳先《へさき》をぼんやり見ているのろまな私は、ソクラテスのような兵隊になってやろうと思うのであったが入営の彼方は身も消えてしまう煙のようなはかなさで、人は自ら死ぬことも出来ないじゃないか。自殺というも死にそうな過程に自分を投げ込むの謂《いい》にすぎない。生死は人の手のとどかぬところで行われているのだとめまいしそうに耐えていた。

三浦の母親は、伊豆の別荘へ疎開してしまい、鶴子は例の叔父への感情もあって、一人東京でがんばっていたのだが、家具一切を運んでしまったガランとした東五軒町の三浦の家で、私達は、ぽっと明るいヒーターをかかえながら、いた。

地ひびきはズキンズキンとして、例の砂利をトラックから落すような焼夷弾の落下音とともに、ガラス戸の外は一面の閃光になってしまい、これはいかんと観念したが、女も案外おちついていて、ヒーターを抜くと、俺と一しょに三浦の自転車を出すのを手伝ったりした。自転車には急護袋などつんであったので、はかなく安心していたのかもしれないが、玄関のベルがチリンチリンと鳴ったのだけは今でもありありと憶えている。それから顔にあつく吹つける空気の中を音羽の方へ向ってやみくもにはしりまわった。鶴子は私の尻にしがみついて、そっちが風上よ、そっちはダメ、等とおしえていたが、台地の樹木は平らな影絵のように火の粉を吹上げてバリバリ燃え上り、これは芝居のカキワリだわいなどと言っていたうちはいいが、既に烈風が吹き出して、ふりむくと東五軒町一帯は火の海と化してしまい、シャラシャラシャラという様な落下音が、恐ろしく耳につき、屋並の燃え上るパチパチという音も、ざわざわ囁いているようにきこえた人の叫び声もきえてしまって、一瞬静まったように思ったが、頭上を低空で旋回しているB29のまっかに火に映えた大きな翼がピカピカと光ったのは機関砲でもうったのか、信号燈なのか、とにかく眼のまえは轟音とともに閃光でいっぱいになってしまい、路上から弾ね返ってとび上る焼夷弾がいくつもいくつも見えると、急に自転車が動かなくなってしまったのはタイヤが燃えだしたからなのだ。何にしろ道の両側が燃えているので、退避もへったくれもなく、自転車はころがし、ズボンの火の粉をもみけしながら私は女の手を引いて、焼跡へ焼跡へと逃げるのであったが、焔の先が路面を吹くと、一しょに逃げてゆく黒い人影が、剣で刺されるようにばたばたと倒れて動かなくなってしまう。それでも私達は、火に囲まれながら、強制疎開か何かの広っぱに、立すくむと、私は手ぶくろをぬいで、防空頭巾の肩かけの中の女のうなじをなでたりしたのだが、鶴子も手袋をぬいで、小さいがいやに整った掌《てのひら》を出して、その私の手の上から熱っぽくつかまえたりした。警報が解除になっても火事はあたり一面の空を絢爛と染めており、ようやく鎮まったのは明方だったが、三浦の家へ引かえす途中には道路にも、防空壕の中にも、堀割にもカバ色になって、毛もなくなった人間が散乱して、異様な有機物の焼ける匂がただよい、ものみなはレンガの色になってしまっていた。

鶴子は、風呂のタイル張ばかり、白々と顔出している焼跡へ来て、門の石柱を手袋の先でつつきながら、「可哀そうに、可哀そうに」といったが、「泣いてもいいよ」と私がいった故か、赤くなったが涙は出さなかった。

その二十年の春には三浦の母親が喀血してしまい、鶴子も青くなって看病を始めたし、私も動員されて農村へ行ったりしていたので、頼りを失った鶴子は切々たる手紙を連日書く程で、ほとんど逢えなくなったのだが、離れていると、何だかむしょうにいじらしくなって来るので、一しょに一日もいると、必ずどちらかが腹を立ててしまうというような女だったが、鶴子の髪には一部分赤毛のところがあって、女学校時代に、級で一番きれいな少女にそれを当てこすられて、ひどく泣いたと泣きながら私に迄いう女だったので、髪といえば、十六、七の少女のようなお下げにして編んでいるのも、年下の私への気づかいだったのかもしれぬ。丸い頭には二ヶ所禿げになったところがあって、それはひどい難産で、鉗子で引出された時のあとなのだと三浦の母親がいつか話した。「鶴子にはすまないけれどね。ああいう時には母親の方を助けようとするので」と花のように恥らって三浦の母親はいったが、いっそ死んでくれたらと願ったことであろうと、鶴子はいうのである。「愛のない結婚をして、私は一生そのために苦しみとおしたのだから、鶴子だけは自由に結婚させてやりたい。嫁に来た家では女中にまで白い眼をむけられ、三浦には軽蔑されどおし、何度死のうと思ったかしれません」といって病身で嫉妬深い三浦の父親には随分たまらないあつかいをされたというようなことまで明してくれたのだが、それは例の三浦の遺書から誤解されるのを恐れるという気持というより、因習的な女ではあったが、何でも子供のように話してしまう娘じみた所もあったので、人に甘えたがる美しい女のせいもあったに違いない。切長の眼全体が黒眼であるように感じさせるのは、いやに長いまつげの故なのだが、その先っぽは蠟のような頬にぶつかって、かすかに折れている程で、鶴子の刃物のようなまぶたにも一種似かよった所があった。おとがいや頸すじはさすがに年のせいでたるんでいるのだが、髪をアップにして、巻上げている時には、一寸息をのむ程、人を打つ威厳があった。

「鶴子ももう一寸きれいだといいんですけれど、口が大きくて、頬が角張っていて、それに娘らしさが一寸もございませんの。大抵この年になれば少しはあかぬけて来るものなのですけれど、男の子みたいに飛歩いてばかりいて、そのかわり無邪気で、それだけは本当に邪気がなくていい気性なのですけれど」と一しょにこたつに入っている時など鶴子と私を見くらべながらよくいった。これは一種の押売り戦術なのだなと私は思ったが、「どうぞ御遠慮なく」などとひやかされるので、鶴子は、「キュッセン*1を見せたげる」とかいって私にかじりついたりした。

「この子は肌がきたなくて」というから、「そんなことはない」というと鶴子が、「本当よ。お母さまはまっしろ」といって、「手だけはお母さまそっくりよ」と眼の前でひらひらしてみせた。私はどうも鶴子の手に、一番惚れていたのではなかったか。恋人とその母親と並べて見ている時にはどうにも皮肉な後悔じみた感情が去来してやりきれないのであったが、鶴子が台所へ立ったりすると、私の前に厚いひざをきちんと坐って、私の靴下をつくろったりしている彼女の肩や、腰のあたりの落つきに、匂い上る女を感じて、私は眼もつぶりたい憶いであった。「どうして貴方はそんなにきれいなのですか」と思わずつぶやいたりすると、「それは一人でいるからでしょう」と婉然とかわされて、それだからこそ鶴子が、「私の胸はこんなでしょう。でもお母さまはぺっちゃりよ」とやきもちをやいた風をして、うすい唇を曲げて私にいうのだが、「それは、貴女を生んだのですもの」と落着いて母親はいうのであった。

上海から帰った三浦の叔父には外に女があって、喀血した頃には又見棄てられたらしいのだが、それにには三浦の母親に何かコトンとした病的な寂しい陰影がつきまとっていて、わがままな程神経質な潔癖の故なのだと私は思った。白菜を漬けるにしても、一枚一枚タワシで洗わなければ気がすまず、病気で寝てからは余計癇性《かんしょう》になって、私がたまたま見舞という口実で鶴子に逢いにいくと、飯のたけ具合、お菜の盛り方までに気を配って、帰りにはきまって、「将来のある方だから、不吉を清めなければ」といって、鶴子に切火を打たせたりした。

私の入営がせまって、最後に伊豆に出掛けたのは六月であったが、私と鶴子は天城峠でバスを下りて八丁池《はっちょういけ》まで登った。暑く晴れた日で、御料林の深い杉や檜の斜面に影を落して雲は動いたが、山畑の麦は刈入がすんで、谷底の畠からは麦稈《むぎがら》を焼くけむりが薄く上っている日であった。鶴子との結婚は私の家と三浦の叔父の時局柄とか、親の病気を口実にする強い反対で、結局鶴子が死ぬ死ぬといってさわいだあげく、あいまいな許婚の約束しか出来なかったのだが、生きて再び逢えようとは思えない女だったし、三浦の叔父に冗談じゃないとばかりはねつけられると、一言もない自分の非力であった。肉親の感情や家の係累がこれ程自分とがっきり嚙み合っていて、個人の意志では身動きもならないものであろうとは、がまんのならないことであったし、女が病気の母親を棄てて家を出ることもできず、いくら軽蔑する叔父であっても、いざとなるとどうにも動かせない力をもっているということは、鶴子としてもいきどおろしい憶いであったに違いなく、「叔父さんは自分は勝手なことをして来たくせに、いざとなると家風だの体面だのといいだして、きっと貴方のことを嫉妬しているに違いないの。お母さんは叔父さんにあったら何にも言えないんだもの。貴方のお家が反対なさるようになったのも、叔父さんのせいなのでしょう。くやしい。あなたにもしものことがあったら、お母さんと一しょに死んでやるからいい」といった。私も親父の六法全書をめくって親族法のところだの、遺言のことだのしらべたりして、これは自由結婚出来る年齢まで待つより外ないのだと思ったが、自分が死ぬときには女はどうなるのだろうと無念であった。それにもまして、無神経に自分を押しながす社会の強制には、歯嚙みしつつもしたがわなければならず、一枚の紙片が区役所から来るならば、俺はもったいぶった顔をして兵隊にならなければならない。いろんな書類だの壮丁教育だのと、たまらなくわずらわしいことどもがおっかぶさってきた。先日も結城が古本屋でエンゲルスの著書を手にとってみるやいなや、眼をつけていた憲兵にひっぱられて、ひどい尋問の末、本箱のスミまで検べられたという。「お前も気をつけろよ。ばかばかしいではすまないからね」と結城はいった。「国家の為に一億玉砕」などと真面目に演説したりする若い教練の教官がいたりして、国民がいなくなれば国家もないではないかといいたかったが、そんな事でもいえば国賊だの反軍思想者にされてしまって、生命まで、おびやかされるたまらない時代であった。結城は、ひどい喘息を起してしまって、軍隊は即日帰郷になったが、例の唖の少女は、くだらない会社員か何かと結婚してしまって、失意のあげく郷里の長野で悶々としていたし、私もいろんなことに鬱勃として、一人で耐えていたく、女の情欲も肉親の愛情もいとわしいかぎりで、そっとして置いてくれと歯をむきたい気持であった。それにしても鶴子のからだの記憶は、私を重い引力で沼に引きずり込み、やがて生れるかもしれない子供のことにまで責《せめ》を感じだすと、私は疲れはてて遺書までひそかに書いたりした。そうむきにならなくても敗戦は明かであったが、そのときの無知な指導者たちは何を始めるかわからなかったので、敗戦の彼方は全くの暗黒であった。そんな私の気持は、愛情だけに生きようとする女には通じなかったし、鶴子は、「子供だけで、私達は結ばれなければならないの」と一人であせるのであった。天城の頂近くなると、もはや人影はなく熊笹の中には白い木肌の山毛欅《ぶな》が多くなりその先はからりと開けて、芝やハリスゲの原のまん中に八丁池が光っていた。向う岸の丘に登れば、伊豆の海に大島がみえるのであったが、この池は蛙が木の枝に登って産卵し、それが水に落ちて孵化するのだが、そのおたまじゃくしも、さんしょう魚にあらかた食われてしまう。と湯ヶ島の宿屋のエハガキにあった。汗ばんだ鶴子は半身裸になってハンケチをしぼっては胸をふいたが、急に泣き出すと、いやいやをしながら後ろの丘をがむしゃらにかけ登りだした。三葉つつじや灌木にひっかかって、女の腕や、足からは血がにじんだが、私も追いながら陽に光る女の肩を、つかまえようとして、いつかむきになっていた。途中赤土のすべるところでは、私の手にすがったりした女が、いよいよとなると、えらい勢で、きゃっきゃっと泣き笑いしながら逃げまわるのには苦笑したが、丘の上から伊豆の海へ向う崖の方へかけ下りる女を、「オイ、アブナイゾ」とどなりつけると、女はどさりと灌木の中へ身をつっ込んで、あきらめたように坐りこんでしまった。シミーズをあわてて肩にかけようとする女の腋下《わきのした》に両手をつっ込んでかかえ上げると、じっとりと女は息を荒く私に身体を投げかけてきてなきはらしたまぶたをつぶっていた。それを指でむりに明けさせると、女は私の腕にのけぞって、ケロケロと笑う。私は裸の女を下草におさえつけて、むっとする草いきれの中に、草のトゲにさされながら、ガッキと抱きあっていたのだが、女の切創《きりきず》の血をなめながら、なんというまぶしい陽と思った。太陽がその中心にあるに違いない大きな円環が、見ることもゆるさないまぶしさに天にあって、油凪ぎした伊豆の海は、女の腹のようであった。虫にさされた手足をかきながら、なおも女ははだかのまま倒れていたのだが、まぶしそうに眼をあけると、「貴方はあたしだけのものよ」と上ずった声でいった。畢竟それだけだというこの気持は俺のしんにあるトラーギッシュ[*2]なもののせいかもしれないと沈みながら、べとべとした体は池であらったが、これが生命なのであろうかと私は、女の腰を抱きざま、水滴落している下はらを吸ったのだが、海綿のようにそれは、私の口を水でいっぱいにするのであった。

そのときも死んだ三浦の記憶はいきなりやってきて、嫉妬と、自負心のどろどろまざったようなえたいのしれない憎悪の感情は自ら私と女に向けられて、日光もくらむ憶いがした。

入営のとき、友だちは品川で送ってくれた。高輪中学のセメントの校庭に並んで尻を下すと、もはや自分が自分でない気分だったが夜に入ってまでも、そこから品川駅までの暗い道に待ぶせて、別離の歌をうたってくれたのは、チョーチンつけた友達であった。鶴子は前から駅までは行けないといっていたが、耐えられないから別れはいわないという女の気持であった。鶴子は最後は湯ヶ島から修善寺まで歩いて送ってくれたのだ。丁度バスは故障で出なかったから、狩野川《かのがわ》にそってだんだんに広くなってゆく稲田をみながら、歩いた。途中月ヶ瀬などの小さな湯泉場をすぎるたびに、疎開の子供達が東京弁で話していて、ふり返ると天城には鉱石のような夕雲が集ってゆき、女も黙りこくっていた。途中で日が暮れたが、遠くに修善寺の灯がきらきらしだすと、女は深い息ばかりした。女の乗る帰りのバスの「湯ヶ島行」とかいた赤いセルロイドをすかす電気や、車体を廻す音だけがして、女は、「きっと帰っていらして」と、つべたい顔をしているのであった。

浜松の対空通信の兵隊になって私はむしろほっとした。空襲や艦砲射撃は日夜猛烈をきわめたが、これは商売であったし、危険率は東京よりも低いので、私は自分に責任がないということが、こんなにのんきな気分であろうとは思わなかった。キヲツケをするのももはや皮肉ではなく、いわれた通りの仕事を、要領よくやってのければ、いいのであった。唯食事がひどく、竹ワン一ぱいの大豆飯で下痢ばかりしていたのと、蚤がひどくてねられないのが心細かったが、一晩に二、三度、営庭の松林の防空壕へかけこまねばならなかったので、袴下《こした》の細いところに集っている蚤のやつが、上から手を入れても、下から掻いてもとどかないのには一番参った。仲間から卓越しようという野心も見栄も消えてしまって唯死にさえしなければ何とかなるぞと思った。所謂戦友という仲間にも立派な男がいて、彼等と一しょに親切な気持のよい男になっている自分が、こんなに人なつっこいのは、案外これは俺も仲々いいやつだったのだなと思ったりして防空壕の中で、さし向いになった水戸の高等学校の奴と、デカルトの話をしたが、それよりも俺は、ビタミン不足で病気になった大工に、営庭のトマトやキウリを、ひそかに取ってきて食わしてやる方が好きだった。原子爆弾や、ソビエトの参戦はいち早く知れて、これは敗戦は時日の問題になったとさとったが、これ程うまく敗けてくれる政府とは思えなかったので、降伏ときいたときは、思わず、しめたと思った。実際あのひどい状態が後ひと月つづいたら、既に肺浸潤に進行していた栄養不良で、俺は死んでしまったに違いない。もっとも、全員玉砕等と下士官連中はいきまいていたので、そんな作戦命令も出たらしいから、楽観は許さなかったが、武装解除の時には通訳をたのむぞ等と、急に俺もちやほやされ出した。降伏の夜は、機密書類や暗号電文の焼却にいそがしかったが、その火も爆撃の目標になる心配もなく久しぶりに大っぴらに焔え上って、いい気分であった。隣の飛行場からは特攻機がいくつも飛び立って、ヤケになって旋廻している緑や赤の灯が、きらきらし、私はのうのうとした気分で、古参兵と一しょに、ひそかに白米をたいてごちそうになったりした。毎朝、井戸端の朝顔が紫に開いて、これは東京ではみられなくなった花だったので、それをみると鶴子のことなど、憶ったが、夕方になると連日廠舎の屋根すれすれに飛上ってゆく特攻機が、翼をふりながら南の洋上にきえてゆき、再びは帰らないのであったから、その人ごとではない気分から解放されるだけでも、よかった。その日の夜半私の隊は日野の本隊へ移動を始めて、下痢つづきの私は無電機や毛布の重さにも耐えられず、苦しかったが、入営後始めて外へ出ると、浜松の郊外の民家には、既に灯がともっていて、無量の憶いがした。米原迄の汽車の中は兵隊でごったがえしていて、小学生をつれた女の先生が、「兵隊さんにサヨナラしましょ」などというので、まことに俺も兵隊にちがいないのだと、にがわらいした。日野へ行ってもどうなることかわからず、のんきな顔をしている学生をみるとじれったく腹が立ったが日野では翌日解散になって、もはや一刻も早く東京へ近づきたかった。上りは、ひどいこみ方で、列車の中は三段にもなって、窓もすずなりなので、ともかくも夜があければ東京なのだ。そうすれば助かるのだと、解散の時もらったにぎりめしも食べない程、ぼーっとなっていた。体は極度に衰弱していて、立っているのもたまらなかったが、とにかく夜がしらじらあけると、霧が流れる焼原は、これは品川であったので、大きな太陽は焼原にゆらりと上った。

昨夜来の計画で、俺は不忍池の太鼓橋の上から小便したらいい気分だろうと思っていたが、いざ試みると、それは血の色をしていた。それから俺は毎日ビタミンB1の注射を必要とする程、胸を悪くして寝込んでしまったのだが、兵隊になる前の思い込み方が異常であっただけ、その後の裂けたような気持は変なのだ。とにかく私達は戦は誤《あやまり》と知りながら、いざとなると敗れればよりひどいというだけの理由で、何とかして外側からの強制を内面からの志向に化そうと苦悶していて、それで立派な工員にも兵隊にもなったにはちがいないのだが、そのための傷は、やはり自分が背負っているのだ。敗戦後急にふえた民主主義科学だの、社会主義科学だの、だいたい学問にそんな区別があろうとはあきれたことであったが、結城にしろ私にしろ、疑深くなって裏はあまりに見えすいてしまうので、勝利の赤旗をふる元気はなかった。革命は先ずもってこの国の近代化から始めなければならず、この現実社会の機構を、理解する為には、もはや階級だの生産だの、素朴な一つおぼえの社会科学ではまにあわず、それを見きわめるためにはより鋭く深い洞察が今更必要であった。日本は事実亡びてしまったが、新しい日本もまた無名の日本である。

私の家の小さな会社も破産してしまったが、それは私を駆って、いよいよ戦闘的観想で、暗黒の社会をみきわめてやろうと覚悟させた。鶴子のことを思わぬわけではなかったが、家の経済的な顚落と、私の病気の故もあって、感動的な再会どころか、思いかえせば色あせて、ひどく面はゆい肉体の記憶であった。興奮して、「うつるぞ」といっても唇を求めようとする女を、他人の気持で見守ったが、所詮死の淵に立たなければ、色あせてしまう恋なのであったから、女もすばやくそれを意識して、「もうお眼にかからない」といって伊豆へ帰ってしまった。女も自分のチグハグな気持を、何とか始末してほしいと訴えた位であるから、同じ気持だったに違いない。それにしても、「大学を出るまで待ってくれ」といい、「待てなければ他の男と結婚してもかまわない」といった私の必死の気持は、思いつめた女には通じなかったに違いなく、私だけを頼っていた女は投げだされた気がして、からだの事でも人一倍なやんでいるに違いなかった。

歴史は記憶にすぎず、社会は意識を越えない。天井のやもりはみるみるパンみたいになり、鬼子母神はオガラのような焚き物を俺に押しつけて、それを焚かねばお前は死ぬよといった。これは俺の赤ん坊の葬式なので、死ぬまぎわ、赤ん坊の眼球《めだま》はバセドウ氏病のようにむき出して、それが乾いてみるも可哀そうに泣き叫んだ。なめてやろうかと私は思ったのだが、気味悪いので息をハーッとはきかけてみたが一向に赤ん坊の眼球は潤わない。妻は私を押しのけると、ためらわずにその眼球をなめた。始めはやっぱりだめだったが、いつまでもいつまでもなめていると、それはあめ玉のようにつやつやして来て、だんだん小さくなるように感じられた。赤ん坊が死んだ時に、眼をふつうに閉じていたのはそのせいである。鬼子母神は、お前には子供の毒がのりうつったから、このオガラを焚けといって俺にオガラを握らせる。読経の声がるるとすると思ったら、私の家の一家ケンゾク、ことごとく、こわごわオガラをもっていた。これはマギーだと俺はいってオガラをすて、二階の廊下をかけ出したが、左手はランカンで庭は暗黒であった。つるつるする廊下の曲り角では、壁におしろいの匂が染みていて、ぼんぼりに火がさしてあると思ったが、それは鶴子が燭台をもって、官女の服装で出合いがしらに現れたからで、女は夜眼にも白くおしろいを面のようにつけていたが、平らな面は落ちないように額にはち巻をしていた。お面の眼は丸くくりぬいてあるので、眼のふちだけは白粉のついてない女の眼尻は、長くきされて見えたが、お面の下の表情は深い悲しみにうちひしがれていると見受けられた。私が、「何という下らない因習なのだ」と怒りにふるえる声でいっても、女は平然として官女の赤い袴を引きずって長い廊下、静々と去ってしまうのであったが、俺は、夜の港の公園にとび出して、噴水の水で手袋をごしごし洗うのであった。何という風土。くされた湿度の何という圧力なのだ、手あかでうすよごれたやりきれないこの国語で、身を寝汗にとぎへらして、俺は何をこしらえようとするのか、とぼやきながら、夜陰にも匂い上るクレゾール石鹸のヌルヌルした水で、手をごしごし洗うのであった。そうしなければこの風土、この血縁の呪いは、俺の肺臓をまっくろにしてしまうであろう故。

俺の精神の白濁は、そのころから兆したに違いない。鶴子が俺を棄てて、「愛することは出来ないけれど尊敬出来る方と結婚する」といってよこした頃である。あれから鶴子も寝ついてしまい、俺の病勢もえらい勢で進行して九度以上の熱が一週間も去らず、透視すると、この一週間で拡大した影が歴然として俺は恐怖した。女が俺にとってどれ程のものであったか、俺はそれを怖れ意地になって相手の影を切りすてようとしたのだが、それは身を切り削るに等しかった。胸は鈍痛がこもって、毎朝俺は黍のように化した俺の肺胞を瀉《は》いた。「どろりとしたもの」を残して消えたくなった三浦の気持は、肉を人に譲る気持なのであろうか。女は、「一番愛する人とはどうしても結婚出来ないものよ」といい、「始めは貴方が悪いの。今度は私が悪いのよ」と蒼い顔をしていった。あせった女は俺に不安を感じて私との結婚はあきらめる、そのことはお母さんと叔父さんにおまかせするといってしまったので、もうどうにもならない程、話は進んでしまっているのだといった。「貴方を余りに愛するから結婚は出来ないの。私は貴方を不幸にする」といった女は、何と健康に見えたことであろう。「他の人と結婚しても私が愛するのは貴方だけだわ。これは信じて。貴方は私を自分のものだと思っていらっしゃる権利がある」といわれた時には、慰めようとするのかと、憤りが胸つき上げたが、この女は未だにどうして俺に愛されたがるのだろう。しきりに抱かれたがる女は、習慣通り、下腹を強く押しつけてくるのだ。さりげなく別れてみせるつもりの俺の、この女への憎悪は何ものであろう。姦通の予想までするこのうすぎたないみれんは、何ものなのだ。それは、あの伊豆の海を見下す山や、伊豆の岬の先っぽで、全裸となったこの女の、背中についた草のあとであろうか。油ぎってふきでものの出たこの女の背中であろうか。まことに正しく、自分の運命を嗅ぎあてた、この女のけなげなさを、俺はいたわってやるべきなのだろう。女の家も破産をこえたひどい状態なのであったし、俺はもはや女を負っては、経済的にも死ぬ外はない。「何物を棄てても、お前と一しょに、いなければならない、俺だ」とがまんしていってしまった時にも女は、「うれしい。そういって下さったのを忘れはしない。けれどももうだめ」といって別れた。あの女がそういう以上、相手は立派な男であるに違いなかったが、この鶴子の乳房をもつ未知の男は、ここにうずまく毛を、三浦や俺とともに再び悪むのであろうか。

ここはどこの魚市場なのであろう。並んだセメントの倉庫には一つ一つトロッコの線路が入り込んでいて、破れた窓からは長い赤い日ざしが斜いて一つ一つ射し込んでいる。線路の下は、水だったが、その水は附近の鼠色した小川に通じているに違いない。小川の片側は夕日に照し出されていて、きたない舟がゆるゆる動いて行った。

この魚市場はひどくさびれていて、人影一つなく、つぶらな眼して鼠一匹走らない。日ざしは線路の下のセメント溝の水にまで達していて影は黒々と深かったが、魚を入れる木の箱はトロッコの上に重ねられて、丸だの錠《かぎ》だのの符号がしるしてあり、とっての棕櫚縄についた鱗が乾いている。このトロッコには車がなく、水をうった線路の上をきしませてゆくのであった。その音がセメントのドームに反響すると思うと私は苦しかった。「破産はお前の会社ばかりではないよ。そういえば大日本空気つぶれたってね」と根本は電車の中で大声出してとぼけていうので、みんなびっくりして俺達の顔をみた。この男の毒舌は、ガラスの切口のような冷たい鋭さがあって、そういえば根本は戦争中から、「この電車は何あんてオペラチオンだ。つまらねえ。ア、東条さん」と窓から頸出して、びっくりした乗客がみんな窓の外をみると、「ア、ア、チェ、見えなくなっちまった」などとやるのが好きだった。オペラチオンというのは彼の説明によると、曾てのオペラ館に一人もシャンがいないから、ブスばっかりがオペラチオンなのだそうで、てあたり次第に次々の女と関係している男であったが、荘子逍遙遊などが好きで、支那哲をやるんだといっていた。価値的二元論の哲学とは無縁の男で、お前のは一元論ではなく無元論だといったら、得意の無限否定の論法で、結局はお前はお前、俺は俺、それでいいじゃないか。と居なおられることになってしまうのだが、虚無なんてそんなものはねえ、という根本のニヒルが、どうして俺にこんなに気がかりなのか。根本はいつもマージャンで貧乏していて、アイスキャンデー売だの、ニクロム線のブローカーをしても、一夜でよく文なしになっては、東横線で裸になってみせるから、一箇貸せよなどというのだ。もっとも俺もひどく貧乏だったので、渋谷の百軒店附近のカフェで我慢していたが、びしょびしょした泥んこの小路《こうじ》を、マントかぶって歩きまわっていた。蒼白のネオンライトは道玄坂の石畳に立って見渡すと、街の神経のようにびりびりしており、バラック建のカフェには、鉢植のユッカの木の股が、さか立して黒い靴下はいたようで、おまけにこの靴下はしわまでよっているぞと思った。そのユッカの葉は黄ばんでいるのだったが、そこにすわって、我々は自分の嗅覚を疑う程、匂のないコーヒーをのむのであった。地下鉄で家へ帰る俺は、銀座裏の白々と雨ざれた焼跡が好きで、歩きまわるのだが、急に眼の前に、紺の匂うようなのれんがあって、紅梅が咲いているような気分になる時がよくあった。私は旧い下町に生れ、下町でそだったので、時々そんな色彩が覚醒してくるのであろうか。例えばあの湯ざくらの茶椀の中に開く塩の匂のように、柱に光る電球のあわいてりかえしのように。身体には、すっかり自信をなくしていたので、疲れないように疲れないようにといいきかせていた。その自分のからだにそそぐ人知れぬあわれさは、俺を一人にして、築地の堀割に嘴《はし》赤く、脚赤い都鳥が、三角に翼を立てていたり、夜に入ると堀割ごとにともったりする灯を、ぼんやりながめさせたりした。

何かに魅せられているが、その実体は知れない感じで、書棚に背表紙をみせている画集を開けば、ぎらりとした異国の油彩が現れるに違いないのに、それを取ってみる気勢を失ったような、胸がしまるようで満員の電車にさえ乗るのを恐れるくせに、名前だけ好きになった踊子を待って、じんじんする熱の出た顔で、踊子に逢うのが目的でなく、唯、待っていたいためにたたずむような。

洗濯屋が、屋根の上にいっぱい、シャツや敷布を乾していて、その物干場のてすりがまっかに赤さびを噴いている、そんな街を歩くのが好きになっていた。物音がとぎれたような露路を歩いて、家の格子が暗い畳や、式台を透かしていたりする、それを見やるのは悪い気がしたが、ふすまからはみ出た女のしごきのよごれ迄、ふっと見てしまって、私はそれに、だいぶたってから奇妙ななつかしさを感じ出して来ていた。あせしらずの匂がさっきから気になっていたのだが、暗い、じめじめした廂間《ひあわい》を抜けると、そこは製薬所で、いっぱいに白いあせしらずの袋が乾してあったりする。道を歩くにしても舗装したまん中よりも、電柱と家並との小さなすきまを歩きたい気持で、普通そのすき間におおばこの葉の陰にガラスのかけらや、ぬけ毛の球がころがっているのであったが、たまには子供の積木のエナメル塗や、電車の車が散りぼっていたりした。それは、つつましく生きている人々が、それぞれ一所懸命な生活のわきに、ふっとはき出している息のようにも感じられた。窓枠を白くぬった、カンバンは剝げている洗濯屋なのであったが、ふと窓の中の鏡が見えて、半分シミーズを着かけている娘がうつる。

私はあわてて眼をそらして歩き出したのだが、私はわけもなく娘の黒い乳首迄見てしまっていた。不思議とその気持は情欲にはならない、つめたいかなしみといった気持だったが、それは鏡にうつっていた青葉の故であったかもしれず、私と鏡の中で眼を合わせても、あたりまえのことのように平静な顔をしていた娘のせいであったかもしれない。それは私が廃墟のような気分で、一夜の女の肌を移り歩いていた頃だったので、自分の身体をいとおしむ気持と、それを投げだす気分とが、背中合せになって、別に矛盾ではないように思えた。その疲れが、娘のなにごとない姿勢に、あるひらけた風景のつめたさを感じさせたのかもしれない。一夜の女といえば蘭子が、男であることをみつけても、悔とはならないで、逆にその故に引かれてゆきもしないこの気持は、唯だんだんに自分がすりへってゆく、月夜の蟹の姿であった。

好きだと、口に出していいもせずに、あのまま別れてしまった藤子の記憶が、暗いアスファルト路に散っているに違いない椎の花粉のように匂い上るのはそういう時であったが、思えばもう五年になるので、藤子が東京女子大にいることは知っていたが、藤子の家も焼けたから、どうしているかもわからない。「藤子に逢う偶然をつくり出してやろうかな」と感傷で弱くなった俺は考えたりしていた。

中学生のオレは、函館から旭川行の夜行に乗った。黒々と長い生き物のような汽車のなかに入ってみると、車内の電球には九月も末の蛾が舞っていた。黄色い電球の光に影が所々線をひき、蛾の翅がふるえるたびに空気が淀んで、淀みは対流している――と思った。昨夜上野をたって今は北海道にいる、夕ぐれの海峡を渡った茫漠たる距離感が心の底にあった。その私に影が迫ると、戛《かつ》と踵《かかと》の音とともに私の前に少女が立つ。黄いろいコートに三つ並んでいる。何という黄色いボタンなのだろう――と思った。静脈の浮いた額と哀しげな大きな眼。この少女の頸はひとにぎりしかありはしない。少女は赤いスーツケースから本を出すと眉をひそめて本ばかりみている。汽車は暗い霧の中をまっしぐらに北上しつつある。扉があくと、濃い霧が流れこんで、煙かと思ったがそれは霧であった。疲れたように話をする人も居ないおしだまった空気の、黄色い対流をかきみだして蛾は、急に増えて舞い出し、白いのや、灰色のや、中位のや、蚊のように小さいのが弧を画いて、窓枠にもとまってはヒゲを小刻みに動かした。私の顔をかすめた白いやつに、ぞっとしてはらう手にあたって、蛾は少女の膝に落ちる。「ア」とはらおうとしてためらったが、「いいえ」といって手をのばしたまま少女は蛾を無表情にみている。暖い生き物は、綿毛の太い腹に紅の斑点を並べ、白い翅をふるわせながらその眼は、宝石のような紅である。思いがけず豊かな、少女のひざであった。翅をふるわせていた灯《ひ》取《とり》蛾は、いきなりパッと弧を画いて舞い立ったが、少女の眼はそれを、追いもしない。蛾の白い粉が虹色に光ってふりかかってくる――と私は思う。赤いスーツケースに本をしまった少女は、薬包を出して洗面所へ行った。大きなガランとした駅である。拡声器の声は「オシャマンベ、オシャマンベ」といい、時計は12の所で重なろうとしてカチリと動いた。「オベントー」「オベントー」と遠慮する様な売子の声がして、こんなにおそく――といぶかったが、ガラガラと窓が上って、「イクラ」ときく。ひそひそ話のように遠くきこえた。ふとみるとすすよけの雨戸に小さな蛾が静かに交尾している。反対に向きあって、ひげを神経質にふるわせながら、少しずつ前後に動いている。それを、少女は何とみるであろう。灰色の虫のささやかな真剣さを、少女は平然と凝視していた。何の感情もみえない少女の眼に、妙に興奮してきて、ねむれそうもないが眼をつむると、少女の視線が真向から向けられるのを意識して又眼を開いたが、少女は瞳をそらそうともしない。

朝霧の中で寝ぐるしい眼をあけた。顔はべたべたしたが、霧のはれまには朝の光がみえていて、紅葉した木木をぬれぬれと光らせる。なだらかな稜線の上に光る連峰の先は、もう十日もしたら初雪が降る。

「ニセコアン・ヌプリですわ」

と少女は息を吸いこんで突然言った。昨夜「いいえ」といって以来の声である。反対側の窓の列からは、雲をかぶった蝦夷富士が見え、少女にさそわれて私は食堂車にいった。

「私サイダー。他のものいらないわ」

といってサイダーばかり二本もたいらげておなかが変よと彼女は笑いこけた。「御兄妹なの、よく似ていらっしゃる」と笑いながら尋ねる隣の人に、いたずらな眼をチラとさせて少女は、「ええ」と言った。

石狩湾が見えだし、どろりと北へ伸びた秋の海に日があたっていた。汽車は昆布のゆらめきの見える程の、なぎさ近くをはしる。彼女は昨日の薬包紙で鶴を折りだした。「病気じゃなくてよ。唯、夜の汽車で薬がのみたかったの」といいながら、そろえた指先を動かしてみせた。千代紙を折るということが、なんという美しいことであるか――と思った。牧草地に入ると、デンマーク製という感じの乾草小屋はきらりと光ってとおりすぎ、地平線を見はるかす一列のポプラは幾万もの葉をそよがせて、牛がいた。

桑園《そうえん》で少女は下りる。緑草の中のまっ白い駅に、黄色いコートの彼女は花びらのように立った。コスモスは倒れたまま枝を起して、空気に浮くように乱れ咲いており、仰げば高い晩秋の空がある。

彼女の席に薬包紙の鶴が残っていて、手にとると軽い、しかしわけのわからぬ執着を感じて、そのまま二つにたたむと、読みさした本の頁にはさんだ。昨日蛾の交尾していたあたりには灰色の卵がたいらに産みつけてあった。不思議な夜のことが意識をかすめる。

少女にとっても始めてのADVENTUREなのだろうが、藤子と逢うまいときめていた、そのころの私にとっても、これは忘れ難い少女なのである。

人に逢う為でなく、唯待っていたいために佇む気持は、あの少女の、夜、薬をのみたい感傷と同じなのだが、この雁皮紙《がんぴし》のような記憶の繊維は、一夜の女の膚の階調のように、渦まき、からまったまま押し固められていた。踊子は三条由紀というのだが、三条行とは京都の市電みたいだなと思った。

そのころ私は、松竹歌劇の楽屋裏に奇妙な安逸を見出していたので、これは根本の一党に刺激された故なのだったが、精神と外界の気圧が同じになって、明けっぱなしでもいいということは、有難いわけである。由紀は下っぱなので一番最後に楽屋を出るのだが、尖った鼻の小さな顔の子で、踊るのがうれしくてたまらない様子だった。帰りが一しょなので、耳のところにドーランが残っていたりする由紀をよく送ってやったが、築地の家へ行くと、丁寧に並べてきざんだイモをままごとのように出したりした。浅草の露店にはほこりをかぶった早生《わせ》の梨が並ぶころで、私は、いやに職業的に甘ったれてくる踊子をつれて歩いていた。地下鉄が混むと、女は鼠のように悲しい声をだして私につかまってくるのだが、「歌劇です」といってクローバのバッヂをみせると、私まで映画はただになるのであった。私は貧乏であったから、踊子はねだるにしても安全ピンとか、タップの金とか、ガラスのブローチで我慢していたのに、女はそうするのが当然の義務のように、私に身体を許そうとするのである。女の身体は触れれば子供の清さであった。

記憶は意識の泥沼である。

華やかな色彩はことごとく昇華し果ててしまって、この、記憶の繊維には、隠花植物の匂もない。踊子は私を「お兄ちゃん」と呼ぶようになった。一瞬前の鋭い気持をふりかえると、私は安心したように恐怖のひいて行く女の顔をみて、ふと涙ぐみたい気持であった。藤子は再びあのように私の前にいる。「二日前始めてパーマネントをかけてみたのよ。おかしいでしょ」と髪をひっぱってみせた藤子の髪には、もはや金色の輪廓はない。私はこの女について何を知っていたのであろう。幼い記憶がふっともどる時には、藤子はかすかに頬を染めるが、バルト神学の話をする藤子は、科学を信仰する異教徒の俺に、「貴方はイドラ[*3]を愛しているにすぎない」というのである。俺はひどくペダンチックになって、神話の話ばかりをした。西荻窪の寮を出て、本屋の灯をみながら歩いて、まだこれは五年位藤子とは逢えないなと思った。

沼にかけおちてゆくような、どうにもならない不安な徴候は秋になっても去らないで、追われているような、見られているような、その本体はしれないものが、息ぐるしく俺を責めだしていた。それは時として深夜、いきなりとぎれて、俺はじっとりした腹にさわってみたり、熱が去って既に氷のようになっている頬につもった垢を感じて、薄気味悪くなったりするのだが、夜中、そっと鏡を凝視すると、頬にはえたいのしれない白い粉がみえ、いやに大きくみえる鼻の毛穴の一つ一つには、すすみたいに黒いよごれが見えた。たまらなくなると俺は、コールドクリームやむしタオルや石ケンでごしごしやってみるのだが、やっぱりとれない。剃刀で赤くなる程そいでみても、だめなのだ。これは、針の先で一つ一つ血を出さねばだめなのであろうか。私の顔をみて、「君は長生きをしなけりゃだめだよ、からだは大切にしたまえ」とある先輩はいった。これはこの赤毛のまじった、無精ヒゲのせいなのだろうか。一つお化粧をしてやろうかな。それで私はヒゲをそったり、ベタベタにおふくろのクリームをぬったりしていたのだが、やっぱりだめなのだ。俺の眉毛はどうしてこう、すりきれたようなのだろう。笑うと、凹んだ頬に出来るこの気味悪い線は、一体いつのまに出来たのか。俺は、深夜の鏡の中に、自分のデスマスクをこしらえてみて、俺の口は曲っているな、鼻からの垂線は下顎を垂直二等分しないぞ、と思いだすと熱が出て来た所為で、いやに紅い自分の唇が、恐ろしく見えてくる。自分の顔を五分以上正視出来るのは、余っ程たくましいやつにちがいないと思ってみた。

窓の外はまっくらで、まっくらで何物もみえない。けれども闇の底には何かがあるにちがいない。暗い中には魚のようなものが泳いでいるのだろうか。私はいつか意識をたかぶらせながら、ランランと暗い底をみつめるのが日課のようになってきていた。何物かに魅せられているもう一つの意識が、身の透きとおった魚の心臓のように鼓動しているのかもしれないと思うようになってきていた。

その年の暮、藤子は東北の名も知らない町から長い長い手紙をよこした。そこは藤子の郷里で、戦災以来一家は引っ込んでいるのだが、母親が腎臓で、もはやもつまいといってきた。それで学校はやめて、半ベソをかきながら家事においたてられているらしかったが、クリスマスには粉雪がはれて、大きな星がぴかぴかしているといってよこした。寒い——寒いのですよ、と藤子は書くので、私迄寒気が伝わる。一体あと五年もつつもりの俺なのであろうか。「バンコンサクセツニアワズンバ」そんな勇ましいこともいってみたかったが、何のあてはなくても人間はみんな、唯苦労している。これはたまらないことであった。鶴子の母親も死に、鶴子も幸せではない。俺はハリネズミのように背中の針を立てて耐えるより外ないのである。

踊子と元日に引いた観音様のおみくじは九十八凶であった。三条由紀は、「ごめんなさいね。私がこんなもの引こうといったから」といって涙ぐんでしまう。「ばかいえ」といいながら、「欲理新糸乱《しんしのみだれをおさめんとほつして》　閑愁足是非《かんしゆうぜひするにたれり》　只困羅網裡《ただらもうのうちにくるしんで》　相見幾人悲《あいみていくにんかかなしむ》　○ぐわんもう叶ひがたし　○病人おぼつかなし　○うせもの出がたし　○まち人きたらず……」と読みあげて、「いとのみだれたるをとかんと思ふは、こんなんなるものなり。しづかにひとりゐて、うれひおほく、よしあしのぜひを、わきまへかねたり。すなどりなどのあみに、かかりしごとく、くるしきていなり。かなしきこと、うきことおほくたへがたきていなり。しんじんせば又のがるることあるべし」、「すなどりなどのあみにかかりし如く」か、これはなかなかうがっているぞと思いだすと、「信心せば又のがるることあるべし」とは仲々うまく出来てるよと笑ったが、それさえ笑ってしまう俺には、全く救いはないのだな——これは確かだ、と鋭く真剣になっていった。

おみくじは、あやまたず当って、ガチャンをやっても、デンスケをやってもOUT《アウト》ばかりであったが、胡椒のぴりぴりするしらたきの肉入ぞうにをすすりながらも、私は、「相見テ幾人カ悲ム」という文句が忘れられず、次第に胸苦しい憶いを禁じ得ない。「運なおしのおみくじを引きましょうよ」と由紀はしきりにいって、いやに切ない顔色になってきていた。「みんな吉ばかりじゃ意味ないよ。それよかデンスケの方が面白かろう」と笑ってしまったが、賭けには一種の潮があるので、高潮にパッと乗ればいいわけだが、このごろのデンスケは、やらずぶったくりに近いので、何の目的も効果もなしに、唯金を棄てたいために棄てるぜいたくの気分があった。「ニギリキンタマハ一文ニモナラナイヨ。当れば三倍。ハイ。空屋のない様に願います」という声が一種の魅力なのだが、四つに仕切ったみかん箱のルーレットに馬券１２３４とかいてあって、「追込にかかりました。追込にかかりました。オットット」と針が止ったところへ札がさっとばかり集められてしまう。ポリスの影がみえると、「おしまいだ、おしまいだ」とあっというまに店をたたんで消えてしまうので、その速いこと、それには半身のり出してミカン箱をかこんでいるサクラの援助もあるからなのだが、そのスピードには一種痛烈な凄愴味がある。大きなコリントゲームみたいな、上の方から一せいに球をころがして、一番先に下の穴に入るのが勝ちになるやつはルーレット程のすごみはないが、こいつは音がいい。安っぽい板に打ちつけてある釘に木の球がコキンコキンぶつかりながら、ゴトン。ゴロゴロゴロゴロゴンゴンゴンとゆるゆるせまってくる音は、何というあれはてた気分であるのか。眼を光らせたヨタモノ風の男が、四つ並べた四色の球をぱっと台の上にぶちまける。それが最初の「ゴトン」なのだが、「白、優勢、赤優勢」「追いこみにかかりました。赤優勢。ハイ。赤の方はおめでとう」と非常の早口でしゃべる姐御風の女は、台の下方にすっくと立って小さなサジキのように並んだ板の上の札《さつ》を、手もみせぬ鮮かさでかきあつめてしまう。

澱《よどみ》のように沈んでゆく意識の核を見失うまいとして私は、闇の中にまたたくデンスケバクチのローソクを見ているのであったが、ふと私は、この音この速力があれなのかもしれない。とかすかな期待につきあげられていた。暗い意識の沼の底に螢光するような、深夜の夾竹桃のぼつぼつのような、はっきりとはわからなかったが、紅いと思われるものが、ぽちりと闇の底に見えそうな気がして来た。「すなどりなどの網にかかりしごとく」というのは、それはもう俺に違いなかったが、月光をスイスイ透すゼリーのような海水も、影におびえて月夜の蟹のようにすきとおる俺の身も、ただもうこのぽちりと紅い線香のようなものの所為に違いない。これはしめたぞと俺は猶も泥沼の底を視つめようとするのであったが、俺の前には空中サーカスが大きな天幕黒々とあって、そのビロードの黒いたれ幕には、KINOSHITA DOB CHU と金の刺繍がしてあって、ドブ・チュウとは何事だろうと思って見ていると、そこには金のラッパを吹きならす迦陵頻伽《かりようびんが》のぬいとりが、電球できらきらしていたのである。

サーカスに入る金もあぶなくなってしまった私は、入口の手すりにつかまって、一寸上げられた幕の中をのぞいたのだが、その舞台では今しも、女の脚の上の、オハチの上の甕の中に入っていた少女が、甕から現れて、その上でサカダチしようとする所であった。十三位の少女の手は細かったが、ゆらゆらする甕の上に蛙のように股を開いた少女は、静々足を挙げてゆくのである。私の方に向けられた少女の股の間のズロースはくれないなのだ。私も手すりでさか立ちせんばかりになりながら、そのめざましい少女に拍手を送りたい気分であったが、例のぽちりと紅いものは、線香の火のようにせまってくるや、たちまち眼の前は一面の緋の色になってしまい、それは眼をつぶって電球のヒラメントを凝視する時の、あの色なのだと、トッサに知覚していたが、俺の身のまわりの畳は、たちまち大波のように緋色にうねり出し、俺は這いながら畳の上をがむしゃらに進むのであった。

そこでは活動写真を撮影していて、メガフォンもった監督は五十嵐なので、「何だい。これは、一体」ときくと、五十嵐は青いセルロイドの廂《ひさし》を上げながら、「これは、世界一の手の活動写真なのだよ」といった。女優は手以外は黒く覆面していて、今にも燃え上りそうに、まっ白くライトを集中されて輝く手首から上を、しきりとくねらせてみせるのだが、これはたしかに世界一の手だろうと、感心せざるを得ないのであった。ライトの白光《びやつこう》の帯の中には、この流動する畳から上るホコリが、きらきらと見えるのだが、しかしこの手はいかにも小さくて、たよりない。けれども成程、映画にすれば大きさはどうでもいいのだったと、俺は改めて感心したりしていた。

これはしかし――どうも見たことのある掌だぞ。といぶかったが、ぱっと光の中にベールをぬいだ女の胸は、左右のもり上りが接していて黒い毛が渦巻いている鶴子の乳房ではなかったか。

俺はいたたまれず、又ハシゴを登り、ネダが抜けたような、ゆらゆらする畳の波をすり抜けて、這ってゆくと、そこは大部屋で、踊子達が大勢、こちら側に足を向けて寝ていた。

人間を真下から見ることがあるだろうか。

長い笞の身長というものが零になってしまって、胴と同一平面に重なっているつま先だけの、紙を切りぬいた楕円のような形に、女はみんな化していた。私が入ってゆくとその眼下から見た人間の投影図は、きゃっと言ってたちまち足をちぢめて、生々しい女となり、スカートを下しながら、どたどたと消えてしまったが、一つだけは逃げないでじっとしていた。それは私がゼンマイ仕掛のように、どんどん近づいて、私の頭が、女の股の間にはいってしまっても、あきらめたように身じろぎさえもしない。私は女の体温に気付いてびくりとしたが、それは三条由紀なのであった。

「お兄ちゃん」

と今にも泣きそうな、心配顔で私を抱き上げてくれた女に、『暗い暗い中のぽちりと赤い灯が、すーと近づいて、たちまちオレの眼の前はまっかになってしまって、ものみなはあそこにラッパを吹いている迦陵頻伽と化して飛び上ってしまう光景』をそっと見せてやりたい気持であった。

由紀をどうしても自分のものに出来ない俺は、まだあの記憶につかれているのか、と苦しかったが、みんな許そうとまでしているこの子にとって、それはむごい、可哀そうな事だったなと身を切るように思い、歩き出していたが、その俺は、粉雪の上にぴかぴかする大きな星をありありとみながら、小公園の斑雪の上に、夜目にも点々と黒く見える血を、はき出していたのである。

踊子を、遂になぐさめながら、

「やっぱりお前は俺の妹だ」

と言って、私の歩き出す浅草の停電地帯は、湖底のようなアセチレンの灯を、いつのまにかとぼした。

【註】＊1　küssen（独語）。接吻。kiss。＊2　tragisch（独語）。悲劇的な。tragic。＊3　フランシス・ベーコンの用語。idola。偶像、幻影。

人魚紀聞

I

ある港街の夜の灯は、黄金虫や虹の眼の蛾を吸いつけて、プラターヌの並木に光を投げていました。その、ボーッとした蛇形の灯の鎖は、深海魚のようにうねって、岸壁の繋留釘《ドルフイン》やロープをスクリーンのように見せていたが、そう言えば私の歩く舗装も、両側の溝は黒い石に研ぎ出され、白いアスファルトを浮出して、ぬれぬれ光っているわけで、その海岸通りをこつこつ歩いてゆくと、といってもこれは日本の開港場の一つ、ひどくいいイタリアの酒を飲ます外人の店があって、私は屈託すると、その街へ出掛けたものです。そこは、岸壁を見下した、間口の狭い、あまり上等な店ではなく、仏蘭西風の花文字を深く刻んだ袖看板の出ている、旋回ドアを排すと、ジャズがムッと来て、毒々しい唇の女の子が駈け寄って来たりする。船乗だまりと言えば、ごくあたりまえの店。曲もない私のことゆえ相変らず一隅のテーブルに片肘を伸して、無精ヒゲの顎を支え、薄い盃をなめていた。自分では酔っていると気づかぬが、人々の動作がフィルムの中のように見えだす、その意識の状態で眺め出すと、店の一角には大理石の調理室が鏡を背にしていて、酒壺を二倍に映したり、カットした鏡の面の花模様を、低い漆喰の天井に乱反射したり、そこにおさまったバアテンがカクテルを振っているわけなのですが、今やその鏡に向って、一すじシガアの煙をうつしている男の顔を、私はじろじろ見つめ出した。

精悍な顔貌は蒼黒く潮焼けし、白眼は血ばしり、凄味を帯びるがこれはどうも見たような男だ。それも曾ては大分親しかった男であるぞと、そんな私の好奇な眼つきが、鏡の中の男にも伝わったとみえて、ゆらり立上った、逞しい背中の男は、顔容峭《けわ》しく私に立向い、大分まわったらしいYシャツの肩を振りながら、傍の女の子に何事かいいつけます。その声で、もの言う時の唇の右へつれることで、私は思い出した。中学の下級で行方をくらました壬生《みぶ》。壬生公弘なのです。「やあ」と腰を浮かした私に思わず気楽な声が出たのは、やっぱり奴の記憶によるので、相変らずちぢれ毛の襟首にはほくろまでつけているぞと、ついでに言ってしまえば私は曾てある女の子に夢中になっていたゆえ、壬生は勝手に彼女の家に談判しに行った。壬生や私が放校の罰を蒙ったのも、もとはというとその事なので、それにはひそかにレニンの本なぞ懐中していたのがバレたせいもある。今憶えば冷汗に濡れるが、恋人が敵の娘であるとは仲々壮烈なことであったに違いなく、先ず、彼女を同志にしてやれとは壬生の考えそうなことでありました。

その貴族の娘のことなぞ、どうでも宜しいが、当時の彼の貴公子然たる巻毛の風貌を、想像に画いて頂きたい。しかるに壬生は、重々しく私の傍に来て坐ったが、私の顔をじろじろ眺めるばかり、これはずい分、気味が悪い。何か言おうか、言うまいかといった風に、押黙っている。そんな具合で、私のムードも紅や橙から暗黒へ移っていかざるを得ず、微醺《びくん》の勢で何か私は口走ったが、それが壬生の耳へ木乃伊《みいら》になってへばりついた形で、この男、いつの間にこんな崖のような峭しさに孤絶してしまったかと私は、竊《ひそか》に驚いた。

「あれから貴様何処へ消えた。レイテで死んだというううわさだが、生きて居たのか。こんな処で逢えようたあ」

「――だろう。よく憶えている」

そんな口ぶりで壬生が、いやに押しつぶしたバスで話し出した始末は、何物かに心魂を奪われた男の、凄然たる声であった。

もとより私共はその酒場では何の話もせず、彼から、奇妙なことは殆ど信じられぬ位だが、ありありとその話を聞いたのは、「素敵な女に逢わせようか」と、彼が私の腕をつかまえ、酔歩《すいほ》蹣跚《まんさん》ピジョンストリートの迷路へ消え、ややあってからのことなのです。


事件に多少とも関係がある故、その前に旧い話をすましてしまおう。

「貴様。子供があるか。女房はあれをもらったのか」こう畳掛けて壬生は聞いた。

「こんな処へ現れる位だ、もとよりそんなものはない」と答えると、

「あの人はどうしている……」

「九年間に三度逢ったとは又、……のろけを聞かせてくれ」

と壬生は笑った。例の口をゆがめる幻妖な笑い方で、顎には深い線が刻みこまれ、かすれた高笑いが峭しい顔容のまま風のように吹き抜ける。あれから、陰惨な門閥を気嫌いして消息を絶った男なので、商船学校から巡洋艦に乗組んで、死んでるのか生きてるのか、親族も今では知るまい。ガラス玉のような灰色の底の見える眼を、羽毛の如き身体にくっつけていた少女は、ある老将軍の娘で、彼女が嫁に行く前に一度、逢いに来たことがある。女は曾て、「貴方は私のこと、何にも知らないくせに」と笑いこけた次第で、もとより私の記憶とは大分かけはなれて現実的な女になってしまった。「何たる古風なことだい」と壬生も傲岸に肩を上げて、指環についたラムネの玉の如き石を示し、こんな眼

の女に逢わせようか。そう言って私を迷路へ引き込んだのです。その風変りな指環は、エジプト辺《へん》の出土品だろう。緑玉を背中に、棘ばった節の甲虫の足が魔除けの象形文字を示していた。

II

怪しげな曖昧屋の並ぶ露地を、長いことさまよって導かれた其処は、ビヤ樽の中の如き光景でしたが、龍文や雷紋の装飾がギラギラしている室内、麻雀の牌は散らかり、数人の黄色い顔の水夫が、壬生に目くばせの礼をした。会話はひどい訛の広東語と英語で、学校仕込の北京官話[*1]なんぞ憶い出したところで、到底分りはせず、うす気味悪く立ったままでいる私を、壬生は旧来の畏友であって、大分の東洋学者であるかのようにフイてくれたらしい。其処から、階段の絨毯の上を二階の踊り場に昇ると、樫の壁は龕燈返《がんどうがえ》って、重々しく緞帳を下した寝室に私は入って居た。炉棚の上には、ドイツロココ風の豪奢な帆船の置時計、タアバンを巻いた半鳥半魚が底を支えているやつ、唐草の巻きついた燭台は切子を光らせ、鼈甲螺鈿の卓には、豹の頭蓋骨が置かれて、口中は金皿の灰落しになっている。何から何まで眼まぐるしい移りゆきで、私は驚いている遑《いとま》もなく、どうにでもしてくれと、この奇怪な室のソファにひっくりかえった時には、時間も空間も既にわけがわからなくなったぐらぐらする頭であった。オレンジ色のシェードを下した燭の光は、一隅の紅の花を黒々と沈ませ、怪獣を刻んだベニス風姿見の壁には、青龍刀だのレミントンの銃がてらりと光っている。壬生は稍《やや》寛いだ姿で油ぎった肌の入墨なぞのぞかせながら、

「驚いたろう。俺は海賊なんだよ」

「別に、驚きもしないが、その石のような眼の女てのはどこにいるんだ」

と、我ながらたのもしい酔いようではあったが、思わず表情もこわばった。旧友の誼《よしみ》、まさかこのまま人質にも取るまいがと考量したが、壬生の顔色、いよいよ蒼く酔って凄味を帯び、又唇をひっつらせると、無言で寝台の帳《とばり》をさらりと引いた。

え、驚くまいか、黒檀の柱は渦巻く婚礼寝台の、寝乱れたビロードの上には、人魚が二匹抱き合って眠っていたんです。上半身は裸体で、ふくらみかけた少女の乳房がついていたが、下半身はゴムのような絹のような鱗なんで、緋色の尾は金魚のように先が割れていた。それよりも驚くべきは、その二体が腕の太さからまっ黒い髪、顔つきまで完全に同じであったことで、生れたての犬の子みたいに絡み合って寝ているんです。室内の異国風な調子といい、壬生のどうだいといった笑い方といい、私はまったくファレルノ[*2]の酒がもたらした幻覚だろうと思いたかったが、まぎれもない、私は家を夕方出たままの、蚊飛白《かがすり》の着流しで、ちゃんと下駄まで脱がずに居る風体は、人魚の寝相にバツが悪すぎた。私の狼狽はもはや隠しようもなく、図に乗った壬生は、「一匹進呈しようか。……条件は生命がけなのだが」と言いながら、私の止めるのもきかず、裸のつややかな肩をつついた。

恍《こう》とした醒めやらぬ寝ぼけ眼で少女はしぶしぶ起きなおったが、その長すぎる程切長の眼の色、まさしく緑色のガラス玉で、栗色の肩にかぶさる黒髪は、金のテープで結んでいた。よじれた下腹の曲線は、この少女が明かに人間であって、奇妙なサロンを穿いていることを曝露していたから、もはや人魚を見た驚きは消えうせたが、新たなる疑は予の酔眼を一層見張らしめた。これは一体、いかなる人種に属する女であるか。いかなる言語を話す種族であるのか。私の好奇の眼は、人類学的な興味に拡大せざるを得なかった。眥《まなじり》の水平なところ、頬、唇のあたり、玀々人《ララ》を思わせたが、インドネシア系の南支那人と羅甸《らてん》人の混血か。とにかく私には不可解なこの世ならぬ風貌。この少女はしゃべることを禁じられているのか。それとも唖なのか。皮膚の光沢すら魚族の匂を放って造化の奇蹟を現出していた。真珠を連ねた雲紋唐草の帯を巻き、頭には黄金のテープと、ナイトキャップ風の帽子、両耳のあたりからは真珠の数珠玉が耳長く垂れて、丸い肩にまで達している。

その玀々人風の冠り物をつけ、人魚のサロンまとった少女を一人ずつ、壬生は軽々抱き上げて私の傍に坐らせると、人魚は心得た調子で酒を注ぎ、私にすすめたが、その間、何事も得言わぬ唖の双生児は、近代では白痴のみ達し得る、面のような古代の美貌であった。ベルリンの博物館にギリシャの踊子の大理石薄肉彫《レリーフ》がある。両脚をつま立て、細い両腕を捧げ、軽羅を腰のあたりに漂わせているあの古代の少女がこの栗色の肌の中に今も生きて居るんじゃないか。と、すっかり興奮してしまった私は、その様に壬生に言うと、末世の知識も、もはや濁し得ない、ものいわぬ緑玉の処女の眸が、私を疑っと睨《みつ》めていた。

Ⅲ

「こういう眼が貴公の趣味なのだろう」と壬生は頬のしわを光らせたが、「この緑の眼……」と又眉を寄せて暗くなって行った。

「いやなに、この人魚の腰巻《サロン》は実は、貞操帯に外ならんのだ。あくどいことを考えやがる」

言いながら深い、探るような眼で私をにらんで、

「貴様、生命が惜しいか……」

「正直申して、死ぬには早すぎるが、一体何事だというのだ」

そういうと彼は、時々キッと眼を光らせ、突き刺すような暗い瞳を私に注ぎながら、このようなことを言い出した。

「まあ、何のことだかわけがわかるまいが、俺がどうしてこんなことになったのか、それを話そう。先刻から好奇な眼をしていたが、敢て穿鑿《せんさく》しないのはさすが文学士、用心深いところだな。生命はひと先ず、俺を信用してくれ。

足柄乗組だった俺は、ソロモン沖海戦であやうくオダブツだったが、それからは悲運にみまわれ通しで、レイテでは重油まみれの丸裸、三日三晩漂った位なのだが、悪運強くも生き残って、ある日、この港へ舞い戻ったと思い給え。家族などの顔を見るのはもとよりいやだ。殊勝にも旧めかしき今出川の築地をぐるぐる廻ってみたがやっぱり入る気にはならぬ。それで又港へと、軍艦鳥の体でぐずついておったのだが、そのうちには持物は売りつくす、船にも乗込めず、ルンペンの如くなって沖仲仕の群に混っていたんだが、酒だけはやっぱり飲んだ。どうにも食いつめて、これはやはりシャチコ張って、帰らねばならんかという最後の晩だ。帰ったところで俺の家など、もはやどうにもならぬ、負債の方が多い始末だろうがね。シンガポールで俺と飲んだことがあるという華僑、堂々たる風采の半白の紳士だったが、それと大いに意気投合して看板まで飲んだ。あのころは俺でも、りうとした海軍将校、足柄はあの通りの戦歴赫々たる奴だったから、今考えれば慚愧に耐えぬが、シンガポールでは鳴らしたものだよ。沈といったかな。いずれ仮名なのだが、いやに気前のいい奴。スネイクウッドの握りをまわしながら、しきりと俺をケシカケるから、いい気になって海戦や航海術の蘊蓄を傾けていたものだ。どうも少し熱心すぎるとは思ったんだが、もっと話そうじゃないかというようなことで、何しろ俺はあてもない身体だし、責任を感じ出せば死ぬよりてはない余計者だ。階級なんぞはぶっつぶれちまったが、新たにおっかぶさって来たやつは一寸俺の手には負えない。革命の前途は暗澹というより外ないじゃないか。まあそんな気焔をあげながら、だらしなくなって徹夜で飲み歩いたわけだが、最後にその男、岸壁の電柱に寄りかかって前後不覚の俺に向い、「どうだ伯爵、海賊をやらんか。いやならこれだ」とヒヤリ、ブロオニングをつきつけやがった。
　何が伯爵。といばってみたが、仕方がねえ。ＯＫ也だ。途端に、鋭いヘサキのモータアボオトがするすると近附き、俺は担ぎ込まれて、そのまんま寝込んじまったわけ」

「眼を醒して驚いたが、俺は油染みた船艙にころがっていて、頭の下ではディーゼルエンジンが快調にうなってやがる。二日酔の痛い頭で、渋々丸窓から覗くと、波をかぶってえれえ速さだ。三十ノットも出してやがると、これは商売柄ピンと来た。こんなにとばせるやつはめったにあるもんじゃない。遠ざかりつつある島影は、奄美大島あたりだろうと見当をつけたが、一昼夜ばかり寝かされていたらしい。魔薬のせいなのだ。それから、航路を大きくそれながら浙江福建をかすめて南支那海へ乗込んだ。甲板には商船とみせて、重機や機関砲がそろり隠れていてね。台湾海峡から九龍半島の島影に出没して、目ぼしいジャンクや商船とみるや、停船信号を発して止まらない奴は吃水線向けて重機をぶっぱなす。こいつは仲々痛快だぜ。水上警察なんぞ歯がたたない快速と武装なのだ。シケを喰ったりすると小さい船だから支那海乗切りは命がけだがね。あそこらを根城にしている海盗《ハイタオ》の一味も怖れをなすこの船は、一体何者が糸を引いてるのか、まったくすげえ話だ。例の沈にしたところが支店長位な格、その上の指揮系統なんぞ皆目謎につつまれて、恐るべき組織の深さなのだ。本拠は案外延安あたりかも知れんと思った。とにかくそんな成行で又この港へ戻って来た。哨戒機が飛びまわるころには本尊は遙か雲がくれなのだ。沈は又現れて、ポンと俺の肩をたたき、「始めてにしちゃあ、いい度胸だ」とばかり、俺のポケットに札たばをねじ込んで、ぷいと行っちまう。まるで、夢みたいな話だ。夢といやあ、テオフィル・ゴーティエもどきのすごい美女がいたぜ。南支那海に散らばる、ある根拠地の女王なのだがね。俺が海賊の足を洗えなくなったのは、ほぼ御察しの如くだ」

こう一気に語って壬生は重い酒を一口に乾し、阿片に火をつけながら、ランランたる眼を私に向けた。とぎすました青い刃《は》のような気魄が有無を言わさず私に迫って来て、一体正気なのかと、えたいの知れぬ不安に私は、平気を装おうとしても盃もつ手があやしく顫《ふる》えた。

人魚の肌に塗られた芳烈な香料は、龍涎香《りゅうぜんこう》、麝香《じゃこう》、麻の花といった媚薬のたぐいだということだが、この裳裾の陰には、小さな白い足がのぞかれることであろう。何の感情もないかに見えるこの少女は、やはり乳房の下をコトコトいわせていた。壬生が手振りで示すと、エジプトの奏楽女人のような人魚どもは、上半身をくねらせて奇妙な舞踊をはじめる。それは二人で合掌したり掌を内側に深く曲げたりするので、スリンピイというのに一種似通っていた。燭の切子の光を受けて、後の壁にもシルウェットを動かし、生臭い阿片《オピヨム》の匂が、室内の異様な雰囲気をいよいよ深めて、壬生は怪奇な皿の上、じりじり阿片をくゆらしながら、更に幻妖な物語を語り出したのである。

「楠や柑橘の巨木に覆われて、盛り上るような緑の島。十六、七世紀以来の旧い港で、今は荒れはてた漁港だが、突堤の石の割目にも築地の上にも龍舌蘭が花咲いているといった小さな港だ。石には古風な百合が、十字架を巻いて彫られていて、御出世より千六百何年と記されている。掘割を河口から引いて、水田の堤にはバナナが葉を戦《そよ》がせ、街の人家は大部分が中国人の、あの赤や青の招牌《シャオハイ》を道の両側に突き出した、相変らざる風景なのだが、石畳の日かげではアンペラ敷いた車夫や物売りが、長いキセルをふかしている、といった具合。

儒艮《じゅごん》を看板にした古めかしい商館が物産屋をやっている街の目ぬきは、太い合歓《ねむ》の並木が貫いて、山腹に登るあたり、灰色の石の高い崖の上は、旧い豪族の屋敷、石と煉瓦を畳み上げた防寨には、蔦が崖下から這い上って、静脈のように見える。崖ぷちに一列の鉄柵のつめくさ模様を透して、はるかの崖下から紺青の空ゆく雲と、茫々たる雑草に混る真紅の葵や、のうぜんかずらが覗かれた。ここは海に面した素晴しい眺望のバルコニーが開いて、蘚《こけ》むした南蛮風の唐草が、葡萄牙《ポルトガル》時代の趣を残しているのだが、崖下からは、季節風に晒されて、静脈のように這い上る蔦しか見えぬ。山を一つ廻らなければ高い崖上には登れないような、要害を極めた城館であったらしい。仮に人頭魚館とでも呼んで置こうか。絶世の美姫というのは、その黄家の主人公なのだが、この指環も、人魚どもも外ならぬその女の持物なのだ」

Ⅳ

何処までが本当なのか。これはオピヨムの描き出した彼の幻視なのかと、考えるのも面倒な位私も酔ってしまい、熱い髪をかき上げながら、冗談だろうとあきれていたが、壬生の顔は上気して、異常な熱心を以て語る故、私もついつり込まれてしまった。天窓の格子から射し込む月光は、少女の小さな肩や私の掌《てのひら》を浮出しているし、人魚の肌のむせるように官能的な香料は、南海の滄溟《そうめい》に沈められたような蠱《まどわし》を、私に抱かせるのであった。

壬生の話を疑い出せば、この、私を棕櫚の団扇であおぐ少女も、壬生の指に光る緑玉の指環も怪しくなって来る。第一、私自身の存在が疑わしくなってしまう故、私は一切の不可思議に身をゆだねて、成行にまかすより致し方なく、水底の如き深夜の婚礼寝台に私はひそやかに置かれていた。室内の調度は雑多を極めて、波斯《ペルシャ》花《け》文《もん》の壁掛があるかと思えば、巧麗を極めた、螺鈿三重の蔵が、花鳥樹鹿をちりばめて、洋風の室内に雑然たる一種の階調を織り成している。

妖しい花の唇を半ば開いて、人魚はなまめかしき絢爛の尾を、私の膝にのせているし、十年久闊《きゅうかつ》の壬生は、自ら海賊船の艇長だといって、まさしく私に対していたのである。壬生が先刻匂わした所によると、一党は延安派の中国内戦にも一役買っているらしく、東支那海から南支那海へかけて、浙江財閥を脅すテロ団と私は推察したが、その密輸組織の背景をなすは果して何者か。個人の企て得る業《わざ》にあらざれば……と、私は、心中惘然として甚だ穏かでなかった。

「眠ったかオイ。何を考え込んじまった」

「冗談じゃない。本当とすれば眠気も吹飛ぶ怖るべき暗黒組織だが、その黄というのはやはり南海貿易で産を成した旧家なんだろうね。台湾が三つの島で現され、その直中に美 島《イラ・フォルモサ》と書かれている古い葡萄牙の地図を見たことがあるが、タイワオン湾に和蘭人《オランダ》がゼーランジャ城を築いてマカオに対抗したのが十七世紀の始、オレンジ城、赤嵌城《サッカム》にプロビンシャ町が出来た位だから、それと通商する福州や厦門《アモイ》の豪族があったわけだな。澎湖島はライエルセンやソンクが城を築いて拠《よ》ろうとした位だから、附近の島にそんな遺蹟が残っているかもしれぬ。今はいずれ香港や広東に商権を奪われてしまったに違いないが近世の初まで康煕《こうき》、乾隆《けんりゅう》の隆盛には、支那海の島々は海上王国の黄金時代を現出して繁栄したのだから、夢みたいなことだが、それはあり得ないことじゃあなさそうだ。その黄家の令嬢というのはそもそも何者なのだろう」

「あの女の素性は、俺にもよく解らぬのだが、深窓《しんそう》の女でね、気狂いだという風評もある。知っての通り中国の貴婦人というやつは恐るべく気位が高くて、何にもしないということが彼女等の美学なのだ。理髪師が陰毛まで剃るという話がある。いつも肌の色が変るあの女の情人は無数の恋人を持っているようなものだ。年はいくつなんだか、まったく推測を許さぬ。海賊船に乗組んである島に上陸した時なのだが、初めて俺はあの女を見た」

人頭魚館の女、桃紅のことを話す壬生は、強いてさり気なく語るものの、深く魅せられたる如き顔色は、既に生ける人のそれではなかった。

V

港の酒場には、港の女達がいる。海賊壬生公弘はその島のしかるべき酒場に居て、ある夜、蹌踉《そうろう》と入って来る粋な女に眼をみはった。銀座界隈をのし歩く、うすよごれたのとはわけが違う。クリーム地のデシンに黒のサンダル。パリ直輸入のあかぬけた風体。蹌踉と見えたはそのなよなよした脚の故か。或はこの女の瞼を染めて、淫乱な疲を沈ませる隈の故か。アムブレラの陰にじめじめした黒瞳《め》をふせるエドワル・マネの女よ。そげた蠟細工の類に影落す、長く巻上る漆黒の睫《まつげ》。驚いたような黒瞳

の、下眼づかいに壬生を凝《じ》っと視た女も、既に酔っていた。蹣《よろめ》くように近寄りざま、

「貴方を見たことがある」

とこれは英語で言う。壬生は毒気を抜かれた形で、「エ」と身じろいだが、女は黒レースの手袋を外しながら婉然、その時はもう男の横にぴっちり坐ってる。熱い酔が女の股から纏いつくように上って来て、「忘れたの」ともう女の腕に巻かれていた。胸の斜面は視つめるに耐えぬ湿った眩さ、「俺はそんなにもてたためしはないんだが、或はシンガポールあたりで……」

女の桃色の耳たぶに食い込んだ琥珀の耳輪はゆれ、壬生は茫然女の頬の描き黒子《ぼくろ》を見ている。

「逢うまえにだって、見たことはあるよ」

と頸を引き寄せながら熱い息の中につぶやき、女は壬生の肩に頭をもたせかけるので、酒場の中はしんとしてしまい、女ども饒舌《おしやべり》を忘れて、絶世の美女の嬌態に眼をみはった。

女にうながされて壬生も亦、踉々蹌々と引かれてゆく。「その女に気をつけろよ。無事で帰れた男はないのだ」

「そんな酔漢のひやかしが後ろでしたように思ったが、俺は海賊、それも面白えと、半分は意地だ。それに慾情も麻痺してしまう程に凄艶な女というやつが稀にはあり得るじゃないか。悩まし気に疲れた黒瞳《くろめ》は惻々と引き込むあわれを湛えているのだが、その輝いた皮膚は、男の支配を烈しく拒絶している。港の女にしちゃあ肌の匂もおかしいと思ったが、とあるキャバレエの前でピカリとしたナッシュに俺をつめ込むや、女は自分でギヤを入れた。自動車は夜の山道をうねくり、黄家の城館の車廻しにぴたりと止る。関節はわなわなし、声も出ないという状態を俺は初めて経験したが、笑いごとじゃない。あの女にああいう眼をされて、そうならない奴がいたら御目にかかりたい。それ程の女なの

だ」
モザイクを磨き上げた廊下を導きながら桃紅は、「貴方を男と見込んで、頼みがある」とささやく。酒場での会話とはうって変った悲調と気品を帯び、この女の声、得も言わぬ陰影をもっていて、故知らず男の胸を痛ましめた。森閑たる石のアーチには処々燭が輝いて、奥深く空気を澱ませているのだが、男の声は逆にみにくくしわがれて、「我ながらゾーッとする悪感を覚えた位」

女は一室に彼を導いて、「最初に出逢う男を殺せ」と抗し難き声音で一言命じた。女が消えてしまうと、手生の頭は火のような一点をめぐって空しく旋回を始める。旧めかしい応接間の欄間には淡彩の風景が描かれ、楯形の漆喰がそれを飾っていたが、扉の金メッキも剝げ落ち、重厚な家具も年代の罅《ひび》が走っていた。シャンデリヤの下った天井には大きなやもりが這い出してキキと鳴き、二匹重なった怪奇な爬虫は、ソファの上にもぼたりと落ちて来て、さしもの壬生もゾーッとした。ピストルを探り、撃針をしらべて入って来るかもしれぬ男を待ったが、何者も来らず、館は無気味な沈黙に沈んで、泉水の水音と中庭の森林に夜鳥の奇声が木霊する許《ばかり》。やがて青銅の把手が動いて入って来たのは眼もさめるような中国風の貴婦人なのだ。豊頰《ほうきょう》には靨《えくぼ》まで浮べ、腕のつけねの白い丸さは人形のよう。それは緋の支那服に着かえた同じ桃紅なのであろうか。蒼白に思いつめた壬生の頰をつついて、「可愛い人ね」とところころ笑い、「それでも人が殺せるの」と、纏綿《てんめん》たる眼を流す女は又別人のよう。壬生はいよいよあっけにとられたが、黙ってピストルを引き抜くと、彼方の天井を向けて撃ってみた。にぶい響が、四隅の暗がりを破って消えたが、声もなく落ちたのはもはやピクリとも動かぬやもりである。「俺は、その途端、近づき得ぬ女を烈しく憎みだしていたらしい。まっ白い背中を見ていると、何だかいらだたしくなって来るような女だ」

「あの女は魂がないかのように横たわっていたのだが、壁は熱く、乾いた灰色の乳房は冷たい。女の咽には小さな血の斑点を連ねて前の男の歯形が残り、動かぬ黒い瞳、たるんだ眼瞼のアイシャドウの毒に罹って恋すれば男は死んでしまうかと思われた。あれは爬虫族の不死の死人、女を抱いているだけで俺は憔悴し果てた。それは何という奇妙なベッドシーンだろう。まはだかの女は黒い網の手套《てぶくろ》をしている。女はやもりの掌で俺の血を吸い、水銀を刺すかと思う冷たさなのだ。殺される男は姿見の後ろで覗いていたのだよ。大口あいて笑った男は、緑と薄紫の印度羅紗《カシミヤ》緞帳から首だけ出して阿呆のように笑いつづけたが、銃声で姿見は蜘蛛の巣のように割れて、散乱し、女の眼は残忍な愉楽の光を放って、襤褸《ぼろ》切《きれ》と化した水夫を見やった。

　卓上の古銅の鈴を振ると、音もなく現れた奴隷が、なれた手つきでそれを片附けてしまう。本当とは思えまいが、狂った桃紅の乱行はその街では周知のことだったのだ。夜ごと、館を忍び出る深窗の美姫は、疲れ果てながら今猶冷えきらぬ血に駆られて、踉々と街をさまよい歩くのだろう。そんなことが許されるような十七世紀風の古色蒼然たる植民市、黄氏はその島の大半を領する大地主で、豪族は未だにその島の支配者なのだからね。その時女はこの魔除けの指環を俺の指に挿込んだのだが、完膚なくなった俺の本能が逆に鎌首を上げてきて、次第に冷酷に観察し出した俺の海賊の意識に、ある疑惑が影を落し始めた。何故、この女は下手人に俺を選んだのか。見やぶられたとすれば、生かしては置けぬ。すると急にあどけなくなった桃紅の少女のような笑顔に、俺の疑惑は幻のように消え果て、いたずらな眼で女は、俺の顔を乳房の間に挟んだりする。

　血を見ると女の身体は次第に変身して、きらきらと魚族のように濡れ、急に真剣になった女の横顔は、何という狂おしい迄の整いようだったろう。あれは、人間の眼じゃあない」

言い終るや壬生の顔は神経的にゆがみ、えたいのしれぬ恐怖にサッと覆われたかとみえた。

「俺が女を扼殺したとしても……あれは急変した女の情熱だったに違いない。とにかく女はあどけない顔のまま、蠟のように冷くなってゆき、女の窈窕《ようちょう》たる最後の苦悶は、両脚を二つの尾鰭《おびれ》のように揺らして俺の心魂を生きながら奪ってしまった。俺の力はまったくふぬけてしまったようだったが、女は死んだと、少くもその時はそう思った。後で想い出してみると俺は案外にしっかりしていたらしい。漠とした恐怖に駆られて外を覗くと、先刻のナッシュがのうぜんかずらの葉陰に屋根を見せていて、断崖の下の暗い海面には夜光虫の斑紋が動いていた。逃亡してやれ、とそれで思いついたが、女のペンダントや宝石類を悪党然とポケットにねじ込み、俺は露台から自動車の屋根へ飛び下りて、胸のすく脱出を企てたが、不思議なことに城館は静まりかえって、銃声一つ起らぬ。漠然たる恐怖は次第に濃くなって闇の奥の血のような想念が尾を引いて乱舞するかと思った。俺は遂にあの女をやっつけた筈だったが、あの女の肌の匂は俺の全身に染みついて、俺の体質まで変えてしまったらしい」

「翌日海賊船が、島の岬を廻ろうという時だったが、島影から忽如現れた黄色い短艇、あやしいなと思うまもあらず、何物か投込むと、矢のように方向を転ずる。雷撃は大分やられつけているからね。舵機は俺が握っていたんだが、舷側から艫《とも》をすれすれに抜く白い雷跡、急回頭して傾いた甲板からみると、モータアボオトでハンカチを振っているのは昨夜死んだあの女にまぎれもなかったのだ。その日は黒眼鏡をして、海風にたくましい乳房を尖らせていたが、白日の幽霊かと、恐怖にそそけ立った俺の顔をのぞき込んだ老水夫は、

「ありや、海豚《いるか》でがすよ」と怪しい眼を意味あり気に光らせて、

「あの女が死んだのは、初めてのことじゃない」

とぼやいたものだ。馬鹿げた幻想なんぞいささかも信ぜぬ俺だったが、思わず崖の上をふり返らざるを得なかった。静脈のように這い上る蔦と風を受けている棕櫚、ニースあたりの城を思わせて、ステインドグラスがぎらぎら光った。南海の海盗《ハイタオ》の間には男の魂を奪っては生きかえる女だという伝説さえある桃紅なのだが、どうやらそれは、本当になったらしい」


「月夜の支那海が凪ぐと、その中を船は燈《あかり》を消してゆくのだが、波間の一つ一つに、あの女のまっ白い背中が浮きだすのだ。闇の奥に血の糸を引いてうようよしているものは、みるみる近づいて俺の中へ入り込んでしまう。もつれ来て集る想念はそこに像を結んで、両脚に海豚のような尾びれを躍らせながら人魚は、三日月を引き下そうと手を伸ばす。あれは刻々に変身する不死の死人。俺にはどうもそうとしか思われない。波間に一つずつ顔を出した人魚は、船の行手に集って声もなく涙を流しはじめる。そうなると船は全速力を出しても、もはや動かなくなってしまうのだ」

　そう言って壬生は、自ら嘲るかの如き、神経的な哄笑の発作に駆られて、ヒステリカルな狂人の眼は、私の総身までをそそけ立たせる底の無気味さであった。

Ⅵ

「武装したジャンクを操って、南支那海に出没する海盗、舷側には鉄板をはり古めかしい籠《たが》のはまっ

た青銅の大砲なんか積んであるが、その一味の女王なのだな。桃紅という女。見なれぬ船乗とみると誘惑するのも、スパイの為と考えれば、一応の説明はつくかもしれぬ。超人的な演技力と、美貌で男を操っているんだろうが、それにしてもあの女が又甦ったのをみて、俺は内心喜んでいるんだよ。

　人魚の恐怖は、馬鹿げた幻覚だと思うだろうがそれが現実となって現れたのだ。拿捕したジャンクに大きな衣裳トランクが置いてあって、その中からこいつらが出て来たんだよ。気狂いじみたあの女の、十七世紀風の贈り物なのだ。えらい達筆でよく読めんが、この仏印流のフランス語を解読してみたまえ」

　そういって壬生は、人魚がもって来たと称する黄色い紙片を示した。

「『騎士よ。夜ごと泣きくらす人魚を救い給えよ。騎士の生命も城館《シャトオ》に残りたれば……』悪趣味極まるラヴレタアだな。こりゃどういう意味なんだい」

「待ってるから来いというんだろ。人魚の鍵を奪いに来いというんだから、今度こそは殺されるね。手下になれという暗示かもしれん。俺はいつもあいつの影に監視されているらしいのだ。東支那海でひどい颱風にあって、舟山《しゅうざん》列島の島陰を漂流していた時だが、あの女のジャンクに拾われたこともあるし。広東でつかまって銃殺されるところを、この指環のおかげで助かったこともある。交替した獄吏があの女の手下だったのか、あの女が買収してくれたのかどうも明らかでないが、外輪式ジャンクのペタル踏人足になって逃亡した。桃紅の配下が俺の部下にも潜入しているらしいから、俺はあの女の支配から所詮遁れられない。そうなるとこの指環も案外呪符の魔力を発揮するのかもしれぬ。俺は檻の中に入っているんで安全な獣みたいな有様だが、あの女が敵か味方か、その辺の事情は全くの謎だ。影のように現れて、影の中に消えてしまう人頭魚館の女、生きているのか死んでいるのかわからぬが、あの女の影を追って俺は死に果てるのかもしれぬ。あれを知っている男でないと、この奇怪な情熱の由来はわかるまいがね」

「信じられんというのなら、俺と一しょに来て、人魚を救う騎士を志願したらどうだい。こやつは案外、スパイなのかも知れぬが」

「明日の朝は海賊船の中で眼を覚すわけだな。海賊はどうも苦手だね。それにその女王、大分貴公には参っていると信じるのだが、生命はともかく大事にしてくれよ」

そう言いながらも私は、壬生がこのような幻妖な言いまわしをする以上は何か言うべからざる秘密があるのだろうと推察したものの、えたいの知れぬ海女に、まったく魂を奪われてしまった如き、壬生の運命をひそかに予感し、それ程までに男を魅了する絶世の美姫にこがれ死ぬのも悪くはないなと、漠然たる恋情すら憶えたが、既に酔は完全に頭に上って、意識もとぎれとぎれとなり、室内の異様な風景も為に揺ぐ程、歪んだフィルムの一齣一齣に人魚の緑の眼がうつって、それでも私は人魚のサロンを纏った不思議な処女の口移しに、強い酒を含ませられていたが、すでにテープを切った少女の黒髪が肩に乱れかかると思ううちに、やがてこんこんたる深い眠りに落ちてしまったらしい。

VII

私が眼を醒したのは、他でもない。いつもの港の酒場、革張りの油染みたソファに於てでありました。夏の日は既に高く、店のガラスを透して汚物の光る海を見せ、テーブルの上には逆立てた椅子の脚が乱立して、人魚は影もかたちもない。イタリア人の亭主をもつマダムは狭い階段をミシミシ下り

て来て、私のぼんやりした顔をのぞき込み、

「昨夜《ゆうべ》はお楽しみ」ポンと肩を叩いた。

「今朝がた貴方担ぎ込まれたのよ。何にも憶えていらっしゃらないって、まあ、あきれた人」

「そいつらは、水夫だったろうか」

「え、びっくりしたわよ。壬生さんは急にお立ちですって、風来坊みたいな人だからね。ああいうの、一寸いいねえ。暗くってさ。しっかりなさいな」

「壬生かい。……あいつに惚れたって、無駄なんだ」

そんなことを言いながら私は、もう逢えない男じゃないかと、怪しい胸さわぎに耐えて、ガラスの中の沖を眺めていました。暗い酒場の窓から覗く、ぎらりとした海には、もとよりそれらしい船も見分け難く、夢にしてもおかしな夢だと、私は茫然、昨夜来乱れた着物の前を合わせていた。

あれは酔った揚句の夢だったのか、黄金虫や虹の蛾、昔の女の眼が齎《もたら》した幻覚にすぎないのか。それにしても私の指先には人魚の肌の麝香や麻の花の匂が、未だにむせるような虹の蠱《まどわし》を残していたのです。

【註】＊1　清代の公用標準語。＊2　古代ローマの美酒の産地。

月光と耳の話
——レデゴンダの幻想

悪酔を醒ましたかったので私は、市立公園のベンチに坐っていた。私の前には黒い河が流れて、赤い燈をつけた河汽船がゆっくり向きをかえていった。月の明るい夜の灰色の路面は、交錯した栗の木立の枝をうつして、灰色の地面には黒い線描のように影が落ちていた。油画のように平らに、一切を見せている月光の中を、ふと覗くと、彼方の街燈のかげから私の方を窺っている瘠ぎすな男がある。

Gestern nachts, als ich mich auf dem Heimweg
Für eine Weile im Stadtpark auf einer
Bank niedergelassen hatte, sah
Ich plötzlich in der anderen
Ecke einen Herrn lehnen.

——*"DAS TAGEBUCH DER REDEGONDA"*（*1909*）

ARTHUR SCHNITZLER

鼠色の外套をすそ長く着て、白い手袋をはめた紳士だったが、私に見られたと知るとつかつかとベンチに近附いて、

——失礼ですがベッラーフ大尉では……

と言いかけて、けげんな顔の私に気付いたものか、

——御存じないのはもっともですが、私、奥様をよく存じ上げていたものですから。

と、細い女の子のような声で言った。私は酒のせいもあって、えたいの知れぬいやな気分がして、背すじが寒かった。風邪を引いたようだ。何だか幻妖な男。死んだ妻のことを言い出されて、皮膚で感じるような嫌悪を禁じ得なかった私は、いいかげんにしてくれと露骨に表情に示してマッチをすったところ、闇の中に浮上ったのは思いもかけず、花のような美少年であった。

繊細《かよわ》そうな頸筋に、怯えたように鼠色のウールの襟を立て、白い手でそれをおさえていたが、深い眉根には美しい灰色の眼が私を見ていた。

——こんな事を申し上げるのは失礼ですが、けれど私、奥様の死因についてどうしてもこの事を申し上げなければならない。もうこれ以上死んだ女の記憶を一人で持っていることに耐えないからです。私は命がけで死んだ人の名誉の為にこのことを申上げる。私の話を最後まで聞いて頂きたい。低オーストリヤ近衛龍騎兵聯隊に於ける貴方のピストルの手練は、既に高名のことであるから、後は存分になさって下さい。介添人には月がなってくれるでしょう。

鼠色のダブダブの外套を着こんだ美少年は、そう言って奇妙な思い入れで、天を指した。

——冗談じゃない。一体何のことだかさっぱり分らんが、それは馬鹿げたことだ。私の妻が何をし

たところで、既に半年も前に死んでしまったものの為に、生きているものが殺し合うまでのこともなかろう。一体君はどなたなのですか。

——私の名前ですって。そんなことはどうでもいいことだ。いやでも今におわかりでしょう。貴方は奥さん、いや、フォン・ランメル嬢をいささかも愛してはいらっしゃらない。ところが私はテレーゼを愛している。今も愛しています。貴方に法律上の権利がある如く、愛し合う者には精神の権利がありましょう。どうか私を殺す前に、私の話をしまいまできいて下さい。

私は、いささかうめいた。この執拗な若い男が、何事か妻との情事を告白しようとする。それを聞かせられるのはたまらんと思ったが、貞淑を売物にしていたようなテレーゼにも、そんな事があったのかと、好奇心のようなものが私を捕えた。

——ほう、貴方はテレーゼの情人だったと、この私に言われるんですね。私は妻を信用していたんです。私は細君に信用はなかったがね。これは意外だ。あの女が貴方を愛していたわけですな。

——そうです。

弱々しい男は、それでも昂然と頭をあげたが、すぐ恥かしそうに外套の襟を深く立てると、後を向いて自分の襟から蒼白のペンダントを取って、これを御覧下さいと私に示した。卵形のオパアルを中央に、唐草を巻いたベニス細工には私も憶えがあった。止金のところの細い金の鎖が、一つゆがんでいるのは、私がなおしたので、テレーゼの耳の下に接吻した時に、私が曾てこわしてしまったものであった。華やかな記憶が回想されて、私はうめいた。美少年はそのペンダントを大切そうに身につけると、

――もっと証拠が必要でしょうか。私はテレーゼの乳の谷間に、黒いほくろがあるのを知っているのですが。

この男は自ら死を望んでいるとしか思われない。烈しい血が私を逆流していたが、いやな相手だと余計身がまえずにはいられぬ鄭重さで、

――いや分りました。しかしテレーゼは既に墓地に眠っております。死人をけがすに忍びない。貴方は私が妻を愛していなかったといわれるが、それは確かに奇妙な夫婦だったが、私は死んだテレーゼに同情はしていた。これはやはり精神の権利ですね。七年間も夫婦であってみると、恋人にはわからぬ一種の黙契が出来るものですよ。これ以上話すのはやめて頂きたい。それに私はひどく気分が悪いのだ。隣人に対する配慮からも、やめにして頂きたい。

そう言いながら私は、未知の男への言いようのない憤りに駆られていた。しかも男は自信あり気に話しだしたのである。

――愛してはいないが嫉妬はするという男がよくいますよ。いや御許し下さい。御寛容には感謝いたしましょう。

実は私、奥様の耳を拾いました。プラアタアを歩いておりますと、木の柵にまっ白い耳が生えていました。こんなことがあり得るものだろうかと、取ってみますと、正真正銘テレーゼの耳なので驚いてしまいました。え、そりゃ分ります。ひと目で分ります。

いいながら男はすごい眼で私をにらみ、私の記憶を吸い取ろうとするかのように、

——ある五月の夜でしたが、維納《ウイン》郊外の森で私は初めてテレーゼを抱きました。しゃぐま百合や独逸鈴蘭の咲く季節で夜気にも花の匂が流れていました。三つ上の従姉であるテレーゼはイギリス風の白い着物で私の前を歩いてゆきました。着物だけが夜気の中を歩いているようにも見えたのです。十六と十九でした。それで夢中で森の中を歩いていたのですね。小川が光っている所で、

——道はこっちよ。

と彼女は思いきったように私の手を引っぱるのです。初めて触れたのでした。私はその白い小さな掌を強く握りしめると、女を引寄せていました。私の胸に倒れながら女の眼は哀願の色に濡れています。合わせた唇からあえぐように息が舞いました。女はそのまま息が絶えてしまうのではないかと思われる程、初めて抱いた恋人の柔かさが奇妙でした。女の髪は梔子《ガルデニヤ》の匂がしました。テレーゼは私を愛していたのです。貴方をではありません。

呪縛されたように返答もならなかった。この狂人は十数年前の私の記憶を持っている。月は丁度雲にのまれて、あたり一面俄に暗くなった。妻の従弟にこんなやつがいるわけがない。

——テレーゼは、と男は話し続けた。貴方を夫にした故に、一九〇九年維納で自殺したのです。

——自殺。そんな馬鹿な事が、あれは憂鬱症だったのです。

——そう、憂鬱な自負心が、あの女を自ら殺したのだ。

——証拠を、……いやお話し下さい。私は多少貴方に興味を感じてきたのですから。テレーゼは何故自殺したんでしょう。貴方はあれの恋人だったのだからよく御存じの筈だ。

——それをお話しするために、プラアタアの酒亭から貴方をつけて来たのでした。

と鼠色の男は声を落す。

——まったく信じ難いことですが、テレーゼと私は誠に異常な状態で愛し合っていたのでした。同じ深さに愛し合った恋人同志が、まったく同じことを考える。そういう例はいくらもあります。シュニッツラ氏も〝レデゴンダの日記〟に書いている。狂人と同一視されない為に説明させて頂きたいが、〝異口同音〟という言葉がありますし、〝噂をすれば影〟という現象も経験上の事実です。それはある瞬間に大勢がまったく同じ事を言ったり考えたりするわけですが、しかもそれは同一の環境、同一の記憶をもった肉親や愛人の場合、殊におこりがちな現象なのです。つまり、ほぼ同一の意識下にある二人の人に、天候とか事物とか類似の条件が与えられる故に、同一の反射をするのだと考えられないでしょうか。

例えば永年つれそった夫婦の場合指を微妙に動かすだけでお互に同時に情欲を感じ合う。それはその一つの動作に関しての記憶が、まったく同一であるからと考えられないでしょうか。

——ふむ。それで。

——私とテレーゼは身体に関してはほぼ同一の記憶をもっていたのです。はじめて抱いた時に女は黄色い花模様のレースの下着を着ていましたが、その時に雨がぽつりぽつり降ってきました。女は烈しく泣きましたが、黄色い花の雨に濡れるのを見れば、私達は同じ一つの事を考えたものです。私はある瞬間にあの女と同じことを考えるようになりました。特にあの女の身体に関しては、同じことを考えざるを得ないのでした。例えば夜、貴方が夫の権利としてあの女を抱いて、あの女の白い上膊《じょうはく》に貴方の指の跡がつきます。それも私にはありありと透視出来たのです。そして女の肌に印された貴方の指紋は、いや御免下さい、私の指紋に外ならなかったのでした。

私を狂人とお思いのようですが、私にだって始のうちは不気味だったのです。あの女と私が同じことを考えている。それは、はじめのうちは漠とした予感にすぎなかったのですが、しかし次第にその宿命の赤い糸のようなものが透視され、奇蹟のように実証されるにつれて、――ほぼ同文の手紙を同じ日、同じ時刻に書いたり、人ごみの中をレルヒェンフェルトの教会へ向って、歩いてゆくと、女も吸い寄せられるように向うからやって来たり、この不思議な、いや実はちっとも不思議はないよくあることですが、その能力が色鮮かに自覚されるようになったのでした。それには私達がつとめて同じ気持になろうと異常な努力を重ねた故もあるのでしょうが、私達は感覚まである種の匂や色彩を共感するようになっていました。

網膜の底の黒ビロードのような上にあの女が裸で横たわっている。あれはティシアンの女です。御存じのように背中が輝くばかり美しい女でした。貴方は奥さんが冷やかな、非常な美人でいながら、あの女の表情の一瞬に蒼白くしらけた他人を感じなかったでしょうか。貴方の気に入らなかったのはむしろあの女の極端な美貌、哀んで身体をうちまかすような弱々しい微笑だったではありませんか。

それがありありと私には分ったのです。黒いビロードの上にあの女は横たわって、強い光線があの女の腕を照し出しています。乳の間には例のほくろが揺れていました。乳房の谷にほくろがある。これはあの女を愛した男なら誰でも驚かずにはいられない。私はあの女の腕に私の指のあとを見ました。あの女は眉をしかめ、もだえ、呻きます。油汗に輝きながら身もだえる、その感覚が私と同じであると考えると私は興奮しました。

ぬめぬめと小蛇のように私の唇に入りたがるあの女の舌まで私は感じたのです。

私とあの女の間には距離や空間は感じられませんでした。あの女が貴方のものになってしまっても、私はテレーゼの肌を身に覚えて次第に狂おしくなりました。私はスコットランドまでも旅してあの女から離れてみましたが、毎夜の妄想はいよいよ鮮かになるばかりなのです。妄想でしょうか。いや私には解っていたのだ。貴方をあの女は愛しませんでした。

トリエストからベニスへ向う船の上で、奥さんは梔子《ガルデニヤ》の香水を海へ残らずこぼしたでしょう。白く輝く甲板に彼女の影があざやかに折れていた。ガルデニヤの匂をかぐと、奥さんは鼻血をだし、鮮かな血はぼとりぼとりと海へ落ちました。憶えておいででしょう。

——七年も前のことだ。紅白の天幕の下で私は妻の肩をみていた。たしかに背中のきれいな女だった。もっとも女は誰でも背中が一番きれいだよ。

——それから溶岩の赤茶けた道を貴方達をのせた朱塗りの馬車が駆けてゆくのも見えるのです。綿畑から綿毛が飛んで、段丘の葡萄畑を截って道はどこまでもつづいて、道の両側の葡萄の葉はまっ白に石灰が塗られていたでしょう。奥さんは黙って沈みこんでしまいましたね。貴方は彼女の肩を抱いて、心配そうな顔をした。

——そこまでは思い出せないが、ナポリの近くだったのだ。

——奥さんは馬車の揺れるのが心配だったのです。どこまでつづく凸凹道だろうと。女のそういう憂鬱まで私は感じないわけにはいかなかった。

貴方が奥さんを棄ててR伯夫人に蠱惑されたとしても、それは私とテレーゼのようなことが、あの方との間には起り得たからでしょう。

テレーゼは香水をこぼしてしまっても相変らず昔の記憶を失うことが出来なかった。

貴方が男爵令嬢《バロネスヒエン》テレーゼ・フォン・ランメルをその美貌の故に愛し得なかったとしても唯それだけの理由だったではありませんか。立派な細君を棄てて、つまらぬ女と寝るのは貴方の享楽趣味もあったには違いなかろうけれども。

――それは少々おせっかいな穿鑿ですな。テレーゼが貴方を愛していたとするなら、死ぬには及ばぬことでしょう。君の話はともかくおかしい。

嘲笑を浮べて、私はこの変な紳士をみたところ、彼は至極まじめくさって言った。

――あの女は自身、私がいることに気づかなかったのです。あの女は貴方を愛しているのだと思い込んでいたに違いありません。女っていうものはいつも好きな男の影を愛しているものですよ。テレーゼは気位の高い女ですから貴方が夫人のことでR伯と射ち合った時に……あの時、伯爵の弾丸は貴方の帽子を飛ばし、前立てについた白い鷺の胸毛を散らしたが、王家《ハプスブルク》の紋章のついた徽章が露芝の中できれいでしたね。貴方の二発目の弾丸は相手の胸を射抜いたでしょう。

テレーゼは死のうと思いました。けれどもあの女はその時に始めて彼女の愛したのは貴方ではないことに気付いたのです。ここが重大ですよ。けれどもテレーゼは私を愛していることを知ったのです。決闘がすんで、何食わぬ顔をして、私があの女の部屋へ入ってゆくと、蒼白の妻はびっくりしたように私の胸に顔を埋めて泣きました。いやこれは貴方が御承知です。先に申しましたようにあの女の考えていることはそっくり私にわかったのですから。ベッラーフ大尉、先刻、奥さんに同情はしていたとおっしゃいましたね。その同情があの女を殺したのですよ。こんな凌辱があるでしょうか。

――あの時私は年上の妻を本当に哀れむ気持だったが、それは愛情から来る共感といったものだったよ。妻だけは美しくしておきたい。自分をさげすむことによっても妻を貞淑にして置いてやりたい。

身勝手だがね。そんな気持だった。私はR伯夫人を愛してはいなかった。

——そう。あの時貴方はテレーゼに同情のあまり、奥さんに愛情を憶えたに違いない。決闘の時貴方は既にR夫人なぞはどうでもよかったのだ。浮気なR夫人がある少尉と駈落してしまった時に、その感情は更に決定的になった筈です。けれどもテレーゼは貴方を愛せなくなった。昔の記憶を愛しているにすぎないことを知ったからです。憂欝な彼女の自負心は彼女を自殺せしむるに充分だとお思いになりませんか。既に愛してはいないR夫人の為にも、貴方は自分の誇の為だけで、死のうと思ってR伯と射ち合った位ではありませんか。

近衛龍騎兵聯隊での評判は、いずれ甲乙劣らぬ射手《しゃしゅ》だと知れわたっていて、将校集合所の壁にハアトの8をはりつけて、その札《カアド》のハアトを一つずつ、互に射抜いていった話は、私も存じている位有名でした。八つ穴のあいた札《カアド》は、今でも酒保の剝製の鷲が、くわえていることでしょう。その二人が射ち合うことになったのも唯名誉の為にすぎなかったとすれば、テレーゼも彼女の誇の為に自殺したのです。彼女は私を愛していたのですからね。生きてはいられなかったのだ。それに彼女には自分が死ぬことによって、貴方をR夫人と結びつけ得るというもっともらしい口実もあった。その裏には貴方を困らしてやろうという敵意があったのですがね。女というものはそういう悲劇のヒロインになることの、一種馬鹿げたよろこびに、酔えるものなんですよ。

彼女が死んで一番苦しんだのは、実は貴方ではなくて私なのです。貴方を責めていいのはむしろ私なんだ。あの女を珠玉のように愛しんでいたのは私なんですからね。私がこんなに気狂いのようになっているのに、当の貴方はそんなに平然としていらっしゃる。これが証拠ではないですか。私のところへ来ないで死んでしまったのはたしかにあの女が悪いのだが、そうさせないであの女を殺してしまったのは貴方の罪だ。

この事件を外からみると貴方に罪はないのです。維納中のうわさに上った決闘さわぎを世評のように申し上げましょうか。

近衛龍騎兵聯隊随一の射手と誉れも高い二将校が、誤解によって決闘を行った。場所はドナウ河畔です。一九〇九年……つまり今年の初夏のこと。R大尉は、恐らく夫人の名誉の為でありましょう、決闘の理由は単なる酒の上の争であると申しました。ベッラーフ大尉は彼を射殺しました。

——一寸まってくれい。決闘のとき死にたいと思うやつがいるだろうか。Rは俺を殺して自分も死のうとしたのだ。

——貴方は助かった。つづいてベッラーフ大尉の妻が憂欝症で死にました。世間は大尉とR夫人との間がおかしいと噂しましたが、やがてR夫人が一少尉と逃げるに及んで、ベッラーフ大尉の情事は無根のことであるということになり、環状街の話題をにぎわしたこの奇妙な決闘事件は、テレーゼへの同情となって終結しました。ベッラーフ大尉は自ら望んで低オーストリヤに転じましたが、大尉も亦人々に惜しまれたのです。それは大尉の人がらのせいでもあったが、何よりも死んだ細君が素敵に綺麗だったからです。そうではありませんか。

——これは、困ってしまう。そう立板に水とやられると、成程そうには違いないが、細君と貴方は一体どういう関係にあったのでしょう。多分あの高慢ちきにも一本気な女は、私がまだ二十歳代の時のように姉さんぶって貴方を可愛がるのが好きだったのでしょうね。私はどうにもあれのラシイヌばりの悲劇趣味がやりきれないので、ひどくもったいぶって貞淑がる女だったのですがね。それが貴方のような美しい方を秘かに愛していたとすれば、これは私にとって仲々興味のある事なのですよ。多分貴方は私の名誉を気になさって、その、大分象徴的に省略して話されましたが、なに、かまいはしない。先刻は一寸興奮しましたがね。あれは意外だったからで、私にも可愛い子がいるんです。マリイの口紅が襟首あたりに残っていようという有様。死んだ妻には確かに責任を感じますが、一体貴方に責任を感じる理由は私にはあるまいと思うんだが。

——…………

——やあ、気にさわったら勘弁して下さい。何しろ酔っているんで、……Rにはすまんことをしたと重々自責の念に耐えませんが、私が軍務をやめてこんなにしているのも実はあいつへの気持からなのです。いい奴でしたな。死んだやつはみんないい奴に思える。

しかしあいつは細君の浮気を知っていたんですよ。私ばかりじゃない例の少尉とのことも、あいつは細君を愛していたんです。決闘の時も名前を出さなかった位でね。殺してしまって〝しまった〟と思った。実にしまったことをしたと思った。あいつは死にたかったのだ。そうは思いませんか。あなたの論法でいけば、それも彼の名誉心になってしまうがね。例の少尉も気の毒に女の為に一生をめちゃめちゃにしてしまった。女は魔物だ。君も気をつけなくちゃいけませんな。現にそんなになってるじゃありませんか。

耳を拾ったって。私もあれの耳は妙に記憶に残っているよ。別に特徴があるわけでもない。至極あたりまえの、蠟のように透く薄手のやつだったが、それなのに千位ならべられても、きっと探し当ててみせるだろうよ。

どうだろう、死んだ女について、同じ記憶をもった男同志、仲よく飲みなおそうじゃありませんか。女はいないんだから喧嘩にはなるまい。それにしても貴方は一体誰方《どなた》なのだろう。

未知の男は立上ると、いつのまにかキッドの手袋をぬいだ片手で、私の頰ぺたをぴしゃりとぶった。私にはその掌がいやに柔かいと思えたが、

――お立ちなさい。

といったのはヒステリックな女の声であった。これはしまった。奴を本当に怒らしたと見える。満月は雲を破って、あたり一面蒼白く浮上ったが、奇妙なやつは私にピストルを擬しながら、

――まだ気がつきませんか。私の名はベッラーフ。

そう言って鼠色の外套をずり落した。この女は外套を素膚に着ていたので、珠のような乳房が月光に光って、胸には又後生大事にオパアルのペンダントをつけていた。

――ふざけちゃいけねえ。おまえはユリイだな。いやマリイだったか。これだから女は始末が悪い。よくあるてだよ。はだかなんぞで驚かそうたって……

しかし女の眼は殺気と嫉妬にもえていたので、次第に私は事態の容易ならざることに気がついていた。この女に恨を受ける理由がないわけでもない。しかし私を身ぶるいさせたのは、これは本当に私自身の裡なる女性が抜け出したのかもしれぬという奇態な想念であった。私はしぶしぶ立上りながら、先年この町で自殺した、オトオ・ワイニンゲル氏の流行の哲学説〝性と性格《ゲシュレヒト・ウント・カラクタア》〟を思い起し、一切の事柄を一事に了解したのである。妻は私をではなく私の裡なる女を愛していたのであるとすると……。

確かに私の裡なる女は年上の妻を思慕していたと考えられる。三つ年上のテレーゼを嫌悪するようになったのは私の男性が女性より卓越してしまったからに外ならない。この奇妙なやつのいう妻の死因は確かに事実であろう。あの女は私の上に、いつも少年の私を夢みつづけていたのだから。妻が私を愛しつつ、私が男であることを悪んで自殺したように、私も妻を憐みつつ、しかも私の一部は今もあの女を溺愛していたではないか。奇妙な美少年は今だに死人を愛する私の分身とも思われたのである。

――気の毒だが女のベッラーフ。お前がテレーゼをまだ愛し続けているとすれば、お前を殺して生きるか、お前に殺されるか二つに一つだ。

女はつま先まで蒼白となって、深い秋の公園の一隅にすらりと立っていた。股《もも》のつけねまでの黒いストッキングをして月光の中に立っていた。

――おまえが幽霊でなければ本当に死ぬぞ。

私はまだ冗談だろうと半信半疑のていで、念のために呼んだが、女は答えずに引金を引いた。暗いのでねらいなどつくわけもない。弾丸は私の傍《かたわら》の栗の幹をかすめて、バシリと生木の肌を見せた。ねらいもつけずに私がうつと、火が飛んで、女はよろめいた。乳房を射抜いた弾丸は、にじむように白い肉から血を噴いていた。女はにこっとと笑うと、

――こうして死にたかったのよ。

と寂しく笑い、マリイと呼びながら驚いて駈け寄った私の心臓に当てて、引金を引く。いうまでもなく弾丸は美事に私の心臓を通りぬけてしまったわけで、

満月は三つ出ていました。

たしかにうるんだ白い満月は、私の酔眼に三つ見えたのです。可憐なるマリイはプラアタア公園の、とある酒亭の女の子で、かねがね狂ったベッラーフ大尉に惚れこんでいたのでしたが、――とにかく彼はピストルの名手ですからね。殺されたい位に惚れていたに違いありません。ベッラーフ大尉は又、死んだ細君の記憶に憑かれて少し変になっていたんでしょう。肉体の記憶。これは恐るべきことなのだ。マリイの何気ない声までが、彼の裡なる女の声のように聞えたというんですから。

オパアルのペンダントは彼が自分でマリイにやったのですから、或は彼はちゃんと知っていたのかもしれない。彼には幽霊を見たがる傾向があったらしい。それは私とても同様です。少々理窟っぽい幽霊だが、ドイツ人の幽霊だから仕方がない。

本当の私はすっかり酔もさめはてて、月光の公園の暗い河ぷちを歩いてゆきました。月の光というのは妙なもので、キラキラ反射するかと思えば、こんな風《ふう》に光をみんな呑まれてしまって、河水が穴のように黒く見えることもある。ドナウ河と見えたのは私の幻覚にすぎないが、それもこの光の穴の所為なのだろう。

私は河向うの街燈を鉄橋のところから順に数えてみました。一つ二つ三つ四つ……どうやら私は正気らしい。五つ六つ七つ八つ、八つ……で丁度私の対岸に来ました。そこに大学の艇庫が口を河面に開いています。

理念というやつは将にこの河水のようなもので、どうにも因果や言葉ではとらえられない。無理にやろうとするとどうも、とぎれたり、乱れたりしてしまって、大変苦しい。そういう時は河岸の街燈を数えることにしています。１２３４５６どうやらものが考えられるようになった。まてよ。

ところでベッラーフ大尉とマリイの無理心中事件は維納《ウィン》検察当局にも不可解な、迷宮入りの事件として記録に残っております。そのセンセエショナルな事件は一時維納の話題をにぎわしましたが、証拠とて何一つ手がかりはないのですから、真相は謎のままに、すぐ人々は忘れてしまったようです。

市立公園の灰色の路面には、葉を落した木々の枝が黒い線描のように見え、私はそれが光の穴なのだと思いながら、やっぱり河ぞいに歩いて行ったのです。

筋書《プロット》なんぞと白々しい。性格だの、心理だの、そんなものはありはしない。

意識を決定する根元的な条件が欲しいのです。

歴史?

そんなものはもう少しよくなってから考えるとして、

生命が問題なのだ。

や、私も耳を拾った。月光に濡れて光っているのです。これはどうも見たことがあると思ったら、これはやっぱり私の耳なのでありました。

【註】冒頭の引用はアルトゥール・シュニッツラー「レデゴンダの日記」より。〈昨夜帰りがけに、ちょっと市立公園のベンチに腰を下ろしていると、ふいっと向こうの隅に一人の紳士がもたれているのが眼についた。〉（番匠谷英一訳）

II

死と少女

秋の匂のする晩だった。駅前の焼けトタン囲いの中から、虫の声があらしのようにあがっていた。ひときわ高いのはガチャガチャだが、鈴虫や松虫が、やはり必死に鳴き続けていた。街頭の虫売り達の飼う虫は、屋台ごと、このトタン囲いの中で夜を明かす。

ガアド下のネオンライト。蒼白の光の中では、シロップ屋がコップを光らせていた。赤い水に浮かした氷をみつめながら、そこに桃色人絹のワンピース、寒々と立っている少女がある。よごれた腕の細さはまだ、十四、五であろう。ふくらみかけた小さな胸が、ペナペナの人絹を水仙の盃のように尖らせていた。

季節の崩れる時。

女の子は豊かな髪に大人のようにパアマネントをかけていたが、顔をあげると、驚く程の美少女だ。素足には立派な黒いハイヒールをはいている。細い足、とみるうちに少女はヒジをつかまえていた。

——明日、眼を醒ますと、きっと、いいことがあるぜ。

そういった槇太郎《しんたろう》は少し酔っていたらしい。もっとも、いつも酔っぱらったような男なので、月槇太郎は日劇のステージダンサアである。女の子の眼が、驚いて濡れると、にやりと彼は笑った。

——何故さ。

——君は、きれいだからね。

少女が腕を引っぱるので、慎太郎も黙って歩き出していた。

少女はすこし心配そうに、

——ホテルへとまらせてよ。

とささやいたのである。

東京で、パリの裏町を感じさせるのはこの通りなのだ。ポルト・ド・クリニャンクール。二つの高架線にはさまれた露地が、奥へゆく程、だんだん狭くなってしまう。北へ向う線路の下は、軒並のカフェ兼曖昧屋で、回転マドからは青い灯と、西洋のむかしの流行歌が流れていた。停車場の夜の女は、その傾いた巷《まち》に棲んでいる。

ホテル木馬館へは、奇妙なわきの入口から入って行かねばならない。入口は高架線の下に穿たれた穴なのだ。桜の造花や、蠟紙の紅葉が雨にうたれて立てかけられたその穴に、棄ててある腐ったソファには、乞食女のおらん婆さんが、赤ん坊に乳を含ませている。一体どうした物好きが、この子の父親なのであろう。四十過ぎるまで男を知らなかったという婆さんの男嫌いは、おらんがあまり醜すぎたからなのだ。

お屋敷の下働き、それから寛永寺の雑役婦。そして男を白眼しつづけた末に、今はやっぱり一粒の幸福を抱いているのだった。女の幸福、それは愛するものをしっかり抱いている事なのかもしれぬ。たとえ、髪を染めて、パアマネントをかけ、女学生姿の婆さんが、暗やみで男の手を針金のように摑まねばならなくなったとしても。ああ幸福。

その穴の奥に、黄色いペンキで、〝近代的設備、間接暖房装置、水道並《ならびに》湯、給水装置〟こんな看板が横文字で、書かれている。

少女はその扉を押した。中は紫の、ネオンの光である。

——皆さん、今晩は。

茶色い粋な鳥打ちをかかえ、槇太郎は広い肩幅でおじぎをした。占領軍の、慰安夜会帰りなのだ。月槇太郎は前にも言った、N・D・Tのダンサアで、ルネ・クレエル調の美男子である。つまりあんまり美男子ではない、顔の刻みの深い、浅黒い肌の、気の弱い不良少年で、共同募金の赤い羽根を、うすぎたなくてやりきれねえ、と、黒い羽根をつけて歩いた男である。

木馬館の部屋の扉は、奇妙に幅が細いので、洋服ダンスへ入るような気分がする。頭の上を省線が通り、聚楽のネオンが渦巻いているのが寝台から覗かれた。こんなところに人が生きていようとは、省線の乗客は、誰も知らない。

槇太郎はつれの少女を始めてまじまじと見たのだが、薄いまぶたを大きな瞳がもち上げて、長いまつ毛が巻上っている。眼を流すたびに細い顔立全体の翳が変った。この女の子は、もう三十女の表情をもっているぞ。

——家は、浅草だろ。

——ええ、吾妻橋。焼けるまえは鼻緒屋だったわ。名前はまりちゃん。昭和九年生。十五よ。

膝にすくい上げると、ワンピイスの肩は、栗鼠《りす》のような温かさだ。

——や、下着を着ていないね。

——くすぐったい。下着は、洗タクしちゃったんだわ。

淡紅《うすべに》のぎゅうひのような女の子だった。着る物や、季節の変化で、性格を変えてしまうような少女である。カザリのついた手袋よ。おまえのような子がいるから、生きる元気が出るんだぜ。槇太郎は、真面目にそう、思うのだ。

槇太郎が兵学校を出るとたんの敗戦だった。これはまあ、いいことなのだが、みんな、暗い影を引摺っている男達なのだ。ギャングになったやつも居るし、停車場で、〃赤い旗〃を売っているやつも居る。「光栄の国柱《くにばしら》」は肝臓に、大砲のカケラが入った男達なのだ。

——足の間が寂しくて、しょうがなかったのよ。

と、少女は凄いことを言って、槇太郎の頸にぶら下った。男も女も雑草のように生きている。この巷《まち》では、生きることだけが、重荷なのだ。警視総監を殴ってしまう位は、何でもない。みんな、死ねたら、いい気持だろうと思っている。昼間でも夜の、街であった。

おらん婆さんはいつも、公園の樹下、椎の木の下に昼寝のていで、はだけた裾の間を、道ゆく紳士方にみせつけていた。みにくい女は、こんなにしなければ生きられない。うば車を引いて、公園の木の枝をノコギリで切っている女達もあった。薪は、高いのだ。

——あんまり暗すぎる街じゃないか。どうしてみんな、逃げ出さないいんだろう。

——どこへでも、連れていってよ。

これ以上ひどい所がある筈はないと、まり子は、昨夜、言ったのだった。

その昨夕《ゆうべ》の夜会の名残り、槇太郎のポケットから、りんごが出て来た。何かいい事が起りそうなのだ。まっぱだかの男と女は、赤いリンゴを両方から嚙った。唇が最後に重なると、明るい朝だった。

人波が動き出していた。三角クジとピース売が、駅前にテーブルを出した。おらん婆さんの子には、もう今日の借り手がついた。子供がいると、もらいが多いのだ。

喫茶店になっている木馬館の表口からは、美術学校の生徒達が、画板をかかえて入って来た。男はコーヒーをのみ、女は小さな肩を抱かれて、シロップをのんだ。水仙のような胸のカザリを、男は時々大事なもののように、ひっぱった。美校の学生がまりちゃんのスケッチを始めている。誰が見たって、可愛い子なんだ。

——五月になると、百合の咲く街があるんだぜ。電車で二時間なのさ。そこで暮そうか。

——お金を、ためましょうね。と少女は言った。

そうだ五月になったらば、山百合をしこたま採って来て日劇の売店で売るとしよう。舞台へ百合の花が、雨のように降って来る。百合の花粉が、蜜のように、散るだろう。一日に百本は売れるから、一つ十円だと、一日に千円もうかる。まだ百合には早すぎるが、

——おい、多摩川へ出掛けよう。

それで、二人は出かけたのだ。

稲田登戸から、立川へ向って十五分。南多摩の駅はそんな所にある。槇太郎とその女房は、その村に小さな部屋を借りたのである。

東京の一部分なのだが、古びた習俗が残っていた。お嫁さんのお尻を少年がたたく風習の貧しい村だった。四方へ浸蝕して行った大都会にとり残され、忘れられたような不思議な村だった。南部線が多摩川を横切って、ブバイ河原へ渡ろうとするところで、石の河原には月見草が、洲を埋めて、揺れていた。一列の松林がある河の南には、緑の丘陵が続いている。

――この山には、本当に百合が咲くんだぜ。

五月になれば、金持になる筈なのだ。どんな小さなことでも、夢をもつということは、何と楽しいことであろう。夕陽である。丘の西側がみんな染っていた。木の葉も夕陽の色だった。

――あら百合かしら。赤い花が、あんなにいっぱい、咲いているわよ。

――来年にならなきゃ、百合は咲かないんだよ。あれは甘草《かんぞう》の花なんだ。

緋色の百合のような花が、夕暮れの緑の丘に、ぽつぽつと咲いている。陰惨な、地獄の街から二時間の所とは信じられない、河原の銀色の黄昏だった。可憐な細君が、甘草の花を折ろうとして、ぞっと手をひっこめた。

赤い花の頸には緑色の蚜虫《あぶらむし》が、べったりとついている。どの花もどの花も、花の頸には緑の虫を襟巻のようにつけているのだった。その村で彼等は、顔を寄せ合って暮した。


そのまり子が、そっと村を抜け出してしまった事について、やはり東京の灯が恋しかったのだろうと、槇太郎は思っていた。すみません、もうおめにかかれません。と書き残してあった。梨畑や葡萄園を飛んで来る秋の虫が、渦を巻いている南多摩の駅でまり子は毎晩、待っていた。駅からは東京の夜空が、ネオンで燃えているのが見えるのだ。槇太郎のハネが遅れて、帰れなくなった日が続き、小さな妻は甲斐性をなくした。小さな女をせめることは出来まい。東京で生れ、その灯の下で育った女なのだ。田舎では、生きられない。夢のように拾った女は、ひと月程で、夢のように消えてしまったのである。槇太郎は上野を探しまわったが、女は見つからない。まり子は、そんな姿では逢えなかったに違いない。愼太郎は暮の旅に出て、東京を明けなければならなかった。

それからの話は、私も知っている。おらん婆さんの言い方をすれば〝どうすみとんぼ〟のように痩せて、びっこを引きながらまり子は上野を彷徨っていた。美しい眼も眼帯をして、夜ごとにおとろえながら、冬のきりぎりすのように歩いていた。

——百合が咲いたら……百合が咲けば、きっと善くなるんだよ。

狂ったまり子は、そう言い暮していたのだ。美術展の看板の下で、霜のふる朝、少女は死んで、いたということである。可哀そうに凍死であった。きれいな魂は、神様に深く愛されるから、夭折するのだと言い伝える。

死んだ少女の網膜には、鮮かな百合が咲き狂っていたであろう。

この世ならぬ夢を追うと笑うものこそ、おろかであろう。地獄の影をみたもののみ、珠玉の夢を見得るのだ。この世ならぬ夢の甘美さは、ひしがれたものだけが知っている。

——今年は去年よりも悪いけれども、来年は、確かに、もっと悪いだろう。

おらん婆さんは、そうつぶやくのだ。

この都会の隅、人間のはきだめでは、どうしても、街の灯を離れられない女達が、蜉蝣《かげろう》のように重なって死んでゆく。

うそじゃない。同じ夜の女を、一年とは長く見ないのだ。

今年の暮、銀座裏のカフェで、日劇N・D・Tの月槇太郎はほぼこの様に話をした。相変らず、ルネ・クレエルの人物のような、ほろにがい顔の男だった。私は聞いたままを、記したにすぎない。小説風の潤色は、わざとしないで置こう。

踊子の出世

セメントの匂と白粉の匂と、暗い穴の階段にはね返るピアノの和音と、それが踊子達の巣なのである。浅草K劇場の楽屋はまるで、迷路のように、頭をぶつけそうな穴の処々に稽古場や、踊子専用の食堂や、大部屋、小部屋をつなげている。壁を切抜いた処から奈落の下を覗くと、大道具が重なったせり出しの間に、幕の上るのを待っている踊子達が小指の大きさに見えた。そして、ピアノの強音が、セメントの廊下に反響する時、二つの稽古場の方から足音にあわせ掌をたたく音が、一せいに凛々しく聞えてくるのだった。

明日の「黒バラの騎士」の初日まで、徹夜で稽古を続ける四期生の踊子達が、大勢大部屋にころがって丼をつついている。アトラクションに出て来たらしい踊子が、

——さっきあたいの背中にいたずらしたの誰だ。くすぐったくて舞台で笑い出すところだった。

踊子達は時々舞台で踊りながらおしゃべりをしている。色の黒い小がらの子だった。つけまつげをした上まぶたを蒼く塗って、ひろみも三年前はまったくあんな風だった。

——紅《くれない》さん、さあどうかしら。と踊子は、心配そうに大きな眼で仙吉を見て、——食堂じゃないかしら。

食堂、いや売店にすぎないのだが、踊子達に投げられた銀紙の鶴だの造花だのを一せいに飾り立て

た、この売店ではうどんやラムネを売っている。そして畳の方も踊子でいっぱいだ。お尻。お尻。短いスカートの氾濫だ。ひろみはここにもいない。

——新しい稽古場じゃないかしら。

お乳をかくしながら狭い階段の上り口を踊子は指さす。迷い迷い稽古場まで来ると、そこは二期生たちの稽古場だった。

「稽古場がK劇場に移りましてから、稽古時間中に映画をみにゆく人が多くなりました。断乎取締ります」

恋愛も断乎取締っているのだろうかと諏訪仙吉は悲しくなった。新しい稽古場は劇場の四階で、ガラス張りの長方形の部屋の、壁にはバレエ練習用のてすりがついている。踊子達は半円にならんで猛練習の最中だった。ピアノの音につれて１２３４脚々々々。一せいに後ろをむいたお尻がはねる。

——男の人は女の人を回して下さい。

——女の人は男の人の脚の間に入る。

きゃっと、くすぐったい笑いが爆発して、男装する女の子達は、みんなはだしだ。そしてここにもひろみは見えない。彼女は三年前はローズ・スィスタアズという中でタップをおどっていた。戦争の終った頃だった。その頃はスポットに当って輝くようにと大きなガラスのブローチを欲しがった。仙吉のサイフでは又それがせいいっぱいの贈り物だったのだ。

一昨年は技芸員ベストテンというのに選ばれたというので、演舞場の帰り資生堂でおごらされた。もはやつけまつ毛の踊子ではなく、ハンドバッグを肩から下げて、爪を紅色に尖らした彼女は、ラッキイストライクのケースを出して、「いかが」と仙吉にくれるのであった。

「出世したね」と仙吉は、女の変化をまぶしく思った。踊子時代には、抒情的濡場もいくつかはあったのである。仙吉はまだ学生だった。ところが今俺と並んで歩くこの貴夫人は……と思うのだった。

——明日から旅、トランクが欲しい。

ひろみは緑色のスーツケースを指した。化粧鏡も、化粧ケースも、それからライオン歯みがき、ブローチからトランク迄。それが踊子の出世に似合わしかった。

踊子はいそがしい。恋愛しているひまもないらしい。明日の朝まで練習、それから初日、ラクの翌日から又旅。そのうちに仙吉も仕事がいそがしくなり、仕事に追われる身になった。ひろみの顔は時々ブロマイドで見かけたが、それっきり一年もたっている。

事務服の少女が通る。ここではワンピースの娘がめずらしい。

——紅ひろみは。ときくと、

——はあ、あの、先生は今舞台がおすみになって、お部屋ですけど、あいにく撮影の打合わせの方がみえてますので、本当にあいにくなんですけど、ええ、明日、京都へおたちになるんです。御用件は。

——唯一寸逢いたいんですが。

——まあ、唯逢いたいという御用件なんですの。

少女は笑って、仙吉を楽屋風呂の隣の、十畳ばかりの部屋へつれていった。紅ひろみは逢ってみようという気になったらしい。正面に長い姿見があり、その前に座ぶとんを並べ、松竹歌劇の紅ひろみは浴衣をきて、金魚のようにねそべっているのだった。

スタアに出世したひろみは、念入りに化粧をすました後らしく、もはや仙吉を見ても驚いた様子はない。ぼんやりつま先の爪を切りながら鏡の前に横にすわっているのだった。仙吉はこの女の顔が正面を向くと、やや険がたつのを知っていた。ひろみの二つの横顔は、一つは鏡の中で、ブロマイドのように眼が大きく、あごのない顔に見えた。

恋を受けつけない女の顔だった。彼女はだまってポーズをとりながら、今度は手の爪を切りだした。火に寄って羽を焼く蛾のように、恋をすると踊子は生命がなくなるものなのだが、仙吉の前にいるのはもはや恋をしなくなった特別の性に変った姿だった。仙吉は華々しいピアノの和音の中で今も踊っている踊子達の、何人が恋をしないで生残るだろうと思ったりした。

「特別席へ御案内してね」と爪を切り終った紅ひろみは、案内の少女に言いつけていた。暗い谷底の舞台の方から、尻上りのトランペットが同じ尻上りをくり返していたが、仙吉のかなしみは、もはや踊子にライオン歯みがきを買ってやれない悲しみなのだ。そして尻上りの楽隊は、「出世」「出世」と吹いているようにも、仙吉には思われるのだった。

短剣と扇

神田、某書店にて、予の得たる一八八三年カルマン・レビ刊行に係るContes Cruelsは、背紙剥落せる蒼然たる一本の扉及びその背面に、薄きインクのはしり書きに、夥しき書込あり。拾い読みするに妖しき文字の、何人の作なるや知る由もなけれど、リラダン伝説の一ならんか。左に記すところはその大略也。

＊　＊　＊

幽霊と、それは言わるべきであろうか。昨夜予の遭遇せる、恐怖すべきものの影は、まさしく幽霊とより言い様がない。予はあくまでも予の眼底に焼きつきし、妖しき影を、正確に記述しなければならない。

昨夕予は、散策の歩を伸ばし、生垣の薔薇が病弱な花を開く、サン・タントワーヌ街の一角へと入り込んだところ、この寂れた石垣、こけむした僧房の間に、予は見なれぬ、バロック風の塔のある館を見出したのであった。館の庭には、晩夏の雑草が穂を伸ばして、住む人も絶えた廃屋であると憶われた。朽《く》えた大理石の門柱の上には、金粉剥落せる紋章が窺われ、予は巨細に銘に見入りながら、こは曾てはギーズ公の廷臣の城館ならんかと考えたのである。その予の好奇的なる姿を見とがめたるものか、僧堂の門衛が近づいて言うことに、

——旦那は画を見にいらしたので。

と、先刻承知の様子である。いぶかって、問い返すに、古塔の内部には〝どえらい数の信心深い昔の殿様やお姫様の肖像画があるので〟と、イギリスの画学生等に金をもらって、時々見せたりするのが門番の内職であるらしい。予は好事癖から、彼に館の鍵をあけさせ、門番の渡す燭台を手にして、この、今は隣の僧院所属に帰した、古めかしき建物を検分する機会を得たのであった。

城の本館は凡そ十六世紀末に増築せるものか、この部分は家具を取払って、僧房の一部に用いられている。古塔は、十一世紀頃にも遡り得るものか。内部は、古調度や古書類の一大蒐集をなしていた。螺旋状に塔頂に至る壁面を飾る大画廊は、数世紀にわたって権勢を振い、そして衰滅した一門の肖像画を以て埋められている。

一門の祖と憶しき、武具つけたる騎士の、精悍な鬚面《ひげづら》は、武威の徴に鼻毛の先にリボンつけたるスコットの騎士を思わせ、燭を近づければ、怪獣唐草に縁どられた円形の古画には、おぼろに浮上る第二の顔容、イスパニヤ風の襟飾を巻き、十字飛白《がすり》の金色のガウンの、その右肩から左肩にかけて、ユグノオ殺したる……と扇形に書いた貴人の俤《おもかげ》。隣には、チシアン画きしと憶しき美姫の、セピアの中に玉の肌白き、彼女は、いずれの朝の宮廷に、恋の憶いを黒胡蝶の扇に秘めたるものであろうか。予は次々と手燭の光に浮上り来る短剣と扇に、亡びた王朝の夢を再び夢みたのである。

見よ。ルイ王朝の壮麗を。一つの百合の次第に花開き、頸《うなじ》を挙げる如く、時とともに輝きと陰影を増す、様式の変遷を。ここに人工の栄華極まりし如く、燦然と輝くばかり配せられたる家具調度の中に、ビロード服の貴公子立てる像は、ワトオの思いつきならんか。青空を部屋の天井に透して、この前世紀の貴人の顔貌は、何がなし、ユグノオ殺した祖先の風姿を伝えているではないか。そう言えば、モオリス・カンタン・ラツール画きし、この高貴の女官の鼻すじにも父祖の風姿は妖しき烙印を押している。

一段、又一段と、時移れば、十七代にわたり、十字軍から、ルイ十四世代、十五世代、十六世代と、あまたの貴族達が暗黒の底より現われるけれど、老年も壮年も、又美姫も美少年も、同じ、妖しき同一を骨相に見る事が出来るのだ。

世紀とともに画風変り、風俗移り、そして又、丈高きと、肥り肉《じし》と、武々しきと、温和なると、姿様々に異なれど、予はまごう方なき、同一の容貌を、そこに指呼することが出来るのだ。死絶えた族《うから》の繁栄と凋落の歴史は、彼等の骨相に印せられた妖しき一致によって、見るものの肌に粟を生ぜしめる鬼気があった。

この族は、極度の近親婚をくり返したのであるか。さもなくば、同じチシアンの顔容をのみ、愛し続けたのであるか。

日は既に、パリのこの一角に暮れて、倉庫と化せる硝石噴きたる塔の内部は、暗黒であった。予は既に、塔頂の物置に達し、古代の家具類の雑然と色あせた広間にいた。先刻門番の渡した燭台は、青銅の女人像の握りの上に消えようとして、予は、裳すそを高くかかげたルイ十六世の女官の、生けるが如き嬌笑に戦慄を禁じ得ず、死滅した族の最後の一人の顔貌を近々と見ようとして、暗澹の底に燭を近附けた。

ベニス細工の華麗な縁飾《ふちかざり》のついた、見事な額である。燭の灯に、うずたかいロココ風家具の背景が揺れ、暗黒の底に蒼白い顔の若い男が立っていて、刺すように私を見つめた。彼の蒼然たる額は、一門の最後の燃焼を示しているのである。

彼の骨相こそ、この族の十八代の子孫たるを示す、妖しき祖先への相似でなくて何であろう。彼こそ父祖の亡霊でなくて何と説明出来ようか。予が燭の焔を近附けると同時に、死したる画像は、かすかに恐怖の貌に動いた。総身に寒気を憶え、予が恐怖のあまり昏倒したると、ベニス風の姿見が、鏘《そう》然《ぜん》と灯に割れて音したると、それは同時であった。

滅びし族《うから》の骨相の烙印押されたる最後の孤り、伯爵、ジャン・マリ・マティアス・フィリップ・オオギュスト・ド・ヴィリエ・ド・リラダン。幽霊の如く現じたる汝の影は、暗澹の鏡の中に鏘然と音して割れた。

鶴

山陰の温泉宿の、深い秋だった。便所には、黄櫨《はぜ》や、栗や、その他種類も知れない紅葉した葉が散りぼって足のふみ場もない位だった。この崖下の便所は、白ざれた木理《もくめ》の上のごみが示しているように、もう長いこと使用していないもののようだった。少年は、はだしでぬれ縁に出ようとしたが足をよごしそうでためらわざるを得なかった。ぬれ縁は、別棟の便所へつながっていて、つめたい秋の陽が、まだらに紅葉を浮き出しているのである。

落葉をふみ別けて、カサコソカサコソと足音がする。それは人間のものではないが、相当に大きな堅い爪の板に当る音で、不思議に律動的にきこえてくる。及びごしで、先の曲った鼻先をせかせかと前につきだして、ぬれ縁を渡ってくるものの醜悪さに、まさにそれは恐るべきいやらしさに思えたのだが、おびえた少年は、落葉のつもった便所の中へ、ひっそりと身をかくして、戸のすきまから庭をのぞいてみた。

盗びとのように、青黒い顔に、金色の眼を光らした大きな鳥が便所のぬれ縁を通って、セカセカと階段を上っていった。

「鶴だ」

と少年は息をのんだ。

だが鶴にしては、何たるキタナイ鶴だろう。こうのとりというのであるかもしれなかったが、長くのびたくちばしは平べったく、虫が食ったように先が曲っていた。

宿屋の庭は、崖下から水が流れて、黄色くなったどうだんの葉を濡らしながら、ぬれ縁の下を通って、奥深い池にそそいでいる。

遠い鏡のように、金属の色が覗いて見えるのは池の水であった。そこへ、一羽の鶴が落ちて来た。それは白い綿毛を落したように一直線に落ちた。あの頸の長さと伸ばした脚はまさしく鶴だ。この鶴は先刻のものよりふくれていて大きかった。先程のが雄でこれが雌であって、雌は傷ついているのだなという事は容易に少年にも理解できたのである。鶴は、池にしゃがみ込んで身動きもしない。が死んでしまったというわけでもないらしく、先刻の雄がセカセカと出て来ると、たしかに羽ばたいて逃げようとした。少年は雌のつばさと脚から、おびただしい血が流れているのを見とどけた。

雄の鶴は、くぐつのように醜悪な首を伸ばして、この白い綿毛の上に飛び乗ると、セカセカと尻の毛を伸ばすように押しさげて、水の中に沈んだ女の尻を探しまわった。女は容易なことでは尻の羽を挙げようとはしないのみならず、何回か必死に背中の男を振り落そうと試みた。振り落そうという努力は、たしかに生命がけのものであって、女は全身を水底に沈ませて泳いで抜け出そうともしたのである。女の息がつまって、水面に頸を出すやいなや、男はその頭に鋭いくちばしで喰いついたので、それは憎悪をこめた真剣な殺し合いとしか思えなかった。女の頸やくちばしのつけ根からは、また血が飛び散って、池の水にぼたぼたと散った。女は身をもがいて、尻をふるひょうしにとうとう尻にスキをみせてしまった。鶴が向うをむいていたので、大きな黒い尾羽が開いて、牛肉のように赤い女の性器が、苦しげに息をしているのが少年の眼の前にひらいた。男はこずるい蛇のような突起物をすばやくその穴にすべりこませてゆくのである。少年は雌の尻の牛肉のようにぱくぱくするものを見てしまったひょうしに、下腹部に尿意のような緊張を感じて、息がつまった。

交尾している二羽の鶴の、下につながった方は、がっくりと息がたえてしまった。女が死んだことは、今まで支えていた平衡を失って、上になっていた雄が横たおしに水中へ落ちたことで知られた。死因は出血多量と窒息によるものであろうと思われた。

雄は、雌が死んでも全くケロリとして、至極当然の殺害を犯したように、こんどはあまりセカセカせず首を上げてゆっくりと歩いて立ち去った。雌は、池の中に死んでいた。白い綿のつつみのように、頸を池底に垂れて動かなかった。尻の穴だけが、ぽちりと赤いざくろのように、浮んでいる。

少年は、はだしで、池の中にふみ込むと、足のうらが腐った紅葉でぬるぬるした。水はあまり深くなかったので鶴の死体は浮袋のように具合がよかった。少年は相変らず下腹部の緊張がなおらず、朝顔の莟のようにふくれたものを、今は、いそぎんちゃくのように毛穴がふくれ上った穴の中へ押し込もうと努力した。

綿毛の浮袋は、まだ暖かだったし鶴の腹の中は、やけどしそうに熱かった。だが、池の水はつめたく、少年はひざ迄泥にまみれて、あまりいい気持ではなかった。水びたしになった少年がはずそうと試みても、鶴はなかなかしっかりと、下腹部をしめつけていたので、少年は思わず小便をもらした。鶴の腹の中に、彼はまちがいもなくその手ごたえを感じたのである。

少年は大変な失策をおかしてしまった事に気がついて、鶴を抱き上げると、庭の繁みに死体をかくそうと思った。鶴はなにしろそんなに重くはなかった。それよりも着物をよごしてしまったことが悔いられた。冷たくて泥まみれで寒かった。ところが気絶していた鶴は身ぶるいをして水をきるとそろりとおき上ったではないか。おき上った鶴はやっぱり雄と同様に身の気もよだつような醜悪な面相をしていた。眼は悪女の深なさけのように意地悪い、金色の輪であった。

少年は逃げだしたが、先刻の醜悪な鶴をそっくり小型にしたようなやはり醜悪な鶴の雛が、ぞろぞろ自分について来るような恐怖におそわれて、

「母さん」

と叫んだ。

母親は、日の当る縁側に、あみものなどをひろげていたのである。母親は少年の着物をぬがせ、まっぱだかにして着がえさせようとする。少年は困惑して、

「母さん。ぼくの子供を、育ててくれる？」

とたずねた。母親は至極まじめな顔で、

「さあね。自分の子供だってたくさんなのに、いやなこったね」

と答えた。少年は全く困惑してしまって、

「でももううまれちゃったんだよ」

といって、ぞろぞろついてきた筈の醜悪な鶴の雛を見返した。

鶴の子は、そこにはいず、えたいの知れない紅葉が散りぼうたつめたい枯芝の日向があるだけだった。

III

泣　笑

一

押上から京成で千葉葛飾の方へ帰る行商の娘たちが、帰りがけに参々伍々浅草の活動をみて帰るのである。娘達は三、四人かたまって字幕がスクリーンに出ると我がちに声を出して読んだ。

「チョイト、ステキネ」

「ソーダヨー。あたしの長さん」

「言ったね」

キャーと笑い出す始末に、いつものことながら寂しい時には余計癇にさわった。半ば無意識に隣に立っている娘の尻を、手にもったプログラムの丸めたので突くと、いきなり大げさに身をさけて、こわいものをみるようにニタと笑って賢三の顔をしげしげみながら仲間の娘にだきついて耳うちした。その娘が何か言うと、「いやだあんなやつ」と聞えよがしに言って、みんな恐ろしそうに身をさけたので、賢三は身のまわりがすいて、おまけに娘たちがたがいちがいにふり向くので年甲斐もなくテレた。そんなつもりではなかったのに、そう娘たちにとられて、何だかかまってもらいたそうに騒がれてみると、急に淫らな心が動いて来た。ままよと一番きれいな娘の手を握ると、チェッと舌うちして、軽蔑しきった白い眼でにらむ。賢三は美貌というだけが取柄の三文オペラの下っぱである。女たらしだという悪口のわりに、女には初心《うぶ》だった。同じオペラの女優たちの誰かれも、彼が誘惑したというより、誘惑されたといった方が当っているので、彼が人のいいのを幸、一寸遊んでは棄ててしまうのである。彼もまた別に気が多いわけではないのに、水を向けられればいやとは言えない人の好さだ。女優のよごれものの始末から、ラムネや、アイスクリームの使いあるきまでさせられ、振られる役といえば其他大勢ぐらいなのだから、こうまで身を落さなくてもといつも自分で自分をさいなむのだが、振り棄て難い浅草へのみれんで、家業の一寸は知られた仲町《なかちょう》の染物屋をついでいれば、それにお春が生きてさえいればと思いかえすのだったが、帰ればしぶい兄貴と嫂《あによめ》の顔で、「子供のことも一寸は考えてもごらんな」などと言い出されると、居ても立ってもいられない気持になって、何度か足を洗おうと、後妻をもらって家をもったこともあるのだが、何のことはない、やっぱりみれんだ。お春というのは、賢三が家の手伝などしながら、根が好きで、やめられなくなった素人芝居に、女学生のころから入っていた女で、家は近郷の相当な農家なのである。そのお春と甘い恋をして、かけ落ちのなんのとさわいだあげく、粋《すい》をきかしたつもりの死んだ親父には、巣鴨に貸家つきの新居をこしらえてもらい、新婚後は人もうらやむオシドリで移り住んだのも、今憶えば幻燈のようなはかなさで、お春は娘の加代を生むとすぐ病みついてしまい、最初腹膜だという診断だったのが、長びいて、もともと肌の黒い女の、下腹がどす黒くテラテラ光って、ふた目とは見られぬ無残さだった。大学でも肉腫だとか何だとか、いろいろ病名もあやふやなうちに、三年もわずらいぬいて、とうとう死んでしまった。お春は実家の母親とは生さぬ仲というのか、とにかく正式の子ではなかったらしく、そっちに頼るわけにもいかず、又折あしく賢三の家は父親が死んで、家産も傾きかけていたものだから、結局巣鴨の新居にいたのは一年たらずで、すぐに二足三文で売はらい、あとはずっと、下谷に借家ずまいをした。昭和三年ごろの不景気つづきで、大した金にもならなかったのを、皆つかい果して、又其の頃から好きで集めだした刀剣の仲買でも大分損をし、結局お春に死なれたころは、四つの加代を抱いて、借金に頸もまわらぬ始末だった。始終煙ったく、あげくはけんか別れをしてしまった兄貴に、今更泣きつけた義理でもなかったが、すっかり尻ぬぐいをしてもらい、葬式も立派に出してもらうと、今度は又病みついた芝居道楽で、昔の劇団のヒロインをしていた女が、今も主役でうり出しているオペラの客分という形で、浅草裏にしけこんでしまった。彼にしても早い結婚で失敗したとは言うものの、まだ二十代のことだから、一花咲かせてやろうなどと虫のいい望みも湧いたのだが、その淡路美奈子に飽きられ、彼の無能も鼻についてくると、なれの果は馬の脚だった。

「加代も学校へ行くようになるし、何とかしない？」とむら気で時々妙に世話ずきになる嫂にいわれて、それもそうだと、芝居の方の足は洗って新規まきなおしに芳子という出おくれた女を、一寸色白なのに惚れてもらった。家の商売も兄貴の努力でどうやらもり返していたので、その注文取りや、届けものなどに使われていたのだが、どうにもやまない山っ気で、名刀を掘り出したつもりでいつも馬鹿をみては、だいぶ帳面に穴をあけてしまった、それをゴマかす才覚も、悪智恵もないまま、又ぞろ兄貴に見限られて、「なあに楽しんだだけ得さ」と毎晩寝床で刀を抜いて眺め入ったり、果ては女房そっちのけで抱いてねたりしたので、一燈園《いっとうえん》に帰依して、時々和歌など書いている芳子にも軽蔑され、うぬぼれの強い男だから、それがてひどくこたえて悶々としているうちに、芳子は尼になると家を出てしまった。思いかえせば皆自分が悪いので、後妻の前で先妻ののろけを言ったりしたのだからと、又あとあじの悪い悔恨がこみ上げてきた。そうかといえば、「早く死んじまえ」とばかりあしらったお春に、その実べた惚れに惚れぬいていたのだったと、身を切るように思い返したりした。あのまま舞台をやめずにいたら淡路よりものびると大学の先生にも認められ、引く時にはあんなにも惜しがられたお春だから、それでいて、女学生じみた無邪気な素直さと、何処かしみじみした情緒のあったお春だからと、その始めて逢って、初めての夜から恋に落ちた少女時代のお春の夢を追いつづけては、古刀の焼刃《やいば》や、匂の美しさに見惚れ、メヌキやコジリの金象眼をまさぐりつつ寝るのである。十になった娘に、大した愛着も感じなかったくせに、娘の変にいじけた寂しい横顔にふとお春の横顔を見つけては、この子も恋をするようになればどうだろうとか、俺のつけた加代という名を恋するあいての男はどんな気持で呼ぶのだろうかなどとはかなくなぐさむのである。

その頃男に棄てられて、人気も下り坂になった淡路と、妙なキッカケで、それは美奈子がその男と、ひょうたん池の植込みで、さかさま金色夜叉の喧嘩別れをやっている所へ、賢三が通りすがり、男へのみせつけにいきなり美奈子が賢三に抱きついてしなだれかかったからなのだが、又淡路と深くなって、人の女房を抱いて寝るような、ただれきった魅力にひきずられて、身をもちくずしてしまった。娘の加代は、「みていられない」と嫂がいって引取ったので、今は女学校に通っている。人気の落ちた弱みでしつこくつきまといながら、いつもイライラして、眼の前で下らぬ楽手や何かとわざとらしくデレデレしてみせたりする淡路を慰めたり、新しく売出した春野ミドリに取りもったり、新入のダンサー見習に化粧を教えたり、結構いそがしかったが、落ち目の女優のいろというのもみじめなものだ。

映画のスクリーンで新婚の夫婦が甘えあって、手の甲に掌をのせ、またのせ、また下からのせあうシーンを見ているると、お春との事がジーンと思い出される。しおらしいのは夜だけで、それも自分の思い通りにしなければ頭ごなしにきめつける淡路の、結局は女の自分にしおらしく絶え入らんばかりに振舞わせろという命令なのだから、腹もたつ。気が進まなければ、女の身体は男とはちがうのよといって一ト月でも一指も触れさせない高慢な女と、今日はそれでつかみ合いをして、「たたっ切ってやる」と息まいたが、結局彼が負けて飛び出したのである。その上、田舎娘にまでこう小馬鹿にされては、うぬぼれだけでも、もう今夜は無事にすみそうもなかった。

二

角のセキネで好きなハンバーグ・ステーキでのめないウイスキをがぶ飲みして、仲見世の方へ曲ると、いつも小便をかけたくなる、悪趣味にセメントでまっ赤な鳥居を造った小屋の裏口である。いつもファンの女の子たちがならんでハネを待っているのも、もう散ってしまった其処で思いきって小便をしようとしたらいきなり二階からどなられた。引っ込みがつかず賢三は仲見世うらののみやへいっかひたり込んでいた。「のんき」というバーは賢三がまだお春とも知合わないころからのなじみで、その頃は十六、七だった家つきの娘が養子をとって今でもきりもりしていた。冴えた顔立の、いい娘《こ》だったが三十に手がとどいても、人目にたつ美人だった。まだ十代の賢三はその女将に胸をおどらせて通いつめたこともあったのだが、そしてわざとさりげなくしていた女もまんざらではなさそうだったがと思いかえすと、ここらにも悔恨の種はあった。いつになく酔いどれて、女将の手を握って昔話のぐちをいう男を、酔いながらさもしいとは自分でも思ったが、軽くうけ流す女将にいらだって又しつこく言いよると、「だっていい人にしかられるよ」という。「何よいいやがる。オイ、いい人なんて、いい人なんて、お春は死んじまったさ、もう十年も前にさ」と今は必死にこの女がほしかった。もう時間だからとていよくつき出されて仰ぐと八月の月が赤かった。花屋敷あとのくらがりに、つぐたまっている女を、有無を言わさずかかえて、女の家へ行くと、女の部屋はギシギシのはしごを上った二階なので、賢三ははしごの途中でグウグウ寝入ってしまった。

眼がさめると女はいなかった。咄嗟に財布をさぐったが無くなってはいないで、「約束の三十円だけいただきます」と鉛筆で一枚余った十円札に書き残してあった。一寸驚いたが、女はギシギシはしごを鳴らして、「朝だもんで何にもないわ」と卵を一つとソバを持って又上ってきて、「おごるわよ」といった。朝みると案外な年の若さで、おしろいもむらだったがどこかいたいたしいところが彼の気を引いた。「どうして金を残してったんだ」というと、「盗みは出来ないわよ。下の小母さんに顔が悪くなるもの」とあっさり言う。外へ出そびれていると、「もう帰っちゃいや」と女はすがりつく。石ケンのような匂のプンプンする女を抱きすくめ、惚れられたかなとにが笑いして、ずるずるに居ついてしまった。夜になると、ほど近い浅草から、地下鉄ストア、松坂屋までのネオンの光で、夜空がぼーっと地平からあかるんでみえる。じっとみているうちに、急に巣鴨の家から見えた大塚の灯を彷彿して、庭をつぶして新築した家の台所のあげ板下の柿の切株から、新芽がひょろひょろ伸びて、切っても切っても芽を吹いたのをあざやかに思い出した。窓の敷居に腰かけて沈んでいる賢三の素足のかかとを、かやの中から女が腕をのばして引っぱった。

三

女の部屋のたてつけの悪い窓ガラスの桟に蠅取蜘蛛が口をうごめかしていた。煙草の煙でいぶしてやれと、バットを近づけたが、口からはなすと煙があまり出ないので、蜘蛛は平気である。チョット吸って煙のもうもうと出たやつを下から近づけると、蜘蛛め、少しはあわてて、いきなり賢三の手の甲にとびついた。ギクリとしてはらう間もあたえず、蜘蛛の方が驚いて又とんだ。蜘蛛がとぶとは知らなかったので、こんなことに驚くのも何年ぶりかと思いかえした。「外へ出るか」とみこしをあげたが、軽いさいふが心細く、女の鏡台をかきまわしてみたが、紙くずばかりで化粧品一つ入ってない寂しさに、ふと、旅まわりのときの温泉旅館か何かの鏡台を憶出し、恋文の反古《ほご》を二、三枚みつけてそれに見入った。「いつものとこで、お待ちしてます、恋しい恋しい何某様」というきまり文句だったが、ふっと嫉妬めいた感情が起って、先刻出て行ったきりの女が気がかりだ。

　六区の通りの角のブロマイド屋を通りすがると、のぞをのばして一所懸命女優の顔に見入っているのが加代なので、蛙の子はやはり蛙だと、苦笑して加代のお下げの髪を引っぱると、「お父ちゃん」と女学校の三年にもなった女の子が、人前もなく抱きついてきた。「悪い男がいるから、一人でこんなとこに来るんじゃない」と父親じみて言うそばから、俺もその一人かもしれぬといやな気分だった。「こんなもんが好きなのかい」というと、「うん」とこっくりしてみせる。顔で入れるオペラ館へ一しょに入った。夢中になって、息をつめている娘の、もう涙もかわいた横顔の美しさに、いささか得意の親心なのである。のしいかを噛みながら、観音様のうらでつもる話をした。親ゆずりのこの娘の性格ではあまり住みよくはないらしい伯父の家のこと、学校もいやな友達がいて、つらいこと、いっそやめて、松竹のダンサーになりたいこと、など。「そりゃいけない。芸に生きるのはつらいことだよ。学校だけは出てお置き」といいながら、やはり得意な親の心だった。

　その日は帰りしぶっている加代をつれて、池之端仲町の兄貴の店まで行った。いつもながらの説教で、それも毎度のことときぎずてもならず、嫂の饒舌のついでに、「あんたも四十じゃない。しっかりなさいな」といわれた。それが身にしみて、いつもの「楽しんだだけ得さ」も出てこなかった。兄の店に長年奉公していた女で、不美人だが気だてのいい女を、もらってこんどこそ身を固めないかと、義姉《あね》はいつものでんで、むきになってすすめた。さからうと後がひどい嫂に、「まあ考えてみます」と言って引下ったが、帰る家とてないのである。「俺も四十か」とつぶやきながら不忍池の夜の水のきらめきを見て永いこと立った。まだ八月末なのに、凋落の秋の色が、びっしり生い茂った蓮の黒い葉のむれのかげに感じられた。「俺はお春に恋をした。それが俺の生命のすべてだった」と新派のせりふをもじって見栄をきってみたが、心はいっこうに浮かなかった。

四

三人目の女房にどうだというその女、澄というのだが名前に似ぬしっかりもので、「男なんか」といいつづけて、店の職人で何人もカマをかけたのがあるにはあったのだが、皆肘てつをくわせ、女中ではうだつがあがらぬと、叔母の経営している青山辺《へん》の食堂兼喫茶店で働いて、小金もためているらしかった。その澄が又このごろ仲町に出入りしているらしく、戦争で世の中があわただしくなって、パンも得難い時に、パンやバタをもって尋ね出したらしい。腹のそこをわれば、嫁の口をたのみにきたらしいので、たのまれると、いい気になって、いやとはいえない義姉のことだから、丁度賢さんに似合いだと乗気になったのである。「いくら男ぎらいと言ったって、やっぱり女は三十を過ぎちゃそろそろ寂しいんだね。『賢さんならどう』と言ったら二つ返事で承知したんだよ」とニヤニヤしながら言う。「まあ私にまかしておきなね。どうせおぜんだてしてやらなきゃ何も出来ない人なんだから」

と年下の義姉に言われて別に気も悪くせず、「じゃあお願いします」というのが賢三なので、兄貴の明神下の家作を借りて、三人目の女房と家をもった。澄にあくどいまでに好かれてみると、まんざらでもなかったが、この女、裁縫も出来ず、料理も下手で案に相違したがっちりやだった。食糧のことも逼迫しだしたそのころのことだから、買出しや何かでほねがおれたが、いつも彼女が自分の衣類や何か交換にもって出掛けるので、買ってきたものも自分ですっかりおさえて、加代には何にもやらないことが多かった。加代はまるで下女代りのようにつかわれ、学校へ行くのも何だか恩ぎせがましく言うので、すっかりぐれて学校もとうとう四年でやめてしまった。だから後妻と娘の争は深刻なもので、その仲裁でこのごろ通っている兄の店さえ休む程で、娘のようすがいいのを嫉んでその顔に爪を立てた時にはさすがの兄も怒って、「出て行ってくれ」「そんなら出て行きます」とばかり、青山に帰ったのだがすぐと、泣きを入れて、それが又身も世もあらずといった賢三への惚れ方なので、又よりがもどってしまうのだった。何しろ女のつかいがはげしいので、物価高のそのころ、賢三のわずかばかりの月給では所詮たりないのを、自分の金でたしたりしていたものだから、澄の気も荒くなり、はては加代にあたるので、「お母さんの世話になんかならない」と加代は家をとび出して、十七の秋望みの松竹少女歌劇に入ってしまった。すっかりあてが外れた賢三は、「女房ってもんは替えれば替える程悪くなるね」と嫂にこぼすと、「みんな賢さんが意気地がないからさ。みてても歯がゆいよ」と義姉にいわれて、それもそうだと、「どうも三人とも処女なんだからな」とニヤニヤする始末に、嫂もあきれてしまうのである。

五

戦争で刀剣の値が出たものだから、一寸は眼のきく賢三に時々思いがけない不時の収入《みいり》があって、それで娘に身のまわりのものや何か女房に内証《ないしょ》で買ってやるのが楽しみだったが、男手一つで、こうまで何にも買えなくなる先を見こして、娘の大きくなってからの着物のことまでに気をまわしてそろえて置いてやれるわけもなくて、兄の店にまだいくらか残してあったお春のおふる位しか着物らしい着物もないのも可哀そうに思うが、古めいせんを仕立なおしたモンペばきで、母親に似て色は黒いが、姿がよく、きばえのする加代をつれてあるくのがうれしかった。空襲さわぎがそろそろ本格的になってきた昭和十九年の秋のころは、心配でラストまぎわに楽屋まで迎えに行ってやると、急な階段を上った屋根裏みたいなところに昔なつかしい大部屋の、黄色い帽子だの、セロファン細工の草履だの、スカートだの、狸の面だのの繚乱と乱れた中で背中をまるだしにした加代がとんび足をして、鏡をのぞいていた。背中で二本とめて乳だけかくしている娘のきゃしゃな身体を、豊満な他のだれかれと無意識にくらべたりしてみる。耳のところにまだ残ったメイキャップのおしろいをうれしそうに、「まだとれてない」なんて言いながら、ドーランと粉白粉の匂をむんむんさせている娘と並んで帰りながら、「うれしいかい」ときくと、うれしくてうれしくてたまらなそうに笑う。そして、「ラクには花束をもってきてね」「誰よりも大きいのをね」などと甘ったれたりする。ゲートルを巻かないで街を歩くと睨まれるやっかいな時勢で、賢三もズボンのすそに長靴下をはめて、しさいらしく救護袋を肩にかけ、娘も賢三のはでになった格子のズボンをはいて歩いた。認められてだんだん用いられだしたらしい娘に、「女優は身もちをつつしまなくちゃいけねえ。人気が大事さ」などというと、「何いってんの。いやだわお父ちゃん」と横眼に睨まれて、「こりゃ大したもんだ」と驚いたりする。金まわりがいいものだから去年の暮ごろから又のんきにも通い出して、表向は休業の店によく裏から入って飲んだ。聟が出征して、あげく行方不明になったというので、ひどく落胆している女将を、別にいやらしい下心もなく、しんみになぐさめているうちに、女将もほだされて、何ということなしに彼のものになってしまった。二十年来の恋をとげたのだからえつに入りそうなものだが、何だかなぐさまず、少年の頃、興味にかられて耽読した西鶴の主人公をよく憶出したりする。淡路も春野も今では落ぶれて、もう加代の時代になっていた。やはり蛾のように浅草の灯をはなれられない淡路と、四万六千日に逢ったのも去年のことだが、酸漿《ほおずき》をぶらさげた女と、高ぐもりの空の下を言問橋の方まで歩いて、「お前はどの位の男に身をまかしたんだ」ときくと、「そうね」と指を折って、「十人にはならないよ」とあっさり言った。「俺も十人位のものかな」と思いかえして、美奈子ともこんな事をしらふで話し合える年になったと苦笑した。世話になっている男のことなど四十づらさげてしつこくきくのもいやで、「あんたなんかまだこれからさ」と女におだてられても、「もういやだ」といったが、色も恋もさめはてたおくびのような、いやな後味ばかりがいつまでも残った。

六

空襲で浅草も仲町の店もめちゃくちゃになってしまい、澄も死んでしまった。疎開や何かで出費がかさんだので結局澄の金もつかい果していたが、終戦後の景気で加代はすっかり一人前の踊子になっていた。刀剣への執着も失せてしまって、進駐軍のやといに入ってからは、賢三はひとかどの新思想家になりすまして、野坂、志賀などという話がすきになっていた。いわば若隠居で娘の世話になっていたのだが、娘が年頃になっても男の手紙一つ来ないのを、不思議にたのもしい気持でみていた。加代は芸熱心で、母ゆずりの天才的なところもあったから、人気もあり、未来を嘱望されていた。いち早く復興した浅草のバラックのプレイガイドに娘のブロマイドをみつけて涙ぐましいような気持になった。まだ春なのに、踊り終って背中じゅう玉のように汗をかきながら、「あたし、どうだったかしら。あとできかせてね」などとせきこんでいう、アイシャドウにつけまつげをすると、楽屋のハダカ電球の下でも人形のような娘の、うすよごれた腕にホーソーのあとがいじらしいのを見つけては、親のよくめか、「よくできてたよ」とほめてもやりたくなるのである。このごろの流行《はやり》で、赤い靴下に白い運動靴をはいた娘をつれてあるくと、葦簀《よしず》張りの露店にたむろしている不良どもが、「きざだ」とか何とかきこえよがしに言うのも、「ざまあみろ」と聞きながしてとおりすぎる。そんな夕方は公園の入口の茶みせでつめたいみつ豆を二人で食べた。

今いる娘のアパートの隣室の、やっぱり焼出されの人のいい家族と心やすくなって、同じ家のようにゆききしていたが、そこの一人息子が三年ぶりにフィリピンから復員してきた。隣の家族の喜びようは大変なもので、早速祝いのごちそうによばれた時、その善良そうな男は加代と眼を合わせてポッと頬を染めた。母親が乏しいなかほんそうして栄養失調でおとろえきっている息子に何やかや食べさしているのはみていても美しかったが、気がゆるんだのと、急激な環境の変化と、大食の為に、急にわずらいついて、家にかえって三日目に可哀そうに死んでしまった。母親の悲嘆はさることながら、劇場も休んで徹夜で看病していた娘の心中も思えばあわれで、死んでいった男とのはかない恋を、賢三は芝居もどきに思いやり、泣きはらした娘と眼をあわせないようにした。

四月の風の吹く日で、空の赤茶けたような日だったが、風がやむと、本郷台の焼跡が春の日ざしにすばらしく輝いていた。木蓮の蕾《つぼみ》がその苞《ほう》をやぶって、紫色にあらわれ初めた日である。風の名残がその木蓮の枝先をしきりに乱していた。物干しで何かとり入れている加代の長い素足が見えて、娘はもう晴れやかな声でポーランドの舞歌《マズルカ》を歌っている。

七

五月のうちに雨がたてつづけに降ったと思ったら、六月に入って急に晴れ上って、空梅雨の暑い日ざしが続いた。このまま盛夏《まなつ》になるのかと思われて、三十度を越えるあつさに、露地の氷屋に人がたてこみ、水をまいたアスファルト路《ろ》を日より下駄で歩くと、素足に生ぬるい湯気を感じた。賢三は新しいパナマをかぶって娘の恋人の家へ行くのである。今まで気がつかなかったとはうかつな話だが、初心同志の気弱さに何も明せなかったらしい。変に気をまわして、娘と隣の復員兵とを結びつけたりしていた賢三の幻想は、「お門ちがいよ」と娘に笑われて、一応はうすれたものの、シミーズ一枚になってササレの出た古うちわで背中をかいたりしながら、「鮑《あわび》だもの」と片恋をほのめかしてもじもじしている近頃の娘の様子は、ひごろ超越派の加代らしくもないと、相手の男からきいて何もかも知っているふりして、さぐりを入れると、あまったれて、素直に白状してしまった。何でも島という広小路のメリンス問屋のあととりで、店が焼けて今は本郷辺に下宿して大学の文科に通っているのだそうで、加代とは幼なじみなのだが、しばらく音信も絶えていたのを、日劇の興行で偶然に逢って、ハネてから二、三度一しょにお茶を飲んだりしているうちに、すっかりうちこんでしまったらしい。「その方にはもうきまった人があるんですもの」とすっかりあきらめている娘に賢三もほだされて、「いやよ、いやよ、どうしよう」という娘にはかまわず本郷の下宿へおしかける気になったのである。まだ好きと言葉に出して言いもしないらしい娘の思いつめたおろおろ声に、おせっかいとは思ったがせめてどんな男か知りたかった。「どうしよう。どうしよう」とこのごろの踊子のはやり言葉でいう娘のいじらしさもうちあけて、行末どうあろうと、せめて可愛がってやってくれと、ひとことたのんでやりたかった。加代がその男に上げるのだといって、恥かしがってよう出せずにいる原稿用紙か何かの包もついでにもってきてやった。手紙位入っているのかと思ったら、「いいわよ、見て頂戴。何にも入ってやしないことよ、そんな意味じゃないのよ。唯困ってるっておっしゃるから上げるんじゃない。本当にそんな意味じゃないっていってね」とむきになって弁解する加代に、「いいよ、いいよ。わかった、わかった」と苦笑して出て来たのである。島という学生はまだはったらしの頃を知っているきりだったが、兄の店と島の父親とゆききがあったりしたものだから、加代は賢三と島君が知合いだと思っているらしく、こんなこともたのんだのである。本郷西片町の下宿で聞くと島君はすぐに出て来たが、ヒーターで茶をわかしに立ったお嬢さん風の女を、「フラウなんです」と赤面して引合わせた。賢三も立場がなくなって、島の店のこと、父のことなど取ってつけたようにきいてみたり、紅茶を入れてくれるその女を好奇心にかられて観察しては、こりゃ加代も可哀そうだがあきらめなきゃと、原稿用紙の包を置いて、まが悪くそそくさと下宿を出た。島君は秀才らしい語調で、まじめくさって加代の舞台をあれこれと批評し、坊チャン育ちの頬を染めては、加代の芸をほめた。それを憶出して、S・K・Dのファンといえば頼りない女の子ばかりなんだから、これは娘が惚れるわけだと思い、許婚があっては大っぴらにそれも言えない、ひかげもののような娘も、今さら親の因果と可哀そうで、次の休日にはさりげなく東劇の一幕見につれていってやった。出しものは助六で、役者も若く、熱心につとめてはいるが、昔を憶えば耳ったるいメリハリだったが、娘はすっかり上気して所作一つも見落すまいとしているようだった。市村座の追込みの金網ごしに胸おどらしていた自分の子供のころも思い出され、象牙のバチが葦簀ごしに光るのを見ながら、「島君のことはあきらめろよ。可哀そうだけど」と加代の顔をのぞくと、「そう、いいのよ。もともとあきらめてたんだもの」と切れの長い眼をそらして、今まであおいでいてくれた扇子を急に激しく動かしだす。よりそっている娘の胸があたたかく腕にふれて、助六の股をくぐらされる武士《さむらい》に、無邪気に笑っている加代の長い生えぎわに浮いている汗をみやると、何とも言いようのないほろにがさに胸がつまった。「代ってやるよ」と娘の紅い縁の扇子を受取ってあおいでやり、「このまえの靴帰りにお買いよ」というと、「ほんと」とうれしそうにして丸い乳房をグーンと押しつけてきた。

八

「あれ芳子さんじゃない」と娘に言われてふり向くと、向うでもはっとして、「しばらく、まあ加代ちゃんね、大きくなって。奥さんみたいよ」と眼を細める。近眼で眼を細めるのがくせの女だったとその二番目の女房の身体のことまで痛烈に思い出した。「あら、どうしよう」と娘が言えば、「その後どうしてらして、私今とても気楽なうちにいますの。黒門町の天理教会、御存じ。いつかきて下さいな。いろいろお話したいのよ」と甘えかかる。この女とのいきさつを知っている加代が、「私おさきに失礼してよ」と行きかけるのを、「あ、待てよ」とよび止めて、ハンドバッグに前から欲しがっていた靴を買う紙幣《さつ》をおしこんでやった。二人きりになると、「加代ちゃん、いいこになってねえ」とほめられて、自分を見棄てた芳子への憎しみも大分うすれてきた。女のしきりに自分をちやほやするのが、何だかなつかしさばかりではないような気がして、「考えてみりゃ、ばかだったわよ」とのど声を出されると、変なうぬぼれがぬけぬけと湧いてきた。女は大まるまげに結って、おしろいをコテコテとつけているものの、四十の声はあらそわれず、眼のふちもたるみよく見ればおとがいのしわがみじめだった。「私はまだ一人でいるのよ。あんたもそうだったの」と涙ぐんだ女を、これがあの高慢ちきに和歌なんかかいていた女かと、自分までがみすぼらしく思えてならない。「初めての人って、女にはやっぱり大変なのね」といきなり言い出した女にぎょっとして、よせやいとは思ったが、黙っていると、「どうしても忘れられないのよ。人の心を信ずるなんて年でもなし、私と貴方なんて、どうせその場かぎりの関係でしょうけど、女がはじめて恋したっていうこと、どうしたって消せないじゃないの」とぞっとするような眼をする年増女を、「お前はちっとも年をとらねえ」と冷笑したが、女はほめられたのと早がてんしてなおもしつこく彼のうぬぼれにへつらうので、そうまでいう女にすげなくもされず、一しょに地下鉄で広小路まで来ると、俄の夕立だった。女は風呂敷をかぶり、急ぎ足にふみ出しながら、「ついそこなの、寄って頂戴な。いやだわ、他人行儀に」となおも無理じいに言うので、黒門町のやけ跡に一軒建った女の家へ寄ってしまった。女の寄寓している家というのは、天理教の教会か何からしく、バラックのにわかごしらえの窓からはしのつく雨が見えた。雷がしきりになって、白いセメントの教会の焼跡や、煉瓦塀の残骸を、電光があお白くてらし出し、南瓜の葉があらしにもみくちゃにされているのも見えた。急に暗くなって、電燈も消えたので、ほの暗いなかに手さぐりで女がもってきた金だらひに雨滴《うてき》の音がするどく鳴った。雷雨も遠のいたころ、「おつとめにしましょう」と男の声がして、太鼓や鉦《かね》がなりだした。芳子はいきなり抱きついて口づけすると、広間の方へ行ってしまう。やがて、祝詞《のりと》のようなものがきこえ、それから「ヤシキヲハーロテタースケターマエ」と二、三人の男女がとなえ出した。そのうちのきわ立って高い絶え入らんとするような声は、芳子だなと思っていると、おいのりは、「ヤシキヲハーロテタースケセキコム、イチレツスマシテカンロ一ダイ」ときこえるのにかわって鉦がしきりになりだした。何ということなしに芳子はこの妾《めかけ》なんじゃないかと疑い出すと、そうに違いないふしぶしに思いあたった。男女の法悦の声を隣にきいて、さっきの乱暴な口づけでまだびりびりする唇をなめずりながら、賢三は泣笑して、情にかかずらっては流され、流されて、ついに流れついた澱《おり》のような、にがいにがい悲哀に自ら酔っていた。そして娘への手前もあるし、どんなことがあっても今夜は帰ろうと、一人で力んで大きな金だらいを熟《じっ》とみた。

旗　亭

毎年のこの季節は、銀杏の黄葉《もみじ》が美しい。黒い服の学生達が踏む、銀杏の実や落葉からは異様な臭気が上った。先刻迄、淡く建物の片側を染めていた夕日が消えると、影は急につめたく、深くなって、木原は教室の重い窓を自ら閉めねばならない。銀杏の匂はこの部屋まで、上って来るのであった。木原は岩丈な長身の肩をあげて、窓の把手を握った。急に——その時、胸つき上げる奇妙な衝動が、木原の胸を苦しくして、椅子にもどってからも長く鼓動が止まらない。大分、疲れている。木原は半白の額をかき上げながら、妙にキケロのことを思った。「老年に就て」の文句であるらしい。言葉がはっきり浮んだわけではないが、そういう音が過ぎ去ったように思えた。去年もやはりこの季節、窓の握りに身を伸ばした時に、同じような憂鬱が、吐気をもよおす程に襲ったのを思い起す。それは後悔に似た感情のようでもあったし、「老年」という、木原の体軀には、不似合な、むしろ滑稽な程の想念の醸し出す、哀感への、彼自身の抵抗のようでもあった。

木原はこの大学所属の研究所に勤めて、所謂傍系の講座を、かれこれ二十数年受けもって来た。官学的な臭の強い、この大学は、傍系の彼には、あまり居心地が善いわけではなかったが、他人あつかいされる員外教授の位置の故もあって、木原は半生を、精根をからすような勉強と、依怙《えこじ》地な闘争に疲れて来た。

彼の労作はその学科の主任教授の名声さえも圧倒する地位を既に学界に勝ち得ている。幾度か、学士院賞の候補にも上っていた。それにもかかわらず、この憂鬱は何なのであろう。影はいよいよ濃くなって、霧が出てきたらしい。

中世風の切石の列が冷く濡れだして、銀杏の落葉を焚く煙とも思われる、白い気体が、研究室の建物をめぐって、流れ出していた。

やはり、霧が出たらしい、と、この初老の古典学者は、猶もじっと、革の肘掛にいて、自分の憂鬱の所以《ゆえん》をつきとめようと試みた。

大分心臓が弱っているから、と医者は転地休養を命じている。都会に彼を縛りつけている雑務は、大凡《おおよそ》近年は、彼の性分の謹直さに基く、政治的な対人交渉であって、学術委員会や、国会や、文部省関係の仕事なのであるが、それが自分をこうまで疲らせていようとは——木原は咳込んで、凝っと霧の中を見やり、自分の孤独を、うそ寒く意識していると、霧の中に一人の少女の映像が鮮やかに浮ぶのを憶えた。同じ霧の中であった。この夏に出逢った一人の少女の回想が、木原を、こうまで苦しめているのであろうか。年甲斐もない、と木原は肩を聳《そび》やかしたが、血は、思わず頰に上るのを憶える。そして、

「記憶だけが存在するのかも知れぬ」

この奇怪な考えに、木原は次第に魅せられて行くのである。

『有るもの』それは知覚せられて初めて有るのである。知覚することは、印象を記憶することなしには、あり得ない。とすれば、自分にとって有るものはすべて記憶だけである。我等は日常『現在』の記憶の連鎖をつなげてゆくのではないだろうか。生来の盲目にとって色彩は存在しない筈である。彼

が赤い色があると言ったとすればそれは赤い色は存在すると教えられたその記憶が有るにすぎぬ。後天的に失明したものの赤い色は彼の曾ての日の記憶だけが有るのであろう。

記憶こそは実在ではないか。

木原は容易に、この自分の推論の欠陥を発見していたが、此宵《こよい》霧の中では、鮮かな記憶だけが生々と蘇って実在していると憶えるのであった。

その少女は失明者の曾て見知った色彩のように、木原には回想せられるのである。木原は少年になって霧の高原をうろついたではないか。

まるで息をきらした熊の子のようでもあった。そのことを思うと、この初老の古典学者は、自ら苦笑を、禁じ得ないのである。

又、高原へ出掛けてもいい。木原はこの稚気を帯びた思いつきに、次第に胸が晴れてゆくのを憶えている。彼処《あそこ》はもはや冬山で、湖をめぐる山々は濃い褐色のブッシュに覆われているであろう。今夜にでも発てば、明日の午後は、例のホテルのロビイで、一連のアルプスの雪を見ることも不可能ではない。この夏と、同一の椅子にすわり、同じ木の窓を見上げて、同じ手すりに触れることも可能なのである。確実に裏切られるとわかっている、一抹の期待が、むしろすがすがしい憶いでさえある。ホテルは湖に近くあって、木造の素朴な趣は、むしろ旗亭《きてい》と称すべきものであった。この夏、木原はある委員会に提出する相当ボリウムのある仕事をもって、S高原に出掛けたのだが、中年の婦人が経営しているときくその緑色の家の形が気に入って、そこに約ひと月の余、滞在することにきめた。木原の日常の習慣から言えば、旅先で仕事の出来ることは稀なのだが、仏蘭西国の民俗学会に依嘱されたその報告書は、彼に邦価に換算すれば相当多額の奨励金を約束していたし、都会に居れば、次から次へ雑務がつきないからでもあった。

高原の白昼は、草は伸びようとうねり、落葉松《からまつ》は天をつき刺し、雲は、草原に影を落して遠ざかり、一種エネルギッシュな環境を構成して、旅行者を驚嘆せしめた。ここはたしかに空気の質が、異なっているらしいと思える。草は神秘なエーテルで、清澄な大気を波動させているようである。そよぎの音は、山腹まで遠ざかると、又新たな興奮が、この光に濡れた木々を揺《ゆ》するのであるらしかった。

孤独な旅行者は、滞在のはじめ数日を、仕事の計画やら、新しい環境の威力やらに打たれて、茫然として暮していた。くだんの少女を木原が見掛けたのは、彼が午後いっぱい、草原を歩きまわった帰り、村の往還に出た時であって、そこに鄙《ひな》びた郵便局があって、傍《かたわら》では、木彫の土産物など売っている。その店の前に少女が一人、立っていた。少女は何ということなし、じっと掌《て》を前に組んで、店の前に立っていたにすぎない。暮せまる村の往還であって都会風の少女は異常にたよりなく見えた。

紅い着物を着ていたと見えたが、夏のことであるから、それは記憶の誤りであろうやもしれぬ。木原の記憶をたどるならば、少女との暗い空間が、ある一定の距離で固定して動かぬもののようである。それは相当の距離から、木原が少女を凝視して、接近したためであろうと、解されたが、彼女の無心の表情は、この謹厳な初老の紳士を、不可解きわまる仕方で、衝撃したのであった。それは、思わず、額髪《ひたいがみ》をたらした彼女の髪に、触れてみたいといった風な情感で、誇張して言うならば、イタリア画派の膠《にかわ》をかけた肖像画のように動かぬ彼女の映像を追求してゆくならば、木原が、その後もしばしば、襲われたように、そのまま廊下に倒れてしまいそうな、めまいに似た予感を感ぜしめる底のものであった。

木原がその側を通ろうとすると、少女は唐突に彼におじぎをした。が、この独身の、家族を持たぬ紳士にとって、このような経験は甚だ稀な事なのである。少女の風貌少女の姿態がこれ程強烈に印象づけられたのは、この稀な経験ということに由来しているのであろうと、これもしばしば木原が反省してみた結論なのである。

木原の取った部屋は、ホテルの最も右の翼に当る一室で、外人の観光客用に当てるらしく、古びたカアペットの暗い廊下の角には、「寝巻で廊下を歩くこと」を禁じている注意書があったりした。木原がホテルに着いたその晩の食事に、定刻よりやや遅れて食堂に出て来た母娘《おやこ》があって、木原は、オーガンジイの乳白色の服を着た娘が、先刻、おじぎをした少女であると知った。少女が先程、見知らぬ彼におじぎをした所以もそれでわかったが、彼女は、客たちの視線をあびて、それを意識するのか、やや固くなって、顔も上げずに、食事をすましている。

これらの客達は、いずれ一夏をこの高原で過す予定の人達であろうと思うと、木原は避暑地の夏の始めの同じ航路の船客達のような、ゆとりのある親しさを、かの少女に憶え、彼女の挙動をひそかにみまもることに、異常な興奮を憶え始めていた。

木原はきっかり午前中を仕事に当て、午後は、附近の山々を歩きまわって、冬はスキイのゲレンデになる平《たいら》に寝ころんで過したが、彼に、生々した活力と感興を無限に湧き立たせるのは、どうもかの少女と同じ屋根の下に暮しているという、ことの所以《せい》であるらしい。少女は木原と対称の左の翼にいた。木原の五十歳の誕生日は真近にせまっていたが、このようなことは、彼の地味な半生の歴史には稀有のことであった。ゲレンデのスキイ小屋の積雪の目盛をした標柱により掛ったり、人の住まぬ、夏の山小屋をこじあけて、乾燥室の冷い灰の匂を、かいだりしながら、胸に、ある一つの画像と一抹の不安な期待を抱いて、凝っと、物も考えずに居る。確かに、ものを考えることも出来ないというような興奮は、この真実直《きまじめ》に冷静な学究にとって稀有の事なのであった。木原は、山小屋のすすけた窓からみやる、燦爛たる白昼の草原に、紅《くれない》の一点があらわれて、それが次第に少女の姿態を現出するのではないかというような、期待をもって、凝《じっ》呼と目の下の盆地をみやっていたのであったが、その時幻覚のように草原の中央を、見えかくれに、現れた人影は、錯覚とは思われぬ、当の少女が、草の鞭を振りながら、やって来るのである。少女の顔は輝き、汗ばみ、ある時は走りだし、ある時は空に顔をあげて、眼を細めて髪をおどらせ、目撃者があるとはしらず、近づいてくる。

それは、追われるダフネの足取りのようにも解され、若い馬が毛なみを輝かせて、思うさま疾駆するさまとも見えた。少女は感動の極み、草原をぐるりとみまわすと、大きく眼をみひらいたまま、菅《すげ》の草むらにはたりと倒れ、鞠のように草の上をころがって興じていた。

彼は、少女の秘密の姿態を見てしまったが、それは草原の陽炎のような、白熱した生の一瞬と思えたけれど、やがて起き上った少女が、ゆるやかな丘陵を登って来るのを知ると、木原は烈しい当惑を禁じ得ない。一条の道は自《おのずか》らスキイ小屋に至っている。木原はうつむいて冬の灰にみいりながら、奇怪な羞恥で消え入りたいように思った。それは、スポーツ写真が、人間の必死の運動の一瞬を、新聞に刷ってしまったのを見る時のような、異様な当惑である。

もしも彼女が、先刻の所為《しょい》を見られたと知ったならば、少女は自殺するかも知れぬといった不安なのである。そのような危惧を感ぜざるを得ない程、切ない、生の軌跡を、少女は描いたのであった。

こめかみに打つ血を感じながら、木原が待ったその後の数分間は、一体何であったのであろう。木原が再び、スキイ小屋の窓をふり返った時には、もはや彼女の姿は、草の中には見えなかった。

木原は又、湖をめぐる往還に出ながら、自分の年齢の恐らく三分の一もないであろう少女への、愛恋という外ない、この唐突な興奮について、思いまどっていた。緊張の極、考えることが出来なくなった脳裏を、断片的な想念が、非常な速度と濃淡で去来したらしい。少女の秘密を、見ていたと告げただけで、彼女は力なく魅入られて、自分に身を投げだしてしまうかもしれぬ、そのような滑稽な危惧さえも、木原は憶え、先刻の光景は、幻覚であると、思い込もうと努力したりした。

ぶなの木の、白い肌を、じっと凝視しながら、手を前方に伸して、次第に近づいてゆく、というような、無意識の動作をくり返していたのである。意識を前方の、白い木に集中してゆくと、しまいには、どんなに努力しても、もはや無限に近づいてゆくばかりで、白い、ざらざらした木の肌には触れ得ないのではないか、といった不安が、木原に起って来る。驚いて、木にかけよってみれば、もはやこのざらざらした肌は、自分があれ程迄にこがれた先程の木ではない。

木原はその夜、少女を正視するに耐えなかった。深夜の海藻のように何かが揺れ、地には霧が這い、霧は、寝台の脚から這いのぼろうと動いているのであるらしい。鉄のランプの、刻みは、天井に奇怪な花紋を画きだし、裸のまま寝台に横たわった木原は、空ろの眼を上げて、それを見上げていた。木原が、自分の胸を見下すと、自分の胸にも黒いしまを染みつけたように、ランプの花形がうつっている。奇態に若々しい、自分の胸であると思った。木原が、息苦しく、起き上ってみると、昨夜、閉め忘れた窓からは濃い霧が、流れ込んでいる朝であった。このあたりの霧は、ガスと呼んだ方が似合しい。二米先も、ぼんやりするような、白いかたまりが、気候の激変につれて、出来上り、それは、数時間で消えたり、移動したり、するのである。それにしても、その朝の霧は、あまりにも濃すぎた。白い幕のようであった。木原が、窓から、霧の中へ、飛び下りてみたのは恐らく、明方の奇妙な夢の所為《せい》であるらしい。初《はじめ》、木原は、霧の厚さに驚いてホテルの庭先近い、湖の岸まで、歩いてみようとしたのだが、木原の視界は、周囲十数米に限られて、湖は白いものの向うに姿を消して何もないのと同様である。

木原は、山の方へ、歩きだしてみた。自分の周囲が歩いても歩いても円形に、十数米しか見えない、白い霧の壁の中に置かれた木原は、自分の距離や時間の感覚が、実は自分の視覚に多く由来しているのを知った。一つの木を過ぎて又一つの木を発見する、これが俺の時間なのだろう、と考えながら歩いた。例の平へ来ると、草原の中央で、もはや木原は時間と空間を喪失したものの如くである。濡れた草むらは、所々、黄色い花の穂を出していて、同じ視界が、歩いても歩いても無限につづいていた。

木原は霧の底に、渦巻いている水の微細な玉が、朝日で虹色に舞っているのを、見すえ、そのあたりから、何も見えなくなる草の葉の周囲に、自《おのずか》ら少女の姿を追っている自分に気がつく。誰も自分を見ることは出来ない。そういう安心が木原には、愉快でならない。草原での欲情。そんな興奮が木原に起っていた。

俺がこういう時間をもっていると、細心に気を配っているホテルの女将も知ることはない。外の宿泊者達にも、気むずかしい、初老の男が、何かしきりに書いているとしか、見えないであろう。女の経営者は、子供達が彼の廊下へ、かけてゆくのさえ、小声でしかっている。あの少女といえども、このような自分を知る事もあるまい。木原は息苦しい霧の中で、草むらから頸を伸している黄色い総状花を、烈しく折ってみた。一番丈高く、姿のいいのをめざして次々に、折っていった。おみなえしという花の名は、心にくい名ではないか。あれだ、と思うと、木原は注意深く、外の花とまぎれぬように見すえて、走り寄りざま、力いっぱいに折取った。烈しい欲情が前方の花に集中して、あれだ、と思うたびに胸苦しく動悸を打つのである。

草原を夢中にうろついて疲れた。

木原は既に重すぎる花の、大きな束をかかえて、さてこれを、どうしたものかと途方にくれていた。黄色い大きな総状花は、気がついてみれば、彼の腕に一かかえはある。

重い花をかかえて帰りながら、木原は、この花を少女の窓下に置いてみようかと思った。

通りすがりに、何気なく、置いて去れば、何の事もあるまい。けれどもこの何気ないアイディアは、非常な冒険のように木原には、ためらわれる。少女が寝ている頭に近い窓に、近寄ってその花をひょいと置いてしまった時に、木原は、彼女の小指に触れたような、戦《おのの》きをさえ憶えた。

この、感傷的な求愛の様式は、木原が昔、見知った独逸風の短篇を思い起させたが、その記憶をこんな形で再現することによって木原は少年のような興奮と活力を、再び、摑もうと、努力したのであろう。木原が、見知らぬ少女に愛憐の気持を覚えたとしても、それはあくまで自分の心を打つ風景としてであって、それが女としてであるならば、木原は、眼を背けた筈である。それだけの余裕が、当然、なければならなかった。しかしながら、その朝くだんの少女が、食卓に着くやいなや、或るおどおどしたまなざしで、同宿の客たちを一人一人みまわしながら、花を置いた当人を、みつけようと迷っているのを見つけた時、開いた新聞のかげで、木原は、或る動揺を禁じ得ない。

ホテルに長く滞在する客は、十数人であろう。週末にはそれが二十人を越したが、それは、数日で又もとの顔ぶれにかえった。同じ航路の船客たちのような、一定の人数の間には、もう幾つかの組が出来上って、それぞれテエブルを移動させていた。窓際には、細君とお妾はどこが一体違うのであるか、といった論議を交している、実業家の一団が坐ったし、古風な、燭台を二基つけたピアノの一隅には、大学生の一団と、その兄妹達とも思われる、華やかな一組が、集っていた。

そろばんの大家で、計算帳のようなものを著している先生は、私室でカチカチ、玉を鳴らしていたが、彼は、会社員らしい男の細君と、近づきになったらしい。院長の家族は、大小五人の子持であったが、夏休の子供をつれて来た家族は、自《おのずか》らそこに、集っていた。母娘もそこに近く坐ったが、腎臓でも悪いらしい髪のうすい母親の方は、あまり隣と話しもせず、普段も室にいる時が多かった。それで少女だけが、年齢の上からも中途半端で、頼りなく孤立していた。

これらの人達は、相当親しく詮索好きになり始めていて、少女の母親は、巨大な化学工業会社の社長の未亡人であることがわかっていた。実業家の一団は、だから彼女に相当の敬意と好奇心を向けていたのである。

木原は、誰ともあまり多く話さなかった。自分の大学の工科の学生がいるのを知ったのも、大分後のことである。木原はなにしろ自分の仕事に執着していたし、例の少女への感情も、人に知られたく思わなかった。木原の峻厳な、顔容と、半ば白い髪を、無造作に後ろへなで上げた長身は、孤独を自然に見せていたし、彼の心が、少年のような恋に、戦いていようと、覗《うかが》い知ることは恐らく誰にも不可能なことである。

木原は、それを自覚して安心し、充分に満足していた。木原の正確な、連日の日課は、その後も狂ったことがない。それは五十年の彼の習慣が決定した木原の性格である。

少女の顔には、ある不安な期待が見えていた。顔は日やけして、やや色が濃かった。美しいということは恐らく出来ないであろう。手足が、均斉を外れて長く、それが、少年期と大人の界《さかい》の、やせた動物のようなある頼りなさを示していた。階段に立っている彼女は、こわれそうな長い脚の上に乳白色の服をきていて、その三角にとがった胸は昨夜の木原を驚かした。その眼が、今、ある期待にみひらかれて、部屋の中を、探している。木原は自分の何気ない行為の少女にあたえた反響を、明かに見る事が出来た。それは誰も気がつかない。母親にも気づかれないが、少女の中に不安な女が目ざめ始めたのであった。

翌朝も深い霧である。木原は、昨日の窓に四角い封筒を置いてきた。

「貴女のことを、考えていると、私は廊下に倒れそうになる。私は曾て、これ程に衝撃されたことはない。見知らぬ旅行者に貴女は、生涯忘れ得ぬ感銘を与えた。いよいよきれいに、なって下さい」

このことは、ほとんど発作のように行われた。木原自身も、事の結果を、深く計量することが出来なかった。しかし木原は、自分が、この手紙の犯人であることを、殆ど、誰も、知ることは出来ないことに、深い確信を抱いていた。木原の風貌、木原の生活は、殆ど、一糸も乱れてはおらぬ。このことは朝の食事で、鮮かに実証された。

少女は、レエスの高い襟の服をきて、明かに「見られる」支度を整えている。その眼は昨日よりも、一層不安な期待に見ひらかれて、下唇をかみながら、一人一人、食堂の男の客を見まわしていた。彼女の上半身には、明かな、けれども、木原だけにしか判らぬ、或るいらだちが表れていた。少女の眼は、答えてくれと願っている。けれども彼女の眼は、部屋の隅で、新聞をひるがえす、古典学者に止ることはない。少女の眼は、若い実業家の一団の中をさまよい、大学生達の中を探しまわったが、とうとう答を発見することは出来ない。

昼の食事にも、彼女は探していた。一人一人じっと、みまわしても、彼女は、自分の恋人を、みつけることが出来ない。彼女はひそかな焦躁で、殆ど泣き出しそうにみえた。少女の下着には、手紙が入っているらしい。彼女は時々、胸を押さえてみていた。木原はもはや、冷静に細心な観察者である。少女は、生れてはじめての女の苦悩をみせはじめて、やや、やつれてみえた。

もはや、少女の顔は輝いていない。草原を疾駆する野性の生気は見失われてしまった。それは、小《お》暗《ぐら》くうなだれて恋を待っている女にすぎない。

木原に烈しい悔が、彼を居たたまれなくした。無残な敗北よりも、むしろ彼は、逃亡の方を選びたい。少女に近寄るならば、彼は中立の老人としてでなければならない。

少女の眼は、大学生の中をさがして、彼女の眼はそこに止まっている。彼女は彼女の恋の相手を見つけたらしい。そこに、快活な、毎日の水泳で日やけした青年が——彼は、木原の大学の工科の学生であるが、今日は、何だか、寝冷えでもしたように、元気なく坐っていた。

その曇った、小雨のふる午後、木原は部屋にいたが、気温が急に下って、寒気を憶えた。木原は、咳の止らぬ、老人である。冬のように厚着をしても、部屋に止るに耐えない。木原は、娯楽室の方へ、ゆっくり歩いてみた。キュウをさか立てて、象牙の玉をねらっている実業家の一団と、ピンポンをしている大学生達がいて、部屋は暖かであった。若い女達は、上気して、さわいでいる。彼等の一寸した動作にも青年の無意識の愛情の交錯が、あらわれていた。

木原がこの場面に圧倒されている時、あの少女が、手に、黄色いダイヤモンドゲームの板をもって、入って来た。後には母親がついている。木原は自ら微笑せざるを得ない。母親は、青年達に一種の警戒の目を放っていたからである。

木原は、その母親に向って、慇懃な礼をして、ゲームをやりましょうかなどと、愛想よく少女を見やった。木原は自分の年齢、自分の位置が、少女の母親に無条件に信頼されているのをたしかめることが出来る。木原は母娘と、この愛すべき、ゲームを試みたが、老人のたどたどしい指先は、自分の陣地へせまった、自分の兵隊の上を、軽々と飛びこえてゆく、少女の手勢に、あえなく敗れてしまう。好機をみて大きくみひらく彼女の眼を木原は愛したが、木原は少女の母親と、気候のことや、健康のことを、同情深く話し合わなければならない。これは何とも情ないことであったが、この母親が一切を知って、しかもしらないふりをして、眺めているとすれば、これは面白い。愛情の階層であると思った。

その夜を寝ずに、この老学者は、ダイヤモンドゲームの手を考えた。彼は、最もすみやかに、自分の兵隊を、陣地まで送る動かし方の数を計算することが出来る。

「どういう字のレイ子さんなのですか」と木原が少女に尋ねたらば、「オウ偏にイマです」と少女は固くなって答えた。近くに坐った細い脚はつけ根まで、黒く日やけしていた。思いかえすと、老人は安らいだ苦笑を憶え、青年にならなくてはなるまいと木原は考える。

「貴女の眼は今日私をみつけたらしい。貴女は高い襟の服を着て、まっすぐに私の方をじっとみた。唇をかむと貴方は口紅をつけたよりもきれいに思われます」

そして木原は、少女を愛すると書いた。気弱く、少女が私を知らなくても、私は失望しないであろうとも書いて置いた。それを彼は深夜の鎧戸の外に置いたのである。これは彼の名誉にとっては、相当な危険であったが、少女の泣顔を思うとこの冒険をすまして、ようやく木原は寝つくことが出来た。

少女の眼は恋をする女の眼に変っていた。

彼女はもはや、ためらわずに、大学生の一団の中に、眼を止めている。工学部の学生は、今日は左手のややあやしい、バッハの平均律を弾いた。連れの女達の中で、会話の中心になっていた彼が、急に大急ぎで友達を呼んだ途端に、レコオドをかけようとしていた少女が、支えていた針を、シェラックのレコオド板に落して、低いが鋭い音を立てたのを、木原は窺ってる。少女は耳のつけねまで紅くなっていた。

少女の窓先には、今朝から、白い花が置いてある。それは、ホテルの庭に多い、ガルデニヤの花であったが、彼女は自分に花をくれた男にそのことで答えたつもりであったのであろう。しかしながら木原には、その花を取りにゆくことも、同じ花を胸に挿して、潔く食堂に現れることも出来ない。花は、雨に打たれて色あせ、次第にくずれていった。少女はそれでも待っている。

木原は数回この母娘の部屋へお茶によばれ、ダイヤモンドをやって、時々は少女を負かしたけれども、彼女はこのゲームにやや退屈そうであった。何も知る筈のない大学生は、湖の水泳で大分黒くなり、時々ピアノを弾いた。彼の肩を、じっと見ている少女の姿を、木原は、遠い景色のように観察していた。

少女の眼には何故、呼んでくれないのかというばかりに切ない、哀願の色が見えていた。

木原は、年輪のように自分をとり巻いた歳月を、感じないわけにはいかない。自分では、青年の時も壮年の時も何も変ったところを見出さない、同じ戦闘の連続のように、思っていても、他人の眼には、それは動かしがたい歳月の暴威であるらしい。老年という言葉の音を、それ以来、妙に木原は感じるようになった。それは彼女の母親にしても同様であろうかと思われる。

まだ早い夏の終りに、母娘はホテルを引上げていった。母親の健康が、やや憂慮すべき状態にみえたからである。高原を去る時に、少女は、自分で、木原の部屋をノックし、残った食糧品を贈り物に置いていった。「ゆであずき」の缶詰などである。独身の老学究に対する、母親の同情であるかと思われた。少女は、母親の眼をぬすみ勝ちに、この高原の旗亭にみれんを残して立っていった。最後に少女が、この旗亭を、じっと、二、三度見返ったのを、木原は知っている。そしてこれは、少女と、木原だけが知っている、少女のひそかな恋の終りであった。

草原に秋が立つと、伸びた草の穂は、渦巻いた先を、褐色に稔らせて、夏の終りをエネルギッシュに彩り始めた。それは、草原に荒廃の来る寸前の壮大な昼である。煤けた色の雲は、落葉松の枝に懸り、日をかげらして、動かなかった。木原が既に人のいなくなった、少女の窓の下に行ってみると、ガルデニヤの花弁は、黄色くなって、まだ出窓にへばりついている。学生達もまたルック・ザックを揺り上げながら帰ってしまうと、あとは荒涼たる、高原のたたずまいである。木原は仕事を終えるまで、刻々に荒れはてた色を増してゆく草原にいて、枯れた花をいたましく見守って暮した。

木原は、革のひじ掛に背を伸ばして、自分の心臓が、ようやく正調にもどったのを知る。悪感が回復してくると、鼻を搏《う》つ、銀杏の匂であった。エーテルの波動するような、草原の白昼は、今日の彼には、夢の記憶のようにたどられる。「記憶が実在している」彼は再び、先程の奇態な想念に魅かれてゆきそうであった。彼は最近、遅い結婚を、しきりに友人に勧められていたが、その対手《あいて》は未亡人で、娘が一人いると、きいた。それは別の人達であろうけれども、少女の母親が自分に対して示した同情は、或は自分と少女とのことを知っての上での事ではあるまいかと不安な考えが浮んで即座に断ってしまった後で、木原は淡い爽快を憶え、くだんの少女への義理立てといった、おかしな感傷であるかもしれぬと思った。

木原は、いずれにせよ今夜旅立つ決心で、事務室に当分休講の届を書き、これは、木原が、大した理由もなく休講する、最初のことであったが、大きくふくれた鞄をつかむと、彼は暗い霧の中へ出ていった。彼の靴の下からは、銀杏の匂がたゆみなく上り、大学の門には、大きな紋章に、既に灯が入っている。

苺

苺が出盛る季節で、どの果物屋も紅い苺の洪水である。夜になると、明日腐るのを予期しているように、三十円、四十円、五十円の箱が、一箱十五円から、十円にまで値下りした。それらの箱をよく見ると、カビが噴出していたり、腐ってとけた果実が混っていたりしたが、電燈の光に濡れている紅い顆《か》の群れは、おしなべてつやつやと光っているのであった。苺の実が色づく旺盛な勢は、町のすみずみの果物屋や、どんな小さな八百屋の店先迄も、今は侵しているらしかった。この豊饒。それは豊年の喜というより、何か気がかりな悲劇的な感動さえ見るものに与えた。

圭吉はその不当に廉い一箱を買って、夜の中を歩くと、夜空の色は黒だと日常考えていたが、その夜の空は、雨もよいにむしろ蒼黒かった。圭吉は細君の既に寝ている下宿に戻り、スタンドランプの下に苺を開いて、じっとその色を見つめていた。過剰な氾濫の病毒で傷ついたような苺の色を。これらは正《まさ》しく日光を吸い、最も健康にみのったものばかりである。異常に早熟な、あるいは発育が後れたもの達は、ともかく高く評価され、天命を完うするが、これらの善良な種族は、不当に迫害され、八百屋の子供にもみすてられ、果はゴミ箱に投入れられる運命なのであるかと思った。身の腐ってゆく過剰な苺の憂鬱は、実は圭吉の苦痛なのである。女には子供が出来ていた。

俺と同じような人間がもう一人存在する。

これは清水のようにたまって来る鮮烈な感情だが、そういう女の生理について身に迫って考えたことのなかった圭吉には、えたいの知れない不安のようなものがあった。これは経済的な恐慌の不安も含んでいた。

これは過剰生産恐慌というものだ。一体俺のような男でも、父親になる資格があるのだろうか。圭吉の定収入といえば、二つの研究所の奨励金で、Nが三百円、Tが千三百円というものだったが、一年毎に講座が切変えられるある新制の大学のサラリイも加えて、六千六百円になる勘定である。こうした圭吉の生活では、神田で本を一冊買ってしまうと、あとは歩いて帰ることを余儀なくされたが、事実、一日十円の赤字でもおかしい位どうにもならない。桃子はそういう彼の生活へ、好んでとびこんできた女なのである。同病相憐むというか、形影相《けいえい》そうというべきか、とにかく桃子の不可思議な適応性によって、圭吉は勝手な夢想にふけっていられるのである。それはこの現世で、最もぜいたくな種類の享楽に属した。圭吉はこの頃、いかに自分がおかしなエピキュリアンであるかという事に気付いている。彼は夜中に、「オウ」というような奇声を発して起上る。それは圭吉の頭にもやもやしている霧が、一つのアイディアの風で次第に晴れ上ってゆく興奮なのであるが、その、ふるえるようなアイディアにとり憑かれると、圭吉は、わくわくしながら布団の上を転っている事さえあった。事柄は通例、桃子に話しても、気の毒そうな困惑の表情で取扱われる程、愚かな事が多かった。例えば圭吉は、天照大神は、太陽神と考えられているが、その祭りの様式から考えて、これは原初は常緑の植物神だったのではないかと考え始める。

神々の源流を尋ねてゆくと、風土記にある天つ大神というのがその一つの原型ではないかと考え出し、古事記の、天つ神が降りてくる説話を比較してみると、記紀に語られる天孫降臨説話の原型が、次第に見えてくるのであった。天の神が常緑の大樹の枝の分れた所に天降っているという、古代日本人の考えた大樹のマナは、常緑の大樹にさんさんと降りそそぐ日光を圭吉に幻視させ、この樹霊が祖霊（氏神）とは源を別にする宗教の一つの発端ではないかと考え出すのである。原始神道の神楽歌は聖樹サカキの讃歌であって、太陽の讃歌は見当らない。そして古代の大樹が舟の用材であったことを思い合わせれば、舟の神として描かれている天照大神の姿が納得されるし、そして圭吉は更に、天孫降臨説話が、この樹霊信仰と、太陽信仰との結合であることを指呼することが出来た。

「天つ神が、天孫を草木も言問う葦原中つ国へ降臨させ、天神は大樹の八肢《ヤチマタ》へ降って霊威を示す」

という大樹の神話と、

「天照大神が月神（月読命《ツクヨミノミコト》）を中つ国の桂の木に降し、月読は桂の木に依り立って、保食神《ウケモチノカミ》にもの言う」

という多分にシナ思想を受けた説話がある。天皇氏の祖霊を語る説話が、壱岐の月神、対馬の日神と結合して、天照大神の孫としての、アマツヒコホノニニギを描き出し、そして天孫の先ず天降るのは天の八衢《ヤチマタ》であって、八衢《ヤチマタ》は大樹の八肢《ヤチマタ》であるに違いない。

と、そのような圭吉の発見は、圭吉をわけもなくうれしくするのだが、圭吉は古代に関するこのように大胆な空想が、学界では冷笑されることを知っていたし、現実社会にはもとより何の効果も期待出来ないのを知っていた。こうして、圭吉の熱望は結局は彼一人の胸の中でくすぼり、何とも言えない悲しみが再びやって来る。ある女の専門学校では、圭吉は見当違いの古代哲学史を教えることになっている。

報われることのない圭吉の熱中は、徒労と絶望感で目先を見えなくしてしまう。圭吉が夢中になっている時には、飯の最中も眼をすえて、無意識に腕を左右に突出している事が多いのだが、その夕方、桃子はいつものように、あたらずさわらずに亭主の仙人ぶりを微笑してはいないで、

「静にして頂戴。気持が悪いから」

とヒステリックに言った。もやもやした、たのしさをもてあましていた圭吉も、これには驚き、天照大神のことも、デメテエルとコレエのことも打わすれて、眼をまるくして桃子の顔色を見ないわけにはゆかなかった。細君は蒼い顔をして、食事ものどを通らない風に、そしてお皿の上には、オコゲを三角のおむすびにまるめて、一つだけ置いてある。

「何だって又、そんなものを食べるんだい」

と圭吉は自分の茶碗を差出そうとすると、女はうるさそうに圭吉をにらみすえたまま、ぐっとこみ上げて、便所へ立っていってしまった。圭吉は不安になり、いろいろ問いつめてみたのだが、当然ある考えに思いあたり、

「それなら、もっとごちそうを食う必要がある」

というと、桃子の眼からは、しだいにすんだ液体があふれ出して来て、女は声も出さずに泣いていているのだった。

圭吉が一人よがりの妄想に夢中になっていると、桃子は布団をかぶって、声も出さずに泣いている事がよくある。顔を見られまいと、彼女は必死にフトンをおさえているのだが。

圭吉はたしかに、自分一人のおかしな享楽にふけって、この生活の同伴者のことを、しばしば忘れ果てるらしい。圭吉が生活をエンジョイしなさすぎるというのは桃子の口ぐせだったが、それは虫くった本の代りに、赤いカットグラスを買ってくれという彼女の願なのである。

下宿の茶碗の代りに、切子ガラスの美しさをせめてもの生活の飾にしようという桃子の意見は、それは圭吉にも充分わかっていた。

圭吉は、明日デパートにつれて行こうと細君に言ったので、桃子はそれで、その夜は晴れやかな泣笑を見せていた。桃子が圭吉の下宿（それは学生時代のままだった）に来てから、彼女は服も化粧品も欲しいと言った事はない。彼女が欲しいといったのは、婦人雑誌の附録にあるような、洋食のディナアセットだけである。せめてその願をかなえてやりたい気持はあったが、その華麗な生活の夢は、次第に小さくなって、今は二つのカットグラスでいいという桃子のあきらめに変っていた。桃子のぜいたくは、婦人雑誌の料理の附録を部屋中に広げて、華やかな献立を空想している事である。その夜圭吉が、電燈の驟雨を浴びている一箱の苺を買ったという異例の出来事については、このわずかな紅色が、桃子の食欲をそそるかもしれないという期待があったからである。

ところが、苺の箱は、もう一度桃子を蒼白にさせ、烈しいつわりをもよおさせる結果になった。うようよしているものの強迫観念が、神経にさわったのか、桃子は銀色の針の先がうようよ光っているような苺のむらがる幻覚を起したらしかった。戸外には雨が烈しく降りだしていて、雨に濡れた屋根の下で、圭吉は一人で苺を食う。桃子は一寸触れてもギクリとする位、病的に神経をたかぶらせていた。

圭吉は一人とりのこされた気持で深夜、いろいろな事を思い続け、桃子が今は二人であるという事を、二人が三人になるという奇怪な事を、改めていぶかしく思う。子供はどんな手相であろう。なるべく子供は女房の運勢に似ていてくれと思うのである。

圭吉は桃子が自分の小さな掌《てのひら》を彼に差出した頃、大事な箱を開くように、おもむろに掌をあけながら、縦に一すじに貫いている運命線を見せた事があった。ところが圭吉が改めて自分のを験べてみると、彼の運命線はとぎれとぎれに、あるのかないのかも判然しなかった。

「俺には運命などというものは、ないのかもしれない」

と圭吉は桃子に因果を含めていた。

「俺の将来について、はかない期待はもたないで欲しい。俺は相変らず貧乏で、好色で、おまけに悪党なのだ。桃子に出したのと同じ手紙は、三人のお嬢さんに同時に出したものだった。その二人のうち、一人は俺を軽蔑したが、一人は全く黙殺した」

——御覧になった時微笑なさるようにと思って、私の笑っている写真をお送りします。それから青い鵞ペンを一本、面白がって下さったからお送り致します。この手紙を甲板でお披《ひら》きになったのでしたら、もう鵞ペンは風に飛ばされて、海に落ちてしまったことでしょう。

「翠子《みどりこ》の返事は、ジャン・ジロオドゥの手紙なのだ。もう一人は玲子というのだが、返事はくれない。彼女は恋文のコレクションを好むお嬢さんで、きまぐれな手紙の最後には、必ず返事をくれと書いてある。そして恋人達が、夢中になりすぎ、彼女に結婚を申込んだりすれば、彼女はリボンで一組にして、チョコレエトの箱へしまってしまうだろう」

ところが桃子は、圭吉のこんな警告にもかかわらず、圭吉の下宿へ逃げて来た。桃子にとっては、「貧乏な学生のところへ逃げてゆく」ということは、切実な運命の転換で、一番度胸をすえた女と圭吉は寝たことになる。自分の家の話はしなかったが、桃子はM県で二番目のブルジョワの総領娘である。県の北半分を占める耕地の大半が曾て本家の小作地で、本家の経営する鉄道に乗り、本家の掛けた鉄橋を渡り、本家の醸造倉を見渡す所に、城のような桃子の家があった。本当にそれは城なので、桃子の祖父が、県の恐慌を救うために、お城を買って移した別荘なのである。北上川のデルタの氾濫もこの城までは及ばない。石造の庭の、松林の中の茶室には、桃子が逃げて来た頃には、牡丹の花が満開で、桃色の花弁の中央に、白い花が盛上って咲く、和菓子のような芍薬も咲いた。多額納税、貴族院議員の代々の領地は、農地解放の結果、今は全く荒廃して彼女が相続しなければならないのは、因習のデクノボウだけである。

ところが圭吉の下宿ときたら、茶碗もなく皿もなく、そして彼女はここで子供を生もうというのだから、圭吉には彼女の泣く理由がよくわかる。一時間三百円の講師を掛けもちする以外に、奮闘の方途もない圭吉は、千円札を一枚だけ、桃子は百円札を一枚だけ、お守りのようにもち歩いていて、この金額内で買えるものをあれこれと空想し、何でも買えるような気分になって、実は何にも買わないでいた。家計の結論は、こまごまとしたこんな智慧を彼等に与えている。

「拾円位で買えるもので、とびきり上等の百円位するもの」それが彼等のぜいたくな買物である。そんなものはないから安心だが、桃子をつれて電車へ乗ることは、圭吉にとってあまり愉快な事ではなかった。日曜の電車の中は、あらゆる階層の夫婦達の展覧会だったし、それは世の善良な御亭主達が細君を飾るデモンストレイションであるかと思える程、若い細君達は曲りなりにも流行を着かざっている。

奥さん達のハンドバッグの流行は、彼女が結婚した年を物語っていて、年々に変るこの装身具の流行が、奥さん達の階級を最も刻薄に語っている。とすれば、御亭主のヨレヨレのネクタイだって生活の苦闘の象徴に外ならない。子供をかかえた奥さんの、ハイヒールのカカトの曲り、恋人時代に御主人の贈った銀のブローチが曲っている。

　圭吉はこれらの夫婦達が、「幸福」を誇示する気力さえもなく、疲れて坐っている図を見守らざるを得ない。桃子は女学校時代のスカートをワンピースに仕立てなおして、大叔父のケンブリッジ土産のレースの胸当てをつけていたが、三越は、明るい流行色の洪水だった。

　クリスタルグラスの売場でみると、桃子の気にいったものはあまりにも高価すぎ、二人に買えるものは又、あまりに貧弱である。「これはどうだろう」と圭吉が手に取ったアメ色のやつをみるやいなや、「そんなのはキライだ」と、又烈しく桃子は嘔吐する。大体彼女はカレイの白い方しか食べない女で、彼女の感覚を圭吉も尊重していたが、次第に憂鬱になってしまった圭吉は、桃子にかまわず大股に歩きつづけた。帰りの電車の中で、圭吉は五人も子供づれの夫婦が、シートで悪臭をビマンさせながら叫ぶ子供達のオムツを次々に取かえるのに顔を背けてしまう。

　私は働く。などと桃子は言うのだが、一体子供を産む女に何の職業があるというのだろう。クリスタルグラスさえ買ってやれない圭吉は、又しても自分の無償の熱中が、悲しく思い出される。

　それにもかかわらず、桃子の中では、胎児が確実に成長を続けているらしく、子供のように貧弱だった乳房もふくらみだしていた。そして水もお茶ものどに通らず、みそづけは臭いだけでもアレルギーをおこすので、みている圭吉の方がはらはらした。圭吉は近くに妻を失った気持で、まるめた髪の毛や、モスリンの切れの散らばっている露地の裏へ入り、足重く下宿へ帰る。

　細君のヒステリイが手に負えない時には、圭吉はあるひそかな慰めの方法を考え出していた。それは曽て彼の周囲にいた女達がどうしているかと思いえがく事だったが、桃子が胎児と二人になり、圭吉一人除けものにされてみると、再び舞踏会の手帳がひらかれ、桃子が、彼の生活へ入って来てから、急にとぎれた飛天達との交情が、わけもなく継続されるのではないかというあわい期待があった。圭吉にうぬぼれた考はなかったにしろ、あっけなく消えてしまった恋人達が、何とも不思議だった。もっとも熱心な一人でさえ、男名前の手紙を二度よこしたきりである。

いい気なものだとは思うが彼女等がどういう様式で圭吉にあいさつするのか、そんな事を一人考え、結婚という容器の中に入れられた金魚が、水槽の水面であっぷあっぷしているような具合に、外の女ともやはりこのような結婚をしたのであろうかと回想してみる事は、四方をとざされた圭吉にとって、このごろ青空を仰ぐような翹望《ぎようぼう》になっていった。細君を傷口のようにもてあましていると、圭吉には、その空想が、明日にでも何気なく実行できるような気持になる。

翠子は圭吉が学生の時分から、随分と凝った様式で、圭吉をてこずらせていた。中央沿線の彼女の家まで圭吉を呼出して置きながら、その日は留守にしてしまい、そしてとんでもない後になって、その時圭吉が彼女の部屋で寝ころんでいる間、あの部屋に炷《た》いてあったという香の名を教えてよこしたりする女であった。この気取ったやり口が、面《つら》にくくて、彼女と「阿武隈川で舟にのろう」と約束して、その前に結婚をしてしまった。女は恐らく圭吉が行かないのを承知の上で、わざわざアダタラ山から男名前の手紙をよこしたものに相違ない。『あれはアダタラ山、あの光るのは阿武隈川』と江戸浮世絵のように青い紺紙の空に翠子は貼りついている。

玲子は、姉妹で父親の所へ出かける途中、その汽車の前の席に圭吉が坐っていた。人眼を引く姉妹は、「お父さん、電報を見て、駅までオートバイで迎えに来て下さるわよ」と話しあっていたのである。父親の会社は、「セイカ鉱業」だと姉妹は答えた。姉妹二人が父親に逢う事をおもいつき、出迎えた父親はオートバイに乗せて娘達を鉱山の禿山へ連れてゆく。「鉱山と少女」これはきれいだなと圭吉は思った。

ところが圭吉は、その後、自由ヶ丘の駅で、母親とつれだったこの姉娘に逢って、「その節はいろいろ御世話様でございました」という様なあいさつを受けて当惑した。母親は、

「玲子達がいつまでも貴方のおうわさを申しまして、日記にまで書いております」

等と、赤面している彼女にかまわず、おしゃべりを始めた。その後圭吉は、奥さんの社交術のせいで、彼女の家庭へ出入りするようになったが、母親の話題は圭吉の収入や、家の状況や、玲子の縁談ばかりで、少くとも彼女は、圭吉を姉娘の結婚の候補者として、観察しはじめたらしく、圭吉が行くと、玲子を一人、「お相手をなさいね」と置きざりにして、台所へ立つのだった。この小ブルジョワ的母親がいなかったら、と圭吉は思う。彼女の彫刻風な顔立を、強調している彫りの深い口もとは、彼女の前歯がやや出っぱっているせいで、それ故彼女は、上唇をのばして笑うのだが、彼女の印象は永く圭吉に残っていた。圭吉は褐色の玲子の肢体が、自分の妻になって、圭吉の貧弱な家計を始末し、小心な功利主義の母親の教育を実現して、ひたすら圭吉の為に奮闘するであろう有様を容易に想像する事が出来る。

圭吉が再び半年ぶりで玲子の家の玄関に立った時、母親はひどく上機嫌で如才なく圭吉を招じ入れ、新しいタンスや鏡台の並んだ居間へ通したが、これはいつとなしに、習慣となったこの家族の圭吉へのうちとけ方のあらわれであったろう。圭吉のみている前で、玲子は化粧をなおしていた。女房ができると格式が上るものらしい。

「御結婚おめでとうございました」と玲子は言い、奥さんは桃子の事をすでにくわしく知っている模

様で、彼女が上機嫌だったのは玲子の今度の婚約を、圭吉にも吹聴出来るからであったらしい。「それは御良縁で、おしあわせです」などといいながら圭吉は、先日電車の中で見受けた、ひしがれた夫婦達を思い浮べざるを得なかった。

今日は平生とは逆に、奥さんが圭吉の話相手に変り、玲子が自ら台所で働いているらしく、玲子が盆にのせて出て来たのは一皿の苺なのであった。圭吉がこの家庭へ出入りするようになってから、玲子の手になる皿を食うのは、始めての経験だった。

自由ヶ丘の文化圏と圭吉とはどうも本質的なところで折合わない。これは下町とも山の手ともちがう第三の東京の明るさだ。外国に来た気分で圭吉は苺のザラメをかじっていた。

気軽になった圭吉は、勇気を出して今日こそむかしの手帳をひらいてやろうという気になった。桃子は女学校のクラス会で一日家をあける。歩きだせばすぐ近くに、みんなそれぞれのやりかたで圭吉を迎えてくれそうである。挨拶をするのは礼儀にかなっている。と考えて、これはかなりの決心を要したが、曾て圭吉を見限って、養子をもらってしまった従妹は、一体どうしているのかと寄ってみると、驚いた事には、彼女はもう男の子の母親になっている。彼女と別れたのは昨日の事のように鮮かだったが、昔の恋人は男の子を抱いていた。

「大変だったのよ。殺してやるというけんまく。別れようとしたら、もうこの子が出来ていて、……でもあなたはさぞ御満足でしょう。私はそろそろ消えてなくなります」といいながら、ここでも苺が、子供の牛乳をかけて出されたのである。何たることか。天人は手をとり合うだけで、熟《じっ》と見つめ合うだけで、子ができるというが、この子供は圭吉の子になったかも知れないのだ。従妹は近く、主人の任地の長野へ引込むつもりらしい。そうなればこの世の別れということになる。従妹の家は紳商といえる旧い問屋だったが、近頃はひどくいけない。東京で頑張っていた従妹も本当に長野へ引込むつもりと見え、旧いスキイが庭に出してあった。

ところで翠子は一体どうしているかと思うと、彼女の家は表札が変っていて、翠子は中野の方へお嫁にいったという話だった。中野といえば、今圭吉が尋ねて来た、従妹の家のあたりである。彼女は今頃は亭主に首ったけだろうと思うと、異様の感にうたれる。彼女の最後の手紙は、「私は資格を失ってしまった」というしどろもどろのものだったが、それは彼女があの頃、度胸をすえて身体を許してしまったという事を意味するらしい。

圭吉は、更にある病院を是非尋ねようと思った。そこには圭吉の知っている娘が未だに入院している。圭吉はある痛みを禁じ得ない。節子と圭吉が近づく時には、きまってお互により深い恋人がいた。だから、そのことの翌日から節子は熱を出してしまい、再び圭吉に心を開こうとはしないのだった。節子は絵をかいていた娘である。

つきそいの母親は、見舞客として鄭重に彼を迎えながら、結核のいい薬ができたので彼女は近く退院出来そうだといった。一年近く、圭吉が見舞にも来なかった事を、彼女は別に何とも思わない顔で、唯熱のある赤い顔で、圭吉をまともには見ない彼女の落着きのなさが圭吉にはこたえた。彼女は一昨年といささかも変らず、むしろ幼くなっていた。圭吉は自分がこの女にとって、既に他所者であり、彼女の眼が忘れる努力をしているのを見ることが出来る。そして母親が出してくれた病人用の煉ミルクの中には、何ということだろう、又しても赤い苺が沈んでいるのだった。圭吉はありきたりの見舞人のように病棟を出、更に下町へ向って歩きだしながら、節子が思いもよらず美千代のことを今も気がかりそうに聞いたのに、胸衝かれていた。圭吉が節子を知った頃は、美千代という新劇の下っぱ女優との交渉がつづいていたのだが、美千代は圭吉との生活を清算するといって勇ましく入党するとすぐ、圭吉の友達の共産党員のところへ走っていったものである。美千代はその友達さえも、このごろはあまり必要としなくなったようだと、そんな事を圭吉は、昔の女からきいた。男との縁はきれても女同志の糸はつづいている。これは女の意地である。

既に夜で、圭吉はひどく疲れていた。今日一日に逢った女達は、圭吉とは無関係に、それぞれ別々の方向へ歩きだしていた。彼女等の一所懸命な現在にとっては、もはや圭吉はよけいものにすぎない。わずかに半年の間であったが、そして半年前には、一しょの出発点に交錯して、圭吉はそのどの一人と運命を共にしたかわからない筈であったが、圭吉がそこに何か半年前につながるものを期待していたとすれば、甚だいい気なものである。次々に苺が出てきた事も、何とも皮肉なめぐり合わせではないか。

圭吉は、自分では飛天のように飛んでいるつもりでいるけれども、実は自分が思いの外どうにもならぬ穴に根を下ろしてしまっている事に気付かされた。昔の恋人達は、圭吉が実は父親になる事など、知る由もないのだが、彼女等の本能は、鋭敏に彼自身の変質に気づいている。

病院から出ると裁判所の裏で、圭吉は地下鉄の駅に行く道をきいた。自転車に乗った二人の女は、「まっすぐにいらっしゃい。浮気をしないでまっすぐに」と教えてくれる。女の尻の丸さがペダルをふみ、はしゃぎながら消えてしまうまで、圭吉はびっくりして立ち止まっていた。なぜ女達は、「浮気をしないで」といったのだろう。「浮気をしないで」とは、「のぼせるな」ということである。言われた通りまっすぐに圭吉が下宿に帰ると、妻は元気よく圭吉を迎え、何か秘密のたのしみがある風だった。亭主が一日がかりで、方々男を下げて来た次第を、彼女は知る由もないのだったが、甚だ後めたい気持で圭吉は夕飯を食う。

食事が終ると、自慢そうに桃子が取出したのは、これは又大きな福羽苺で、圭吉の胃の中は、すでに苺のつぶつぶがいっぱいに感じられる位、ひどく食傷気味だったが、圭吉は無理をしても大きな苺を、うまそうに食べてみせなければならない。圭吉は四度目の苺を食いながら、結局はいずれの苺も同じであるという様な、苺の洪水が自分を奇態な安心に引ずり込むのを感じた。まぎれもなく「女の度胸」が種族保存の運命を決定するのである。

桃子は圭吉に笑いかけ、「今日から、子供が動くわ」といった。そして彼女も亦、今日のクラス会に集ったさまざまの夫婦の事をとめどもなく話し続ける。圭吉はそこに集ったであろう一群の若い主婦達が、一日だけ娘になって気楽にふざけ合いながら、会が終ると、それぞれの亭主と子供達の中へ、愛情にあふれて戻ってゆく図を思い描く。速いものだな。急流の中の魚のように、男と女はすばやく尾をすり合わせて衰えてゆく。何という急流なのだろう。魚の群れはキッとなっていきなり静止する時がある。

ジロオドゥの青い羽は、はげしい生殖のいとなみから、海風がとうに吹き飛ばしてしまった。

黄水仙

寝室の夫婦というものは、他人にはえたいの知れない、奇妙な言葉で話し合うものであるらしい。交野《かたの》の奥さんは、御亭主に「ポチ」と呼ばれるのだが、格別に不器量、というわけではない。「ポチ」などとは、それは残酷で、鼻は小さいけれども、色白のぽちゃぽちゃとした奥さんである。それは彼女が、交野の腕の中で、仔犬のように寝てしまうからだろうと、高辻は思っている。

もっとも高辻の知っている交野は、他人のいる前では、至極細君によそよそしい。この若い実業家に限らず、通例の御亭主は、昼間は専制君主らしく振舞う、社会的義務を負わされている。ところが高辻は、この旧い友達が、酔ぱらうと、細君の美羽さんのことを、物陰で、「ポチ」と呼ぶのを聞いてしまったのである。続いて細君が、それこそ仔犬のようにのどを鳴らして、眼はたしなめるように御主人を横眼でみながら、「グウ」というような思入れするのを、すっかり微笑ましい気分で、見てしまったのである。

『食味研究家』という妙な職業の高辻は、一夕《いっせき》、盃の底に『福』の字が、紺色に浮ぶのを覗きながら、にやりと笑った。それは、高辻自身の細君が、「ジャム」という時の調子を思い出したからでもある。「渋茶」だの「ウイスキイ」というのもあって、それは、誠に微妙な、夜のおこないを、彼女——すなわち高辻銀子夫人が分類したものである。夫婦が横にからみあうととろっとしてこれはジャムのようだわと、銀子夫人は味得するのである。それだからと言って銀子が、何か、だらしのない女であるかというと、高辻銀子夫人は、某婦人雑誌社経営になる、料理講座の先生で、又某料理学校《クッキング・スクール》の有力な後援者なのである。

同じ鎌倉に住む、交野夫婦と高辻夫妻は、こまやかな交際をかれこれ数年続けているし、更に交野氏と高辻氏は、学校時代からの親友なのであるから、お互の婦人関係のことは、細大もらさず、情報を交換し合っている筈である。高辻の高等学校時代から、メンメンと続いた恋人である銀子夫人とのいきさつも、又交野が、その遠縁に当る秋田の造酒屋の娘、美羽さんを、もらうに至るいきさつも、それから、細君達も気付かぬ、秘密の女関係も、彼等はよく知っていたのである。

ところが、何から何まで、見晴せる親友でいながら、結婚してからの彼等は、それぞれ独得の巣を造りだした具合で、いわく、言い難きものが、出来上りつつあった。「交野のやつ、ポチなどと鼻の下をのばしているが、あいつは、ジャムを知るまい」高辻氏のにやりには、こんな意味合があったであろう。

元来が、道楽者の交野氏と高辻氏のことで、大学時代には、同じ芸者を二人で上げていたこともある。浮気の方でも、天晴れな選手で、善良なる悪友という格であった。交野は父親が早く亡くなり、法科を出るとすぐ醸造会社の椅子を継いでから、色白の眉太い美丈夫が、でっぷり太って、十六吋《インチ》のカラアを必要とする位の貫禄になったが、彼はまだ三十を一寸出たばかりなのだ。年頃も同じ高辻は、戦争前なら従五位下という浅黒い顔の貴公子だが、平家蟹のような趣ある顔つきで、敗戦後は相続税、財産税と不如意を重ね、土地も大半売払ったが、不思議な時世になって、細君の里の方で経営している、婦人雑誌に、うまいものの話などを書き始めるようになった。例えば、

「こんな話があります。東京のある実業家が、伊豆の三津《みと》海岸の別荘へ来て、漁れたての鮪を期待して食べたところが実に不味かった。ところがそれを貰って東京へ帰った鳶が晩酌の肴にやると、これが馬鹿に美味い。こっちは生れて初めて、こんな美味いのを食べたそうです。つまり食物は、その食べ時が大切なんでして……」

といった事を、料理の附録に書くのである。

「……でも職業《しょうばい》柄、しょっちゅう料理屋を食べ歩くと、たまに家で食べるときは、沢庵の茶漬に干物かなんかであっさりやります。ゴルフで疲れたときは、平素嫌いな甘いものが第一に欲しい。その日の行動によっても嗜好は面白い程変るのですから、忠実な奥さんたらんと欲する方は、こういう事を斟酌して、毎日の食事の用意をなさることですね」

かかる太平楽をならべているのが職業の高辻に似合わしい、厳粛なる趣味家の銀子夫人は、夫君と同い年の三十三歳だが、お料理は色彩の配合ですのよ、と料理学校で教えている。もっとも銀子夫人は、家庭ではめんどうがって、めったに料理はこしらえない。元はといえば夫人があまり台所をめんどうがるので、料理屋を食いあるくのが、文学士高辻氏の趣向になったのかもしれない。それにしても銀子夫人の忠実なる細君ぶりは、まんざらでもなさそうな、彼の文面ではないか。

うまいもの座談会に切抜かれた、丸い写真でみれば、銀子夫人は瓜実顔に柳眉《やなぎまゆ》の、美人だが、笑うと頬に縦皺が二本出来る。夫君はてれたような、渋い含み笑いで、縦横の筋肉を光らせているのが通例だ。

高辻達が学生時分、芝居をやっていたグルウプに、安田銀子という風変りな美少女が混れ込んで来て、初対面から高辻と、演劇論をはじめ、彼女独得の感覚論に窮した高辻が、日本の女の脚をけなしはじめたところ、「私の脚を見て頂戴」と自分のスカートを上げ、靴下止までの脚をパタパタ振って見せた。白百合から、文化学院へ入ったばかりの銀子に、天下の秀才どもも、すっかりあおられた形で、就中、高辻は、安田の邸へ呼ばれるたび、

「どうもあの家のプチ・ブルジョワ風な便所へ入るというと、銀子もここへ坐るなと思えば、空間というものは妙なものだと思わざるを得ないよ」

と交野にも話し、それで銀子は、学生達に、空間嬢と呼ばれたのである。

きれいと言えば、今の方が落着いてずっと趣があるが、あの頃の銀子さんには、空気に浮ぶように咲いた、コスモスの花の趣があってね、と交野が細君に話す位だから、髪を背中迄のばしてカールしていた銀子は学生達をだいぶ夢中にさせ、銀子が許した高辻は、名門ということもあって、安田の家でも別に不服はなかったらしく、娘のしたい放題にさせていた。

交野の細君になった美羽さんのことは、高辻もだいぶ昔から喧伝された。雪国の娘で、七五三の写真をみせられたことがある。七五三では何が美人だか分りはしない美羽さんは、高辻達が大学に入る頃、東京の学校へ出て来て、本ものの秋田美人を見せてやろうと、交野は息込んでいたが、それは高辻達への、虚勢の気味が多分にあった。交野が初恋の美羽さんを大事にして、高辻にも見せなかったのは、一人できめているだけで、実は何にも切出せなかった結果であるらしい。男と一しょに歩いたことないからいやだといって、一しょに出歩くことさえもないらしい。もっとも交野の内気なプラト

ニック・ラブは、事、美羽さんに関するだけで、「女は、出来てしまってから、ほのぼのと惚れてくれる方が気楽だよ」と、豪傑ぶりを示していた。葭町《よしちょう》には父親の顔もあり、気っぷの大様な交野に、熱をあげる妓《こ》も、多かった。花々しいのは菊家の香蝶との事件で、眼の大きくうるんだ女であった。

一件は高辻も聞いている。酒税局の役人達がお客の宴会に、「お前も、大学生ならもはや成年だから」というので、父君の御供《おんとも》仰せつかった形で、末席に神妙にしていると、酒席乱れるにつれ、修羅の巷をかけぬけて来た若い妓が肩で息をしながら、ぴったり交野の前に坐って動かないのだ。先刻踊った若い妓の一人で、「ヨオ、ヨオ、すみにおけない」とお客が騒ぎだした所をみると、親父の眼をかけていた妓でもあるらしい。小唄か何かしきりにうなっていた親父も一しょになって、「香蝶、こっちへ来い」と呼ぶが、女は一向に動こうとしない。お客が、「親父と息子とどっちがいい」とつめよると、女は全身で交野にもたれかかって、ニコッと笑ってみせた。全身が絹糸のような女であった。

香蝶は、帯をといてくれと男にいい、汗ばんだ丸い乳房は、後ろから抱くと、帯でしめ上げたあとが、乳の肌に残っていた。

男のするまま無抵抗にうるんだ眼を見上げている女は、丸い前歯で交野の小指を噛み、「浮気ねえ」と言った。

「誰にでもそういうのかい。浮気なのはお前じゃねえのか」と交野がいい気になったのは、満更うぬぼれでもなかったので、父親があてがっただけあって、素直にきれいな燃え方をするのであった。

その頃日本に新興したレエヨン会社の設立に関係して、奔走していた交野の父親が東京駅前の自動車事故で急に亡くなったので、交野も格が上って、翅がのばせるようになったが、交野が今日あるのは、香蝶の仕込もだいぶあるらしいという評判で、利口な女であった。あつかましくやれば、細君にでもなれたのだろうが、そんなつもりで惚れたと言われるが口惜しいと、相変らず木挽町で小料理屋をしていて、交野には美羽さんをもらえとすすめ、その代り自分は、きれいに消えてなくなりますと高辻にもいいいいした。

二人とも血気盛な頃で、向を見ずの悪さをした頃だが、さる女に、ひどく翻弄された揚句、業をにやした高辻の方が、先にあきらめると、七年ごし、切れてもいなかった銀子と、結婚してしまった。「どうも芸者は、お客がちやほやするもんだから、のぼせていやがるんだな。鼻につきだすと、めんどうくさい。ずばりとすませたい気持だね」と高辻はいい、「やっぱり女房持ちは、根《こん》がないからいかん。懸命になれないんだろう」と交野は思った。

そんなに長い間だから、銀子とて常に貞淑であったわけでもなく、男の友達も沢山あり、高辻が大学を出た時一度問題になった縁談もそれで破談になっていた。感情的にもだいぶごたごたして、子供をおろすというような事件もあり、その時には交野も大分頭を痛めて、「結婚しちまえ」と何度も言ったが、この時には銀子が反対で、「今更らしくて」という様なことで、両親にも知られず、街の小さな病院で手術してしまった。銀子の家の方でも始めのうちは、売込でやっきになっていたのだが、高辻の乱行《らんぎょう》もきこえて、銀子がいやだといい出せば、むしろほっとしていた様子である。手術台の反射鏡に映る銀子の白い脚が、部屋の外からも見え、みじめになるまいとして、白い顔で涙をこらえていた友人の恋人に、こういう時の友達は、言い難き感情を憶えるものであるらしい。

「別れのきもちというものは、おかしなものだな」と高辻はその前に言った。「お互の気持がちぐはぐになってしまって、それでも猶、習慣で女は拒まない。いつものように抱き合ってはいるが、これが最後だろうという気持は常にある。七年ごしの女でいながら、風が身体の間を吹抜けるような、知らない女を犯しているような気持になる。こういう時は別れた方が自然なんだろうね。女がいやだという以上は、結婚してくれというのも男が下る」といって、交野もそんなものかなと思ったのであるが、銀子と仲間割れしてからの高辻は、女がそばにいないと、二日といられぬ風で、銀子も亦いささか神経衰弱気味で、そっぽを向き合っていた二人が、どういう風の吹きまわしか、急に結婚するといい出した。

「世話をやかせたが、もとの鞘に落着くことと相成った」と高辻達がてれくさそうに結婚式というものを行ったのは、男も女も二十九の時である。

「七年つづいたものなら、あと三十年はもつだろう。『女は悪しきものなり。されど必要なる悪しきもの』さ」と高辻は、無常を感じた顔であった。

遅い新婚生活はけれど満更でもないらしく、彼等の板についた新婚家庭を見ていると、交野も里心づき、女遊びもわずらわしくなり始めて、「女房にしてもいい女といえば、まあ美羽位だね」とうるさくいう母親にいって置くと、美羽の家から、簡単に娘をやるといって来たので、いささか張合抜けた感じであった。二十四の切羽つまった娘の心境に与えた効果なのかもしれないと、今更、後へも引けぬ具合になって、香蝶のことを説明して、それでも本当に俺の女房になる気かといってやると、「いやだ」というだろうと思ったら、「一度みんな差上るといった以上は、他の人ではいやです」と返事が来た。

十代の時好きだったからといって、別段、どうもこうもありはしない美羽に、今度はつかまえられた感じで、何となく風雅な結婚式を挙げてしまったのには、どうせ誰でも同じだというあきらめの気持があった。

男の結婚前の気迷いは、大体そんなものだが、交野にしても高辻にしても、家庭というものへの期待は、別段大したものを望んでいなかったので、「今迄は恋愛、これからが浮気さ」などと気楽に考えていたのである。


二組の夫婦が成立するのには、因果な交錯があったわけで、だからそれぞれに巣を営み出したこのごろは、前が前だけに何だかおかしな気分なのであった。

鎌倉への終列車は、彼等二人の落合う場所で、微醺《びくん》を帯びた御両人は、その日の冒険や、うまいものの話などに熱中し、そのくせ、家庭のことは、何くわぬ顔で、「まあ、どうにかやっているよ。ねむい女に色気なし」などといって、あまり話したがらない。

それにしても子供がいない三年目の夫婦達は、食いたりた料理のように、倦怠であった。

「お互の牝鶏《めんどり》達は、焼もちをやくのもめんどうだという顔付をしているね」

「我等の腕前のせいかな」

「いや、すっかり安心していやがるのさ。香蝶とは今はきれいなんだが、あいつの方が余程焼もちやきだ」

それで御両人は肩を組んで駅を下り、一人は海手へ、一人は山手へぶらりぶらり、天下太平の趣なのであった。

さて、ある日のこと、終列車近く、高辻が材木座の巣へもどったのは十一時をまわっていたのだが、銀子夫人は外出からまだ帰っていない。

今日は知合の家でパアティがあるといっていた。せん方なく、この食味研究家は、自分でストーブをもやして、結城の袖をまっ黒にし、鉄のふたの上へ、トクリをのせて、カンをつけ始めた。肴もなく、水も井戸まで出掛けてのんだ。いささかやるせなくなるにつけ、妙に交野の奥さんが思いやられるのは自然の成行で、ドメスティック・ワイフへの郷愁が湧くのは、こんな時である。交野の細君は、御亭主が帰るまでは寝られないで待っている。熱いタオルが出て、それからすぐお茶が入る。寝衣《ねまき》は、コタツに入っている。それから、「ポチや」が始まるのだ。それにしても銀子のやつめ。精神的浮気と称するダンスに、このごろは夢中だが、あいつは放っておいても安心なものだ。七年間野放しでも、他の男には、触れさせなかったのだし、潔癖というより、存外根は因習的な女なので、口では勇ましいが、損得をよく心得ていて、せいぜい大学生をのぼせ上らせ、動けなくしてしまう位に満足しているのだろう。

「浮気はいくらでもなさいませ。けれど、本当に惚れたのなら結婚はおしまいよ」と洒々している。ところが俺は、今や、交野の細君がばかに有難い。俺は本当に惚れてしまったのかもしれない。

交野の細君は、嫁入のとき、子供の時の人形をみんなもって来た。銀子が、感心して、「何の用もないのに、一日何をしていらっしゃるの。よくたいくつで気が変にならないものね」というと、

「何となく用があって、何もしなくても一日暮れてしまいますわ」といった。

「いや、こいつはね、退屈どころか、一日がかりで、リリアンをほどいたりしているんですよ」と交野はいうのだ。

全くのお嬢さんで、ひるまは古いリリアンをほどき、夜は犬の子のように寝てしまう奥さんを高辻はひどくうらやましく、思わざるを得ない。そっと口説いてみたら、案外あっさりと、許してしまうかもしれない。と想像するだけで、いい気になっている古女房に対し溜飲の下る思いになった。このごろは、高辻の家の落目に比べて、細君の家は、隆盛な羽振で、何のことはないプチ・ブルジョワと軽蔑していた里のやっかいになっているようなひけ目もあって、高辻はばつの悪い思いをしている。

一方、極楽寺の方へ帰った交野氏は、高辻の想像通り、炬燵から抜け出した美羽さんに迎えられ、熱いタオルで顔をふき、用意された玉露を、ゴクリとやって、

「今日は、何が出来たんだね」ときいた。

「ボイルド・キャベツ。不味いけど召上る」という彼女は、婦人雑誌の附録の蒐集家で、美羽夫人の本箱には、夏の季節料理、和洋一菜料理三百種、冬の新案編物といったたぐいが、ぎっしりつまっている。

新婚最初に美羽さんは、「こういうお皿が欲しい」といった。

彼女はフロクの通りに、一つずつ作ってみせるのだが、きれいなばかりで、不味くて、食えたものではない。ままっこだらけのホワイト・ソース、ぐちゃぐちゃの肉も、「経済料理だもの」といわれれば、仕方がない。

床の間には、正月の松が、黄色くなっている。ドメスティック・ワイフは古流の先生だが、気が向かなければ、ひどく無精で、何度いっても枯れた松を棄てない。交野が棄てれば、泣くにきまってい

る。

交野は丁度うんざりしていた所なので、折が悪かった。細君の差出す夕刊を開くと、F画伯の『夢』という名画の写真が、夜の褥《しとね》に仰向いた裸体を、白く、線画で浮き出していた。なまめかしい春の夜で、これはいいなと交野は思ってしまった後で、顔付の卵形が誰かに似ているようだと思ってみると、柳眉は銀子夫人にそっくりなのだ。白い姿態も、こんなに見事なのかなと思うと、どうも絵は銀子夫人のような気がしだして、正視するのは悪いような気持になった。もっとも彼はじろじろみていたので、細君が赤面した位である。

最初惚れたのは絵であったが、絵が高辻の細君になってしまったので、交野は今度は銀子さんに惚れていたのに気がついた。

銀子の胴まわりは、高辻の帽子のサイズと同じだといった。友達への遠慮があって、自制していた気持が、画を契機にして、意識の周縁から浮び出したのかと説明してみたが、胸苦しい恋の気持になって、子供じみた細君が、あわれに思えて来た。細君を乱暴に抱きながら交野は、銀子のことを考えていたのである。それから香蝶の事も考えた。パクと食いつく鯉の口のような女の形はひどく記憶に生々しく、美羽に向っていても、身体は別の女の口の中にいる。そしてまだ知らない女のことをどうしたものかと考えている。

かかる交野の、三層にわたるもの思いを、初心な細君は知る筈もない。

細君がびっくりする位の愛撫は、どうもその辺が原因らしかった。

早春の鎌倉山の、ある天気のいい日だった。交野は、春風に浮かれて、ふらりと高辻の家へ出かけてみる気になり、高辻が留守だと、これはあぶないぞと思ったりしながら、恥をかくようなことを仕出かさなければいいがと思った。ところが、高辻は又、昨夕おそくて、今朝は、ふてねをしている細君に、くさくさして、交野の細君が、リリアンでもほどいているのを、ひやかしてやろうという気になった。

だから交野が、高辻の家の格子を開けた時、友達は出掛けた後で、「またマージャン倶楽部でしょう。今よんできますから、一寸上って待って頂戴」といった銀子夫人は、まだ床の中にいたのである。「風邪ですか」と心配そうにすると、奥さんは軽く笑って、寝床の中から白い腕を出して、コンパクトをのぞき出した。あいさつは御化粧の後ですべきである。それにこういうあいさつは一寸粋《いき》ではないかと彼女は思った。誰でもに見せていい姿ではないのだから。

銀子は黒猫を抱いていて、「この猫はお腹までまっ黒でしょ。お正月に拾ったの」と頻ずりした。猫がガウンの胸を突張る。猫を契機として、交野は又胸苦しくなった。猫がひどい下痢をしていたのでスルファチアゾールを飲ませたのだと彼女は言った。銀子のコケットリイは彼女の思いつき通り、交野氏をなやまし始めたらしい。男を夢中にさせておいて一寸たしなめるのはどうだろう。

「夜になると、猫はどうするんです」

と交野氏は興味深そうである。彼はどういう方法で、私を陥落させに来るかしらと銀子は思った。

「私の脚の間にもぐり込むのよ。高辻が猫に焼もちをやいてつまみ出すわ。ね、浮気って楽しいもの。それとも案外苦しいものなの」

「猫に？」

「まじめなのよ。このごろ、胸のすくようなことがありそうな気がするのよ。何だか悪いことをしてしまうかもしれない」

「それは、至極同感ですね」

といった交野氏は、いつのまにか、下顎が痛くなる程夢中になっているのに気がついた。奥さんも亦、こんな気持は始めてである。二人は何となく、バラ色の世界にいた。

交野は、『夢』の話をして、貴女に惚れているのに気づいたのだといった。これはあぶない。銀子は、「いけませんわ」といったがおそかった。彼女の息の方が、切なくなって、「こんなことは、始めてよ。本当にどうしたらいいか知らないの」と取乱していた。

銀子の身体は『夢』の女みたいに美事ではない。そう思うと交野はやや安心して、「いや」という銀子の頭をゴツゴツ乱暴でなくなぐりはじめていた。なぐられながら、奥さんは、だんだん脚の力が抜けていくのを感じていた。「ジャムみたいでしょう」と銀子はうす眼をあけていった。

高辻にすまないという気持よりも、何食わぬ顔の友達に、一ぱい食わせた気持が多分にあって、それから、美事に銀子の裏をかいてやった気持があった。水仙がいけてあって、交野は、お客に返ってから、改めて花をほめ出した。銀子は花の好きな女なのである。彼女が夕飯の仕度にかかっても、高辻はまだ帰って来ない。急いで帰るのもばつが悪くて、わざとゆっくり、落着いていたのだが、こうなると、自分の細君が可哀そうになって来る。そそくさと立上ったが、銀子は彼をまともには見ず、あまり引止めなかった。とうとう暴力には、敵わなかったといいたそうな、罪の女のしおれた顔をしていた。眼のふちのしみが、やっぱり三十だなと、気の毒になって、画をみて想像していた時とは大分恋人の正体が変っていた。

ところが交野の家でもその日、同じようなことが行われていたのである。別の株が同じ日に咲きだすように、浮気の季節というものがあるのかもしれない。美羽さん一人のところへ、高辻が来ると、彼女は高辻をまともに見ないであいさつした。実は高辻の方がまぶしかったのであろう。予想通りの舞台に出てしまうと役者は、筋書以外には動けなくなるもので、紅しぼりの友染の炬燵へ、高辻はおさまってしまったのである。舟板の長火鉢、その猫板に、春夏秋冬と染付けた急須があって、友達のいとなみの板について来たのを思わせたが、急須をみていると、細君はうれしそうに頬を染めたから、食味研究家はここでは、大分尊敬されているらしい。高辻は全く彼の真価を認めようとしないところの細君を思い返した。

女などはいやはやという顔をしているが、何となく女の前に出ると、魅力ある男になる高辻は、しきりに御亭主の話をはじめたので、細君は御主人をほめられて急に生々としはじめ、交野は多分、香蝶の所だろうといって、女って馬鹿馬鹿しいのねと口惜しそうである。

「私がもしも浮気をしたら、どうする気なんでしょう」といって耳たぶまで赤くなった。

「奥さんがあんまり甘くするからですよ。一寸いじめてやったらいい。もっとも交野は、大分奥さんにのぼせているんです」

「うそうそ」と奥さんは言うのである。

「私のことも、交野は急須位に思っているんですわ。平気でおのろけをきかせますのよ。香蝶って、御存じなんでしょう。あんまり馬鹿にしているわ。浮気虫ってのがいるんですって。貴方も同病なんでしょう」

「浮気っていえば実はこの間の夜、一人でストーブをたいたりして、奥さんの事を思ったりしましたよ。あれも一種の浮気かな」

「あら、あたしなんか……」

「それがいけない。だから交野がつけ上る。もっと元気をおだしなさい」

彼はなんとなく、小さな奥さんを抱いて、唇を合わせてしまっていた。奥さんは狐につままれたようにポカンとしていたが、泣顔になると、「女って、好きになってしまうから損ですわね」といった。彼女は、「いや、つめたい」といっただけだった。高辻は、途方にくれた細君を、「誰にだって、こんな気持は、あるもんですよ」といっていたが、「いつでもはいやです。私が、いいという時、だけね」といった。

奥さんは、これからずっと、男のいうなりになるのが怖かったのである。浮気なら、それは女に決定権があるのでなければ困ると思うのである。それに子供の心配だってあるし、彼女は自分の亭主が可哀そうで可哀そうでならなくなり、「奥さんにすみませんわ」とつけ加えた。それでも結局は、同じことだった。

高辻は、渋い、はかない気持になっていた。とりわけ、被害者が、好人物の交野であるだけ、後味悪かった。もっとも交野の奴は、細君に浮気をされても、グウの音も出ない位のわるさをしている。それにしても交野は大分うまくやっているなと思った。細君は交野の好み通りの女になってしまっていて、高辻は、友達の影を抱いたような気持になった。

二人の御亭主が、それぞれの巣にもどった時、細君達のサービスがあまりにこまやかなので、彼等は甚だ後めたく思った。高辻は銀子夫人にライカを買ってやろうなどといい始め、交野は、細君が今朝いけたらしい水仙をほめてやった。そして高辻の家にも同じ黄水仙があったことを憶出して、妙に不安になり、何か熱でもあるのかい、と、いつになく、美羽夫人のおでこにさわってみたりしたものである。

一週間たった。桃の節句だった。ところが細君達は、万事、最も巧妙にやってのけたらしい。交野と高辻は、相変らず、毎日のように逢っていたのだが、一寸渋い顔をしただけで、冒険の話はしなかった。銀子夫人は、カメラを持っていたし、美羽さんは新装の春着を縫っていた。忠実な奥さん達が真顔で何かいおうとすると、御主人達は、あわてて脇道へそらしてしまうのである。「何が欲しい。どこかへつれてってやろうか」と。

彼等は相変らず、円満そのもので、お節句には、交野の細君のところへみんな集った位だから、誠に平穏な日々が続いている。

何くわぬ顔の一党は、内裏雛の冠がチラチラ揺れるのを、仲よくみていた事であろう。

一部始終を知っているのは、黄水仙の花だけだということになるが、ところが案外菊家の香蝶は、にやにや笑いながら、

「知らぬは亭主ばかり也」

と彼等の情勢を伝えている。「しっかりなさいよ」といわれる迄もなく、私も亦、家の格子をそっと開いてみたい気持にさせられたではないか。

つらつら考えてみるに、女の方が男よりも、はるかに悪党であるらしい、ということになる。そういえば黄水仙という花は、何だか気になる花であった。

浮游生物《プランクトン》殺人事件

——ある遺書の再録

I　昆虫館

緑色と、鮮かな橙色を攪乱《こうらん》したように庭が見えて、低く垂れた葉の下に光っているのは水であった。重い鉄の扉があけられると、暗い四角の窓枠の中に、紅葉した中庭が覗いた。

先刻、私は曲りくねった切石の坂を、汗をふきふき登りつめて、崖の上にあるこの赤煉瓦の建物、片面に蔦の這登ったのを見上げ、ブロンズ女像の握りを敲《たた》いた。ポオチの両側には、素焼の甕が冷たく、鱗を並べたスレエト屋根からの雨だれを受けている。樫の梢に、三階の一つ開いた窓をみやると、眼鏡を懸けてうつむいているド・カスティユ氏の頭が見えた。衣ずれの音がして、覗き窓が明くと、白い顔と、とび色の眼が私を見つめたのである。白い顔立は、玄関の台石に置かれた、大理石像が動き出したかと思われる妙齢の婦人で、アドリエンヌと後に名を聞いた、カスティユ氏の一人娘であった。

私がどもり勝ちに来意を告げる迄もなく、書斎から乗出した老人は、

「コンニチワ、コンニチワ。成瀬君。ドウゾ、カマワズニオ上リ下サイ」

と叫んでいた。

私が旋回する階段の曲り目ごとに置かれた、剝製や標本類に驚きながら、三階の書斎に導かれると、背後の鉄扉は開かれ、華やかに紅葉した庭の池が見えたのである。

私の出現に驚いたものか、鉄籠の大インコが烈しく鳴いた。壁面に積み上げられた標本箱には、さまざまの甲虫類が、鈍色《にびいろ》に、又紫色に光っており、出窓の水槽には、珍奇な魚類や、水棲昆虫の類が、夥しかった。

「一体どれ位の虫をお飼いなのですか」と、私が尋ねると、

「数百万匹でしょうね。ただし池のプランクトンや、この蚊や蚤を入れての勘定ですよ」

と、彼は笑った。これが世界一の甲虫類の蒐集家、ド・カスティユ氏である。彼は長身であるが、曲ったズボンでのしのしと歩き、額だけとさかのように毛髪が薄くなりかかっていて、私が、採集中の異様な彼の姿を見懸けた昭和十×年の頃は、彼をユダヤ人であるかと思った。

鼻は非常に痩せて尖り、欧米人の鼻の尖っているのは当然ながら、その鼻の先が段をなして、つやつやと桃色の刃物のように薄かった。そこに鉄とも銀とも見分け難い小さな眼鏡を懸けていた。半白の頤鬚《あごひげ》を生やした彼の風貌は、老学究とも違う、一種の貪婪《どんらん》さがあって、バルザックの人物という気迫ある感じであった。

氏は生粋のフランス人で、シャラント地方の名門の出といい、半生を外交官畑で過したということを、奇異の感を抱かずに納得することは出来ないであろう。

彼の顔が晴々と輝き、鼻の先が桃色になるのは、虫の自慢をする時だけで、平生はにこりとも笑うことはない。気難しいこの老人は、しかし、私に虫の話をする時はいつも上機嫌で、世界的と称せられる甲虫類の蒐集を見せて、非常に得意のさまであった。

当日も彼は、ボルドオの白を出して来て、年号を記したそのレッテルを叩きながら、「これならば、イケるでしょう」とグラスに注いでくれ、私を異邦の学生とはあつかわぬ、親しみ方であった。

私と、ド・カスティユ氏との親愛は、実は私がまだ高等学校の学生の時分からで、彼のコレクションを見においでとさそわれること数年を過ていたが、Y市山手町の彼の宅を、思いきって尋ねるつもりになったのは、その時が始めてであった。

戦争中は、「物として有らざるなし」だから遊びにおいでなさい、とよく言われた。上機嫌のカスティユ氏は時々途方もない俗語、漢語の類を口走るくせがあるので、我々の方が二の句がつげないことがある。「日本には貴君よりも長く居ます。明治四十年から」とあきれている私に言うのである。

本当に彼は若いころ、日本の領事館勤めをして、それから、方々の植民地をまわり、今又、晩年を日本でおくるつもりでここに棲んでいるのである。

Ⅱ 傘

私は大方御推察のように、昆虫が何より好きで、虫の細かい生活を眺めてさえいれば、食事も、あまり念頭にはなくなってしまう性《たち》の、当年二十五歳の一大学生なのである。思っても見られたい。アリグモという蜘蛛の一種は、形は蟻でいながら、脚は八本あり、ビロードの様な背中をよく見れば、紅玉を散らした腕時計のように、複眼が鏤《ちりば》められている。そのような秘密をそっとみていることは、何と楽しいことではあるまいか。

私は人一倍少年時代昆虫採集ということに熱中し、始は唯の蒐集癖に駆られて異亜種、珍種を求めて野山を駆けめぐっていたものだが、後には、何としても彼等の日常生活を丹念に見つめていなければ気がすまない様になり、現在も、虫の生態観察を仕事としている、動物学専攻とは名ばかりの一好事家になってしまった。私がこの奇怪な殺人事件に関りあって、私の生命迄もおびやかされる仕儀となったのは、私の生来のマニアの性癖と、私の虐殺した虫どもの亡霊の所為であろうが、それはともあれ、……

私がシャルル・ド・カスティユなる風変りな異邦人と見識ったのは、五月、早春の島々谷《しましまだに》で、私が高等学校に入った年であった。

私は、その頃既に、少年ながら昆虫の特別な研究者として、一部の人達には知られており、それが又、若い私の名誉心も駆りたてたので、既に大学の雑誌にも幾つかの報告を書いており、私の名を冠したバッタの類もあった。それは、そのような無益な部門を、今迄専門に取扱った学者がいなかったからにすぎないが、その年はたしか、高山蝶の生態を確かめ、あわよくば、今まで知られていない、それらの卵、幼虫の有様《ありよう》も明かにしてみたいと思い、上高地が夏山になるやや前、高山地帯の早春をねらって、島々谷へ出掛けたのであった。

島々谷南沢という、地図で見れば、島々から、上高地へ登るバス路の途中から、右へ折れ、梓川の支流にそって、徳本峠《とくごう》の雪へ上るその渓谷は、折から早春で、雪解水が冷たく、落葉松はさみどりに芽を吹き出した季節で、今時分、こんな渓に分け入る物好きは私以外にあるまいと思われた。

ところがその、南沢のひだまりで、傘をひろげ、木の枝をステッキで叩いては、傘の中に落ち込む甲虫類を拾っている先人がいて、彼もまた、採集網をかついだ私の姿に、ぎょっとしたらしい。残雪の上には、兎の糞や、羚羊《かもしか》の足跡ばかり残って、人間の足跡など見られぬ季節だから、思わぬ闖入者《ちんにゅうしゃ》に清興《せいきょう》を妨げられて、ぎょっと驚くのも無理はなかった。

雪崩や落石や、地すべりで、生命がけのこの季節に、こんな所へわけ入るのは、いずれ病膏肓《やまいこうこう》の昆虫マニア同志とみたものか、その異人は、じろりと私を見すえ、何か、こう、自然との交合の最中を見つけられでもしたように、例の刃物のような鼻を、染めると、気安く私にあいさつして、

「今日《コンニチ》は、貴方。何かエモノはありましたか」といって、

「これを御覧」と彼が得意に、殺虫管を示すのを覗くと、高山帯の珍虫の類が、主としてハネカクシやハナカミキリの類だが、既にいっぱいであった。

「木の根を分け、草の根を分け、この一匹をつかまえました」と、この季節だけ日本アルプスに現れる稀種のハナカミキリを一匹見せる。

「お国はどちらです」ときくと、

「フラアンシュ」と一息に答え、

「大変日本語がお上手ですね」と感心すると、例の、

「貴方より長く日本にいます。明治四十年から」と答えたものである。

彼の名を冠した日本の甲虫類は、昆虫図鑑で私も知っているので、私はカスティユ氏に敬意を表し、大正時代の婦人傘と覚しい、コーモリ傘のようにそりかえり、黄色く日やけした彼の採集道具に敬意を表し、私達は次第に十年の友達のように、高山帯の虫の話に移っていった。

「私は専門の学者でないので、学名のことはよく知らないのです」という年とった昆虫愛好者の言葉は、そのころ新種発見に気負い立っていた私を赤面せしめたが、西洋には、彼のように専門家以上の学殖ある素人がいて、メンデルにしてもそうだが、彼も亦高度のディレタントに属する人物であろう。

彼がマダガスカルの燈台守を志願して、燈台に集る鳥や虫を集めていた話は、彼の若い頃の冒険生活の一片である。老人は数奇な生涯の半生を時折話してくれた。例えば、その岬は、沿岸航路の汽船が、しばしば暗礁に乗上げる地帯で、土人達は難破船があるとお祭さわぎで掠奪に乗出す。燈台はだから彼等にとっては、折角の獲物をなくしてしまう敵である。土人達は燈台の灯を消そうとたくらみ、霧の深い夜はことに危険なのだというような話。アンダマンのある島では、未亡人は皆、頭を坊主にしてしまって、彼女等は全くの廃物としてしか認められないこと。私有財産といった観念も稀薄な、娘が一人産れれば椰子の木を十本植え、それで食うに困らぬといった島でも、宗教的な権威が、性交を規定していて、原始共産主義の自由恋愛などというユートピアは、むしろ滑稽なあやまりであるというような話、等々。彼とは唯、虫という一つのスコオプを通してのみ、私とつながっていたので虫以外の私生活や、彼の外交官としての業績は、私にとって風馬牛であったので、今さら何とも言い難いが、私の知る限りでは、彼は最も善良にして、尊敬すべき甲虫類蒐集家であって、そのシャルル・ド・カステイユ氏が、——全く熱心なカトリック教徒である彼が、ジイキル博士のように、二重の背徳を重ねていたとは、今もって私には信ずることが出来ないのである。

Ⅲ　甲　虫

その時以来、彼と私との交遊は、深くなって、老人と少年は、師弟とも言い難い、虫に関する手紙やノオトを見せ合うようになった。私がその採集旅行で記録した、クモマツマキチョウやタカネヒカゲの日本の高山帯での生態、又私が発見したカラスシジミの幼虫がアリと共生している生活等、カ氏が丹念に批評してくれたのを憶えている。

私が、すぐにも行けるY市の彼の宅をおとずれるのに気おくれしたのは、太平洋戦争中のことでもあり、チョコレエトでもバタでも物としてあらざるなしという彼の招待に、どうも物欲しげに思われるのが恥かしかったからでもあった。

教会に行く土曜、日曜の外は、何時でも在宅するという老人は、ずっと、山手町の邸にこもって、甲虫の死骸に囲まれているらしかった。

「これは、稀代の珍品ですよ。私がマダガスカルで採集しました」と彼は幾重もの標本箱を動かしながら、その日、太い指先でガラスをたたいてみせた。銀灰色と、桃色が斑点を連ねた新種のハナカミキリは宝石のように輝いている。彼の眼も亦、異常に興奮して、これをつかまえた時の記憶が蘇るらしく、「これは、世界に唯一匹しか、みつけられていないのです。恐らく、この一匹が、この種族の最後の一匹だったのかもしれません。雌が、どの虫かも、もはや知ることは出来ないでしょう」と語った。「私が燈台守をしていた頃、腐ったように紅い蘭の花を叩くと、このカミキリが落ちたのですよ。マダガスカルの蛾、あの有名な銀紙のような蛾は、朝になると、燈台のランプにたくさん、死んでいたものです。その隣のメキシコ・オパアルのように黄色い炎《フレイム》を見せるのは、ミンドロ島のカミキリです。琥珀の片よりもきれいでしょう。これは、ミズイロハナカミキリの変種ですが、エメラルドのように光っている。精巧な顔の彫刻は、ブローチにしたい位です。このエンジに黒の網目のと同じペルウの虫です。が、こいつ達は皆、世界に数匹しか見つけられていないのですよ。貴方は蝶がお好きでしたね。カミキリの方がずっと立体的でSobre《ソオブル》でしょう。そう。シブイ。渋いです。蝶なら、これは、どうですか」

別のガラス箱の中には、美事に保存されたフトオアゲハが雄大な尾を朱色に開いている。これは、Papilio maraho というのでアゲハの尾に二条の翅脈《しみゃく》が通っている種類で、採集家なら周知の、珍品中の珍品なのである。

カスティユ邸は、稀種、変種の世界的な昆虫館であるばかりでなく、ありふれた日本のハナカミキリでも、一種類が数十匹で一箱をなしており、発生の季節、地方による異亜種が、完璧に蒐集せられている。ぎっしりと箱いっぱいのカミキリを、「ジャムみたい」と彼は眺めて喜んでいるのであった。

「たとい、ダイヤモンドが、どんなに貴重だといって、その光る石はざらにあります。私の細君もダイヤモンド狂の一人ですが、私は石よりももっと高貴で、美しく、しかも世界に一つよりないものを、この箱の中に持っているということがお分りでしょう。私がみつけたカミキリは、ダイヤよりも不滅です。

このルリ色の唯一匹でも、十万ポンドで買おうと、ジョン・ラバック氏はいったのですが私は拒った。ダイヤモンドでも一流のが買える。十万ポンドですよ。しかしこの小さな甲虫は、世界に唯一匹しか見つけられていない。俗人にはしかし唯の虫けらでしょうけれども」

彼はそう言って、眼鏡を押し上げ、肩をそびやかしてみせた。私はもとより横好きの分野であるから、すこぶる彼の言うところに賛成で、「もしも、成頼君、仕事を探しているのなら、この虫達の整理と保存の仕事を、娘と手伝って下さらないか」といわれると、私は先刻の彫刻風の美人を憶い起し、心臓をはきだしたいまで、感激していたから、一も二もなく、以来、私はカ氏の助手になったのであった。

私の仕事というのは、やや根気を必要としたが、それは甲虫どもの脚や触角を整え、乾物標本を造ることと、時折、おびただしい数の標本箱の石炭酸を取替える事、それから、ラテン文にしたカ氏のイギリス王立学会への報告を、ポツリポツリ、タイプする事位、この後の方はもっぱら、アドリエンヌ嬢の仕事であったから、私は週三回彼の邸へ漫然と遊びに行っていたようなものであった。

Ⅳ　アドリエンヌ

アドリエンヌは、亜麻色の髪を殆どちぢらさずに、広い額にぴっちりなでつけ、黒い服がよく似合った。眼がひどく大きく、時折驚いた様に、上方をじっとみているくせがある。何が、この二十六歳の異人の娘の頭を去来しているのか、私には一寸理解出来ぬ。カ氏父娘は、何かこう、ただならぬ異常な遺伝因子でもあるのか、それとも永い植民地生活で、性格まで、風変りに風化したものか、とに角、この娘には動物園の鳥のように、生々したところが、欠けていた。

彼女の顔立は、玄関のアルテミス像のように整っていたが、彼女の中に生々と震える女を見出すことは、出来ないのである。

それは一種のもどかしさを私に与え、彼女がやはり円熟した女であると確認したいような、不安な興味を感じさせるのである。

この娘の気質は、時としてあらしのように、陽気で、おしゃべり好きになり、

「貴女はアルテミスに似ている」というと、

「貴方は外交官におなりなさい、お上手だから」といったりする。

「逢うたびにあなたはきれいになる。貴女は着物によって性格を変えるわけですね」と私がまじめに言うと、

「おやおや、この前の月の方がきれいだった筈よ。あの月はせいいっぱいお化粧してみせてあげたのに」というので、私は、赤面のあまり声も出ないのであった。

この様な風に、私はカスティユ家の人達と親しくなっていったのだが、アドリエンヌの、時として激動する感情のあらしも、私は次第に馴れて気にならなくなり、彼女が自負心を傷けられて非常にみにくい表情になる時も知ったし、最初の、妙な非人間調もうすれて来て、かえって、意外に家庭的な世間知らずの彼女の資質が理解されて来るに至った。

私が、採集中に虫にさされた所をかいていたりすると、彼女は知らぬまにメンソレを持って来て、物も言わず、私の腕をつかまえ、ゴシゴシその黄色い薬をすり込んで、彼女は汗をうかしている。言葉が不自由な故もあったが、好意はよくわかるので、娘は細心に少量ずつ指につけては、ゴシゴシやった。「僕がやる」といって、たくさん一度につけると、「それでは効かない」とむきになって怒った。

彼女は、話相手が欲しかったらしく、気がむくととめどもなく、父親シャルルのモノマニアが、俗物どもといって逢うのを嫌う同国人達をほとんど寄せつけないから寂しいといい、あなたは、負けずに虫が好きだから、俗物ではない光栄を得たのだろうと言った。

「でも私をほめたりすれば、貴方もやっぱり俗物ですよ」と、そう言いながら、彼女のとび色の眼は、私にやきつけられるように思え、私は、急激な彼女の情熱にややたじろぎながら、年上の女の気まぐれな気持を、胸苦しく、思いかえしたりして、私は虫よりも、彼女の側にいる時間を求めて、Y市に

通う身であった。私は彼女を好奇心に駆られてみつめているうち、次第に抜き難い感情にとらわれていたのである。彼女の汗ばんだ喉くびの下、カアディガンを丸くふくらました乳房に近づく時があるだろうか、と考えるだけで私は、息もつまる憶いであった。

アドリエンヌの話を、つぎ合わせてみると、彼女の母親は彼女をつれてカ氏と結婚したらしく、シャルルはだから、彼女の実の父親ではないのである。カスティユ氏は郷里の土地を売りつくして、みんな虫にしてしまったが、アドリエンヌの母親は、ロオム大公妃とかの血縁に当る、莫大な資産家の由。仏蘭西人の血には、意外に旧弊な気質があるらしいと驚いた位、彼女の自負は旧めかしかったが、「母は多分、今はカイロかリベラにいるでしょう。彼女は十年前に、腎臓摘出の手術を受けてから後、長くて十年しか余命がないと知ると急に性格が変って、無軌道をきわめた享楽生活にふけり出し、狂人のようになって、シャルルともそれで気が合わないのだ」といい、「私をここに置いてシャルルが離さないのは、恐らく、遺産を失いたくないからなのでしょう。母は遅かれ早かれ、寿命がつきる筈ゆえ、貴方がもし、私を手に入れることが出来れば、貴方は雀の卵位のダイヤモンドを、手に入れることになりましょう」とアドリエンヌは冷たく笑うのであった。

「ダイヤなどはいらぬし、十万ポンドの虫もいらぬ。私は、唯、貴女の眼を見ていたいばかりだ」と、私はいいたかったが、アドリエンヌがもし、無一文の頼り少い身であるなら、私もものをいう勇気も出たかもしれぬ。金というものは、冷酷無残なものと思い、私は、うなだれるより外なかったのである。

V　白い花

今、彼女は死んでいる。ド・カスティユ氏も、その以前に奇怪な死を遂げている今、私は人間がつかの間の生命の間、指先に捉えていたい美しい物質への、悪魔的な欲望、物慾のみにくさというよりもむしろ、人間のどうにもならぬ原罪の無残さに、戦慄せざるを得ない。

雀の卵大のダイヤモンドも、燦爛たるマダガスカルの甲虫も、今は失われてしまったけれども、私は一つの美しい記憶を、今も想起することが出来る。それは、私にとっては一場《いちじょう》のかぐわしい匂の記憶のようでもある。例の如く、カスティユ氏父娘と私は白い花が輪になって咲く頃の山へ、採集に出掛け、アドリエンヌは山道で、足にまめをこしらえ、眉をしかめて、歩けなくなってしまったことがある。プリプリ怒ってシャルルが先に行ってしまうと、私は彼女を背負って、山間の駅まで歩いた。初は棒のようになっていた彼女も、私の腕がぬける位、苦しくなったころは、とうとう私は彼女を柔かく負い、人心地もなく山道を歩いた。

そのアドリエンヌは、もはやいない。私はアドリエンヌを、今こそ愛していたということが出来る。たとい、彼女の私への興味が、きまぐれの情欲にすぎなかったにしても、私は、彼女の記憶を、自分の最も高い部分に凍りつけて置くことが出来る。私は日夜、奇怪な恐怖におそわれて、それは、深夜の消防自動車のうなりのように断続する音響で、私に被害を透視させるが、その透視される完全犯罪の系列、闇の間に浮んで、燃え上る三角定義の結合せのような幻覚、その恐怖の中にも、私が、失うことなく、所有している唯一の宝玉は、この、胸の底の一つのきもち、彼女に対する一つのきもちにすぎない。

この、連続して起った怖ろしい事件の序《ついで》に、このことを私はどうしても書いて置きたい。

人間はいかにあがこうと、所詮美しい物質を指先から離さぬわけにはゆかない。確実に所有しつづけることが出来るものがあるとすれば、それは自分の胸の底に昇華された一つの記憶だけではないか。

Ⅵ シャルル・ド・カスティユ殺害事件

その日、一九四×年六月十六日。私は相変らず週に三度、月、水、金の仕事のためにカスティユ邸についた。午前中、私は氏の命で大きなエルミヌ模様の婦人画像を坂の下の骨董屋迄、運搬させられ、「これが君の当分のサラリイはおろか、私の半年の生活費になる筈だ」とカ氏はいった。絵はシャプラン描くところのド・カスティユ夫人像である。

豪華な夜会服にダイヤを撒いた若い貴婦人は、そういえば一風、アドリエンヌの眼ざしで、驕慢に日本の扇を開いていた。

支那人街に面した、骨董屋は、西向きの黄色い陽を受けていて、仏像や古机は、何だかこの店へ来てから、罅《ひび》がふえたように思われる。ごたごたした古陶の間に、大きな荷物を持って入ると、日やけした四隣のカアテンからは、蠅が一せいに飛立って私の顔に衝突した。私は玄関のアルテミス像まで、何時のまにかこの店に置かれているのを知る。

「金は午後届けますよ、そんな大金は物騒だから店には置いてない。そう、虫の先生に言って下さいな」と頭のはげた下唇の厚い主人公は言った。

「あの先生は、今は貧乏しているが奥さんは大変な金持だっていうじゃありませんか。女房が死んだら金はかえすから、それまで売るなっていう話だ。無理な注文だね、私が眼をつけていたシャプランとアルテミスは美術館が倍にでも買おうっていう話ですぜ。是非売るように口説いて下さいよ」

そういう骨董屋が私にくれた名刺には大須賀兵助と刷ってあった。

その日の午後、例の三階の書斎をしめ切って、何か書き物をしているカスティユ氏を大須賀が尋ねて来て、三十分ばかりしきりに口論していて、骨董屋は、今まで度々金を融通して上げたんだから、今度こそは、売ってくれ、こっちも商売なんだから、……というようなことで、カ氏は、それは困る、元来が細君の家のもので、彼女が生きているうちは手ばなすわけにはいかないのだ。貸してくれというから貸してやったので、それでは約束が違う、アルテミスはすぐ返せと、どなっていた。兵助がぶつぶつ言いながら帰ると、氏は非常に機嫌悪く、居室の鍵を内側から掛け、窓の鎧戸も下して、とじこもってしまった。ひどく不機嫌な時の癖で、その日も余程の立腹と見え、アドリエンヌがお茶を持っていってもプッツリとも答えなかったという。父親が来ないと知ると、アドリエンヌは急に陽気に、娘らしく上気して、彼女の方から、私の掌を握り、そして私達は、そのまま数刻離れなかった。アドリエンヌの亜麻色の髪は、パンヤのような手ざわりだと思い、女の肌はあらせいとうの匂がした。

彼女の態度には、格別疑問は起らなかったが、怖ろしい事は、恐らくその頃、起ったのである。

翌朝私は、ただならぬ時刻に、アドリエンヌからの電話を受け、「シャルルが変だ。大へんなことが起ったらしい。すぐ来てくれ」と言われた。私がY市にかけつけた頃には、山手の警察が、既に微細に、現場を検証した後で、完全な密室内で、ド・カスティユ氏は死んでいたのである。遺書はなかった。

Ⅶ　密　室

現場は、次のようであった。ドアの外側には把手に、アドリエンヌの指紋がはっきり残っている。内側にはカスティユ氏と大須賀の指紋、エール鍵は内側から差込まれ、これにはカ氏の明瞭な指紋が検出せられている。内側から閉じられた二つの窓の鉄扉にも、やはりシャルル自身の指紋が残って、そしてこの自らとじこもった密室の、窓に面した、ひじ掛けにうつむいて老人は死んでいたのである。懐中には大須賀振出の、八十万円の小切手があった。

机の上に新しい白ブドオ酒の瓶があり、グラスがあり、グラスにはやはり氏の指紋があるのである。氏が飼育中の、オオミズアオという、大きな淡青色の蛾が、丁度机の上で羽化したらしく、一匹は蛹にとまって翅を震わしており、一匹は、ブドオ酒のコップに落ちて、死んでいた。

書棚の引出しが一つ抜かれて、その開かれた引出しに、氏常用の強精剤の切られたアンプルと注射器が投入れられて、それにも老人の指跡をみる事が出来る。

注射器と、切られたアンプルからはきわめて微量の青酸化合物が検出せられ、そして、殺虫用の青酸カリ瓶には、私の指紋が浮んだのである。ブドオ酒は、無害なものであることが、証明された。

カ氏の書斎は、完全な密室であって、上記の窓二つと、ドア一つ以外に出入口はない。窓の一つは玄関に、一つは中庭に面していたが、中庭の方は平生も、明けられることが殆どない。どちらの窓も、外側からは絶対に開けられぬ頑丈な防火の鉄扉があって、それは老人が標本の保存の為につけたものである。

ヵ氏の死体解剖の結果は、彼の静脈中に注入せられた、微量の青酸化合物による、心臓麻痺がその死因であると診断されていた。

Ⅷ　謀殺？

他殺の疑が濃厚であった。自殺とは、まず考えられるが、自殺の原因は殆どない。

他殺とすれば、巧妙を極めた手口でアンプルの内容が取替えられていたことが予想され、町医なら、心臓麻痺以上に、死因を究明することは出来まい。

直接心臓を侵す青酸は、数十秒――数分で被害者を即死せしめるであろう。

アンプル内の青酸ヵリ。8箇残った他のアンプルに異常は認められず、青酸が混入していたのは、他のアンプルと、外見は全く異ならぬ一管だけであった。

捜査線上に、先ず浮んだ三人の容疑者は、私と、アドリエンヌと、大須賀兵助の三人で、私が参考人として、てきびしい尋問を受けたのはいう迄もない。

青酸ヵリ瓶に残った私の指紋は、何より不利であって、又、アドリエンヌの証言で、明かとなった私の昆虫マニアは、邦価にして約数百万円の甲虫を、娘とともに手に入れようとの野心からのシャルル殺害であるかとの、疑を深くさせた。

アドリエンヌは又、かの注射薬の出所は知らぬが、それはシャルルが、故国から定期的に送らせて、常用し、注射になれた老人は、それを器用に自分で静脈注射する習慣があったことを語った。そして係官に恥じながら、自分は父親の事実上の妻であり、私とは、恋仲であることを告白したのである。

私は、甚だしく動揺せざるを得なかった。アドリエンヌと、父親シャルルとの関係を知ってみれば、眼前は暗黒になる気がした。

私は、採集の為に、時々青酸瓶をいじる事があったが、自分は注射の事も、アドリエンヌと父親との醜関係も気づかぬ程に迂闊であった。

グラスに落ちて死んでいたオオミズアオの羽の伸び具合と、羽化の時排泄したアルカリ分泌物の変質の度合は、……これは私が係の刑事に言ったのだが、事件のキメ手にはならなかった。

係の加仁刑事に、大須賀とカスティユ氏の口論のこと、青酸瓶の私の指紋を釈明した後で、私はこういったのである。

「オオミズアオの翅は羽化後四、五分位であの程度にのび、羽化後蛾は一時間以上たたなければ飛べませんから、その頃に落ち込めば蛾は死んでしまいます。しかも蛹の分泌物は、大分変質して赤い液の周囲が褐色になっています。あれは少くとも十六時間以上を経過していますね。後から羽化した方のは、まだ鮮紅色だったでしょう。実験してごらんになるといいのですが、羽化の分泌物は相当敏感にアルカリが変質しますよ。大須賀が帰って、カ氏が扉をしめたのが1時半頃です。蛾が発見されたのが朝6時で、十六時間前は前日の2時ですから蛹は少くともその頃に羽化し、そのすぐ後でブドオ酒に落込んだのです。飲もうとする酒に蛾が入りそうになれば、正気ならまずつまみ出しますから、その時カ氏が生きていて蛾を自分で入れたとは考えられないのです。だからカ氏は1時半から、2時すぎ頃までに、死んでいたのではないでしょうか。羽化して、翅を震わせている蛾が、落ちるとすれば何かの事件が予想されます」

「してみると、毒殺時間は2時頃という事になって、アドリエンヌがお茶を持っていったのはその後だということになるのかね」

「それ程はっきりは決定されませんけれども、とにかく、夕刻から、夜にかけて、死んだ蛾ではない様です」

「死体に強直が来ているから、それは、そうだろうが……してみれば君もアドリエンヌも、居合せた時間だ。大須賀は、博物館へ出掛けている頃だね」

加仁刑事は探るように私を見すえて、軽蔑したように笑いながら、

「生物学的捜査法か。それに密室殺人。大学生のトリックくさいじゃないか。大須賀にはそんな芸当はまず無理かな。青酸カリ注射自殺。これは安楽死の確実な方法だ。ところで君は自殺だと思うかね。カスティユ氏はブドオ酒を飲もうとした。青酸カリを入れて飲もうとしたが、思いなおして、静脈注射にしたとでもいうのかね」

「カ氏が大須賀を殺そうとしたのではないですか」

「成程、まあ、殺したいとは思ったかもしれんね。それで、毒ブドオ酒を飲ませてやれと考える。そしてその毒は、君が、カ氏殺害の目的で入れたものとして、しらずに大須賀にのませれば、カ氏は八十万の小切手を返さずに、シャプランもアルテミスも取返せるだろうがね。

ところで変物のシャルルは……だ。

この二重殺人を更に巧妙に行う為に、青酸カリ注射という術《て》を考えだす。美事な殺人法だ。ところがどうしたものか、彼に自責の念が起って、自分で自分の静脈に、そいつをさし込んでしまったというわけかい。彼は自分で自分の静脈を、針先で探ることが出来る。娘さんはそう言っている。老人の静脈は隆起しているから不可能ではないが、ま、事実とすればだね。

彼はおもむろに椅子にもどって、即死をとげた。

この事件を自殺とすれば、先ずそういう所だろうね、成瀬君」

加仁刑事は、にやりと笑って、疑わしそうに私を見た。

「さて、次にアドリエンヌ嬢の場合だ。彼女は父親との醜関係を、もとよりやりきれないものに思っている。二十六歳の若い女は、六十一歳の老人を嫌悪したろう。そこへ君が現れる。彼女の場合は単純だ。

彼女は老人の秘薬を知っている。しかも、このままで置けば、死期のせまっている母親の遺産は、父親に横領される疑が充分にある。シャルルは又、虫にしてしまうだろうし、若い女にとっては、甲虫よりも雀の卵のダイヤの方が魅力だろうからね。さて君にとっては、これらのすべてが、やがて、得られるわけだが。……いやはや、うらやましい次第だ。ド・カスティユ夫人は先日死んでいるのでね。領事館から、遺産相続の照会が来ている。

ところで、あの強欲な兵助君だが、シャプランと、大理石像を二百万円で博物館に持込んだよ。彼の死で、大もうけしたわけだ。アンプルは兵助が取替えたのかねえ」

当日、居合せて、おまけに、抱擁までしあっていた私とアドリエンヌが、謀殺の犯人ではないかとの疑はもっともで、私ですら、もし、他殺であるとすれば、アドリエンヌ以外に注射薬の内容を取替えうる人間は、まず考えられなかった。

アドリエンヌは重なる不幸に動顚して、……私は、あくまでも彼女を信じるが、ヒステリックに、注射薬についてはさわった事すらないと、泣きくずれているのであった。

「この事件の鍵は、一管の注射アンプルの出所にあるのだ。君の折角の生物学的死後時間決定も、残念ながら役に立たんよ。君の恋人に、心当りはないのかね。薬はフランスの製薬会社のもので、日本ではまず手に入らぬものだ。葡萄糖とホルモン剤、それにアルカロイドを入れた強精剤なのだ。何とか彼女に注射薬の入手経路を憶い出させてくれたまえ。でないと、一番疑が濃いのは、君の恋人という事になりかねない」

アドリエンヌは、その老人の常用薬は、時折故国から送られて来るもので、製薬会社の日付けから考えても、彼女の知らぬ間に来た最も新しい荷物の一つ、少くとも今年の一月以降にフランスから送られたものだろうといっていた。

IX　注射アンプル

カ氏の書斎の、大捜査は既に行われ、書棚の郵便物の一切が、丹念に日付順に整理されていった。そして、一九四×年三月、リベラ発送の郵便物表書が発見され、発送人はパリの薬店になっていたが、宛名の筆跡は、アドリエンヌの証言や、故人の手紙との比較によって、ド・カスティユ夫人のものであることが確認せられたのである。

領事館を経由しての薬店への問合せは、当郵便物は、カ氏の注文で日本へ定期的に発送する筈のものであったところ、二月カ氏夫人の使が見え、リベラ滞在中の夫人から、他の当用品とともに、日本へ送られた筈である由、そしてその際、使が持参した、夫人自筆の依頼状が同封されてあった。注射薬の送主が故夫人であった事実が判明してみると、事件は全く新しい輪廓を描き出し始めた。

X　死人殺人事件

ド・カスティユ夫人は日本時間にすると、同年六月十四日夜、カイロ市立病院で死んでいた。カ氏の死は、十六日午後であって、この犯罪は、死人によって計画的に行われたのではあるまいか。明敏なる加仁刑事の推定したカ氏密室殺人は、次のように明瞭であった。

すなわち、自分の死期を知っていたカ氏夫人は、異国の主人と心中を計画したものの如くである。

夫人は、非常に嫉妬深い、また享楽生活で、狂人のように疲れたヒステリイ性の女性である。彼女は自分の主人と、自分の連れ子である娘との情交を感づいている。

夫人狂乱の原因は、一つにはそのコンプレックスもあったに相違ない。

夫人はしかも、先夫の巨万の財物を有している。十年の乱費も、遺産目録によれば、雀の卵ほどのダイヤを手放すに至っていない。

夫人にしてみれば、自分の死後、自分の遺産によって、亭主と自分の娘が、相交歓して幸福であることは、嫉妬に耐えない処であろう。彼女は、――シャルルをなお愛していた？　彼女は先夫存命中から、若い外交官のシャルルと恋仲であったというではないか。

これ程の恥辱を受けてもなお彼女はシャルルと離婚していない。それは、世間体もあろうけれども、女の愛情が狂おしい程の憎悪に変質して、持続している証拠であろう。

彼女は自分の死期を知って、最も巧妙な、復讐、無理心中を思いついた。定期的にパリの薬店からシャルルに送られる注射薬を彼女は手に入れた。――これは細君なのだから、容易な筈である。そしてこのアンプルの一管、確実に数週間後、シャルルに注射される筈の一管に細工をほどこし、ガラス・アンプルの頂点を截って、微量の青酸カリを入れる。再び溶融された截口は、何の痕跡も残さない。

無色透明の青酸溶液は、淡黄色の薬液にまじって、外見はいささかも変らない。――何と、恐ろしい注射液が、彼女によって、カ氏に送られたのである。

十六日、カ氏は未だに妻の死を知らぬ。彼は自ら密室にとじこもり恐らくは、大須賀との口論の疲労回復の目的で、妻からの贈物を自ら静脈中に注入してしまう。彼は、密室中で、死人による殺人により、即死したものであろうと推定せられた。

この加仁刑事の想定には、反対する他の刑事達も多く、就中、注射の習慣を知っているアドリエンヌと、青酸瓶の私の指紋、私が死の時刻に居合せたことを根拠に、彼等はあくまでも私とアドリエンヌによる謀殺を主張していたので、私共の周囲には相変らず底意地悪い警戒の目がはられ、表面、私共に同情的な加仁刑事といえども、気を許せたものではなかった。

死人は犯罪を構成しない。という立前で、私もアドリエンヌも証拠不充分のかどで、逮捕には至らないですんだが、……死人の犯行。何とも奇怪な事件であった。

XI　影

死人殺人事件。それは奇怪にも現実に、私の眼前に行われていた。しかし、このようなことが事実、あり得るであろうか。私とアドリエンヌがその後、異様な不安に戦《おのの》いて、互に顔を見合せ、或る恐ろしい疑惑の影が我等の抱擁につきまとったことを、何と説明すべきであろうか。死人が犯罪を構成しないとすれば、或はこれは死人殺人を仮装する、精緻を極めた謀殺ではないのか。

黒い影は、アメーバの変態のようにひろがって、私達をも包んでしまうのかもしれぬ。

私にとっては、敬愛する老カスティユ氏の愛嬢が、実は父親の肉欲の対象であったと知っただけでも、彼女に一種の陰惨な影を感ぜずにはおられない。私達を黒ときめてかかった無情な警察の誘導訊問でその事を彼女が告白してしまうと、係官はえたりと、したり顔で、私にその醜事実をみせつけたではないか、彼女が身をよじり、鬢《びん》の毛をかきむしりながら、私に、その後でとぎれとぎれに、神を呼びながら許しを求めた夜を、私は、忘れることが出来ない。

私の彼女に対する愛情は、この頃から淫蕩の酵母を撒かれたものか次第に呪わしい情欲に駆られて、私達は、いつか、血なまぐさい、肉体の絆で結びつけられ、毒食わば皿迄といった、堕落の快感があって女の体細胞の一つ一つまでも我がものにしたいと、あせったのであった。

女の腕の中で、私に錯綜するイメージは、この女が何くわぬ顔で私に対していた頃の父親との情交の場面で、その呪わしい場面が二重うつしされると、私は今現に血なまぐさい犯罪を犯している気がした。もしもその時も猶シャルルが生きていたならば、もっと殺ろしい殺人を私は、実行しかねないと身ぶるいが出るのである。

あれは私がやったのではないのか。或は彼女がやったのではないか。母親が事実無害な注射液を送ったとしても、その後に彼女は、その内容を取替えることが出来る時日があった。父親を殺す迄に彼女は自分を欲していたのであろうか。同じような意識の周縁の想念は、彼女にもあって、疑惑の影に戦きながら私達はいよいよ狂おしくなっていった。

白い花の道を、彼女を背負って歩いた頃の、あの頃の透明な感動はもはや私のものではなかった。彼女は恐らく、一夜にして巨万の富豪となっていたし、その経路を疑い出せば、私達はお互に疑い合わねばならない。

二人だけの抱擁にも、不安な第三者の影が幽霊のようにつきまとうのである。

狐りでは居たたまれないと彼女が乞うので、私は山手町の彼女の部屋にいて、不安をまぎらす為、コルヒチンをつかう細胞の倍数体をつくる実験を行っていた。

科学の明晰は、小さな顕微鏡の窓ではあるが疑い得ない真理を微光させてくれる。私は死刑囚が草履を編む気持で、染色体を覗いて暮したのである。植物をコルヒチンで処理すると、その染色体は2倍乃至4倍体に変化する。例えばコスモスの芽生えの頭に0・2%のコルヒチン液をたらして、その種子を再びまくと、4倍体が出来上る。表皮の細胞は18×30μ《ミュウ》→30×62μと拡大し、染色体は

$2n=24$が$2n=48$となるので、花も大きくなり、これは、コケの胞子で試みても2倍或は4倍の染色体が出来上るのであった。

XII　ダイヤモンド護送人

その頃カイロから届いたアドリエンヌの母親の遺品は、人像に彩色したミイラの木棺に入れてあった。近親者以外の何人といえども、その遺品を開くことを、遺書が禁じていた。

巨万の富を有していた筈の彼女も遺産を整理して、諸方の負債を返却した後、遺品といって、この一つの箱を残したのみである。

加仁刑事立会の上で、その棺の蓋が開かれ、恐ろしい死者の執念が明かにされたのである。棺は、地下の穴蔵に置かれていたが刑事が私共を制して用心深く鍵をこじあけると、木棺の蓋は、発条仕掛でぎいとはね上り、蓋について、死化粧した女のミイラが、すっくと立上ったではないか。

ミイラの布を巻いた奇怪な胸部には、燦爛と、雀の卵大のダイヤの頸かざりが、照し出されたのである。

思わず近寄ろうとしたアドリエンヌの腕を、「あっ」と叫んで私は握りしめていた。頭の三角に扁平な小蛇が数匹、棺の縁に、這い上ろうと身をくねらせていた。一匹はダイヤにからんで、飢え渇いた鎌首を立て、不意の衝撃に怒ったナイルの毒蛇達は、振りはらう刑事の腕にもいつの間にか、落ちて、小指に牙を立てたらしい。指を抑えながら豪気な加仁刑事はピストルを抜いて、蛇の頭を靴で踏みしだいていた。

ミイラは蒼鉛を塗った唇で、あざ笑うと見えた。身の気もよだつ一瞬、乱射されたピストルの弾丸は、蛇を摧《くだ》き、ダイヤを摧き、ミイラの胸を摧き、あの恐ろしい瞬間を忘れることは出来ない。棺から這い出て来る蛇を無我夢中で、踏みにじって歩いた私は、よくもあやまって蛇の尾を踏まなかったものである。百歩蛇やコブラが十四以上もカイロから遺産のダイヤを護送して来たのである。

刑事は、最后に、自分の左の小指をピストルで撃ち落し、血まみれになって、油汗をぬぐいながら、「まるで猛獣狩だ。あやうく、ダイヤモンド護送人にやられる所だったな。実に至れりつくせりに、死人は報復を考えているぞ」

と言った。

「棺の蓋から落ちて来た蛇を振りはらう拍子に、蛇の牙が小指をかすったらしい。猛毒というが、案外大したことはない様だ。頭が少しズキズキするが、小指位でたすかったよ。首すじだったら、助かるまい……しかしカステイユ氏の下手人はこれで明瞭になったな。君達の嫌疑はどうやら晴れて、まあ何よりだ」と、彼はアドリエンヌに繃帯を巻かれながら、それでも自分の死人殺人の推理を実証して、満足そうに引返していった。

死人の執念が死後もつきまとうのか、アドリエンヌは、恐怖に歯を鳴らしながら、黒ずんだまぶたで、その後も、不安にわななき続けていた。「私は殺される。殺される」と大きく眼を見開きながら、空中をみつめて、うわ言をいい続けた。眼球が突出して、鼻の片側からも向う側の白眼がむき出しに見える程に、凄惨なおとろえ様であった。彼女ばかりではない、私の顔も亦、極度の神経衰弱の相はおおい難い。

「君達は、まだ恐ろしいお客さんに見舞われるかもしれない。死体は何を考えているかわからないからね」

と刑事は、用心の必要を警告していった。召使も逃亡した。カスティユ邸で、私達は日夜絶えまない不安に戦いていたのである。破片を拾えば、数百万の価値の物質であったが、私達はダイヤの屑に手をふれる事さえ気味悪かった。しなびた、乾物でいながら、妙に生々しい死化粧を残したミイラはどんな危険を猶も蔵しているのか計り難い。

骨を見せた歯ぐきからは、毒気が吹上るのではないかと思われ、私達は、地下室への通路を密封しても、猶、安心がならなかったのである。

XIII　赤い死

私達は今や、大富豪といってよかった。密封した地下室には、数百万のダイヤがあったし、ほとんど評価し難いカスティユ氏のコレクションも手をつけずに、書斎に封ぜられていて、美術品を売却した金もあるのだけれども、私達は、この世で、最も呪われた人間達と言うべきであったろう。

私達は一切の財物を残して邸を逃出すことも出来ず、さりとて、外界と孤絶する夜は、ただ広い邸内に、ミイラと同じ家にとじ込められた恐怖で、最も居たたまれない夜である。

私共は、蒼ざめた顔をつき合せして、次第にヒステリックな狂人達のように、おろおろし、意味もない口論や、刃物のような皮肉で、お互を傷つけ合っていた。それは、『赤い死』の、あの館にとじ込められたような、逃げ場のない地獄絵であった。赤い死をさける為に、とじこもった邸の、その中に、実は赤い死が現れるのではないかと、思わざるを得なかった。

「死人が、自分で棺へ入ったり、毒蛇を入れたりする事が出来るわけがない。みんなあんたがやったんだ。人殺し」

と、神経をひどく傷めて、寝たきりのアドリエンヌは寝床で髪をむしりながら叫ぶのである。

「青酸カリ、瓶にはあんたの指紋、あんたが、アンプルの口を截って毒を入れたんだわね。そうに違いない。ダイヤはあたしのものよ。一片だっておまえにやらない。見ているがいい、あたしは殺される。あたしは孤りきりだ。ああ足が動かない。あたしを殺す気なんだね。おまえにだまされた」

そして、女はおろおろ涙を流すのである。

彼女の強情は、転地をすすめれば、ダイヤを奪われはしないかと、おびえるのだし、又薬物を極度に恐れて、医者の処方も、注射ときくと、眉をひきつって、跳び上る風で、私は坂の下のレストランで食事をとりに、時々外出したが、彼女は私の買って帰ったキャベツも、夜ひそかに、ブラシで洗ってから、恐る怖る食うという警戒の仕様で、すでに立上る気力もないくせに、時々、「人殺し」と助けをよんだり、そうかと思うと身をふるわせて、許しを求め、「成瀬、行ってはいけない」とかきくどいたりするのである。私は、その様な彼女の世話をしに戻るのが、実に足重かった。

その七月十四日も、私達は前夜から烈しく口争いをして、「私はもう帰らぬ。領事館の人に世話をたのんで、私はとにかく、もうこんないやな所へ帰らぬ。財宝など人間の幸福に、一体何の価値があるのか」と怒って再び帰らぬつもりで、カスティユ邸を出た。しばらく、一人にして置く方が、彼女の神経を静める役に立とうかと、それは口実で実は、私自身がもう不安にやりきれなかったのである。そうは言ってもさすがに心配で、食品屋に彼女の食事をとどけさせ、後の相談に加仁刑事の助力もたのみ、領事館にも世話をたのんで置いて、帰京したが、私は久しぶりに、何もない、自分の下宿で、手足をのばして寝てしまったのである。

腹立ちまぎれとはいえ、又如何に怖ろしいカスティユ邸であるとはいえ、足腰立たぬ女一人を残して、どうして私がそのような無謀なことをしたか、今もって慙愧に耐えないが、恐らくアドリエンヌは、夜になれば電話で和解を申し込み、早く帰れというであろうと、それを心待ちしていたのである。ところが、私は、下宿に横になるやいなや連日の不眠と疲労が一気に出て、綿のように寝入ってしまった。その夜はさもなくば、私も、生きてはおれなかったかもしれない怖ろしい夜なのであった。

翌朝になってもアドリエンヌは何とも言って来ない。不安は次第につのって来て、アドリエンヌに、こちらから電話をかけたが、ベルはしきりに鳴って邸内に反響するが、誰も取次には出て来ない。加仁刑事を呼び出すと、「彼女が家にいないわけはない。昨日午後尋ねたら、彼女は部屋で元気に食事をしていたよ。館員が夕刻尋ねたそうだが、もう寝た後だったという話だ。そんなに心配なら、僕も行ってみるが、もういい加減に仲なおりをしたらどうだね」という。私が仕度を始めて三十分もたたぬうちに、刑事からの電話は、「アドリエンヌが見えない。今、彼女の部屋にいるが、こりゃ又、死霊のたたりかもしれない。元気が出てどこかへ出掛けたのかもしれぬのだが、とにかく、すぐ来てくれ」と、彼に似ない上ずった声であった。

私の予感は、適中していた。アドリエンヌは、再び紅葉したあのカスティユ邸の中庭に水銀のように光る池へ、投身していたのである。

XIV 遺　書

ミイラの閉じ込めてある地下室への鉄扉は一寸程あいており、ダイヤは一片も失われてはなかったが、其処に彼女のスリッパが一つ、やや後の階段に一つ落ちていて、死体の怨霊が、再び深夜の一人の女をおびやかし、とり殺したとしか思われぬ。

現場は、加仁刑事が最初にふみ込んだので、完全に保存されていたが、彼女の部屋から、玄関に通ずる階段にも、彼女のガウンの帯が走りながら落ちた具合にころがっていた。

彼女の遺書が、日記帳をひき割いて彼女の自筆で記してあった。

七月十四日。地下室で幽霊の足音がする。もはや生きている恐怖に耐えられない。神に背いても私は死の安息にのがれたい。あれは何の音だろう。成瀬、貴方を疑ってすまない。私の病気を許してくれ。神といえどもこのあわれな女を見棄てた。私は貴方の側でなければ生きていることが出来ない。孤りでいれば私は、死んでしまう。帰って来てくれ、怖ろしい。……

怖ろしい……で遺書は途切れていた。私は身ぶるいした。

女はどうして、庭まで、這い出たものか、池の石橋の下で、投身自殺を遂げていたのである。

彼女が、電話もかけずに、恐ろしさに耐えかねて死ぬ筈がない、と猶も、神経的な不安を禁じ得ない私の為に、一応、自殺他殺を証拠立てる為の、彼女の死体解剖が行われ、その現場に希望する私を立合わしてくれたのは、加仁刑事の好意であった。


素裸にされて、蠟の色のアドリエンヌは、白いエナメル塗の手術台の平板に、横たわっていた。他殺を疑うべき、何等の外傷も、彼女の憔悴した、けれど完全に発育した姿態には見出されぬ。そこだけ、痩せ残ったように、骨の浮いた胸に、豊かな乳房が置かれて、金色の微毛の巻いたその乳首を、幾夜私は、狂おしく愛撫したことであったろう。私は眼をおおって、死んで、猶美しい私の恋人の胸に、メスがたてられるのを見た。

皮下脂肪の下に現れてまっ先に私の眼を射たのは、思いもかけぬ、鮮かな黄色の黄体であったが、胃が、鉗子の先に、取出されると、次に、美事な乳房の下の肋骨が切り取られ、両肺が截り開かれていった。アルテミスの姿態は、今は一片の肉塊である。子宮と、腹の内容が取去られると、陰部には、ぽかりと空洞があいた。

「色は匂えど、だね。成瀬君、もう充分だろう。自殺は確定した」

と加仁刑事は私をうながす。胃と肺胞から、おびただしい池水と、プランクトン、藻の類が検出されたのである。

死体を水中に投入したのであるなら被害者の胃や、特に肺胞からは、水やプランクトンを発見することは出来ない。池のその地点は比較的浅く、彼女には充分背のとどく深さであるから、万が一、橋上からつき落されたと仮定しても、水中で猶生きていた彼女が自殺の意志をもたないなら、這い上ることもできる。しかも、彼女は身に何の傷害も受けていないのだ。

法医学の鑑定は、溺死——自殺を確定させる。怒張している心嚢は彼女が恐怖に駆られて、水辺にさまよい出た推定と一致する。

彼女の遺書である日記の文句は、動かぬ自殺の証拠になり得る、と加仁刑事は説明した。

その夜、孤りでとじこもったアドリエンヌは、平素の神経衰弱もあり、地下のミイラの恐怖に耐えなくなり、遺書を書き、恐らく自身で地下をたしかめようとし、恐怖に半狂乱となった彼女は、スリッパも飛ばし、ガウンの帯もしどけなく、玄関へ歩き出て、池へ投身した。

と至極明快に、刑事は納得させてくれた。

それでも猶、自殺を疑う私の恐怖は、警察医によって、一笑に付せられてしまうのである。

「いや君、それは疑心暗鬼というものだよ。証拠はこれだけそろっているのだ。君こそ大分神経をやられているらしいが、人さわがせに自殺なんぞしないでくれ」

そういわれてみても、私には、アドリエンヌが、私に電話もよこさずに、一人で死ぬとは、どうしても信じられなかった。自殺する位ならいっしょに、と思ったであろう。それは、私のうぬぼれにすぎないのだろうか。

「それは君、君が本当に東京に行っちまおうとは、思わなかっただろうよ。彼女は僕に逢った時も、君が戻ったのかと思って狂喜した位だ」

「アドリエンヌは、足腰も立たぬ位弱っていた筈なのに、どうして池まで歩けたのだろう」といぶかると、

「それは、女のよくやる甘ったれだね。孤りになれば実は何でも出来るんだよ。僕の前では、至極元気よく、食事をしておったものね。それに恐怖に駆られた半狂人は、意外な体力を示すものだ。彼女は事実恐いものみたさに自分で地下室まで出かけ、自分で、階段を玄関まで走り降りている」

と、てんから、私の不安に取合わぬ。私は、一夜で、一切を失った失意に耐え難く、彼女の肺から出たあおみどろと、プランクトンの一片を、記念にもらって、すごすご帰ったのである。せめてもの遺品のつもりであった。

XV　プレパラアト

山手町のカステイユ邸は、遺産管理人であり、相続人であるマルセル某の到着まで、厳重に鍵が下され、完全な廃屋と化していた。

もろもろの謎を秘めて、邸はもはや、私の立入も許されぬ。

私は、今や、所持しているものといって、一片のあおみどろのプレパラアトだけである。何の変哲もない、普通の池にある種類で、私が標本にしたのも、唯、溺死したアドリエンヌの肺から出たという記念の意味でしかなかった。

私は魂を喪失したように、大学研究室へもろくろく顔を出さず、研究室でも、何のテーマがあるわ

けでもなく、所在なく恋人の遺品を、顕微鏡で覗いてみて、彼女とのかすかな霊の交流を感じながら、教授の眼を逃れていた。

反射鏡に先生の実験着がうつると、「このごろ、元気がないが、不幸でもあったのかね」と、いつにない主任教授の優しい声で、私が思わず立上ると、「何をやってる?」と私の顕微鏡を覗き込んだ先生は、

「ほう、コルヒチンだね、コルヒチンをあおみどろで実験したのは君が始めてだ。成程これでみると、浮游生物もコルヒチンの作用を受けるとみえる」

私は愕然として飛上った。

「コルヒチンですって、本当ですか?」

「何だい、気がつかなかったのか、美事な4倍体と、2倍体が出来上っている。まん中を御覧、細胞分裂中ともみえるが、あの二つ、大きなのが、ダルマのように、続いているのは2倍体だ。左上の、ぼんやり大きく、塊っているのにピントを合わせてみたまえ。巨大な細胞の染色体は、普通の4倍数えられる筈だ」

私は、大変な事を思い出した。私は中途で放り出してしまったが、変化の早い、水中の微細な植物の、倍数体をつくって、発生の実験をやろうと思って、玄関の前の水甕に池の水を入れコルヒチン2・3瓦《グラム》たらして置いた筈である。

倍の染色体をもった、あおみどろなど、絶対他にあるわけがないから、倍数体に変化したあおみどろが、アドリエンヌの肺胞にあったとすれば、……アドリエンヌは、コルヒチンを入れた水甕の水で溺死したことになる。これは一体どういう事なのか、……溺死体が池まで歩いていったとすれば幽霊

のしわざか。……彼女は、自殺したのではない。何者かが、溺死体を、池に投入したのである。……

仮装溺死? あの水槽はどうなったろう。あれがあやしい。私は、恋人を殺害した幽霊にいどみかかり、今こそ復讐の覚悟をきめ、プレパラアトをポケットに入れて、Y市の加仁刑事に逢いにいった。

XVI 水甕

アドリエンヌの溺死は他殺である。動かぬ証拠はこれだ。と私は、プレパラアトの倍数体を刑事に見せた。鑑識課に保存されていた彼女の肺から出たあおみどろも、より美事な、倍数体を示していた。常々、私の生物学を軽蔑していた加仁刑事も、これには色を変え、早速、カ邸が開かれ、コルヒチン実験中の玄関前の水甕を探すと、水に浮いたあおみどろは同一の倍数体を示し、さらに水甕の底には、彼女のヘアピンと亜麻色の髪の毛が一条、発見せられたではないか。あまりにも完全に、自殺と推定されたために、現場の検証はおるすになっていたのだ。

アドリエンヌは、玄関まで走りでて、水甕に頭を突込んで溺死した……ところで、玄関から、中庭の池までの、五十米の距離をどう解決したらよいのか。

「地下のミイラが動きだして、彼女を殺したとでも言いたい君の顔付だな」加仁刑事は眉をひそめて、先日ミイラ事件で短くなった小指の先を動かしながら、「これは容易ならぬ事件になったぞ。仮装溺死の解決は無念乍ら、一週間後れた」

「犯人の失策は、甕のあおみどろを、普通の池のと同じだと、考えただけなのだ。足跡も指紋も、彼は残していない」

「アドリエンヌの遺書は、あれは書きかけの日記じゃないですか。日記を破って遺書にみせてあるのです」

と、私は幽霊の手口の周到さに怖気《おぞけ》をふるい、カ氏の死因にもむらむら疑が湧いてきた私は、何としてもこの謎の人物をつかまえ、恋人の復讐を遂げてやろうと、誓ったのである。

「カスティユ氏密室殺人も同一の幽霊のしわざではないでしょうか。例えば加仁さんは死人殺人と断定なさったけれど、犯罪を構成しない死人を犯人にして、巧妙を極めた謀殺だって出来るかもしれない。素人の考えと笑ってはいけませんよ。私もアドリエンヌも実はあの事件に巻き込まれて、ひどい嫌疑を受けたものですから、なんとか濡衣を晴らそうと、いろいろ可能なケースを考えてみたのですが……」

私達は、領事館に向って、気象台のある丘を上りながら、私は刑事の断定を弁駁しにかかった。夏の港は青く、空を照り返していて、岸壁に繋留された船のマストはいくつも重なり粗朶《そだ》のように見晴せた。

その間に旗やケーブルやあるいは荷物のクレーンが動いているのである。

刑事はじっとうつむいて影をみつめながら、「無念ながら証拠はないのだ。国境をへだてた犯罪は、殆ど、解決はむずかしい。領事館を介して、いろいろ調査の手はつくしたが……第一にカイロ病院の返事があいまいを極めている。夫人の死因は、腎臓。平素から奇行が多く、遺言が、死体をミイラにして、日本へ送れというのだったことは事実で、火葬しないカトリック教徒にはそんな例も稀ではないそうだが、そんなわけで夫人の遺骸は遺言通り手配されて、送られて来たのだ。ところが何者が棺に毒蛇を入れたかということになると、もはや病院の知ったことではないので、これは、マルセル某という夫人の弟にでも聞きだしてみる外はない。ところでマルセルは、先日も領事館で明かになったが、この事件にはアリバイがあるのだ。それにカステイユ邸の鍵は厳重にとざされていた。彼は、あそこに見える、白いフランス船、マルセエユ号で、七月十六日、到着したわけで、それはアドリエンヌの死の翌々日なのだ。目下、第一ホテルに止宿中だが……」

「どんな男なのですか。マルセルは」

「うむ。先日も任意出頭の形で、参考人として逢ったのだが、病弱のインテリで顔付は中じゃくれに細い顎がとび出し、青い眼の、白眼が黄色味を帯びて、まず色男のタイプだね。高等師範の哲学科を三番で出たそうだが、ラテン区の社交界ではなかなか評判の人物で、独身のマルセルは三十三歳。年の隔れた姉カステイユ夫人とは仲が悪く、殆ど義絶の状態だったというよ。領事館員に、若い頃の彼を知っている男がいて、パリの映画女優と恋愛してだいぶ巻上げられたと、うわさの主で、今度の思わぬ事件では、姉の先夫の遺産、カステイユ家の遺産も手に入り、うまくやった男だと館員はうらやましがっていたよ」

「今度の事件で、もうけたのは、まずマルセルですね。それに棺に毒蛇を入れることは彼なら可能でしょう」

「しかしだね。証拠は何もない」

「アドリエンヌを謀殺しうる人物は、しかし、意外に少いのですよ。カステイユ家の事情に明るい人物として、1私、2加仁刑事、3大須賀骨董屋、4領事館員数名、5出入りの商人、6逃亡した下女一人。それにマルセルを加えても、十人とはいないでしょう。それを全部洗ってみて、殆どが白なら、残りがあやしい……という事になりませんか。たとえば十人の中九人が白なら、残りの一人は、たとい＋《プラス》の証拠がなくても黒としてはいけないのですか」

「君の実験の様に、はっきり計算出来ることならね。人間社会の問題は、しかく簡単にいかないいんだよ。＋《プラス》の証拠のない犯人を、検挙するということはまず不可能な事なのだ。犯罪の科学的捜査などといっているが、証拠といったところで、実際は実験室のように確実に、犯罪を実証することは出来ないから、通例は傍証におびえた犯人が犯罪を自供してしまう結果になる。確証などというものは、そうざらに転がっているわけではないんだから、一寸頭のいい犯人なら、完全犯罪は無限に可能になってくる。何とも恐ろしい事だが、この場合にもキメ手がないのだ」

刑事と話しながら、坂を下りると、いつか私達は大須賀の店先に来ていた。相変らず、きたない店に、ごたごたと器物が並び、シャプランと大理石像は、まだ店に置いてあった。

「まだ博物館に持込まないのかい」と私が尋ねると、

「へへ、実は別口のお客さんがみつかりましてね」と厚い下唇を前歯で押出してみせた。

「そっちからも、金は取ったんだろう」と刑事がいうと、

「博物館からは内金を取っちまったし……実は弱ってね。宝の山に入りながら、ですよ。一寸お上りなさい。ま、ようがしょ。博物館の方へは何ね、別口のマチスか何か向けてやれと、今交渉中ですがね。大体文部省なんてとこは、渋くて渋くて、なっちゃいませんや。このペンテリコンの大理石はグレコ・ロマン時代の本物ですぜ。ベルリンのフォン・カウフマン・コレクションやアテネの国立博物館級の逸品を、たった百二十万とはしみったれた。……買値を言っちゃいけませんよ。メトロポリタンへ持込めば、まずその三倍にはふむさ。さすがは仏蘭西人だけあって眼が高い。通りがかりの見知らぬ男だが、『二百万というと六千ドルにはなりませんね。よし買った』と来た。一つだけですぜ。

ついでにシャプランも合わせて一万ドル。三百六十万円です。どうも文部省の敗けだね」

「一体誰だ、買手は」

「第一ホテルにとまっている旅行者ですよ。マルセル・ド何とかいう。ボルドオの地主さんですよ。シャトオ・ディフから上った、モンテクリスト伯みたいな青白い顔で、チョビ鬚は剃り立て、眼球《めだま》は何だか黄色くて、ありゃ変り者だね。七月の始、十三日だったか通りがかりにシャプランをみて、眼の色を変えて入ってきた。いい鴨とみたから、何条のがすべき」

「マルセルが現れた日は、本当に十三日かね」

「ええ、思い出した。その日はだまって帰って、丁度次に来た日ですよ。十六日、そら、アドリエンヌさんが自殺した、あの日の午后、4時頃でしたかね。又来て内金を二百万円置いてゆきましたよ」

「それからどっちへ行った？」

「さてね、坂を上っていったと思うが、とにかく、シャプランの出所をきいて、アドリエンヌさんのことなど大分くわしく話してやりましたよ。何しろ変な事件だったからねえ。どんな服装……といって、ま、普通の、めだたぬグレイの、洋服でしたね、ネクタイは地味なようで、何となく色っぽい、茶のこまかいチェックだったかな。一寸芸人風な、いやな所もありましたぜ」

　私達は思わぬ聞込みに、胸を浪立たせた。

XVII　鍵

「十六日、4時といえば、加仁さんがアドリエンヌを見舞っている頃でしょう。これはおかしいな。

鍵は貴方に僕があずけたのだから、貴方は帰りがけに又鍵を下ろして、それを領事館員に渡し、館員が夕刻尋ねた時には、やはり鍵は下りていたのでしょう」

「そうだ、いくらノックしてもしんとしているので、もう彼女は寝たものと思い、夜の訪問も気がさして、館員二人は引返したのだ」

「してみると、カスティユ邸の鍵は、貴方のいらっしした時以外は、厳重に閉じていたわけになりますね」

「うむ、マルセルが、アドリエンヌを尋ねたとすれば、鍵を持っている彼女が自らあけない以上は、食糧品屋をつれていった俺と出逢う筈だね。小僧はすぐ帰ったのだ。……しかし俺はマルセルを見かけなかったぜ。彼があやしいと仮定してみても、彼は一体どうやってあの邸へ入ったかな」

「アドリエンヌが、開けないとはいいきれないし、これは、事によると、アドリエンヌの叔父は、黙って入りこみ、地下室への廊下にでも入っていたのかな。……するとマルセルは貴方に閉じこめられたことになりますよ」

「うむ、翌日俺がいった時は、鍵は下りていた筈だ。内側からのカンヌキはもともと外れていたのだから、俺は一時、彼女が自分で鍵を下し、それから投身したのだと思って疑わなかったのだが、彼女が玄関前の水甕に頭を突込む程逆上していたとすれば、何だか用心が善すぎて変だね。地下室の鍵はあけてあるし、どうもこれはトリック臭い」

「しかし鍵は、彼女の死体にあったんでしょう」

「肌着に入っていたがね。犯行後、鍵をしめて、又死体に押しこむ事が可能だ」

「門の鍵は簡単なものだから生垣を乗越えて出られますね、僕達もそうして出たのですから、そして暗くなってから帰る……」

マルセルのアリバイが、だいぶ稀薄になってきたので、刑事は猶、彼の上陸の時日を確かめに港湾事務所に行った。マルセエユ号の入港は、十六日に間違いなく、彼の荷物はたしかに十六日に税関を通過しているが、事務長の話によると、マルセルは香港から、空路羽田に着いているので、彼の到着は、大須賀の話のように、十三日なのである。マルセルのアリバイは消失し、ホテルへ問合わせてみても彼の到着は十三日であることが明かになった。

XⅧ 領事館員

若い領事館員二人は、ルシアン・ガリマアルとロジェ・ペルジェスで、加仁刑事から合鍵を受取り、十六日の7時半頃アドリエンヌを尋ねている。彼等の口述によれば、邸内は森閑と大戸を降ろして、ノッカアを叩いても何の答もなかったという。彼等は彼女は寝たものと思い、夜、婦人をおこすのも気がとがめたので、すぐに引返し、帰りがけに鍵を刑事に返している。

二人の報告によれば、玄関前には何の異常も認められなかったといい、アドリエンヌが投身したのはその後だったろうということになっていた。彼等が事件の鍵を握るものとして、大分慎重に訊問されたが如何せん、時日があまりたちすぎ、又格別疑うべき証拠もないのであった。

一方、マルセルの到着日も、大分疑惑を有たれたが、彼は、迷惑そうにこう釈明したのである。

「私はホテルに十三日に止宿している。もしもアリバイを擬装するというならその様なことはしないであろうし、私の入国の日付も羽田に行けば明かとなろう。香港から空路で来た理由は、私が急いだからにすぎない」

「急いだのなら何故十三日に、アドリエンヌを見舞わなかったのだ。坂の下の骨董屋までわざわざ来ながら」

「それは個人の自由だろう」

彼はややむっとして答えた。

「十六日は」

「骨董屋へは確かに行ったが、カスティユ邸は鍵が下りていて、ノックしてもあかないので引返した」

「それは……」

「4時すぎ……だったと思う」

「鍵は俺があけて置いた時間だよ」

「鍵は、しまっていたと思う。とにかく、邸の表門はしまっていたし、いきなり成人した姪に会うのもためらわれる気持もあって、表門を通りすぎ、改めて電話でもしてからと思い、見渡す港の灯のきれいなのにひかれて坂を下り、公園を歩いたり、姪への土産の店をのぞいたりして、大部時間を過したのだ。そういう微妙な気持を理解してくれないと迷惑する」

マルセルは日本の警察をてんで馬鹿にしてかかっていた。刑事も、それ以上は何としても切込めず、棺の毒蛇に攻撃を転じた。

「カスティユ夫人の死体は、いつ、誰がミイラにしたのだ」

「それは、よくは知らぬが、姉の下僕兼情人といった、妙なエジプト人がいて、メヒラという男だったか、それが遺言を万事、実行して、自分がカイロについた頃は、既に棺が密封してあった。自分はそれを遺族に送ったにすぎない。

メヒラは姉におとらず、気狂じみた男だから何を考えだすか知れず、そんな細工をやったのも彼の指嗾《しそう》かもしれない。彼は、姉が死ぬと、遺言を実行し、自分も遺言通り自殺した。殉死といった気分かもしれない。何れにしろ姉のことは、日常疎遠にしていた自分にはよく分らない。一種の色情狂の気味があったと思う」

加仁刑事の予想通り、決定的なキメ手はなく、否定的な証拠もないかわり、肯定的な証拠もなく、事件はそのまま、迷宮に入るかと見えた。

XIX 木の根を分け草の根を分け

微細を極めた検証が、既に再三再四カスティユ邸内外に行われ、就中玄関前から中庭迄の敷石づたいに、磁石や、虫めがねで、足跡乃至犯人の所持品を検べていたが、如何せん自殺決定で捜査が後れ、出てきたものといっては、私がいつか飛ばした制服のボタン位なものであった。

一方、私は、カスティユ氏の言葉を借りれば、「木の根を分け、草の根を分けても」幽霊に復讐する決意で、さもなくば、恩師も恋人も浮ばれないと思った。警察の捜査が現場に集中している頃、私はひそかに思いついて、第一ホテルの洗濯屋で、洗濯物の山と取り組んでいた。ホテルから出たマルセルの、汗じみたYシャツの山をルーペで丹念に検べていた私は、やや失望してしまった。この上はマルセルに直接逢うより外はない。

ホテルで来意を告げるとマルセルは既に私を知っていて、病身の顔を一層蒼くしながら、黄味を帯びた白眼で私をじろりと眺め、口だけは愛想よくしきりにアドリエンヌのことをきいた。私は話題を転じてパリの女優の話を始め、彼がルーレットで破産したいきさつなど明かにすることが出来た。

彼はこの女優に入れあげて自分の分の財産をすっかりはたいてしまい、背を焼く借金に追いかけられていたらしい。ところで彼の姉の先夫ユベールは莫大な資産家で、病身の彼の妻と、若い外交官時代のカスティユ氏との間には、アドルフ流のロマンスがあったらしい。ユベールと夫人との娘が外ならぬアドリエンヌであったことは彼女の身の上話で聞いていたが、そういうことはよくあるもので、夫人の浮気の相手に、娘である思春期の少女はほのかな恋愛を感じていたらしい。

ところがカ氏には、夫人の財産が何より魅力だったから、ユベール氏が死ぬとすぐ彼等は結婚したので、アドリエンヌはカスティユ氏の娘になってしまった。少女時代のアドリエンヌの牝鹿のような美しさは……とマルセルが嘆息して言った。「私ですら惚れ惚れみとれたものです。アドリエンヌはアルテミスの首にそっくりで、……元来、義兄ユベールの家系には、代々美人が続いて、それは、どうも不思議とあの家にあるアルテミスに似ていたものですよ。美しい大理石をみていて、その家の娘達は表情や髪形まで、アルテミスの真似をしたせいなのか、或はあの像を手に入れたロオム大公が、自分の美意識の選んだアルテミスに又そっくりな女を妻にしたからか……そんな疑問が起る程でした。エコール時代の私は彼女に内心胸を轟かせたものである。

私がパリで放蕩を重ねる様になったのも、実は、シャルルが私の恋人を、日本へつれて行ってしまったからです。私から離してアドリエンヌを独占したい……といった考えもあったのでしょう。アドリエンヌはシャルルの情欲の対象になり、姉がシャルルと別居して、ひどい生活を始めたのも、それがもとなのです。一切の悲劇の基は、シャルルの姦淫なので、それは、アドリエンヌ迄も殺してしまった。恐ろしい事です」

私はマルセルの話で、遺産相続人も亦アドリエンヌを恋していたことを知った。

「それで、香港まで来ると心配で矢も楯もたまらなくなり、空路で来たのです。

日本の警察はデリカスィを解さないですね。私は心配でアドリエンヌの所へまっすぐ飛んでいったが、驚いた事に坂の下の骨董屋まで来ると、姉の肖像と、アルテミスがあるじゃありませんか。これを手に入れてから……そんな気持で金を取りにホテルへ帰りました。そんな事で疑われてはやりきれません。何の証拠があるんでしょう。私が遺産を横領する為に、アリバイを偽装して、シャルルとアドリエンヌを殺したとでもいうのですかね。一体何の証拠があるというんでしょう」

私は、自分もカスティユ事件では、容疑者にあげられたことがあり憤《いきどお》ろしい気持はよく解るといった。そう言いながら私は部屋の内部に警戒の眼を放ち、彼が椅子を立ったついでに、簞笥をあけてネクタイの裏を検べ、落ちていたブラシをポケットへすべり込ませた。

そうとも知らないマルセルは、遺産分配について、君にも多少の権利はあろうから、あのカ氏の標本類は君に管理をお願いしよう、という提案をもち出した。私は標本類を大学に寄附することにきめたのである。

XX　藻

私がポケットへすべり込ませたマルセルのブラシは、大学研究室へ持込まれた。肉眼では見分かぬ程の、黄色に乾いた微細な藻の一片を、ほこりの中に見出して、私は狂喜した。私は遂に幽霊の正体をつかまえたのである。顕微鏡下に現れたのは、コルヒチンで倍体に変化したあおみどろだったではないか。この発見が報ぜられると捜査本部は、俄然色めき立った。すぐさまマルセルに逮捕状が発せられ、第一ホテルの彼の衣類が押えられると、マルセルが十三日着用した（大須賀の証言）茶色チェックのネクタイの裏の折目に、やはり、肉眼では見分かぬ藻が、布目にへばりついていたのである。倍体は、ここにも認められた。マルセルは頑強に否定し続けたが、彼が下手人であることの決定的なキメ手でなくて何であろう。

XXI 死の序列

加仁刑事は、私の肩をたたいて言った。

「犯罪史上類例もない生物学的捜査法に敬意を表するよ。法医学も、これには兜を脱がざるを得まい。マルセルは猶も知らぬ存ぜぬといい通しているが、いずれ法廷で黒白はつく筈だ。

彼は曾て、十六のアドリエンヌに恋して、カスティユ氏に烈しく拒絶された事実が明かになった。もちろんシャルルは許すわけがない。それから一層ぐれたマルセルは、姉とも仲違いし、姉は又ヒステリックなけちん坊で、派手につかうくせに、弟にはビタ一文くれなかったのだ。

彼のカ氏一門への恨は、その辺にあるらしいのだよ。次の遺産相続の序列をくらべてみたまえ。巨万の資産家であるマルセルの姉の死期は分っているのだよ」

シャルル・ド・カステイユ
＝カステイユ夫人───アドリエンヌ
マルセル

「このままで夫人が死ねば、遺産は、シャルルとアドリエンヌに行ってしまい、借金に首がまわらぬマルセルは、シャルルが皆虫にしてしまうのを指をくわえて見ていなければならない。しかしだね、カ氏が夫人の前に死ねば遺産はアドリエンヌと、弟であるマルセルに来る。アドリエンヌ一人なら、更に何とでもなろう。

死の序列が、マルセルのオール・オア・ナッスィングを決定するわけだ。

姉の死のせまったのにあわてたマルセルは、巧妙なシャルル謀殺を計画した。姉を指嗾してシャルルと無理心中をとげさせる。アンプルの内容は、彼が取替えたのかもしれない。今となっては何ともいえないが、アドリエンヌがその容疑者になれば更に上乗だ。

ところが一寸したくい違いで、シャルルの方が後から死ぬという事態が起った。そうなれば彼はアドリエンヌを殺すより方法がない。遺産相続人はアドリエンヌ一人なのだからね。

彼は姉の棺に毒蛇を入れて送った。死人殺人を決定する為にもだ。蛇を入れたということは疑われないように姉の奴隷を一人自殺させた。自殺といっているが実はどうだかね。……そうして置いて、日本へやって来た。香港からは急いで空路を飛んで来たのだ。余程気がかりだったろうからね。それに荷物は船で送ったからアリバイも作れる。

彼は十三日先ずカ邸をおとずれて鍵の下りている情況をしらべ、その時、大須賀の店でアルテミスをみつけたんだが、次の日には又出なおして4時すぎ、私がアドリエンヌを見舞って、鍵のあいている邸内へ入り込んだ。案外、驚かしてやろうと思ったのかもしれない。私服の私の気配に彼は地下室への廊下へでもかくれる。私は不用意に、犯人をアドリエンヌ一人の邸へ閉じこめてしまったことになる。

それから、彼は出口はなし、アドリエンヌに逢わざるを得ない。年来の憶いを遂げるには絶好のチャンスだ。先ずアドリエンヌを口説いたろうが、何しろ、ああいう神経のたかぶっている女だ、『人殺し』位はいわれかねない。彼が地下室の方をあるきまわっている気配ですら、彼女を恐怖させて例の日記を書かせた位だ。

幽霊の足音がする……とね。

彼はアドリエンヌの胸をさぐったかどうかしらぬが、とにかくアドリエンヌは、必死の勢で階段をかけ下り、自分の鍵で玄関をあけて、水甕のある所までよろめき出た」

「本当ですか。どうして助けを呼ばなかったんです?」

「あの邸じゃ、一寸、聞えないよ。それに叫ぼうとする女は背後から甕の中へ頭を押込まれたと推定される。アドリエンヌは明かにその水甕で溺死したのだ」

「それから……」

「マルセルは溺死体をかついで敷石づたいに中庭の石橋まで行くことが出来る。そして死体を水中に投入れたのだ。足跡は残らない。その前に彼は女の肌着に入っている鍵で、地下室をあけて中をしらべたのかもしれない。死体隠匿の目的でね。ダイヤはもはや彼のものだから取っても初まらない。その時、絶妙なアイディアが浮んだのだね。溺死体を水中することによって法医学に自殺と確認させる方法だ。それには、ダイヤは取らぬ方が得策だ。邸に鍵を下ろしてしまえば何人も来る道理がないから、彼はアドリエンヌの死体を一応は地下室迄運び、おもむろに現場作成に取かかったのかもしれない。とにかく、領事館員が尋ねた時に、邸は森閑としていたのだ。アドリエンヌは溺死体になっていた頃だね。

いいかい。犯人は自殺現場を作製しようとしたのだ。先ず日記を遺書の代用にする。

それから被害者のスリッパを地下室前に転がす。そうして置いて、細心に自分の痕跡を消してしまった。4時半から8時までゆっくり仕事をやったら、何でも出来る。それから彼は玄関の鍵をしめて、鍵を被害者の肌着に返し、石の上を歩いて、死体を池に投入する。既に夜に入っている。彼は植込を越えてホテルに帰ることが出来た筈だ。

アドリエンヌが他殺であり、その犯人がマルセルである動かぬ証拠は、君のみつけた、『あおみどろ』だ。さしものマルセルも彼がアドリエンヌを殺したその甕の浮游生物が、コルヒチンで特別のものに変化していようとは思わなかったのだね。彼は、濡れたYシャツをブラシで細心に落してから洗濯に出しているよ。けれども肉眼でも見えないような、あおみどろの細胞が倍の染色体に変化していようとは、気がつかなかった。それに彼が当日、しめていたネクタイの裏からもあおみどろは出て来たのだからね。犯罪は確定した。浮游生物殺人も美事だが、君の生物学的捜査法も鮮かだったな。アドリエンヌの讐《かたき》を取っておめでとう」

加仁刑事は、私に軽蔑されているとも知らず、得々と明快な推理をのべたて、至極上機嫌であった。

XXII　完全犯罪

私の神経を疲れさせ、闇の中に燃えるあやしい透明な三角の幻想を組合せ、私をえたいの知れない狂気に導く、当の原因は、実は他の所にある。既にここまで来られた聡明な読者のうちには、私の恐怖の原因、完全犯罪の系列の恐怖を理解して下さる方があるかもしれない。私は無造作な法医学を信頼することが出来ず、犯罪のいわゆる確証なるものを信用することが出来ない。証拠なるものは、何という矛盾を含んでいることであろう。人間にもし良心と善意の弱点なく、いかなる証拠にも屈せず最后迄、犯行を否定しつづける意志があるなら、完全犯罪は無数に可能である。

けれどもこの期に及んで人間精神の裏にある、えたいのしれない柔かな部分、それが破れ去るならば所詮生きてはおられない部分、これを良心あるいは善意と呼ぶことは自由だが、そのものは、私を狂せしめ、死を選ばせるのである。

擬装死人殺人事件に於て、アドリエンヌが私に話したカスティユ夫人から送られたというアンプルの内容に、青酸を混入したのは他ならぬ私である。私は、いささか空想癖のある加仁刑事……彼は先ず私を疑った……に暗示を与える事によって、死期のせまったカ夫人を、犯人らしくすることにした。夫人の死は、いよいよ死人殺人を完成させたのである。夫人の棺に細工をして、カスティユ邸に飼育中の毒蛇共を入れ、猶も私とアドリエンヌの謀殺を疑いつつある捜査陣に、一矢を報いると同時に、夫人の弟なるマルセルを、その犯罪に関与せしむることに私は成功した。しかるにアドリエンヌは、私の犯罪をかぎつけ、次第に疑惑を深めていった様である。私は彼女に幽霊の暗示を与えつづけ、それによって彼女は、自殺するであろうと考えた。しかるに、最大の障害が、現れる事態となった。それは叔父マルセルの到着であって、彼は、棺のトリックを曝露してしまうかも知れない。

七月十三日、私は彼の到着を電報で知った。私は東京へ帰ったふりをして、実は地下室にいたのである。刑事が来、つづいてマルセルが来たのを知ると、私は、鍵を下してしまった。刑事が帰ると、私は無気味な物音を棺の附近でたて始めた。アドリエンヌは完全に狂気していた方が都合がよい。「人殺し」と叫ばれても、それならば問題ではないのだ。彼女は自分で例の日記を書き、地下室をのぞきに現れ、動顛した彼女は玄関に這い出て救いを呼ぼうとした。事態は急を要する。領事館員が来るかもしれない。私は自分の恋人であり、しかも憎むべき、アドリエンヌを、甕の中に押入れて窒息せしめた。それから、刑事の推定のように、彼女を池に投入れた。もっとも衰弱していた彼女は、遅かれ早かれ、死ぬ生命であったであろうけれども。

彼女は自殺と推定されたが、私には猶気がかりなことがあった。カスティユ氏及アドリエンヌの死によってマルセルが一切の富を手に入れてしまったことである。それに玄関の甕は私の不用意から、意外な証拠を残しているかもしれなかった。その他、現場に多少の私の痕跡は残っていても（例えば私のボタンの如き）、私は疑われないという利点はあったけれど、マルセルの口述は、私のトリックを曝露しないとはいい切れないであろう。私は次第に私に向けられて来る疑いを、マルセルに集中させる必要があった。コルヒチンで倍体に変化したあおみどろは、絶好のキメ手である。私はマルセルのブラシ、及びネクタイに細工をほどこしたのである。

Yシャツも亦細工して置いたが、これは洗濯屋が完全に洗い落してしまったらしい。

私は、自分が、昆虫マニアであると同時に、完全犯罪マニアであることも告白して置かなければならない。カスティユ氏殺害の目的も、実はアドリエンヌとのこともあったが、例のマダガスカルの甲虫が、矢も盾も私の所有欲をそそったのである。それは昆虫狂なら誰しも同感する感情であろうと思うが、私にとって、それは一種の衝動のようなもので、十万ポンドであろうと何であろうと、問題は、唯一匹だけということの蠱惑につきるのであった。

又私は注射のアンプルをみる毎に、「これはやれるな」と完全犯罪を透視する性癖がある。この魅力の前には、私の理性は一たまりもなかった。

まして、私は、アドリエンヌとの仲を疑われて、カスティユ氏に重なる屈辱を感じていたに於てをやである。

さて、私はダイヤモンドよりも更に貴重なほとんど評価し難い標本類を、大学研究室の所蔵として保存せられる事を希望するものである。しかしながら世界に唯一匹しか発見せられぬというマダガスカルの甲虫を再び諸君は見ることは出来まいことを何よりも悲しむものである。それはカスティユ氏の執着の怨霊であるかの如く、又、紅いデンドロビウムの花の怨霊であるかの如く、カ氏殺害后、私が再び標本箱を検した時には、既に煙の如く、風化していたのである。完全を極めた薬物の中で、特別にその一体だけが、ぼろぼろに虫に食われ、崩れ去っていたのも、呪われた虫の運命であろうか。

マダガスカルの甲虫が消え失せた以上は、私の犯罪はその結果する所、何物をも私にもたらさなかったに等しい。物欲の因果に今更私は怖れざるを得ないのである。空しさは遂に、私を死に至らしめる。マニアとは所詮かかる徒労の類を指すのであろう。そして今にして思えば、一切を空しくした私は自分で手にかけた私の女、アドリエンヌへの感情だけが、不滅のものとして悲しく今も持続しているのを知るのである。

私は、青酸カリ溶液を、自ら私の静脈内に注入するに先だち、聡明なる加仁刑事、及、軽率なる法医学者諸賢に向って、マルセルの無罪を主張したい。証拠はすべて偽りであって死人殺人及浮游生物殺人事件の犯罪者は、すべて、私、成瀬賢三に他ならない。

作者曰

成瀬賢三は私の中学の友達だが編中に述べられている如く年少より秀才の聞え高く、一種変質的な迄にも昆虫研究に熱中しており、彼が新種のバッタを発見し、校友会雑誌にもその記事が載った事があった。近来、彼の消息を聞かず、紅顔の天才少年も遂に凡庸の人となったかと失望を禁じ得なかったが、最近に、彼が心臓麻痺で死去した事を知り、いささか感なきを得なかった。

所が彼の葬儀が終り、埋骨も終った今になって、彼の下宿のトランクの底、厖大な彼の生物学のノオトの間から、本編の主題をなす彼の遺書が発見せられたのである。それは目下公判中の怪事件に深く関与するものであって、先刻、検察当局の検閲を経たけれども、当局は猶成瀬のアブノーマルなる神経衰弱を理由にして、その遺書を正当に承認することを拒絶した。当局の権威は成瀬の被害妄想がこの文章を書かせたかもしれぬと言うのである。ここにいささか加筆して公表する次第は、読者諸賢に公平なる判定を乞わんが為のものである。死人に答うつつもりは毛頭ないが、無実の犯罪は正当に無罪となるべきものであろう。

歌集　絵画風小景詩

白い倉庫

港町マチスの画く路は白く倉庫の影は土の色なりき

セメントの倉庫つづきぬ罅《ひび》塗りは葉脈の如く修理してあり

春の波

春の波白く砕けて広ごるを眼の下に見る山の上に立つ

海岸の起伏のままに広ごれる遠白き波はものの音もせず

咲きふふむ白梅の花雫して沖の曇ゆ波立ちわたる

触れ得ざる乙女の如くふくらみて白梅の花咲きにけるかも

白き服着たる少女と歩きつつ人に見らるるを誇りて行きぬ

白き服着たる少女の乳の上の春の光を憶はざらめや

ごばん縞のコートを着たる娘一人むらさきの磯に座りて居りぬ

三角の藍色影を深めつつ林武のアマリリスかなし

献春

深大寺白鳳仏は古ゆ立春大吉を修しけらしも

冬草の底ひに我の見出でたるやまたちばなの紅の珠

荒神が竈の松に飛来り餅食ふらむか正月なれば

丸角の餅を串に刺し地境の山の神を祝ぐ年立ちにけり

地底の紅葉の上にあつまれる鯉は動かず春立つらしも

湊にて

紅椿咲きて皆がら崖の篁《きりきし》の上にちりてゆくかも

桃咲けり河口の水のささにごり潮満ち来れば波紋を画く

牛乳を持てる少女と川ぞひの桃の花咲く道を来にけり

けぶり合ふこの花むらを見つむれば花びら五つ寄りそひ咲くも

雨ふりて寒さ残れど今朝見れば畦の菜の花ともしく咲くも

うちけぶり冬の雨ふれど南の海岸なれや梅咲きにけり

青銅の塑像の如く段なして干潟に寄する波の群かも

並びたる女を見ざれ波の穂にかなしき眉を思ひ見るべし

こひびとが腹を割きたる銀色のせいごを食へば悲しからずや

きほひ立つ砂山椿海風に紅の花吹かれそよぐも

島をおほふ紅の椿にまじりたる白き椿のかがやけるかも

風

丘の上の青麦の穂に風吹けば光の波は眼にしるきかも

仰げども雲もなかりけり行春の眼《まなこ》に満つる麦生《ふ》の光

照り徹る光の中に眼《まなこ》つむり若き生命をこらへかねつも

牧草の花咲きたるらしところどころ丘のうねりは風に光れり

吹きすぐる風疾ければ牧草のそよぎの音は遙かなるかも

小さなる花をもちたる牧草は五月の風に種子をこぼすも

起ち上る女のひざに牧草は種子の歯がたを刻みけるかも

風の中に我立てりけり風の中に牧草の茎の光りたる見ゆ

紅椿

百千のきぬがさを今ひるがへす椿の花を見らくしよしも

おくつきの椿の花は紅のまんだらまんずの花とふるかも

上宮《しようぐう》法皇寿国《じゆこく》の詩《うた》をよみたまふ法興六年歳《ほし》は丙辰《へいしん》

紅の椿の森の中にして飛鳥の宮女浴みしつらむか

おくつきの石の扉も割るばかり椿の幹は太くなりつも

椎の花

椎の花ひそと香に立ち白々とアスファルト路に散りてをるかも

ニウギニアに戦ふ君は上等兵になりしと文の末に記したり

苺

雨傘は濡れて下りぬ我が部屋に夜の苺を食ふべかりけり

雨に濡れし屋根の下にてつめたかる夜の苺を食ひおはりけり

海へ

ひたすらに海を恋ひつつ我がいのち低迷のうちに疲れはてたり

限りしらぬ悲しみどもに耐へ耐へて乙女の事も我思はざらむ

わき起る悲しみどもに耐へかねて海を想ひつつ幾日経ぬらむ

大麦の緑の中の小麦畑黄ばみそめたり旅に出でむ今は

六月の光みなぎらふ海の色にこらへかねたる我が生命燃ゆ

六月のひざし照り徹る川口の深みに寄れる鯔《ぼら》の群れ疾し

川口の橋の上に立ちすみやかに動くうろくづを見てゐる我は

補助線を一本ひけばあはれあはれこの三角形は合同になりぬ

花房

汗ばむ程の晴れ二三日続きければ藤の花芽は長くのびにけり

藤の花芽小さき萼《がく》を散らしつつこの青空にのびんとすらむ

花房も絹糸の如き藤の葉も四月の風にそよいでゐるも

創口に黄色き薬塗りつつもせむすべもなき夏さりにけり

我が生命つひに孤りなり乙女の事も我思はざらむ寂しかりとも

汗ばみて花粉を噴ける青麦の穂はつらなめて搖れ渡る哉

太陽の白き炎に一筋の芒《すすき》も輝き光りやまずも

久々に心静けき日をもちて藤棚の下にうまゐしにけり

照子

雲騰り　霧噴き騰る　大雪の　秀の神々　天かける　尾白の鷲の　かがよへる　真白斑《ましらふ》の如鋭くあれよ　日の幼児は　白雲の　湧き上るみね　白銀の雪に陽を受け　れいろうと　輝き上る　ニセコアン・ヌプリにも似て　高らかに照り満てよかし

千万の　青葉そよがせ　天そそる　ポプラの如く　輝ける　赤き　りんごの　梢の如　素にして　純に　咲きふふむ　花の如くに　麗はしく香に満てよかし　照子汝はも

反歌

天照らす光の如く照り満ちて香にふふめかしユカラのをとめ

旅

一すぢに我が行く路の輝きは湖をめぐりて穂高に続く

落葉松の芽吹きの萌えのさみどりは緑青をもて画くべかりけり

はだれ雪消えをるところ小さなる緑の花は芽ぐみ咲き出ぬ

とほ白き大雪山に夏雲は夕あかりして崩れ動きあふ

夕あかり北鎮岳《ほくちんだけ》の頂に今し消えたる大き静けさ

上川の盆地ははやく暮れはてて大雪山の片明り見ゆ

夕暮の光を集めありとあるはだれの雪は浮出で
にけり

雪溪に残紅のこし高原の夕冷えゆく中に我あり

広ごれる夏高原に影動き切雲遠く集りゆくも

道のはてに低くつづける杜にしてなきゐる蟬の
声透るなり

うつつなくやけたる道をひとりゆき見出でたり
けり鬼百合の花

丈高き桑の畑に入りにけり真日《まひ》からうからうと搖ぐ
山脈

重畳《たたなは》る天城の山に居《を》る雲の溪に沈みつつ夕冷え
にけり

修善寺へ三里とききてかへりみる天城の雲は鉱
石の如し

狩野川にそひて下れば色づきし稲田次々に広く
なるかも

湯の宿のぬるき緑茶をゴクリのみ旅愁に耐へて
ゐたりけるかな

飾窓《しょううぃんど》の竜子《りゅうし》の薔薇は葉を黒く花は紅に画きけ
るかも

青蟬

かなかなの声の青さよ眼をつむれど我がかなし
みは果しらなくに

ひぐらしの声をききつつ孤りなる我の心を見つ
めたるかも

歩道

病む友にたうべさすべきトマトをもちてアスファルト路を歩みゆくかも

消耗などしてはをらぬといひよこせど友の病は軽くあらざらむ

月光

冷え冷えとアスファルト路の濡れたれば月の光は道にうつらふ

濡れわたる道にうつりし月影は我が歩むなべ動きゆくかも

一本道を白服の少女歩み来りすれちがひけり月影の中に

月光に白き少女と行き逢ひし心ゆらぎを恋といはむか

こらへかねし二人の生命燃ゆるときあめの光もくらまざらめやも

海の人へ

母君のみとりをせすとたをやめの君耐ふらむか荒き海風を

潮みちて波いや高く寄するごとはるけき海の君ししぬばゆ

九十九里の長き浜辺に寄る波のとどろとどろと君念ふかも

風をいたみ潮なりやまぬ海岸の君が家居をかけてしぬびつ

妹が家の入江の千鳥しば鳴くらむ海なりやまぬ低き曇を

わだつうみ吾をへだつともむらぎもの心は君と相まくものを

うちなびき心は寄ると吾は思へどただに逢はねばくるしかりけり

ありつつも我を待たむと吾妹子がこもらむ家ぞ寒き風な吹き

秋ふかし

川中の浅瀬なるらしひとところ波立ちきらら輝けるかも

山道に檜の皮を剝ぐ男あり木の香新しく立ちてくるかも

流れ来るくるみを溪に拾ひたりこの山峡の秋の深さは

高山の清水をくみし湯舟のなか杉蘚《すぎごけ》浮きて時雨ふるなり

紫のぶどうの如き乳首の女ひそやかに湯を浴びにけり

見はるかす杉の秀《ほ》むらに白々と時雨光れる山の湯の小屋

杉皮のけぶる匂をなつかしみ時雨の音の断続を聴く

向山に鳴き移る鳥の黙すとき蕭々として時雨いたれり

月の歌

天なるやこの大き月国原の影を深ませおし照れるかも

山脈の底ひに深き杉の秀に澄み入る如く月おしてれり

草の歌

全めんに光を反す河原の焼けし垂穂は親しかりけり

（かきつばた）

かたぶくまで　きのふもけふも　つきみては

はしきわぎもと　たぐひてをりぬ

相聞

みち寄する潮のごとき御心を永久に抱けばいけるかひあり

海のもに薄氷のはるけはひして寒き夕は君し恋しも

い征きます君にまみえむすべなみと心の歌を大空に彫る

離れつつもわび居はすとも相寄れる心をとざす雲やあるべき

さなきだに君恋ふ心まされるを霜おく夜半を潮の音高し

君が名を心に呼べば耐へがたきつらき波風あらじとぞ思ふ

大空に心の歌を彫りにけむせむすべもなき君にもあるかも

うちなびきわだつみかけてなだれつつかがよふ雲を妹みつらむか

冬枯れし庭は寒けど日だまりの椿の蕾ふくらむものを

海みつつわが恋まさるこの夕吾君のかたへなびけ青雲

日だまりの椿の蕾ふくらむを裏山崖にわれも見出でつ

わが心君にかよへる証たて都の方へ流れゆく雲

うち寄する入江の海の小波の絶ゆることなくわれは君想ふ

むね見ては後に従ひたぐひをる沖つ白鳥君ならましを

耐へがたく寂しき時は空見むといひにし人の忘らへぬかも

寒　光

真清水につるべ触りたる地の底のひびき冴え冴えとこもりけるかも

上野の杜の高き公孫樹に鵯の群れ移る見ゆ朝寒みかも

空襲を守りぬきたるあかときの寒き光は掌にうけにけり

ゲートルをときつつ思ふやつでの花既に実となり久しきことを

隣り家の防空壕の赤土にさざんかの花あまたちりて白し

墓　原

片明り電車並木にあかきとき入日に向ひわれ坂登る

地平のみ低くあかりて中空はたそがれにつつ夕暮いたる

こごえつつ一本道の桜並木斜に影を落したるかも

冬曇る中空にして天王寺五重塔の屋根の静もり

人にいふかなしみならず墓原にひたすら足を早めけるかも

夕さりは凍りたるらし風疾に水面を吹けど波立たずけり

この夕凍りつめたる池の面は夕焼空をうつしてゐるも

けざやかに緑のしまを画きつつ大根畑に雪つもる見ゆ

寒　雀

日だまりに砂浴びる雀つがひならむわが近寄れどためらひて飛ばず

砂浴びる雀かなしみ公園の枯草道をそつと来にけり

葉

霜やけのしわだらけなるあつぽつたいやつでの葉むらは日を求めあがく

触りたらばいらがゆからむ毛にくるまるやつで若葉はつやつや光るも

冬草

あまのはら曇をまして日の在處唯あかるめる寂しさに居り

篁にしばし影さすうすら日のいたく寂しく葉をもれにけり

冬草の霜にみだれし葉の群れは午後の日ざしにととのふらしも

かなしかりけり天地に唯一人の女ありて我の生命を抱かむとする

何ごとか心に迫る抵抗ありてこのごろ我を静かならしめず

かそけくも竹の林に粉雪のふり来る音を聽くべかりけり

縁に立ち外山を見れば屋根の雪きららの如く飛びてやまずも

深々と雪のふればえさをなみ高麗きじは家近く鳴く

樫

遠き人心にもちて樫の木の夕騒げる梢を目守りぬ

防風林の樫の梢の群立ちはいたく騒ぎぬ君し恋しも

青雲は樫の梢を過りて流る夕かたまけて風いでにけり

冬枯れの芝生をめぐるヒマラヤ杉秀つ枝は白し芽ぶきけらしも

氷とけて湖の面に風疾からし光いちぢるき波の尖り見ゆ

短か麦

雨ふりて黒くなりたる土の上に麦はやうやくのびんとすらむ

眼にしみる麦の青さや人恋ふる思に耐へてわが歩むとき

あたり一面ひなたの匂はなちゐる麦がらを踏み生命をしまむ

兵隊のラッパをききていたづらにDISTINGUISH せんとする我を恥づ

また逢はむ春としらねど征く我の眼に青々と草萌えにけり

ちぢかまる大根の葉のさみどりは丘をこえきて眼の前にもあり

裸桑のうねうね道を登りきればここにも咲けるるりの花かも

乳色の夕日の空をプーサンの色と思ひて歩みとどめぬ

死にいたるHEIMWEHもて人に恋ひ戦ひ死なむことの空しさよ

篁に射し透りたる春の日は静に幹を照らしてゐるも

風やみてしめれる杉の原を行けば杉の匂はいたくたてるかも

春へ

うつそみの我や戦に抵抗し雪ぐもりせる空を仰ぐ哉

ときどきはうすら日射してたちまちに消ゆる如くもあはれ恋ひざらむ

寒き日はいまだ続けど縁先の福寿草の花終りけらしも

木蓮の日を透す花に風立ちぬ天平の御代思ほゆるかも

萌え初めし公孫樹の梢とよもして一日は高き風吹きにけり

国こぞる敗戦の時さみどりの公孫樹の花は散りいたりけり

ガラス窓に青き空あり強風におどり上れる梢現れぬ

上野の杜に群葉吹き荒れていたりけりやみがたき心我に在りつも

藤の歌

かりそめの病をもちてこもる日は藤の花房長く伸びにけり

あほむけに我臥しをれば藤浪の日ごとに伸びる花房も見ゆ

眼を上ぐれば頭いためど藤の花泣顔をせる我に親しも

戦の火にかかる日はしらねども藤の長房咲きそめにけり

熱ひきし朝の床に春暁の白き椿の散るを見たりけり

楽天者の群にまじりてかりそめの言挙げせむはかなしかりけり

遠き世のみ仏たちの静けさを心にもちて死にたきものよ

何か一つ完成して後に死にたきものを高等学校文科生我は

戦のちまたにをればとぶとりの飛鳥の仏いよよ恋しも

芽ぶくもの皆芽ぶけども生命いきてふたたび逢はむ女と思へや

我が想とどまらめやもやうやくに藤の花伸びて咲きにけるもの

思ふことしきりなれども対象の影は消えつつ藤の房長し

咲きこもり深く垂れたる紫の藤の長房今はそよがず

いえがたき病をもちて行春のすき透りたる藤の芽を見つ

いえがたき病を得つと思ふより青空の色いよよ深しも

おしなべて藤の紫うつろへば食ひたうもなき飯を食ひけり

風に落ちし藤の花芽はここだくも庭石の上にしなえてをりぬ

雑木原

雨ふりて目に新しき雑木原行春の陽は渡るなりけり

桑の木に桑の花咲く小さなる緑の房の桑の花かも

田のくろに群り生ふるぐみの花咲くかそかに匂ふぐみの花咲く

ありとある雑木の花は咲きいでて雑木林に春たけにけり

ひさかたの天よりそそぐ行春の緑の中に我立ちにけり

反戦

わたくしのいかりに耐へて断言的命令なりと思へといふか

区役所より一ぺんのかみ来るなれば感心な顔で死なねばならぬ

感心なる兵隊ならずと思ふにし国に背ける我が心かも

次々に征でゆく友は何も言はず死にゆきければ我は泣きけり

懐疑をも疑ひたりし友なれど疑はずして死にゆきにけり

戦の当為を思ふことさへも言ふことさへも空しくなりぬ

いひ得ざるいきどほりもち何も言はず征でゆく友に我は泣きけり

戦果てし後のたまゆらを雲流る来世の如く想ひ死になむ

戦場に横たはりたるアンドレイ・ボルコンスキイを雲は過りぬ

いたづらに悲愴がりつつどなりゐるラヂオ講演を今はにくみぬ

おろかしき天皇をもち軍をもち日本亡びぬとふみは記さむ

にくしみのとどまらめやもたはやすきラヂオ歌手ばら殺してしまへ

にくにくしき声はりあぐるなには節の何とかいうやつも殺してしまへ

ニセモノは皆こはしてしまへ不快なるジャーナリストも殺してしまへ

白い花咲くころ

心妻みにしむ色の空色の衣きてをらむ夏は来にけり

さんさんと日のてる青葉吹きとほし上野の杜に風渡る見ゆ

うなばらゆ夏きたるらし我が病いゆべき夏は雲と来にけり

五月雨のはれまををしみ雑木原しほるるばかり
日はまとも照れり

朝つゆに君が濡れけむ夏草は花粉を噴きて穂に
いでむかも

君と見し光みなぎらふ六月のその海の色思ひ出
でつも

雑草と思へばかなししろしろと花穂をぬきて咲
きにけらずや

すこやかにありける去年の AMBITION を眼つ
むりて笑はんとすれ

何となく花粉の匂ただよひて五月も末となりに
けるかも

日ごと仰ぐ散歩のみちの朴の花今日はひらきぬ
何かうれしも

梅　雨

歩みとめて今日ふり仰ぐ朴の花はるけき人を思
はしめたり

葉を垂れしかへでに紅の花咲けば水面光りて雨
ふらんとす

湖をめぐれる山に日は射せど雨降りいでし水面
の光

木の枝にかへる産卵し水に落ちて孵化するとい
ふ八丁の池

木の枝ようまれ落ちたるおたまじやくしもさん
せう魚にあらかた食はれぬ

萱原に鳴く鶫の声きけば土田耕平思ほゆるかも

赤　光

図書館の門を出づれば道白く五月の花の匂みちたり

熱したる頭のままに息もつけず青葉の色に驚く我は

たわたわに白き花穂を垂したる椎にそそげる夕の赤光

うしろよ夕日あびたる椎の木の秀つ枝の裏葉炎と燃ゆるも

まつからうに日の入るときは戦に焼けたる街は赤くただれぬ

匂　月

藤棚の青葉をもるる月影ははだらはだらに蚊帳に浮出づ

さし入れる月の光は蚊帳の中の我が足先に伸びにけるかも

水のごときうす雲かかる月みれば今宵はいたくふけにけらしも

あまりにも美しき夜はせんすべもしらざる故にかなしからずや

我にそそぐ月の光はかぎりなく揺ぐ海面をてらしけむかも

初夏の匂にこもる月小さしはるけき人の思ほゆるかも

ひらきたる藤の芽も見ゆ月あかき今宵熱去りて寝ねんとすれば

紅のフエノールフタレンの反応をたちまち体内に感ずることあり

照葉

庭松の伸びしみどりに一ときは夕日あかりてたちまち消えぬ

向山にすくすく伸びし赤松に蟬なき出でて入日かつと射す

霞草の白き花むら浮くやうに空間にありピアノの上に

水蓮の照葉のむれの中にして強く光るは花咲けるらし

戦はきびしかれどもうるはしきこの国原に夏さらむとす

草山

ふたたびは来ざらむ湊草山に雨ふりいでて心寂しも

二人立ち海みはるかす草山もつばなしろしろ穂にいでにけり

入江まち静にけぶりとざせるを心いたしといはざらめやも

夕されば鳴きやむ鳥の鵯の夕萱原に鳴く声かなし

遠山は入日あかりて萱原に夕さりいたる雨つぶらなり

萱原の道を歩めばここらにも萩が花咲く夕川流る

潮騒は風にきこえて草の穂に色さび果てし夕の光

かなしくも生きつるものか自らの生命なりけりまさに愛しも

われつひに一人に生くるあたはずと思へばいよよかなしかりけり

夕されば君が家居にとぼる灯をわだつみかけて見むよしもがも

松虫の声に黙しし君のことゐまのうつつに思ひ出でつも

病あつき母を思へばことさらに苦しきこともありにけむもの

心なき我にあれかもしかすがに今は空しく我征かむとす

恋に生き恋に死に得しROMEOのうらやましくも思はるる哉

車前草

明日こそはものせんものと気をひつつ枕を立ててゐたりけるかも

ぬか雨のペイヴメントの露出土におほばこ草は花伸ばしたり

車前草《おほばこ》の葉は青だちて梅雨に入るけうとき心とどめつるかも

緑なす葉にさやれども見上ぐれば梅の実大きくふくらみにけり

寂しければ梅雨と青梅の聯想を楽しみてゐる一時ありぬ

こころ妻

あひ見ればいよよ恋ひまさる妹に離れ妹と別れてわれ生きざらむ

あひ見てはいぢらしといふことさへもなかりしと思ふひとをかへしぬ

いかならむもだえごころに帰りゆく妹ならむかも愛しかりけり

まなぶたに紅さして言ひよどむ妹を愛しといはざらめやも

ふたたびはあひ見ざらむといふこともひそかに期してゐたる妹はも

心なる妻にしあれば何ごとの契せじとも忘らへめやも

かそかなる移り香をしも愛しむと口惜しき涙溢れけるかも

ひたすらに草に踏み入り濡れにけるかかとに草の種子つきにけり

草むら

せんすべもしらざるときはひたすらに君が眼を欲《ほ》り耐へんとはすれ

かくて見ざる二人なるかも椎の木の群れ葉光りてかなしきものを

草むらの生命はかなき虫すらもめをとたぐひて愛しむものを

人に言はず女のことをいきどほりいきどほりつつ恋ひ死ぬ我は

言ひ得ざるいきどほりもて人に恋ひこのうつそみに耐へざらめやも

けだもの

人みなのうとましき日はけだもののにほひを欲りてゐたりけるかも

かくばかりうみし心は動物園のロッペン鳥を見るべかりけり

疲れ果てし我の眼に一点の燃ゆるものあけのざくろの花か

緑葉の中に静に燃ゆるものざくろの花の赤きはよしも

感情の自らなる選択あり女のむれをとほり過ぎつも

檻の中にじつとしてゐるけだもののアンニュイは我を涙ぐましむ

さからへば生くるあたはずだからしてじつとしてゐるけだものどもは

このごろの我を動かすいささかのいきどほりすら空しくなりぬ

鷺の歌

水絵空まうへを過る白鷺のつばさかげりて見えにけるかも

白南風に吹き流さるる鷺一羽あしの細さを仰いでゐるも

さびしらに夏草の花咲けれどもわが妻遠くなりにけむかも

はるかなる妻を念へばやうやくに水無月雲の霽《は》れんとすらむ

一人なる我ならなくに昼顔のうすくれなゐは目守りつるかも

鷺渡る水無月の空霽れそめて夕の光さしにけるかも

露はらふうすくれなゐの昼顔の揺る心こそ悲しきものを

上野の杜の青葉の梢あかるめば今宵はおそく月出でにけり

蟬

戦死なむ心きめたる夕ぐれの光の中に蟬鳴きにけり

言もなく母と向ひて湯あがりのひととき居ればひぐらし鳴くも

ちかぢかとひぐらしの声ききしかば征でたたむ日は身にしみにけり

何ごころなくいゆかむとして母と居れば母に抱かれしこと思ひいづ

母の眼は笑ひてゐたり母の眼はせむすべしらに笑ひてゐたり

望東の歌

夜をこめて　あらしすさびし　かはたれの　風そよろ吹く　むらさきの　あかりに立てば　ひむがしの小松の原に　輝きて日はいでにけり
草原に　たまりし水の　島のごと草を残せし
水面には　雲の影浮き　流れては　動かざりけり　たたなはる　かのひむがしの　むらやまに
想はすれば　うつそみの　孤愁せまり来　かがよひて　雲消えゆける　ひむがしの　わぎへの
方を　光射す山の彼方に　一人ゐて　待ちわぶ
妹を　ひた恋ひに　恋ひざらめやも

反歌

むらやまの輝くときは紅の朝日子《あさひこ》ゆるるわぎへの彼方

朝顔の紫深くひらくとき吾妹あさげをととのふらむか

大磯より

あさぐもりうすれゆきたるあを海の光寒々と眼にあらはなり

旅ゆくと心放てど雲沈むわだつみかけて妹があたり見ず

鉄橋

うらがれのポプラーの葉にこるつゆの光かがよへば風吹きにけり

ポプラーは眼よりも低し寒々と大川の色見えわたるなり

大川の色ただに寒し鉄橋を牛車つぎつぎ渡りてゆくも

国境の橋を渡れば野をはるかつくばの山に雪ふりにけり

鉄橋をならして寒き風吹けど箱根の空に雲はこごりぬ

戦に敗れし国に生命いきてふたたび学を為さむと思へや

筑波颪《おろし》のならいを寒み逆波の岸をたたける大川渡る

堤防の斜面の草は一やうになびきやまざり真昼かなしも

震動

トラック一つはしり去りたる震動の伝はりてくる夜は冷えまさる

ヒーターのかそけき音をききつつぞかなしき心せんすべもなし

戦に我死せざりし家に居りて再び除夜の鐘ききにけり

夜をこめてMAX・WEBERをよみにけりせんすべしらに我よみにけり

世におどる人々に心寄せつつもせんすべしらに我はこもりぬ

ひたすらにヒューメーンといふことを思ひつづけて幾日かへたる

ここにして我二十二の年明くとかなしきもののよみがへり来も

特攻隊員のギャングになりしことすらもあやしまずして年くれにけり

花粉

土肥の海や夕あかりして石原に松の花粉は散りゐたるかも

人のうへ憶ひ念ひつつ黄に散れる松の花粉を踏みて歩むかも

木いちご

いまだあをき窓のいちごをまもりつつやさしくなれるわが心ぞも

木いちごは赤くならんとすなりけり心やさしくなりて目守りぬ

赤き実のざくろを噛みてかにかくに手のひらに出す種子のつぶつぶ

群れる青葉の中に搖る梢幹の根方に見上げたるかも

散りぼひし日の光かも踏み踏みて女一人を口惜しみにけり

かなしみも憎しみも過ぎてしまひけり何処ならむとするわが心かも

くやしさの心空しくなるときは大日本古文書の端本を買ひぬ

天平勝宝の古文書みつついまさらにほろびしものを恋ひざらめやも

霧雨

うすら日の一とき谷に射し入れば若芽の上に雨ふりにけり

向山に道細りつつ山の上の小笹の原に水たまる見ゆ

山の上はいまだも寒き霧吹きてしばしかくらふ向山の道

山の上はここだく水のたまりゐて心やすらふ朝霧の中に

あしびきの山のおくへと入りゆく道に雪ありて遠見ゆる哉

ひまはり

気負ひつつもの言ひしあとのさびしさに街を下ればひまはり咲くも

わからぬ奴にもの言ひしあとのくやしさよ入日に背きひまはり咲くも

ひまはりはおしなべて日に背きたり蕚の勁きに耐へゐたりけり

いささかの懺悔のこころ湧くころは入日をすかすひまはりの花

あせしらず製造場は白く匂ひ立つ盛夏露路うらの青葉の光

誕生日

はしけやし妻の額の静脈の色深みけむ今日は寒しも

白菊のうすき蒼みの冴ゆとつげむ妻生れし日の花屋の窓に

鷺

鷺一つ飛んでゆきたる空間あはれ上野の杜をみつめたるかも

うす蒼くはやての雲は流れゐて藤の紫ににじみたるかも

学問の道に自らをさだめたるもろもろの寂しきことに耐へざらめやも

池の面は鉱石のごと光れども鴨はくろぐろ群らがりにけり

枯蓮の赤茶けし原を見て立ちぬ蓮の芽立ちは遅かりしかな

椎

椎の木の芽立ちの若葉枝をおほひ花咲けばやがて散りにけるかも

雨ふりてかたよりにける椎の花アスファルト路に香に立つ夕ぐれ

椎の花咲きてゐにけり一すじの寂しき道に耐へざらめやも

椎の木にむらがり垂るる花の穂を夕日の中に見上げたるかも

自らを愛しむ心湧きにけり椎の匂をかぎにけるかも

ひとり生きひとり死ぬるといひたまふ遠き聖を思ひゐにけり

椎の木の黄色の芽立ちしるくして二十三歳の夏さらむとす

金色の椎の芽立ちのむらがりのはげしきものを嗅ぎにけるかも

紅

こほろぎも翅をもぎたる小夜中の二階の居間に紅さす女

この夜ふけの女かなしも紅さして我にだかれんとする女ぞも

藍色のもうせん敷ける部屋にして女は帯を落しけるかも

まんまろき京の女の乳かみてひそやかに我が置かれたるかも

子のできることを恐れてゐるらしき京の女をかなしみにけり

一言のいらへかなしも「ハア」といひて人形の如く眼つむれる

店とぢて黒黒とせる京極をつかれて我は下りけるかも

カフエはまつ白く燈を流したれひと一人をらぬ
道なりし哉

沼にて

泥水はぎろぎろとしてゐたりけり黒き苺の山の
季節は

沼をめぐる山の腹には次次に蝶生れてゆるく飛
び立ちにけり

山百合

百合の花おとろへんとして蘂の先ゆ液《しる》をたらせ
る

生殖の人を撲つはげしさ百合の匂かぐ

今朝開きし百合の花の静けさ

挽歌

鷺一つ飛んでゆきたる中空の白さを我は思ひみ
るべし

電燈の光とどける狭き庭の葉むら黒々と秋立ち
にけり

キャベツ畠

夕曇り光落ちたる地の上のにんじんの葉に風渡
る見ゆ

野の果の欅紅葉《けやきもみぢ》に入日さし一葉々々がけざやか
に見ゆ

深々とキャベツ畠に降る雪は砂糖菓子の如くに
つもりぬ

坂道を下る自転車雪の上に写真的なる軌跡Photographic Trace を残しぬ

この道の行来に見やるくりの木のただ一葉のみ枯れて震ひぬ

東　北

白河の関を過ぐればアカシヤの花房垂るる山となりつも

赤松のむら立つ幹の断続を車窓に見つつ現ともなし

客車の戸ひとりでに閉るしくみなれば開閉音つづく一夜を明かしぬ

人相あしき男なれどもカツギ屋は人ざはりよし追はれてゐれば

ドン・ホセといひける者もかくの如き眼したらん密輸業の男

鷹の如く眼くばりゐる長身の伊達男スリルを愛してゐるか

軽々と動かしをれどカツギ屋は重き荷なれば息荒々し

カツギ屋の筋の動きをまもりつつ惚れる女もあらむと思ひぬ

食堂車にてバナナ食ひつつ六月の光みなぎらふ河原を見たり

剣立つ葉うれみながら輝ける水無月の原をゴッホ画きぬ

黒き鳥飛んでゆきけり鳥の影動いてゆきぬ麦畑
の上に

昇　天

パレスチナ道白くして天に入るこの道を主は歩
みたまへり

眼より鱗の如きもの落つといへるダマスクの道
はほこり強き道

クリストの昇天の岩といふがありてその中央が
やや凹みたり

マーリア・マグダレヌ寺院の庭に丈高き柳の如
きからしの樹あり

丈高きからしの樹より鳥飛べば黄色き街に夕日
あかりぬ

黄色き石つづくのみなるベスレヘム大工は石の
家つくるならむ

大工なりしイエスの父は石工なりけむこの国の
家は白き石のみ

誕生寺星を戴く回教《もすく》寺院にして建物にうつるサ
イプラスのかげ

穴蔵の底は鉱泉にて病人は飛びこむごとしイエ
スの日のごと

ロバにのる異形の人は回教徒《もすれむ》にてイエスの如く
城門を入る

水甕を頭に載せしこの女マーリア・マグダレヌ
の如き眼の女

白き山脈ゆるやかにゴルゴタの丘を望めば目路天に消ゆ

ゴルゴタの丘を登ればいちぢくを枯せし人を念はざらめや

エッセネの死海文書はクリストの一人ならざることを記したり

花火爆発

紅の残像重複し音すればもはや消えたる花火かなしも

満天に開ける菊を球体と思へばまさに球の投影

金属の燃焼かなし中天の花辨伸びるまに花蘂変色す

双竜を映し出しつつ銀の砂子をまきてマグネシア燃ゆ

船中に花火爆発し半球の噴火はしばし連続引火す

美しきものは空しくてたちまちに消ぬべしと知る花火師あはれ

柳橋夜のネオンの変幻も滅びざる灯は美しからず

ポンポン船帰りはじむる音かなし百万の人浮足立つも

初版跋

かへりみて力とぼしいわが歌である。人に見すべき何ものもありはしない。けれど　私にとつては、忘れ難きわが足跡である。

昭和十九年春、自分は都立高等学校文科に入り、そして今、銃を握つて学校を去らねばならぬ。私は孤りであつたが、今私は孤りでない。だがその人と相逢ふは許されぬことである。許されぬ妻を残して私は今去らうとする。

貧しい足跡をも残さうとするのは、その、何ものをも果し得ずして征く、わたくしの感傷である。

昭和二十年七月三十一日　記

後　書

跋に記したように、これらは昭和二十年八月一日、十九歳で兵隊に出なければならなかった自分が、当時の理科生堀内和夫に、戦死したら出版してもらうことにして託したものであった。必敗の信念にて入隊した自分は、急激なる敗戦の為、幸に死ぬこともなく、したがってこれら三冊のノートは、甚だかっこうのつかぬものとなり、そのまま湮滅《いんめつ》に瀕していたのであった。祖父の一族に上田万年、祖母の一門に尾上柴舟があった自分は、少年より学芸に関心を抱くこと深かったが、折口信夫・斎藤茂吉両先生の有難き指導を得ることが出来た。それにもかかわらず、見らるる如く歌において、自分はほとんど発明する所がなかった。これらは「短歌研究」・「日本短歌」・『アララギ』その他に発表せられたものであるが、新たに印刷に附するには、多大の躊躇を要した。
表題を『小景詩』としたのは、呉茂一先生のEIDYLLION(idyll)（田園詩）の訳による。歌であるとは思ひなし難いふしを感じたからであるし、短歌研究その他で自分の考えを述べたことがあるように、色彩詩としての試みをなしてみた次第でもある。さもあらばあれ、驚くべきことに、これらは世の厚意に迎へられて再び版を重ねる必要を感じた。再版に際して戦后の所産を四十頁程追加している。医学書院金原君、角川書店、短歌、中井英夫君はじめ、多くの畏友の友情に感じつつ。

昭和三十二年七月一日　記

全集後序

自分の小説における発想は『小景詩』の展開と見るべきもので、（ひまはり）は吉行淳之介らと「世代」に（風）を発表したころ、すなわち昭和二十一年夏、高等学校三年のころであった。吉行は、『蝶蝶なんぞ　そんなに高く飛んでいいものだろうか』という詩をつくった。自分の處女作（メエゾン・ベルビウ地帯）が、中井英夫らとの「新思潮」にのったころ、昭和二十二年夏に並行しているから、（木いちご）は大学に入りたての作である。かえりみれば自分が古代研究を志すにいたった過程も、明かにたどることが出来るので、これらを全集の巻頭に置くことにした。変らざる厚情に守られて完成の日を待つ。

昭和三二年七月二八日

歌集　海邊にて

人の波

デパートの下はフオームにて上り下りの人の急流を窓より見しむ

人波に鮮かにして浮びたる秋の女は流れてやまず

秩序もつ急流となり出勤の人いそぎおりさかのぼる我

恐るべく胸部突出せる女たち原色のセーターでむかい来るなり

セメントのビルのうちらの女性たち感傷もなき後光を発す

方尺の水槽にして輝ける海の魚くず《うろ》も売らんとすなり

長ぐつをはきし生徒等音たてて坂道登る始業十分前

街路樹が一せいにして落葉する水たまりこゆるほそきスカート

葡萄

紫のぶどうの房に夕日射しすき透る見ゆ停車の間に

段丘の突端のぶどう一房はめのうの色に焼きつきにけり

黒々と葡萄畑に影落ちて更紗模様の地面は冷えぬ

水晶のこりたる葡萄さみどりは百万の房に粉を噴きにけり

富士晴れし日に生れたる女童《めわらわ》は美しといい恥じたる少女

白木綿花

海に入る石垣の道伊豆の海や白木綿花《しらゆうばな》に浪たち渡る

自衛艦黒々として浮びたれ愛国心のごときもの湧かず

翅を立てし群れ蝶のごと傾きてヨット・レースに白波渡る

蘇鉄の葉光らせて降る野天湯の伊東の雨は練り絹の如く

紅燈のちまたにありて沈みゆく我の酔かな夜の川光れり

透明の季節

研究室の窓の金具に触るる時はきけの如きもの襲い来る

いささかのちりをとどめぬ京の時雨蒸留水として用うべし

ガラス戸に頬よせみれば身近なるぎんなんのつぶに雨光るなり

石像の如きうなじをもつ女動かざれば我が心静けし

眼なかいの風に失せゆく銀杏もみじまたたくひまと思はざらめや

人に恋いしあわせならぬ人妻が北国の果に生命守りいむ

しあわせにすることできぬ女なればけんらんの銀杏に撲たれて耐えむ

陽あたれる銀杏はすぎて散りにけりいまだも青き片側並木

数週間の銀杏の変化は一定の傾きもちて落葉も了りぬ

同僚が語りていたる鳥の如き瞬時の結婚という想念焼きつきぬ

いささかも倫理的圧迫というものなき透明の季節にかんいんはせず

銀杏散る絢爛の時背徳のわれ鳥の如き黒衣まとわん

老年より救いなき身の踏みしだくぎんなんの実にあらあらしき臭

聴講の学生は今日も四名にして窓の銀杏は散りすぎにけり

月　食

死に近き妻はかなしも幼じみドロップを欲しと言うのみなりき

自らの生命はかなきことをしらず倹約をする妻をいとしむ

感心なる女房は長く生きざらむ少しはぜいたくなどしてくれよ

ぶどう色の月食なれば縁側に蒲団を敷きて子とながめおり

虹色の月見ておればスピノザのNatura Naturansはまことに信ず

雪

みすずかる信濃に向う雪山に少女むれおり板すべりする

源泉に小さき稲荷のほこらありて共同風呂に流れ入るなり

中年の表情したる湯の女乙女の肌をかくすとはせず

かみつけの女は乳房豊にして短かかりけりそのかくし毛は

髪をすく櫛はきしみて電燈に女の尻は光りつつ いる

尻光る女かんいんのためらいに我が沈む湯にひたり来る夜

晴れわたる雪の山際に煙あがる白根の奥は吹雪けるらしも

靴に塗るレザーオイルの臭強く同じ記憶がありたるごとし

錦町河岸

メタン浮くかぐろき河辺乏しくも花咲きており近寄りてゆく

メタンの泡破れるごとに河の中瀘斗あてし穴に覗き見ゆるなり

これは我が時間と思う神田川かぐろき河の油の光

赤さびし鉄材置場並びたり錦町河岸の石垣の上に

神田にて昔の女に逢いたりき黄色き顔の三十女

このように人は空しくなり得るか他人の作品となりし女に

この女は我の絵なりき我が処女作メェゾン・ベル・ビウ地帯の女

記憶のごみ集めて黒き神田川ビルの谷間に流るる憂鬱

うら皮の靴買ってやりしことありきこの女は同じ靴穿いている

鳥に似て口早に言う女のくせ浮上り来ぬ河の底より

公孫樹の芽ふくらみてゆく週間に手袋を欲すること二回

軌　跡

旋盤の截りくずは緊迫してらせん流れ運動の軌跡をここに残しぬ

にぶき銀色に光りていたりセーバーにてけずられし鉄はほの暗きところ

工場に生れ育ちて搾取ということ身にしみており救われ難く

工員が指截りしこと青酸をのみしこと皆我の血肉

みがきたるステンレスパイプ並びたり径の精度
は〇・〇〇九ミリ

我を異質なるものと意識することあり精度に対
する異常感覚

性液にみてる人間をみにくしとにくむことあり
機械を愛し

わが祖父は注射の針を日本にてはじめて創
りいだせる人なり

わが祖父に針を創れと言いし人はわかき北
里柴三郎上田万年

明治二十年の東京日日新聞は椿の針の廉売広告
を載せぬ

ツバキの名印したる針億万は世界に流れいずち
ゆきけむ

針つくらず学問する我を我が祖父は「詩をつく
るより田つくれ」と言いぬ

我が祖父は高村光雲の弟子なりき田をつくらざ
る我を許さしめ

望遠鏡

金色の産毛生えたるアメリカの女と並び富士に
登りし

十円の望遠鏡はとらえおり富士の残雪に薄きよ
ごれを

硫化水素泥土を噴ける上を過ぎり鴉《からす》の影は青葉
に落ちぬ

十国《じっこく》を見はらす峠薄ぐもり山葛の葉は戦《そよ》ぎやま
ずも

葛の葉が雨にぬれゆく峠にて灰ざらの灰舞いては失せぬ

あじさい

念念に女人《によにん》おもえばあじさいの深み渡れる藍の花傾く

地に伏して泥にまみれしあじさいの一つの花に紅《くれない》さしぬ

空梅雨の乾ける街にうずたかく青き野菜をひきゆく車

指先にヨードチンキを塗りおれば乾きし土に落ちくる雨脚

こぼれんとする若芽の黄色盛り上げて椎のほつ枝に雨ふりそそぐ

わが庭の山椒の芽ははつかなれ産卵を終えし蝶はそれゆく

とりどりのカーテン飾る鉄筋の住宅群が窓ひきつつ

残業の螢光壮麗のビルの上に利鎌《とがま》となりて月はのぼりぬ

海

海に向う医院の庭にパパイヤの裂けし大葉は屋根を覆いぬ

パパイヤの若葉が裂けて開かんと枝を伸ばせるすさまじき反り

はしけやし異国少女がくれないの乳首見せたり鞠をささげて

鼻すじの薄き少女よイタリアのローマの水を我にくめかし

バルベリーニの写真を見てはイタリアのフライにしたるにぎりめし食う

がじゅまるの葉かげの海に水かずき乱視の眼鏡失ないにけり

物語めく青き水中のしまだいをつかまえんとす水母は刺せど

我が庭の小松は海につらなりて白き漁船は枝を貫きゆく

遠景

縁日の電気の光親しくもお面ハッカパイプなど照らしておりぬ

センベイがふくらみて焼けてゆくすがたべっこう焼のなべにゆる音

水中花というもの悲し買いし子はねむれどつつましく花開きおり

朱を塗りし祭器をもちて古代びと何ごと祈り死にてゆきしか

楽浪の漢式鏡は漆黒の色を保ちてわれらに対す

時間というものに長さなくして二千という年が眼の前にあり

ほろびゆく時に抗《さか》らい光るものつむがり太刀に錺《かざ》りたる金

ハードルを越えゆく少女剃刀の冷たき反りをみせて過ぎゆく

海晴れし日に

柿紅葉散り果てて顆《か》のあらわなる山高きところ海晴れし日に

色づけばるいるいと実のあらわるる蜜柑畑が截れる青き海

蒼蒼と海晴れし日は恋のごと柑橘の葉を噛みて冬を待つ

すれ違うバスの窓辺に生垣の濃き柑橘の葉は触れにけり

海辺の墓に種子まきし人ありてたかとうだいの花が枯れいる

赤赤とひなげし畑狂いいてライ麦の穂の抜きしを描きぬ

桃の花青空を得て咲きみつるまばゆき園の寂しき絵なり

孤独なるゴッホの光の渦の中に女が佇てり話していたり

葡萄畑みのらんとする凄烈をゴッホ描きぬ堆朱《ついしゅ》の渦に

映画館灯を流しいるひあわいにフラ・フープ回す女の子孤り

風をきる輪のきしむ音孤独なる遊びにふける夜の女の子

海の言葉

海よ汝が汗ばむ乳首鋭くていましは今宵みごもりぬらん

夜の海無限に言葉はきている許されぬ子をみごもりしこと

石をもて追わるるとても海よ我の子を死なしむな

年のうちに春の菓子食えばやわ肌のうぐいす餅の冷たきことよ

小鳥など飼いてひそやかに暮したき我にせまる勤評警職法など

幸福の映画見しあとに似て妃のきまりしことなどに花やぐ

葉を透かす日はくれないのポインセチア郊外駅の売店にならぶ

夕刊の園芸欄にポインセチアの手入法などのせたる師走

クリスマス近づく頃は紅き葉のポインセチアの頂そよぐ

海に入る石垣の道白くして銀たかはまの巻貝散りぬ

ヴィーナス

潮泡よ生れし神の裸身見せ美しき貝くだかれてゆく

凋める花

われらかなしみて年寄りゆかん凋《しぼ》める花ににし
恋を曳き

鋭き乳首尖る女の谷底に埋葬されん我の首

背徳の故に泣くにはあらざりき女の腹にあふる
る海は

まはだかの我等凋める花を曳き入墨せられ追わ
れてゆかん

言うこともできぬ女は膚ふれて言うこともなく
別れてゆきぬ

我が恋を葬《はふ》りはてなむ荒磯に我の鼻血が散りて
ゆきたり

少女等が巻貝採りに潜るとき白鳥に似て足首立
ちぬ

巻貝を拾いてくれし女の子罪の女の目をすれば
かなし

よろめく海

きらめける網代とみれば白千鳥群れいて冬の海
はよろめく

大謀網碧き入江をめぐりいて輝く泡は白千鳥の
群

鉄砲を撃ちて五井鷺を殺しいる漁港は魚うばわ
れまいと

ここにしてリルケの孤独我を刺す山上の薔薇に
霜柱立ち

鷺殺す鉄砲の音風変れば網を寄せいるかけ声きこゆ

漁夫の家に涙あふれいるシューベルト海辺にて我人と別れぬ

網つくろう老人は電柱と電柱の間に釣のテグスを長々と乾す

乾きたるサバの小魚をザルに入れてそこより立ちぬ漁港の臭

この丘の蜜柑畑にフグあまたつぶれておりぬ鳥も食わずに

麗光にたき火をすれば炎ちぎれ松山の風常に変りいる

孤絶の棘に耐えよと山の上に一房の棕梠の種子おろしけり

山ひだの南おもては蜜柑うれ東斜面に立つ霜柱

縦横に路ありて見えす枯れいる十国峠は冬疎大なる

シベリアの寒波来ればパパイヤの北側の葉は霜に枯れたり

アメリカの旗立てている潜水艦熱海に泊す休日なれば

背を向けて熱海の夜景湯の娘幼き乳のわき白く見ゆ

美しき母と湯にいて乳首のいまだ尖らぬ娘恥じらわぬ

黒鯛はまだ生きている水槽に飼われし魚のあぎと白くして

広告塔廻りゆくなり海の上に空中ケーブル灯を揚げてゆく

葉の厚き竜舌蘭は海光に冬の新芽をみなとがらせぬ

海にふる雪

片燃ゆる頬もちてわれ一人降りぬ雪ふる春の海辺の駅に

クリーナーの扇の窓に入り来る雪ふる海と漁港のまちと

限りなく青色かさね深みゆく海に溶け入り雪ふりそそぐ

刺青は沖に菫の色もてりはてしなく海にそそぐ雪片

ゴシックに組む枝の雪溶けてゆく光まばゆき聖霊のしずく

雪吹きて片側白き街路樹が果しなく枝組みかわす

気が遠くなるまで光り溶けてゆくオリーヴの葉の先にとまる雪

病む妻にかかわりもなくすごし来てたまさか雪のふる日に逢いぬ

海のさち

新しきつとめの帰り気がつけば地虫鳴きいる崖下の道

井戸掘る音地をゆすぶれる団地にて紋白蝶死なんとする路上

浪の間に沈み入りなん斜きに頭より死に落ちゆく船室

浪はしるハッチのかなた死がありて逃走すわれオルフェ

大島の北の斜面を広角に見下す丘に風吹きやまず

黒黒と椿模範林つづきいて火山灰地に日はばらふなす

どこにても牛乳せんべい出す島のアンコは処女の帯巻いている

黒潮の八重寄る島のそこ引網に鋼鉄の弾機《ばね》伊勢えび弾ぜつ

網たぐる島の壮夫《おとこ》はえび漁の少きを言う貧しき村を

豊玉比売説話

わだつみのいろこの宮の魚たちが潮泡ふきぬ鋭き歯より

井の上の湯津かつら木にい立たして珠吹きつけし玉もひの貝

訳　詩

匏《ひさご》形の乳房を蜂が刺すという詩を示したる一人の女

イミターショ・クリスチをもて少年は裸かくしぬ少女が来れば

少年は白鳥ぬすみ浴室で飼いていたりき詩の本の中で

後記

『海邊にて』は『絵画風小景詩』に次いで、自分の第二歌集ということになる。

昭和三十二年秋から、三十四年夏にいたる、ほとんどすべての作を制作順に集めた。『小景詩』の再版には三十二年夏までの作を補ったので、それに続くものとして読んで頂きたい。

この年六月に創刊された「長風」という歌誌の同人である上月昭雄氏とたまたま勤務先で机を並べることになったのが機縁となり、故白秋門下の人たちのやっている「長風」に自分の異端的作をのせてもらうようになった。自分がきれぎれながらも、『海邊にて』をまとめることができたのは、鈴木幸輔氏はじめ「長風」の皆さんの、温い友情の賜である。

『海邊にて』という題は、シューベルトの歌曲“AM MEER”によったのである。『邊』はわざと『辺』にしなかったが、深いしさいがあるわけではない。

海岸の砂丘にうずくまって、黒いマントの少年が本を読んでいる。本はイミターショ・クリスチである。潮鳴の外には、黒い少年のまわりは白一色である。

『海邊にて』という題で、そんな小説を書こうとしたができなかった。

Das Meer erglänzte weit hinaus im letzen Abend-scheine ;*1

という気分をだしてみたいと思ったが、ついに果さなかった。せめては歌集の題にとどめようという、心意気なのである。

この歌集にも西欧の詩の趣を、どれほどか短歌のかたちで、写してみようという意図がある。短歌の可能性の周縁で、思いきり明るい地中海の色を出してみたいと思った。失敗作ばかりだが、自分にとっては、安全なところで同じような歌をいくつ作っても仕方がないと思われるのである。

『海邊にて』からは、かなづかいを改めて、現代かなづかいに近い表記にした。けれど、気持がわるいので、文語法によったところが残っている。

統一を欲くようだが、口語でもなく、文語でもない、日常つかう言葉とすれすれのところで、新しい詩語ができるはずだと思う。口語というものは、話しことばとは、はっきり違うものだが、それに近いところで、散文を書くために、発明されたものだ。同じように、わかりよい、新しい短歌は、新しい用語を創りだしていく必要がある。だから、「古語はすててしまえ」というのは甘いので、やさしい、わかる言葉なら、文語でも、外国語でも、どんどん使うべきだ。たとえ口語でも、むずかしい漢字を並べたのでは、読みにくくてこまる。

戦后の新しい短歌は、百花繚乱のていである。自分ごときものの『短歌詩論』も多少は、その理論的基礎づけに役だったようである。ところがこれは、まぐれ当りであって「おまえの歌は案外に不徹底だ」といわれそうであるが、短歌というものは一種の論理的抑制をもっていて、意味のわからない程にデフォルメしたものは、客観性に乏しい、抽象詩・思想詩としては短歌はすこぶる弱い形式である。自分は『桐の花』『雲母集』の外光派から、具象的に近代詩に近寄ろうとしたわけである。

『海邊にて』の舞台は南熱海である。自分は網代の山のギラギラした海光が限りなく好きである。網代の漁夫の家並をあるきながら、かもめの声にシューベルトの、失恋の歌をきくような気持がする。

wir saßen am einsamen Fischer-haus ,
wir saßen stumm und alleine .*2

【註】

＊1　ハイネ作詩「海辺にて」の冒頭。「海は夕日の最後の光のなか遙か遠くまで輝いていた」。

＊2　1の引用につづく一節。「われらは寂しい漁師の家の前に坐っていた、われらは黙り二人きりで座っていた」。

評論・随筆・書簡

宗教的ろまんちしずむに就て

ろまんは力を前提とする。そのなまめかしき生き物は、あざ笑ひ、嬌笑し、身をくねらせて逃げまはるが、ろまんの本質はやはり力である。吉行君のいふ現代のしんきくささは、ぎろぎろしたその力の貧困から来るんだと思ふ。立派らしいもの、感心さうなもの、ニセモノの氾濫は予をして窒息せしめる。現代は価値の転換にせまられてゐる。予はぎろぎろしたものが欲しい。背後に深淵ののぞいてゐるやうな、おるふえおの冷笑の反響するやうな、すげえものが欲しい。それはカサブランカにあきたらずして山吹猫に行く予の心である。

ここに宗教的といふはあきらめの逃避でない。それはみぬものへのせつぱつまつたあこがれであり、求め得ざるものへの官能の白熱であり、こがれこがれたる彼岸への郷愁である。夕の赤光のうちにゐるごとき極楽へのみもだへか、はたまた静まれるまなこをあげたる憧憬のまなざしなのである。

法華経弘めしはじめには、無数の衆生そのなかに、本瑞所々に雲晴れて、曼荼羅《まんだら》曼珠《まんず》の花ぞふる――梁塵秘抄巻第二

てふ宗教的ろまんちしずむの系列は祝詞の表現を始めて押し出した原始の民のこゝろであらうし、降つてはぜす・きりしとの教へを渇仰した吉利支丹の歓喜であらう。予は原始の民のこゝろにひらめいた、うつむけるろまんの花を、太陽のかけらの如きペルシヤの皿に、ネブガドネザールの夢に、はたまた古事記に残骸を止める古代の民のこころを思ふ。旅人の郷愁は、道長のまた清盛の沈緬は純乎として純なる

宗教的ろまんの世界である。

　凝視する客観の周囲に匂ふもの。熟考する思想の周囲にただよふもの。溶鉱炉の炎にかげらふのやうにゆらめくもの、それを両手ですくへども、空しい淡いものは指の間に消える。ぎろぎろしたろまんはなまめかしき宗教的象徴の世界に入るであらう。現代の貧困と無気力は宗教的ろまんの再来を渾然たる藝術の復帰を恋ふること切である。

FANTAISIE の論理

　赤鼻は何故おかしいのかといふと、それは紅で彩つたと感じるからおかしいのださうである。その色が我々の不意をうつところからして、我々はその色が人工的に被せてあるのだと見做すからなのだ。これは推理する理性にとつては虚妄のものだが、単なる想像にとつては極めて確実な眞理である。だからこれは理性の論理ではない。時にはそれに対立さへする想像力の論理であるといふことをベルグソンはいつてゐる。

　これは社会全体の夢みてゐる夢の論理に似たあるものなので、このFANTAISIEの論理を再構成するためには一種の特別な努力が必要であり、その努力によつて人は、うまく積み重ねられてゐる種々の判断を、しつかり根を下してゐる種々の観念との外殻を引つぱがして、地下水の水脈のやうに互に入りまじつてゐる種々の形像の一種の流動的な連続が自分自身の奥底を流れてゐるのを眺めるのである。その形像の交錯は偶然に出来たものではない。それは法則、或はむしろ習慣に従つてゐるもので、それの想像に対する関係は恰も論理の思惟に対するが如きものであると、ベルグソンは美しく語つてゐる。

彼の所説のことごとくを信奉するわけではないが、私は藝術は生命の表現であると思ふゆえ、ベルグソンが生命の飛躍《エラン》を新しく見つめやうとするところに私はひきつけられるのである。

何故こんなことをいふかといふと、最近流行のマルキシズム文学評論に私は奇怪な気持を禁じ得ないからである。それは文学を藝術として取扱はないのである。勿論文学を一つの資料として、又政治、社会関係を示す物として取扱ふのは自由であるし、又必要なことである。けれども歴史、或は社会学の方法を用ふるならば、同じ文学を対象としようとも歴史学或は社会学であることは明かである。これは常識みたいなことで、しつてらいといはれることと思ふが、しからば社会科学や歴史科学は歴史社会関係を客観的に照し出しはするけれどもその価値は論じない筈である。しかるにこの擬装した機械観は、一見客観的らしく推論してゆく途中で、一転して独断的な価値論になつてしまふのである。この間の非連続は批評家も亦一つの生の追体験をするとか、辯証法的止揚であるとかいふ遁辞では、許されない。ディルタイはそんな生やさしいものではないし、ヘーゲルの辯証法もそんなオモチヤみたいなごまかしではない筈だ。

藝術を藝術として取扱ひ、その流動をとらへるには、批評家も亦生命の構想力《ファンテジー》の論理の再構成に、藝術を創作するもの以上の苦しみを苦しまねばなるまい。それは安易な仕事ではなくヴアレリーやアラン級の知性を要するものであることがやってみればわかるにちがいない。

いやにすごみをみせて、いいかげんな批評家の妄言が横行し、自ら文学を支配してゐるかの如き錯覚に陥つてゐるらしいのは、ジャーナリズムが、スナツプショット的なハツタリ印象記や、てがるなブツクレビユウを必要としてゐる限りのことであつて、はつきりいへばそんなものは批評とは申されない。又そう〔ママ〕いふえたいの知れない妄言が批評であると甘んじてゐられるのであればこれは話にならない。

新思潮は藝術派である由であるが、藝術に志すものが何故藝術派で悪いのであるか。絵かきや音楽家にさういつたら変な顔するにちがひない。ともあれ音楽や絵画同様、文学も藝術でなければこまると私は考へる。文学が政治性や社会性に鋭い眼をカツと開いてゐるのは事実だが、革命的イデオロギーの大小が藝術としての価値の大小と無縁であることは、革命歌だけがいゝ音楽でないのと同様である。社会意識や政治性は市民としての我々に要求して頂きたいところであつて、又市民としての我々はのんきな批評家諸賢よりももつと鋭い社会意識をもちあはせてゐるかもしれない。

人間の生命への郷愁はルネサンス以来のロマンテイシズムの源流であつて、文学が理想的な政治を目的としてゐるとしひていふならば、「十世記後の為に」と眞の藝術家はアイロニーで答へるかもしれない。

所詮自らの生命をきり下げてゆき、ショーズと我との決闘を文学に賭ける以上は、現代や次代の帝国主義的な政治や社会からは孤絶しないわけにはまいらない。また文学が一つの政治的意図の実現の手段であるならば、しひてこの手あかでうすよごれた国語でもつて藝術するひつようなんぞはいささかもないのだ。

次に、FANTAISIEの論理についておほざつぱにいふと、生命といふのは単に意識の内側からの志向関係、ハイデッガーのいふex-sistence（外に出てゐる）ばかりでなく、それを含みつつそれを越えた社会の場面で生きてゐるのだと私は考へる。かういつても私はフランス社会学派に帰するわけではないので、それは私が神話学と生物学を勉強するものである故特に感じるのかもしれないが、人間の生命といふものは機械的にはどうしてもつかまへることが出来ない。同一種の卵から出る蝶が湿度や気温の差で異る種族と思はれてゐた蝶になつたり、或は海水中の塩分の度合がある種のウニの種類をかへたりする発生の秘密は、一見生命現象を機械観的に解明することの可能を予想させるが、それは今迄の認識の浅薄さの故であつて、自然科学的、数学的思惟の限界は、まじめな科学者であればある程強烈に意識しなわけにはいかないであらう。又機械観をさかさまにした安《アン》チョクな目的観を以てしてはいよいよこれはだめである。ベルグソンは彼の創造的進化の哲学を一の目的観に近いものとして位置させながら、単なる機械観や目的観からは明かに分離してゐる。その美学はまとまつた形では書かれてゐないが、「意識の直接的与件についての論文」や「笑」に示された明晰にして慎重な方法は、生命を対象とする学を志す以上、深い尊敬をはらはないわけにはまいらないのである。

私は主として流行のマルキシズム批評家に向つて今更らしくも論理は理性のみでなくファンテジーにもあることを申し上げたかつたが、文学とはリテラチヤーの訳であつて、文学の科学Science of literatureは文藝学であるといふところからして説明する必要のありさうなその他の小《プチ》批評家先生には、ジッドに「さうすれば君達の仕事がなくなるよ」なんていはれないやうに、もう少し苦労して下さいと願ふ以外にいふ言葉もないのである。

中井英夫宛書簡

① 〔一九四八年一月十一日消印〕

拝呈。少々無理がタタつて歯がハレてしまひ、これはあんまり歯をくひしばつてものかく所為かもしれませんが、どうもかなしい健康状態故、新思潮サボつてしまつて申訳なく思ひます。

昨日は一ノ瀬直行[*1]の浅草のバラツク寺でのんでしまひ、彼は曾ての芥川賞時代の苦労バナシをはじめるし、成田有恒[*2]もメイテイして気焔をあげだすし、オレも少しダラシなくなつてしまつて、直六面体のキツカリした本格小説カクヨといつた。泰山メイドウして鼠一匹みてえなことになるかもしれない。

一ノ瀬老はシワクチヤなヨーカン色の羽織きて、赤ん坊などあやしながら文学は貧乏の味をしらなきやダメダヨと、島崎藤村のナントカ町時代のやうな風格であつた。

彼は仲々優秀だよ。何をいつてもビクともしねえのだ。

三十女のフンプンたるやつをかかなきやいけねえといふ注文だ。無理だらうがといふんでオレ無念だつたが丹羽、舟橋なんてのやつぱりこくのあるエロだからかなはねえや。ショーズじやだめらしいよ。春画にしてもいろんなのがあるが、やつぱりいゝのはフンプンたるやつに違ひはない。もつともオレはもつとキツカリした生殖器ジタイがかきたいのだ。こゝでもしフンプンとやれば、何のことはない大兄のいふ便所の落書だらうが、そんないやらしくない（しひてあいまいに思はせぶりをしないといふこと）ショーズ自体の再現は不可能ではなからうと思ふ。結局は力量と精進の問題なのだらう。いゝものをかくより他にてはないのだから苦しい。

これはお互様ながらいつもの、問題なくいつものを兎に角書いてから大ピラに気焔あげて、芥川、太宰をブットバさうではないか。他の奴等はどうでもよろしいと思ふやうになつた。

　そうすれば近代文学もコバヤシヒデヲもペシヤンコだ。

「肉体」からアプレゲール叢書[*3]ミタイナノ出す計画があるんださうで、単行本を出してくれるかもしれないのだが、（よくはわからないが）出してもいゝかい。新思潮から出すといふのが本当ナラ考へるが、オレビンボー故、なるべく早い方がアリガタイのだ。

「思索」にはかいたかい。梅崎春生級のを、もつとオシモオサレモシネエのならなほいゝ。御精進を祈り上げます。

一月十一日　実
再拝

中井英夫様

P.S.　新思潮Vには中世風の物語といふのか、又はプンプンたる女の出てくるやつをかくから三十枚位アケテオイテ

②〔一九五三年八月一日消印〕

拝復。久しぶりになつかしい大兄の手紙をもらい、うれしくて、一寸涙ぐましく——という芝居がかるが、本当は一寸せつなくなった次第です。

　僕の観念している文学なるものの像が、たしかにこれは、コムニズムのためにくされて、あせって、何とかして永遠の風の中に、それはどんな小さな結晶でもはきだしたいと思って、時計仕掛のような、小さな精神のアクセサリイを——いやこれはちがう、時計のウラぶたをぱちりとあければ、女の子の心の中が、ゼンマイ仕掛のようにのぞかれるというようなのを、いく

つか、かいた。

けれどもこのごろすこし、考えが変ってきているらしいのです。

何にしろ、コムニズムは信じられないし、神も又、だめである。ということになると、信じられるのは、俺がどういう具合か、あるということで、Dasein というところから、あたりをみまわし、そして何事か、せけんのために、どんな小さくてもいゝ、本ものの仕事を、残して置きたいといったような、殊勝な一すじの糸のようなものが感じられだしたのです。何とかものになりそうな気がする。

どうもつまらなくなってしまった。よした方がよろしい。藤十郎殿は相変らず、にえきらず、女の子を悲しませているところでありましょう。

僕は、尾瀬沼というところへいってきました。

人間というものは、自然の中にきりぬかれて、いる気がして、又文学にしてももろもろのはみ出た現象をきりぬいて、うまくならべたものにすぎず、俺の見る現存とはちがっているのをやりきれなく思った。

ところで今プロスペル・メリメの「ある女への手紙」というのを文庫でよんでいるが、先生も女の子には大分甘かった。なんとか結婚しないで、ものにしようとてくだをろうしているところ、大変、安心感をいだいた。

大兄もラヴレターの見本として、参照の要あらんか。

まったくほれるということほどおろかしいものはないんだが、一寸ラムネのようにせつない恋をおろかしくも演じ、女が本気になって、崩れていくと、そら恐ろしいね。

そんな女ほど可憐なものはない。

そのうち、逢いましょう。ビイルはオレだめなんだ。ビイル・アレルギイになっちまって、(こんなのがあるのかどうかわからんけど)敵意をいだくにいたった。胃のせいです。

せめてはアイス・クリームなぞでがまんして、エビを食いましょう。コキール[*4]か何かの。

八月五日すぎは上高地へでかけ、一週間ほどワイフサービスをするつもりなので、その前か、あとに、電話しましょう。相変らず、リーベは健在ですか。「世代」も変らずにつづいているの。ではそのをり。頓首。

七月三十一日

椿　實

中井大兄

【註】＊1　詩人、小説家（一九〇四‐一九七八）。一九三八年に「隣家の人々」が第七回芥川賞候補。＊2　小説家、僧侶（一九二一‐二〇〇八）。筆名・寺内大吉、一九六〇年に「はぐれ念仏」で直木賞受賞。＊3　新進作家の作品集。真善美社刊。＊4　coquille（仏語）。貝殻の意が転じて、調理してソースで和えた魚介・肉などをホタテ貝の貝殻または貝殻形の器に詰め、オーブンで焼いた料理。コキーユ。（広辞苑）

『メーゾン・ベルビウ地帯』のころ
——最も思い出深い自作

先日（二月二八日）午後八時～八時四五分に、NHK教育テレビETVで「黒鳥館日記・中井英夫の生と死」という番組が放映されました。その中で何と、『新思潮』（第一四次）が出てまいりまして、私が装画を書いた第五号のパイプとサイコロの『新思潮』や、昭和二二年九月の第二号の表紙なども出てきまして、何とも異様な辛口のテレビでありました。この第二号の巻頭に出ているのが「メーゾン・ベルビウ地帯」で、「桜の木には桜の臭、椎の木には椎の匂」とはじまります。メーゾン・ベルビウ（美景館）というのは弥生会館の裏に実在するアパートで、畏友高崎直道東大元教授の言によれば高崎君の知人がこの館に居住していたことある由で、「コの字の中庭を囲んだこのアパートの曲り角に私達はゐる」とあるように、今もクライミングローズが花びらを散らしていたりしそうな館です。この一角の奥の方に仏文学者高橋邦太郎先生が棲んでおられまして、東大前の八百屋の娘さんである奥さんと私の母が同じ女学校を出た縁で、真理子さんという当時白鷗（第一高女）に行っておられたお嬢さんと弟さんと、これは私の弟と上野高（市立二中）の同級だった因縁で、私は、「汗しらず」の匂ふんぷんたるメーゾン・ベルビウ地帯を歩きまわったものであります。「ところでメゾン・ベルビウ地帯の素晴しさはどうだ。きらきらした色硝子のかけらをいちめんにまきちらし、その中でくねくねのたうつ肉体は満身傷だらけだが、その代りどんなかすり傷にも金砂子の様な光彩がきらめいている」と中井が編集後記に書いてくれたこの文句は、黒鳥館日記の中にあるが、中井英夫日記は、私の青春時代を『全集』の中に彫刻しておいてくれたわけで、だから「椿と三島にはかなわなかった」という望外のほめ言葉もウソだとは思わないことにしましょう。

これが載っている『椿實全作品』は、久世光彦さんは探しても本屋にないと「ある秋の一日」に書かれましたが、立風書房に在庫があると思うので、古本だと高価になりましたから立風書房にたのんで送ってもらって下さい。

『幻想文学』第四〇号『眠れ、黒鳥』に「虚無への供物に」という私の中井兄への弔辞がありますが、中井英夫は北イタリアの大学都市でローマ教会に反逆した黒魔術師（中世の科学者、医者達）のように、鼻いよいよ高く紫色の顔となって死にました。魔術と宗教とは同じ質のものだと宗教学では考えます。「メェゾン・ベルビウ地帯」とは『文學界』に転載された時の表記でありまして、小説の骨法としてはこの方が完成していますが、中井がほめてくれた『新思潮』版を定本としました。これは、水上勉君が、「ぎょうせい」から出る地方文学の東京シリーズに出してくれることになった由で、同君の義理堅さに感じ入っているところです。『リテレール』編集部の御依頼では「想い出深い」作ということですので、汗顔ものではありますがこの作のモデルについて申し上げます。

　私の従妹の学友に「小夜ひろみ」という日本橋三共のトコヤの娘で松竹の大部屋にいた娘がおります。私はそんなに熱を上げたわけではないが、当時神田の露店に並んでいた旅行カバンだの旅行用具一式だのを買って旅に出る踊子に上げたり（パトロンというにはあまりに幼い学生でした）ドロッドロッというラインダンスに感心したり、といって、これはテレビでやっている女の体操程Hではありませんが、当時「肉体の門」をやっていてロック座でその「門」を出すところをのぞいたり、いやこれも沖縄でやっているモノスゴイ露出程ではないのですが、荷風先生と同じ店で天プラ食ったりして浅草を歩きまわったものでした。

『わが青春に悔なし』という映画がありましたが、まったく戦後は青天井のやりたい方だい《ママ》で、ずいぶん面白かった。なにしろ青二才の作文が、第一作から原稿料をもらって、講談社の大先輩が「先生御在宅ですか」と見えたり、女房の女子大の友達が原稿をとりにきたりして「アラ」なんていう具合でした。

　とにかく朝鮮動乱の注射針の特需で家業もいそがしい盛りで、それこそ「わが青春に悔なし」でありました。水上勉氏は『フライパンの歌』を書いた頃で、その一節を三島に話したら、彼はさっそく『潮騒』を書きました。これは「大磯」が舞台になるはずで、大磯にある我が家の小僧さんの実家が磯部旅館という名で当時町会議員をやっていたので紹介したことがあります。大磯ではおみこしを二階から見下すとしかられるから気をつけるように申したことなども想い出されます。（一九九四年三月四日）

「メーゾン・ベルビウ地帯」のころ

中井英夫の日記は旧制七年制高校の遺産として貴重な発言に富んでいる。公刊されたもの以外には『虚無への供物』執筆時の日記が、「幻想文学」中井英夫スペシャルII〝虚無へ捧ぐる〟に載っている。1962.7.27には「わたしの名前は塔晶夫ということになった。」と書き、四十歳にもなって、何かしら、ほんの僅かでも、お前は文体を創り出せましたか？ と反省している。「新思潮」1947.9.30第十四次新人創作特集号には吉行淳之介の「星の降る夜の物語」と私の「メーゾン・ベルビウ地帯」が載っていて、この十四次というところは中井が十三次のところを縁起をかついでトバしたからで、「ところでメゾン　ベルビウの素晴しさはどうだ。きらきらした色硝子のかけらをいちめんにまきちらし、その中でくねくねのたうつ肉体は満身傷だらけだが、その代りどんなかすり傷にも金砂子の様な光彩がきらめいてゐる。読んでゐるこちらの膚にべたべた花粉のついてくる様な、じよろでキスキーをふりまいてゐる様な香ひ高さ。しなしな柔い草の中にねころんで三角のプリズムをぎゆつと眼に押つけたらこんな風に世界が輝き出すだらう。青春は何処へ行つたと、その叫びさへ出ないでゐる僕たちのうしろから、もうこんな風になまめかしく白粉をぬりたて陽気な道化服をきこんで、日の当るまつぴるまの街にろまんの旗をふる若者たち。己《おい》らはからして生きぬいて来たと、何の飾り気もなくズバリと云つてのける大胆さ。今更道端に落ちてゐる吸い殻さへ、いちいちふみ消さずにはゐられない育ちの僕らが、この上もなくみじめに見えてくるのだ。」と奥書を書いた中井の文体もすごい。こんなあきれた奥書があるものか。

1946.11.9には、

〝府立（都立）の、いま文芸部を主にやつてゐる椿といふのに会ひに行つた。静高出の連中が「葦」といふ同人雑誌をやつて居、中に優秀な人が居る『吉行淳之介のことであろう』さうだが、椿と関係あるときいたからだ。これから高校文化に対する悪口がはじまり、その杯《さかづき》を捨てよ。大人達がニンマリと笑つて毒酒を盛つたその杯を。（カントやシュトルムは、彼らの眼をくらますヲトリにすぎない。）だいぶいい本を沢山持つてゐるので一寸畏敬したが、矢張り椿もその一人にすぎなかつた。それに大変残念な事だが蓄膿症ときてゐる。〟

　と悪たいをつくが、私は岩波文庫本を焼けたリヤカーに積んで、玉屋というメガネ屋のやっている本屋に並べてもらい、大いにうるおった。当時貸本パクリというのがあって、文庫は星一つ二十銭だが、それを貸本として保証金を百円位取り、つまり返さなければ数十倍で売ったことになるわけであった。蓄膿症などと言うが、府立高校の先輩には森哲という大した人物がいて「VAN」の森本哲郎氏のことだが、この人、中井と同期で「諷刺文学」を出すと十二月二十二日にある。森哲は哲学科に進んで出《いで》〔隆〕先生の弟子になったが、カルタゴの将軍がローヌ河を渡る話をしていたかと思うと蕪村の話などもやってのける。こういうめちゃめちゃな教育をする学校がこのごろなくなってしまった。中井の親父は中井猛之進であるから、ボイテンゾルグ植物園長をやっていて蟻植物の研究などというのが「採集と飼育」に出ていた。私は都立五中の先輩の御指導で、アカタテハやクマツマキチョウの飼育をやって、東大植物学の教室の雑誌に発表していた。中井の義兄の前川先生に引率されて天城の採集に登った話は、「メエゾン・ベルビウの猫」に書いた。私がノンビリしているうちに四修で一高へ入った連中はもう大学生になっていた。どう考えても私は蓄膿症にちがいない。

　ところで五中の同級で静高に行った熊谷達雄という男がいて、岩波書店に入ったが、この熊谷が「葦」に「泣笑」という小説を載せてくれた。一般の本屋には活字がないので、天理時報社に印刷をたのんだ。私は「宗教的ろまんちしずむに就て」などと書いている。中央公論の嶋中鵬二氏は教祖列伝というのを書かせてくれた。嶋中氏は中井と同期の文甲であるが独文に入った。中井の葬式で逢って私はシュティフター記念室の話をした。嶋中氏もドイツ語を教えたことがあると言っていた。ついでに言うと中井が学んだのは言語学であって、この先生夫妻とは御嶽山で同じ御師《オシ》さんのところにとまり、先生は私のギリシャ神話の英文を「うるさい」とどなり蒙古人の奥さんはメンソラをすり込んでくれた。吉行は「餓鬼」というのを「葦」三輯に書き――ハラがスイター・クヒタイクヒタイというのが切実の詩だといっていた。吉行の名言は「このトイレの空間というものは妙なものだ」。と美しき乙女の家のトイレにしゃがんで用をたしながら申された。彼は旺文社の赤単しか辞書らしきものをもたず、それも煙草を巻いてしまったので、トリストラム・シャンディなどは歯が立たない。それで助手副手をうらむこと。私は広告のところだけで煙草巻きはやめにした。

　中井の中には女がいると自分で言っているが本多正一氏の「影ふたつ」の写真によるとスカートをはいたように脚をかがめている方が中井英夫だ。『秋の曇天は魚の尾のように垂れた』という感じ。

中井なく吉行もなく
　澁澤もなき花尽《はなづくし》

初出および解題

I

メーゾン・ベルビウ地帯

初出：「新思潮」第二号、一九四七・九

＊初出時の中井英夫（「弓」名義）「編輯後記」は本書収録の「「メーゾン・ベルビウ地帯」のころ」（四一三頁）を参照。

転載：「文學界」一九四九・四

カット：野口弥太郎

＊本書収録の「『メーゾン・ベルビウ地帯』のころ」で著者は〈「メェゾン・ベルビウ地帯」とは『文學界』（昭和二四年四月号）に転載された時の表記でありまして、小説の骨法としてはこの方が完成していますが、〔『全作品』では〕中井がほめてくれた『新思潮』版を定本としました〉と述べているものの（四一一頁）、初出時と「文學界」版とを比較すると、表記や改行、また描写が数箇所削除されていることを除けば、違いはほとんど見当たらない。逆に「文學界」版で付加された目立つ記述としては、末尾に〈ひろみが指先から失われようと、考えることすら出来ぬ頃であったし、それに妻はよくなってゆくように思えた頃であったが……。〉という一節がある。

再録：『ふるさと文学館』第十四巻「東京1」ぎょうせい、一九九四

新思潮・目次・第二號

新人小説特輯

小説

星の降る夜の物語……吉行淳之介……(一四)
天皇と赤猪子……丸山竹秋……(二七)
埠頭……吉波康……(三八)
蠅の經歷……綠川弓雄……(五一)
メーゾンベルビウ地帶……椿　實……(二)

詩

敗北　即興詩……吉岡　實……(三四)

しんしてう（叛逆と韜晦）……有我、坦……(三六)
PRECES VANAE……松下和則……(三六)
「新思潮」文學研究會について……(三三)
☆編輯後記　☆カット……金野宏治・吉江新二・坂　青嵐

「新思潮」第二号目次より

小説特輯

捨てられた玩具……眞船豊（2）
漁色家……井上友一郎（21）
メエゾン・ベルビウ地帯……椿實（34）
再生……芹澤光治良（42）
暗い歎きの谷……石川達三（52）

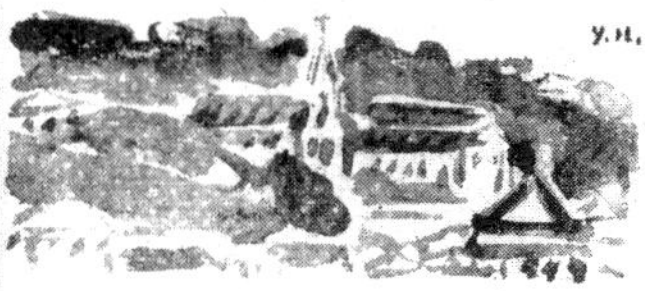

メエゾン　ベルビウ地帯

椿實

櫻の木は櫻の臭、椎の木には椎の匂、そして私も女も植物なのであつた。人間が植物に近くなるやうな、上にのみ開かれて身動きならぬ世界にゐて、ひろみは私の腕の中でだんだん痩せた。それなのにドライアビの瞳に浮いた瞳と胸のわきのふくらみの白さとはますます冴えていくのであつた。そのころ私が大學の制服をきてとほる御茶水の川は、のぞくとかぐろいどろどろした液を流してをり、ここに大きく曲つたところの、やはり同じ色のどろどろした淵には日があたつて小さな鐵の梯子が下りてゐた。この流れ。これは私の時間である。その谷底の風景を覗くとき、いつも私は土手の薔薇の臭を嗅いだ。

「死んだら貴方の涙になるの」といつた妻は十九であつたが、いつもその色が好きで白茶色の更紗のワンピイスに黒いビロオドの帶をしめる。ああこの少女は成田山のお守袋をこのベルトに下げてゐるぞと私は思つた。

ものみなの隕れる時。ほそい道たつたが、セメントの割れめには車前草だのあれちのぎくが艶々と葉を伸ばしてゐた。ひめじよおんはまだ蕾をもたずに、一かたまりの生毛で白つぽく光つた。私がワイシャツの襟ヒダをつかんで日を背にして歩くと　梅雨晴のひざしの影が黒々と鋪に動いて　銀の杏葉に入り亂いて仰ぐと、大きなイチヂクの葉が露路を覆つてゐて、ふちを光らせ葉をとほしてくる日光が透明な緑である。そこがアパー

「文學界」一九四九年四月号目次と作品冒頭・末尾より

＊監修者の一人に水上勉がいた。再録時の小笠原恭子「作品解説」より。〈「青葉に埋もれた上野の山を、くらやみ坂の方へ下りきったところに」ある安アパート、メーゾン・ベルビウ、浅草常盤座、神田駅近くの女の家、本郷の大学に通う男の家のある日本橋は、地下鉄（現在の銀座線。昭和二十九年丸の内線の開通まで、地下鉄といえばこれだけであった）によってつながっている。幻想小説を書いてのちに神話学者となった椿実の『メーゾン・ベルビウ地帯』は、地下鉄ライン文化圏ともいえるだろう。東京とその文化、またその文化の享受者を大きく変えたのは、地下鉄の乱開発（?）だった。日本橋に生まれ育った東大生にとって、浅草は「ものみなが舌をたらしたやうな蠱惑で」せまる土地だったのである〉。

權平のことはその後きかない。中央郵便局にすごい程シャンなロシヤの女がゐるよと高等學校の友達が言つてゐたが、それがアガフイヤであつた。とすれば權平は東京にゐるに違ひない。ひろみが指先から失はれようと、考へることすら出來ぬ頃であつたし、それに妻はよくなつてゆくやうに思へた頃であつたが……。

ともあれ夜の淺草は、ものみなが舌をたらしたやうな蠱惑で私にせまるのであつた。

「新思潮」第三号作品冒頭より

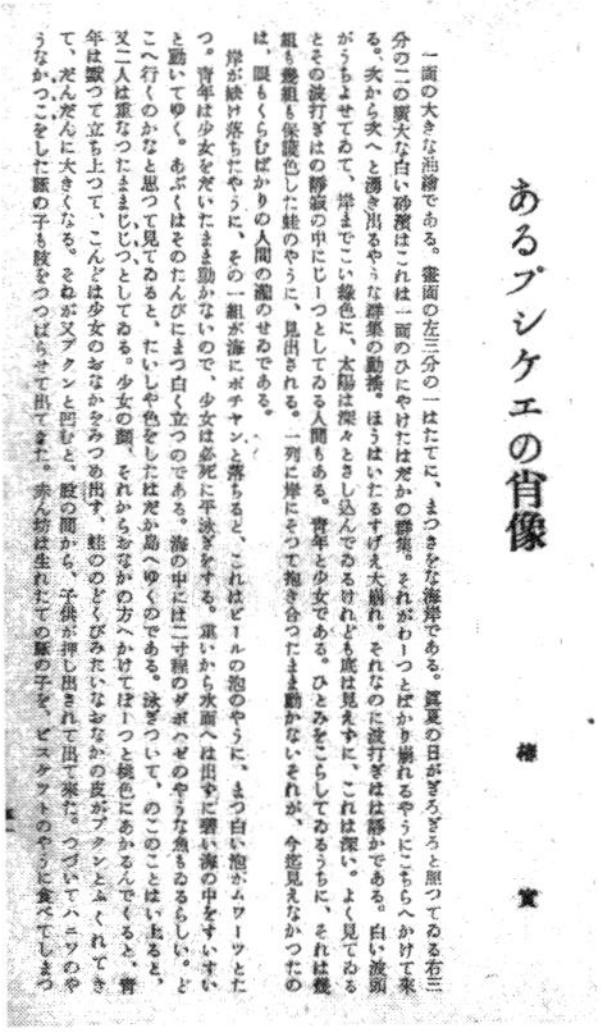

あるプシケエの肖像

椿　實

一面の大きな油繪である。畫面の左三分の一はたてに、まつさをな海岸である。眞夏の日がぎろぎろと照つてゐる右三分の二の廣大な白い砂濱はこれは一面のひにやけた裸かの群集。それがわーつとばかり崩れるやうにこちらへかけて來る。次から次へと湧き出るやうな群集の動搖。ほうはいたるすげえ大崩れ。それなのに波打ぎはは靜かである。白い波頭がうちよせてゐて、岸までこい綠色に、太陽は深々とさし込んでゐるけれども底は見えずに、これは深い。よく見てゐるとその波打ぎはの靜寂の中にじーつとしてゐる人間もある。青年と少女である。ひとみをこらしてゐるうちに、それは幾組も幾組も保護色した蛙のやうに、見出される。一列に岸にそつて抱き合つたまゝ動かないそれが、今迄見えなかつたのは、眼もくらむばかりの人間の濤のせゐである。

岸が續け落ちたやうに、その一組が海にボチャンと落ちると、これはビールの泡のやうに、まつ白い泡がムワーツとたつ。青年は少女を抱いたまゝ動かないので、少女は必死に平泳ぎをする。深いから水面へは出ずに碧い海の中をすいすいと動いてゆく。あぶくはそのたんびにまつ白く立つのである。海の中には二寸程のダボハゼのやうな魚もゐるらしい。どこへ行くのかなと思つて見てゐると、たいしや色をした裸か島へゆくのである。泳ぎついて、のこのことはい上ると、又二人は重なつたまゝじつとしてゐる。少女の顔、それからおなかの方へかけてぽーつと桃色にあかるんでくると、青年は默つて立ち上つて、こんどは少女のおなかをみつめ出す。蛙ののどくびみたいなおなかの皮がプクンとふくれてきて、だんだんに大きくなる。それが又プクンと凹むと、股の間から、子供が押し出されて出て來た。つゞいてハニワのやうなかつこをした豚の子も股をつつぱらせて出てきた。赤ん坊は生れたての豚の子を、ビスケットのやうに食べてしまつ

ある霊魂の肖像

初出：「新思潮」第三号、一九四七・十二（「あるプシケエの肖像」より改題）

＊「芥川龍之介特集」に掲載。

＊初出時の中井英夫（「緑川」名義）による「編輯後記」より。〈二号の「メーゾンベルビウ地帯」に引続く椿の小説は、既に現象の裏側へ首を突込んで身動きもならずもがいてゐるその背中だけを眺めて、ふるへる筋肉と、向う側できこえるわづかな音響に何が起りつつあるかを知るほかはないのだが、たとへばこれを第四次新思潮の「鼻」や学生小説などと比べる時、纔《わづ》かに戦後の青年の正体が見えてくるのではないだらうか、成程我々は概して無言である。しかし無言のゆゑを以て白紙の世代と片附ける者は、ラッパを鳴らさぬ限り突撃は始まらぬと決めこんでゐる、愚かなオン大将にすぎない〉。

泥絵

初出：「肉体」（暁社）第三号、一九四八・二

＊初出時の編集兼発行人・柳澤賢三による「編集後記」より。〈「新思潮」の同人として彗星の如く低迷する文壇に光芒を放つた椿實氏の野心作「泥絵」の中に烈しい二十代の芸術への意慾を感ずる。二十代侮蔑の声が充満する折、椿氏の出現は三十代への挑戦であり、新人として将来が期待される一人である。柴田［錬三郎］、椿両氏は今後、「肉体」に拠つて続々野心作を発表する予定である［……］「肉体」は既成の文壇的情実を排して小説、評論、詩と凡ゆるジャンルに於いて今後どしどし新人を発見し、作品を発表する予定である。血腥さい硝煙の消えた廃

墟から、満身創痍の肉体によつて、烈々の炎を燃やして立上る新人こそ、日本文壇の無気力と頽廃を救ふ天使となるであらう。／かつて、第一次世界大戦後、世の嘲笑を受けながらも、当時フランス文壇に反逆の筆陣を張つたジャツク・リベールを中心にジツド、ヴアレリー、プルウスト、クローデル、グリーン、ロシエル、コクトオ、マルロオ等、無名の新人達は、行詰れるフランス文学の危機を克服したのである。／思考のない絶望と、怠惰な習慣を拒否する若き世代の生の自覚の中にこそ、一人のリヴイエールが、マルロオが、グリインが、そしてサルトルが生れ出るであらう〉。

三日月砂丘

初出：「丹頂」（丹頂書房）第二号、一九四八・五
カット：関野準一郎

ビュラ綺譚

初出：「新思潮」第五号、一九四八・九
飾画：椿實

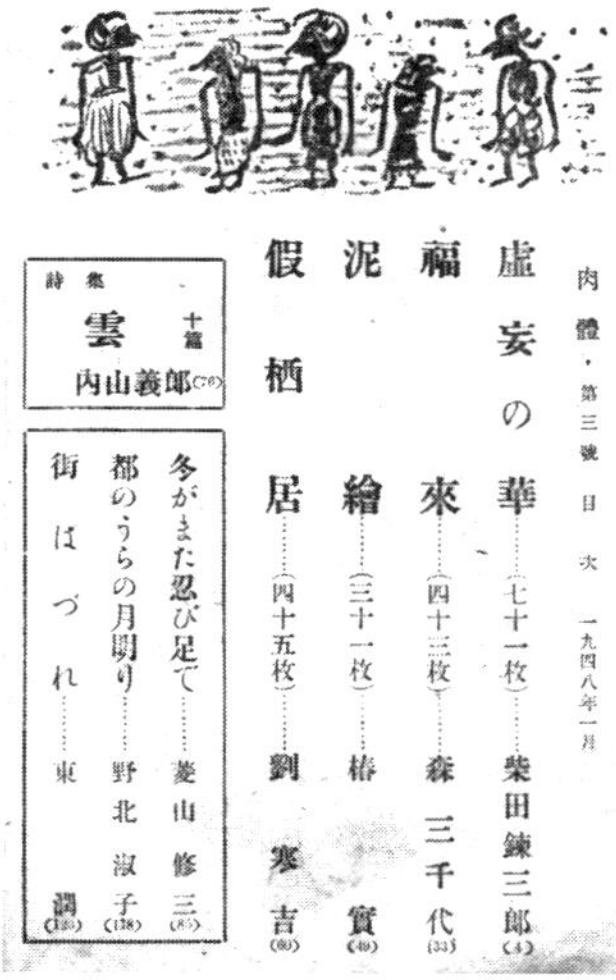
肉體・第三號 目次 一九四八年一月

虚妄の華……（七十一枚）……柴田錬三郎（4）
禍來……（四十三枚）……森三千代（33）
泥繪……（三十一枚）……椿實（49）
假棲居……（四十五枚）……劉寒吉（60）
詩集 雲 十篇 内山義郎（76）
多がまた忍び足で……菱山修三（85）
都のうらの月明り……野北淑子（128）
街はづれ……東 潤（130）

「肉体」第三号目次より

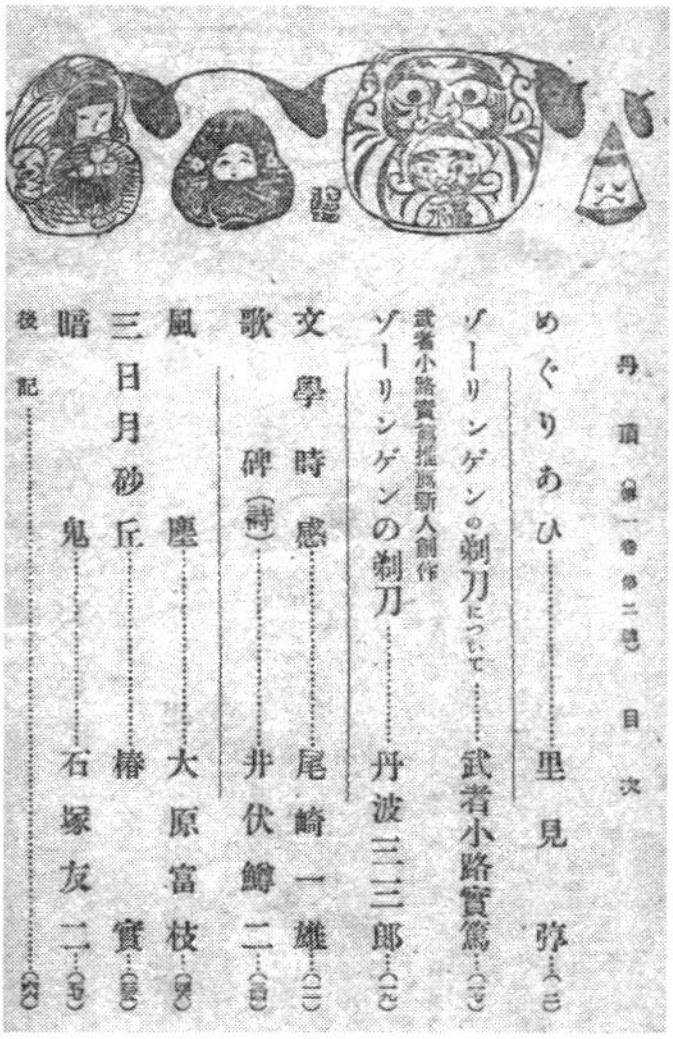
丹頂（第一巻第二號）目次

めぐりあひ……里見弴
ゾーリンゲンの剃刀について……武者小路實篤
武者小路實篤推薦新人創作
ゾーリンゲンの剃刀……丹波三三郎
文學時感……尾崎一雄
歌碑（詩）……井伏鱒二
風塵……大原富枝
三日月砂丘……椿實
暗鬼……石塚友二
後記

「丹頂」第二号目次より

「肉体」第四号目次より

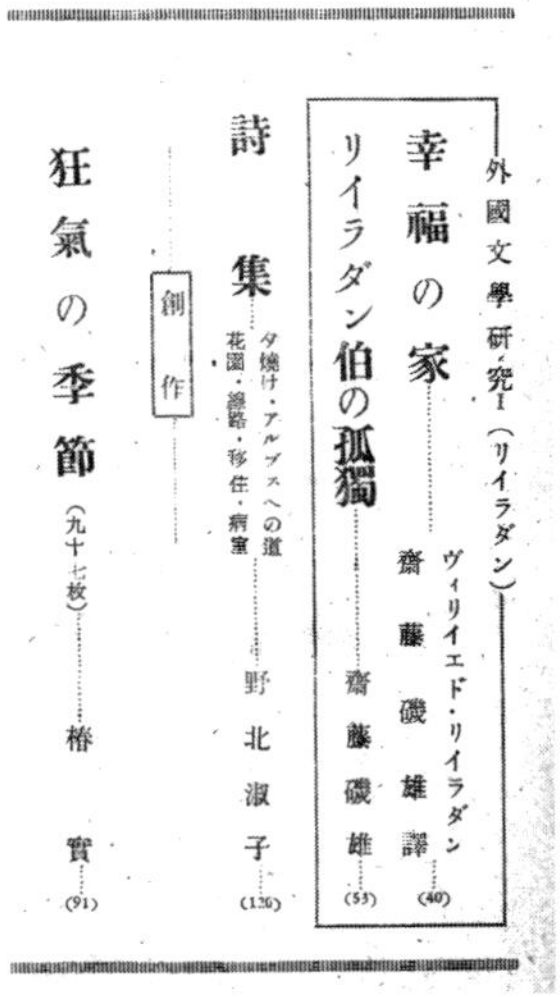
外國文學研究I（リイラダン）
幸福の家……ヴィリイエド・リイラダン　齋藤磯雄譯（40）
リイラダン伯の孤獨……齋藤磯雄（53）
詩集　夕焼け・アルプスへの道・花園・綠路・移住・病室……野北淑子（120）
創作
狂氣の季節（九十七枚）……椿實（91）

＊当該号から新編集体制となったが、一号かぎりで終刊。

＊同じ号に掲載された柴田錬三郎「夜鳥の獨語――あるひは何をぬかしやがるんだ」に、著者を評した一節がある（本書旧版附録に再録）。

狂気の季節

初出：「肉体」第四号、一九四八・八

＊初出時の柳澤賢三（「K・Y」名義）による「編輯後記」より。〈創作は新人、椿實氏が春季号に引きつづいて百杯の力作（狂気の季節）をよせた。多くの新人が文壇諸作家のエピゴーネン化してゐるとき氏の作品は新人野北淑子氏の詩と共に一読の価値あるものと思ふ〉。

人魚紀聞

初出：「群像」（講談社）一九四八・十

カット：村山密

＊「新人創作特集」に掲載。

＊初出時の編集兼発行人・高橋清次（「T」名義）による「編集手帖」より。〈今月は、新人五氏の作品をもつて特集した。このうち三人までは、二十代の人である。作歴は梅田晴夫氏をのぞけば、あとの四氏はそれぞれ既に二、三の作を身近の機関に発表している。この人たちのめざす方向は、作品そのものが示しているので――云々しないが、厳正と愛情をこめた批評を期待したい〉。

＊「群像」一九四八年十二月号の正宗白鳥・上林暁・中村光夫「創作合評」より。〈**上林**　椿氏は「新思潮」で見た人ですね。この人がいちばん若いのかな。（……）／**正宗**　「人魚紀聞」というのは、すこし不得要領だな。／**中村**　僕は椿さんと梅田〔晴夫〕さんと両方ともに若々しさを感じたんです

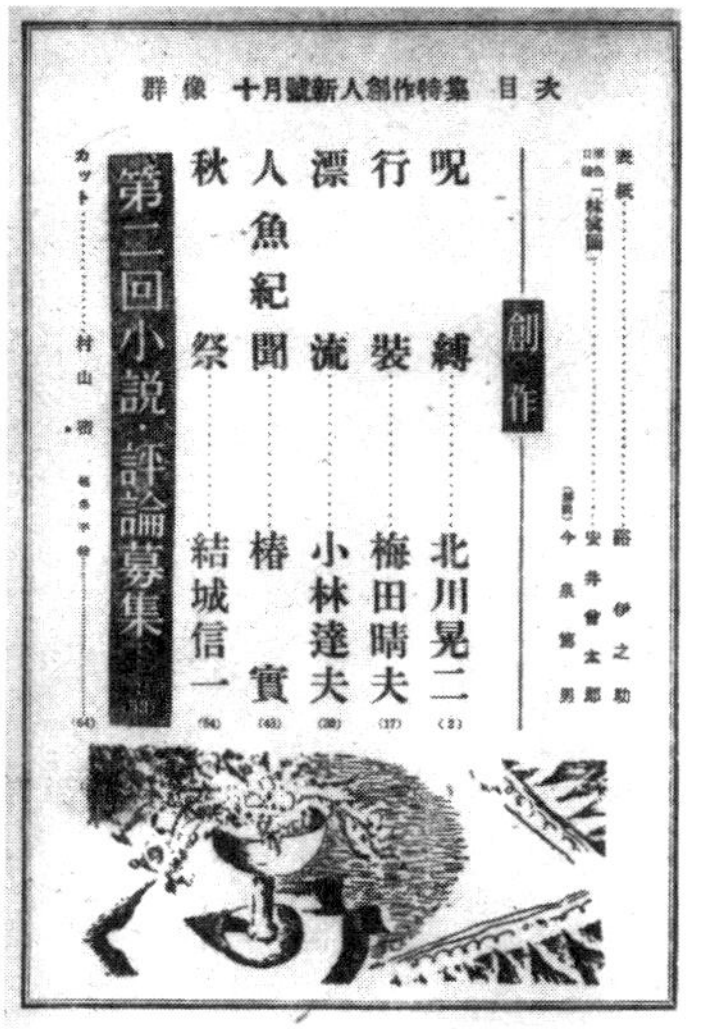

群像　十月號　新人創作特集　目次

表紙……路伊之助

創作

呪縛……北川晃二（3）

行装……梅田晴夫（17）

漂流……小林達夫（30）

人魚紀聞……椿實（43）

秋祭……結城信一（54）

第二回小説・評論募集

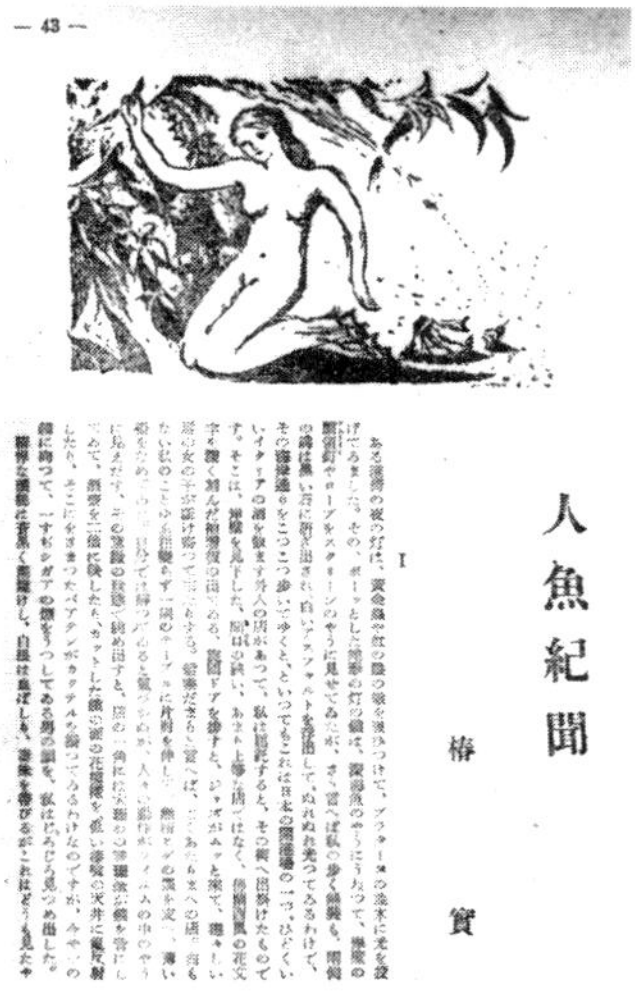

— 43 —

人魚紀聞

椿實

I

「群像」一九四八年十月号目次と作品冒頭より

が、その若さはなにかただ消極的なものだな。小説を書くために不自然に背のびしているようなところが非常に目について……。これから先どうやっていくかと思つたな。「人魚紀聞」はとにかく非常に変つた材料を書こうとしている、そういう野心はわかるが、こういうロマンチックなものならば、もつとその世界を自分も信じて読者もそこにひきこむだけのものがなきやね。そういうことのむずかしさも知らずに、なにか中途半端に利巧ぶつているところが見える、そういうのが眼障りだつた。／**正宗**　ロマンというのはむずかしいんだな。写実というなら、いろんなことを書いても事実だからいいけれども、ロマンというものはよほど特色がなくちや、ばかげたものになり勝ちだ。この小説の幻想も拵えじみたもので、読んでいても退屈になる。そのロマンチックなものに惹かれるというには、その中に作家自身の幻想が湧き立つていなくちや……だから、むずかしい。そういうものに飛び込もうとするのは、自分が熱心でそれがあれば、そこから発展していくけれども、ただ思いつきではどうも……。／**上林**　谷崎さんなんか、初期のころロマンチックなものを書いた。それと比べられては困るかもしれないけれども、時代的に言つて、ロマンチックなものを受入れられる態勢というか、そういうものが受入れられる余地が、明治の終り頃から大正の初めにはあつたかもしれませんが、現在そういうものの食込む余地がはたしてあるかどうか、ロマンチックなものが浮いたものになるのではないかということを感じた。／**正宗**　明治時代のものには、こういう趣向を凝らしたものがやたらにあつたものだ。それが真実というものに食込んで来だしたから変なものになる。昔のは、小説というと、そういう思いつきで筆を執るというようであつた。真実に食込むというようなものはむしろ小説とはしなかつたものだ。小説といえば、なにか変な思いつきを書こうというふうなのが、明治の初めによくあつた。緑雨でも紅葉でも露伴でも、山の中を歩いて行くと一人の美人に会つて……というふうなことを考えていたんだな。／**中村**　僕は、そういう奇談とか日常生活にめつたにないような事件は、今みたいな時代の方がかえつて起るんじやないかと思う。そういう余地はあると思う。ただ、どんなロマンチックなものを書いても、文学であればその作者の人柄はどうしても現実的なものとして現れる。人柄が要するによくないのだ。僕はそう思う。よくないというか、未熟なんだ。／**正宗**　戦々兢々として今の自分の身辺のなにかを書くことよりも、青年らしい意気はいいんだけれども〉。

＊本書旧版附録掲載の三島由紀夫「(葉書)」より。〈いつぞやはゆっくりお話できず残念でした。本日「群像」十月号の御作「人魚紀聞」拝読いたしました。今まで拝見した御作のうちで一番私の好きなものです。心からの敬愛をおぼえ、無躾ながら突然一筆をしたためました。／私役所をやめ大抵在宅いたします。お暇の折お遊びおいで下さい〉。

再録：『暗黒のメルヘン』澁澤龍彦編、立風書房、一九七一／河出文庫版、一九九八

＊再録時の澁澤龍彦「編集後記」より。〈この作者は反時代的な絢爛たるレトリックで、敗戦直後の焼け跡風景や、男娼のいる街の風俗を抒情的に描き、さらに「人魚紀聞」に見られるように、浪漫的な伝奇小説にまで筆を染めていた。リラダン風の短篇もあったような気がする。埋もれさせておくのは惜しいと思って、あえてここに採り上げた〉。

再録：『人魚の血　異形コレクション綺賓館Ⅳ』井上雅彦監修、カッパ・ノベルス（光文社）二〇〇一
画：山田章博
＊再録時の井上雅彦によるリード文より。〈蠱惑的な本作を、山田章博画伯の作品と、並べて配置する誘惑は、抗しがたいものであった。椿實の描きだした、エキゾチシズムと耽美の物語。これもまた、上海と似た陰翳を持つ、いまひとつの港街——魔都・魔窟に潜む人魚の物語である。／人魚といえば、八百比丘尼であれ、カリプソーの神話であれ、永遠の生命、不死の魔力と関わりがあるようだが、しかし——この南国の妖花のごとき「人頭魚館」の美女には、いまひとつの闇色の血が流れているかのように思えてならない。／それは、フランスの異才パトリック・ブシテーが映画『つめたく冷えた月』で描いたような、冷たい肌への禁断の夢想なのかもしれない。あるいは……いまひとつの不死者——冷たい血の種族——なのだろうか〉。

月光と耳の話——レデゴンダの幻想

初出：「文藝時代」（新世代）一九四八・十二

＊「新人小説特集」に掲載。
＊同誌は梅崎春生や椎名麟三を同人とする文芸誌。初出時の椎名による「後記」より。〈最近の文芸雑誌に於て新人特集号が多くなつた。喜ばしいことだ。それにはいろいろ原因があると思ふが一応ポスター・ヴァリユーのある作家の数と雑誌の数とのアンバランスにあると思はれる。つまり原稿の集らない雑誌が窮余の策として新人特輯を企てる傾向があるやうだ。かうして新しい人々がジャーナリズムの窮余の策のなかに生れて来て、やがて古いものを征服

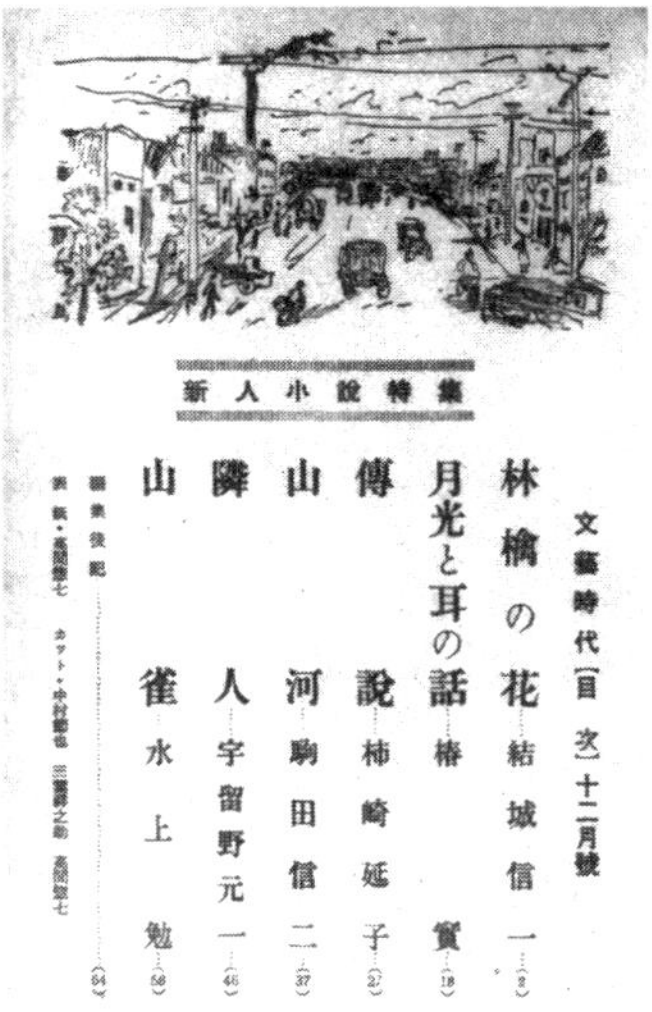
文藝時代（目次）十二月號
新人小說特集
林檎の花……結城信一……(2)
月光と耳の話……椿　實……(18)
傳說……柿崎延子……(27)
山河……駒田信二……(37)
隣人……宇留野元一……(46)
山雀……水上　勉……(56)
編集後記……(64)

「文藝時代」一九四八年十二月号目次より

して行くだらう。このやうな傾向は何もジャーナリズムとはかぎらず政治的な、または社会的な面に於ても見られる。窮余の策、万歳！勿論本誌の新人特輯号の諸氏は既に名のある人々だ。そしてこれらの名をえらんだのは本誌の編輯委員会である。たゞ残念なことはこれらの名を編輯委員たちが知つてゐたのはジャーナリズムの上に現れてゐたからだといふことである。その点イージーゴーイングのそしりを免れることは出来ないであらう。たゞこの上はこれらの諸氏の作品が読者諸兄の支持されることを祈るばかりである〉。

再録：『ひつじアンソロジー　小説編1』中村三春編、ひつじ書房、一九九五

II

死と少女

初出：「自由婦人」一九四九・二

画：鈴木信太郎

＊「コント」欄に掲載。初出時の末尾には『Nov. 24. 1948』の記載がある。

「自由婦人」一九四九年二月号作品冒頭より

踊子の出世

初出：「中央公論文芸特集」第七号、一九五一・三

短剣と扇

初出：「三田文学」（三田文学会）一九五二・六

＊「散文詩」として掲載。

鶴

初出：「長風」（長風短歌会）一九五九・二

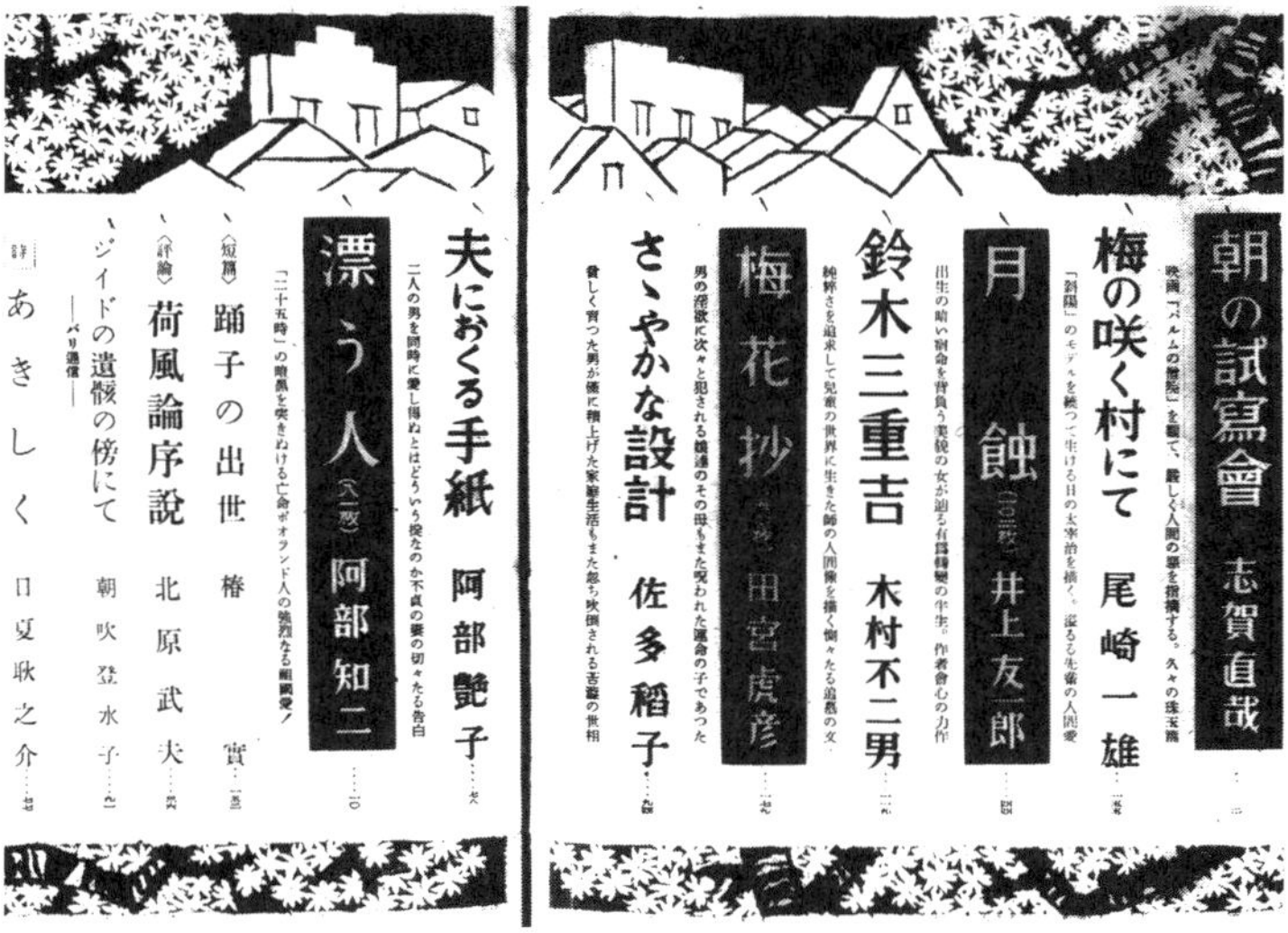
朝の試寫會　志賀直哉
映画「パルムの僧院」を観て、厳しく人間の愛を摘摘する。久々の珠玉篇
梅の咲く村にて　尾崎一雄
「斜陽」のモデルを続つて生ける日の太宰治を描く。溢るる先輩の人間愛
月蝕（一〇〇枚）井上友一郎
出生の暗い宿命を背負う美貌の女が辿る有為轉變の半生。作者會心の力作
鈴木三重吉　木村不二男
純粋さを追求して兒童の世界に生きた師の人間像を描く惻々たる追慕の文
梅花抄（七〇枚）田宮虎彦
男の淫欲に次々と犯される娘達のその母もまた呪われた運命の子であつた
さゝやかな設計　佐多稲子
貧しく育つた男が僅に積上げた家庭生活もまた忽ち吹倒される苦澁の世相
夫におくる手紙　阿部艶子
二人の男を同時に愛し得ぬとはどういう掟なのか不貞の妻の切々たる告白
漂う人（八一枚）阿部知二……一〇
「二十五時」の暗黑を突きぬける亡命ポオランド人の強烈なる祖國愛！
〈短篇〉踊子の出世　椿實
〈評論〉荷風論序説　北原武夫
ジイドの遺骸の傍にて　朝吹登水子
――パリ通信――
〈詩〉あきしく　日夏耿之介

「中央公論文芸特集」第七号目次より

＊「長風」は著者が長年参加していた短歌結社が毎月発行している結社誌（詳細は本稿『海邊にて』の項および解説「海への恋歌」を参照）。

再録…『人獣怪婚　猟奇文学館2』七北数人編、ちくま文庫、二〇〇〇

＊再録時の七北数人「解説」より。〈中井英夫をして「完全に負けた」「私は彼に心酔した」と言わしめた早熟の天才作家・椿實は、戦後の混乱期に弱冠二十歳でデビューし、二十六歳で筆を絶ったと思われていた。そんな椿氏が三十三歳の折に沈黙をやぶって一作だけ、ぽつんと発表した小品が「鶴」である。抑制のきいた文章のなかに時折まじるなまなましい肉感の形容が印象的。特に鶴が〝醜悪〟であるところがよい〉。

III

泣笑

初出…「葦」（七曜会）第三輯、一九四六・三

＊本書旧版附録掲載の吉行淳之介「椿實のデビューまで」より。〈椿實とは、同人雑誌におけるよき仲

「葦」第三号作品冒頭より

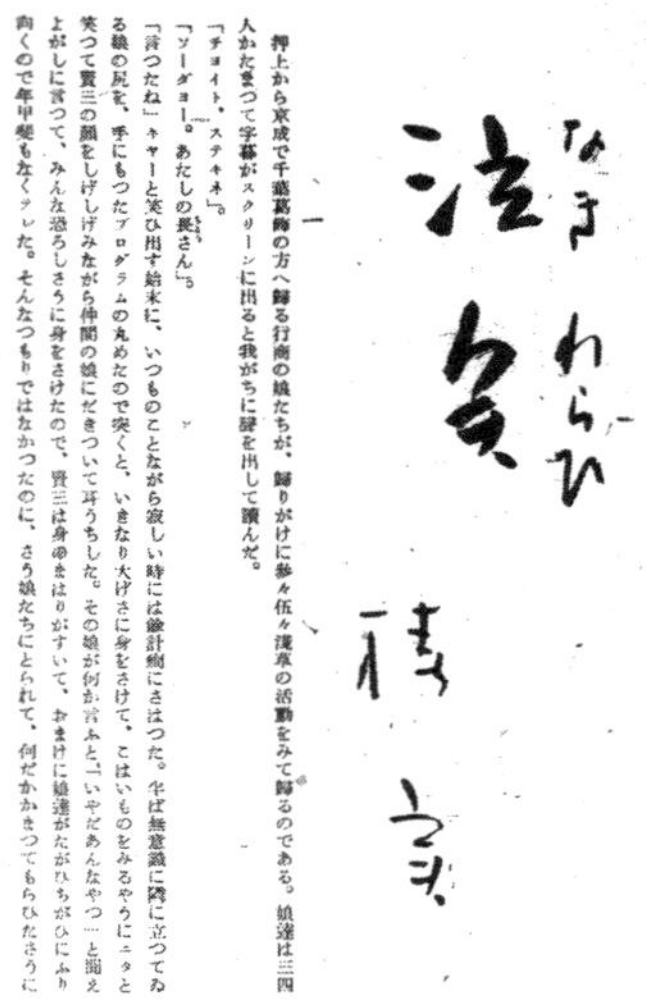
泣《なき》笑《わらひ》
椿實

押上から京成で千葉葛飾の方へ帰る行商の娘たちが、帰りがけに参々伍々浅草の活動をみて帰るのである。娘達は三四人かたまつて字幕がスクリーンに出ると我がちに聲を出して讀んだ。

「チョイト、ステキネ」。

「ソーダヨー」。あたしの長さん」。

「言つたね」キャーと笑ひ出す始末に、いつものことながら寂しい時には餘計癇にさはつた。半ば無意識に隣に立つてゐる娘の尻を、手にもつたプログラムの丸めたので突くと、いきなり大げさに身をさけて、こはいものをみるやうにニタと笑つて賢三の顔をしげしげみながら仲間の娘にだきついて耳うちした。その娘が何か言ふと「いやだあんなやつ…」と聞えよがしに言つて、みんな恐ろしさうに身をさけたので、賢三は身ゆきはりがすいて、おまけに娘達がたがひちがひにふり向くので年甲斐もなくテレた。そんなつもりではなかつたのに、さう娘たちにとられて、何だかかまつてもらひたさうに

間であり、よき遊び仲間でもあった。印刷所を催促するために奈良の天理市まで二人で行き、天理教の総本山に泊めてもらったこともあり、あれは愉しい旅行だった。そのときのことは数行にすぎないが、「ある霊魂の肖像《プシケエ》」に出てくる筈である。彼との交友についての材料は多いが、ごく一部を書いてみる。／旧制静高出身の東大生が集まって、敗戦の翌年の三月に「葦」という同人誌を出した。その第一号が出るころに、同人の一人である熊谷達雄（現、岩波書店）が、「中学のときの友だちに、美貌においても文才においてもスゴイやつがいて、バイロン卿みたいなんだ」と、ふと言った。そういう男ならさっそく同人として参加してもらおう、ということになったのが、椿實（本名）に会った最初である。この才気煥発で遊び好きな男とは気が合って、いろいろのことをした。会ったころは、府立高校（旧制）在学中だったが、四月には東大に入った。そのころにはまだあまり書いていなくて、「葦」三号に発表した小説（「泣笑」）は、その後のものとは大きく傾向が違う。「世代」から私宛に誘いの手紙がきたので、仲間を引張っていったが、このグループとは「葦」同人は肌が合わず（私はずっと「世代」と付き合ったが）、椿實は「世代」に短歌を発表しただけに終った。／昭和二十二年末、印刷所の都合ですでに入稿していた第四号の原稿が返されて、「葦」は廃刊になった。丁度そのころ、麻布中学で同期の東大生松岡吾郎が「新思潮」創刊のために奔走していて、それが実ったときに私を誘った。私は椿實を誘って同人になったが、ほかの同人たち（私たちのほうがすこし年下だった）とことごとに意見が合わず、「もうやめようか」と言っているとき、編集長格の

中井英夫が私と椿實とに肩をもってくれて、二人の作品が掲載になった。／このときの作品が「メーゾン・ベルビウ地帯」で、これで注目された椿實は、当時沢山出ていたいろいろの文芸雑誌を舞台に旺盛な活動をはじめた。一年後、メジャーの文芸誌「群像」の新人特集に「人魚紀聞」を書いた。当時の新人は、「第一次戦後派」風の作品以外には認められにくい情勢だったが、そのなかにあって椿實の新時代風のロマンチックな作風は、ずいぶんと新鮮であった。／この作品は、翌月の「群像」の創作合評でも評判がよく、谷崎潤一郎の初期作品との比較論まで出た。三島由紀夫との交友もはじまったようで、私は椿實は三島由紀夫と同じような軌跡で上昇してゆく、と信じていた。／この作品集は、椿實のはじめての作品集である。あれだけの活躍をみせた新人が、そのとき作品集をもたなかったとは、今の時代と比較すると、信じられないことになるのだが、そういう時代だった〉。

旗亭

初出：「女性線」（女性線社）一九四九・十二

苺

初出：「群像」一九五〇・十二

黄水仙

初出：「小説と読物」（上田書房）一九五〇・八

挿画：斎藤愛子

浮游生物《プランクトン》殺人事件——ある遺書の再録

初出：「新青年」（博友社）一九五〇・五

画：茂田井武

＊「大家・新鋭・力作号」に掲載。

＊初出時の編集兼発行人・高森栄次による後記「揚場町だより」より。〈本名か仮名か知らぬ。しかし

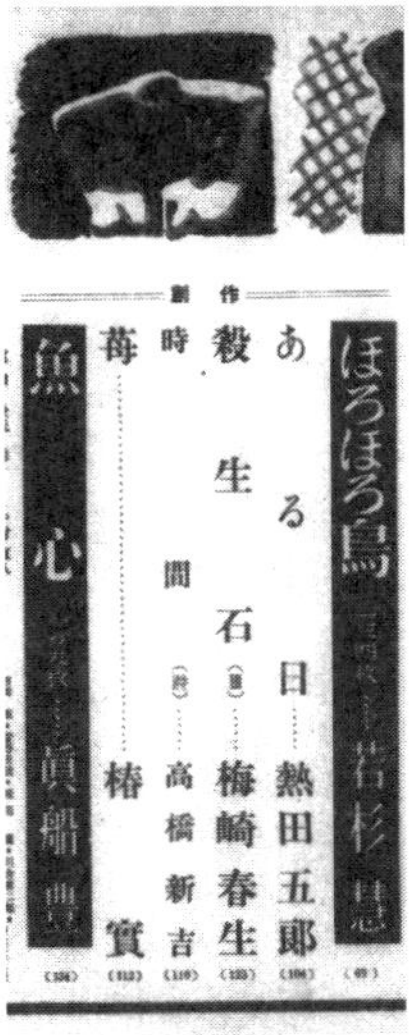

「群像」一九五〇年十二月号目次より

「小説と讀物」一九五〇年八月号目次より

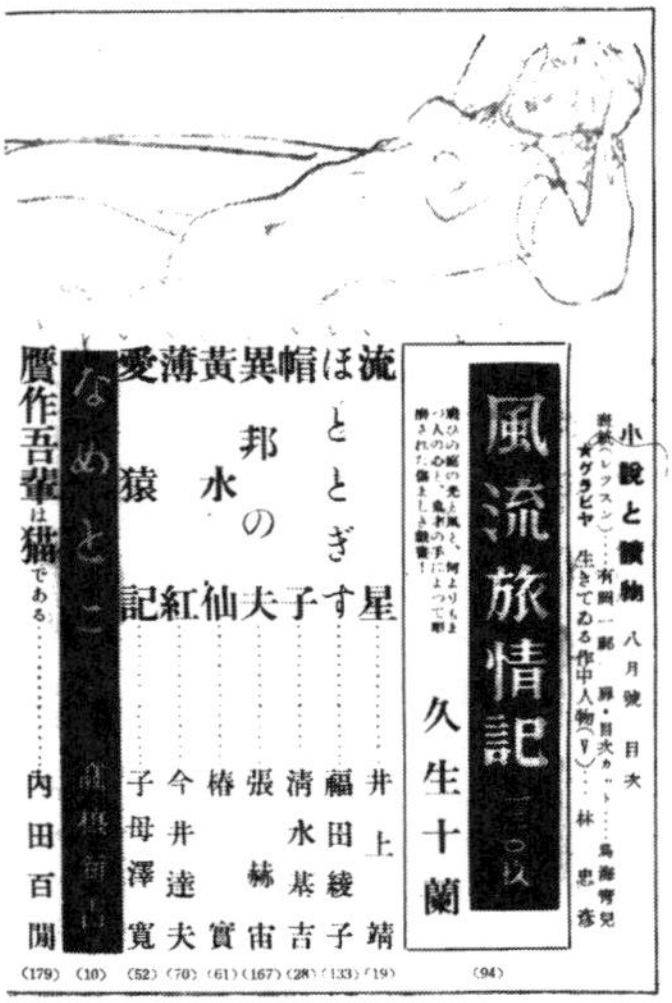

小説と讀物　八月號　目次

表紙（レッスン）…有岡一郎　扉・目次カット…鳥海青児

★グラビヤ　生きてゐる作中人物（V）…林忠彦

風流旅情記　百三十枚　久生十蘭（94）

流星	井上靖	（19）
ほととぎす	織田綾子	（133）
帽子	清水基吉	（28）
異邦の夫	張赫宙	（167）
黄水仙	椿實	（61）
薄紅	今井達夫	（70）
愛猿記	子母澤寛	（52）
なめとこ		（10）
贋作吾輩は猫である	内田百閒	（179）

それは問題ではない。問題なのは本号巻頭の一篇「浮游生物殺人事件」百枚である。とも角御一読願いたい。曾て「モダン日本」に発表した二つの作品（探偵小説ではない）のユニイクさに憑かれて遮二無二探偵小説陣へ拉致した編者はヒガ目であったろうか。敢て声を大にして御批判を願う〉。「モダン日本」掲載の二編とは「白鳥の湖」（一九四九・十二）と「たそがれ東京」（一九五〇・二）を指す（いずれも『メーゾン・ベルビウの猫』所収）。また「新青年」は翌々月の同年七月号で終刊となった。

「新青年」一九五〇年五月号目次より

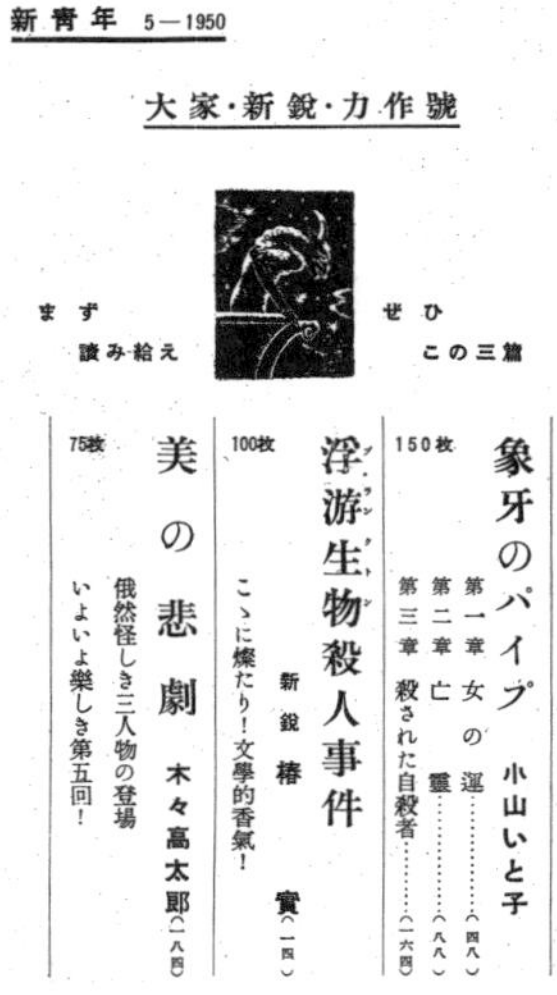

新青年　5—1950

大家・新鋭・力作號

ぜひ　この三篇　まず　讀み給え

150枚　象牙のパイプ　小山いと子

第一章　女の運……（四八）

第二章　亡靈……（八八）

第三章　殺された自殺者……（一六四）

100枚　浮游生物《プランクトン》殺人事件　新鋭　椿實（一四）

こゝに燦たり！文學的香氣！

75枚　美の悲劇　木々高太郎（一八四）

俄然怪しき三人物の登場　いよいよ樂しき第五回！

＊本書旧版附録掲載の林房雄「（手紙）」より。〈「浮遊生物殺人事件」拝読。豪華なる御作、但し、このまま活字にしては、傑作になりません。後半が種あかしになつてゐて、「小説」になつていない。作者が一歩をり階段をのぼつて眺めおろしてくれれば、素晴しい小説になる。種明しは最後の五行でよろしいでせう。／ぜひ、後半をもう一度書きなほして、今年度のベストスリイ候補として、「新青年」巻頭を飾りたいといふ、高森氏の意見に、僕も全面同感です。／どうぞ今一度だけ。／重労働をお願ひいたします。／近々、高森氏。／お話しにあがるさうです〉。

―浮游生物殺人事件―　14

浮游生物《プランクトン》殺人事件
―ある遺書の再録―
椿實
茂田井武画

15　―浮游生物殺人事件―

―昆蟲館

緑色と、鮮かな橙色を攪亂したやうに庭が見えて、低く垂れた葉の下に光つてゐるのは水であつた。

重い鉄の扉があけられると、暗い四角の窓枠の中に、紅葉した中庭が覗いてゐた。

先刻、私は曲りくねつた切石の坂を、汗をふきふき登りつめて、崖の上にあるこの赤煉瓦の建物、片面に蔦の這登つたのを見上げ、ブロンズ女像の握りを敲いた。ポオチの両側には、素焼の甕が冷たく、鱗を並べたスレエト屋根からの雨だれを受けてゐる。欅の梢に、三階の一つ開いた窓をみやると、眼鏡を懸けてうつむいてゐるド・カスティユ氏の頭が見えた。衣づれの音がして、覗き窓が明くと、白い額と、とび色の眼が私を見つめたのである。白い顔立は、玄關の台石に置かれた、大理石像が動き出したかと思はれる妙齢の婦人で、アドリエンヌと後に名を聞いた。カスティユ氏の一人娘であつた。

私がどもり勝ちに来意を告げる迄もなく、書斎から乗出した老人は、

「コンニチワ、コンニチワ。成瀬君。ドウゾ、カマハズニオ上リ下サイ。」

と叫んでゐた。

私が旋回する階段の曲り目ごとに置かれた、剝製や標本類に驚きながら、三階の書斎に導かれると、背後の鐵扉は開かれ、華やかに紅葉した庭の池が見えたのである。

敢えて巻頭に掲げて御批判を乞ふこの一篇！
待望の新鋭遂に現はる!?　今年度のベストスリーを狙う雄壮奔放の力作百枚！

「新青年」一九五〇年五月号作品冒頭より

附篇

絵画風小景詩

発行：大学書院、一九五七

＊著者の第一歌集。初版は昭和二十年以前の作品をまとめたもの。本書ではそこに戦後の作品を増補した『椿實全集』第一巻版を底本とした。なお版元の大学書院は著者のプライヴェート・プレスであり、版組・印刷・装幀もすべて著者。巻末には『椿實全集』ほかの内容予告として図のような広告が掲載された。「全集」として実際に刊行されたのはこの第一巻のみ。（以下、同書所収の巻末広告文より）

【椿實著　歌集・歌論集　大学書院刊】

絵画風小景詩（改選三版）少年時より戦争を経て戦后にいたる、多感な少年の祖国に背かねばならぬ反戦と愛恋の織りなす、絢爛たるバラード。戦后文壇の注目をあびた椿文学発想の基礎はここにある。

海邊にて（限定版）短歌の可能性と物語性を、純粋詩精神により証明した『小景詩』の詩人が、歌壇に地中海の光と新風を送る野心作。単なる西歐調モダ

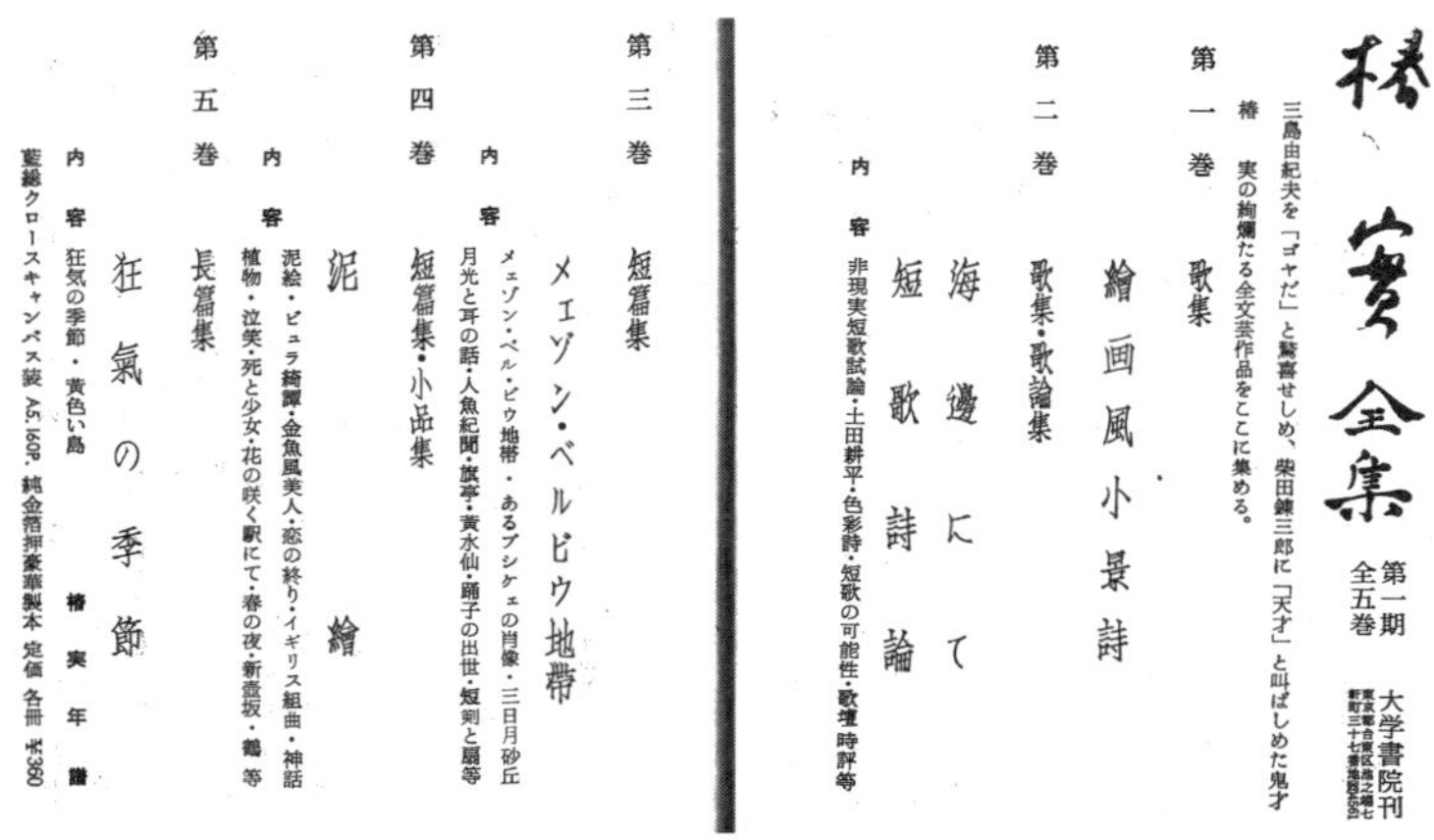

『絵画風小景詩』巻末に掲載された「椿實全集」広告（著者作成）

ニズムの混迷にあらず珠玉の短章にギリシア的古典の趣すら揺曳するを見る。

短歌詩論（特製本）戦后の新短歌に、詩としての理論的基礎づけをあたえた、椿実の評論家としての英知をしめす。『色彩詩』『短歌の可能性』『歌壇時評』等、新進歌人の作を論評、百花繚乱たる新短歌界の展望でもある。

【椿實全集　第一期　全五巻　大学書院刊】

三島由紀夫を「ゴヤだ」と驚喜せしめ、柴田錬三郎に「天才」と叫ばしめた鬼才椿実の絢爛たる全文芸作品をここに集める。

第一巻　歌集　絵画風小景詩

第二巻　歌集・歌論集　海邊にて　短歌詩論／内容　非現実短歌試論・土田耕平・色彩詩・短歌の可能性・歌壇時評等

第三巻　短篇集　メェゾン・ベルビウ地帯／内容　メェゾン・ベル・ビウ地帯・あるプシケェの肖像・三日月砂丘・月光と耳の話・人魚紀聞・旗亭・黄水仙・踊子の出世・短剣と扇等

第四巻　短篇集・小品集　泥繪／内容　泥絵・ビュラ綺譚・金魚風美人・恋の終り・イギリス組曲・神

話植物・泣笑・死と少女・花の咲く駅にて・春の夜・真壺阪・鶴等

第五巻　長篇集　狂気の季節／内容　狂気の季節・黄色い島・椿実年譜

【椿實編　古典遺文　大学書院刊】

古典遺文一　東大本新撰龜相記　梵舜自筆　東大教授岸本英夫序　椿實解題訳註／天長七年（830A.D.）、卜部遠継らによって撰上せられた新撰龜相記は、古事記序文・上中下巻にわたる引用と、式以前の祝詞異伝を含む古代文学・史学の根本資料である。本書は天禄四年卜部雅延書写本より、元和六年梵舜自筆本を影印。亀相記が収められた亀卜抄の全文を示す。椿文学士による解題は鋭利なる研究として学界の注目をあびたが、この訳註は日本古典に一つの灯を加えることになるであろう。

古典遺文二　齋部氏家牒　椿實解題訳註／平安末、大倭祝盛繁自筆になる『齋部氏家牒』は記紀を引用し、祝詞異伝を含む重要資料であるが、本格的研究がなされていない。大倭神社註進状裏書によって東京大学宗教学研究室椿実氏が、はじめて全文の解読を完成訳註を附す。

海邊にて

発行：大学書院、一九五九

＊著者の第二歌集。『絵画風小景詩』以降、主に「長風」に発表した作品をまとめたもの。

＊「長風」は北原白秋門下の鈴木幸輔により設立された長風短歌会の結社誌。一九五七年六月の創刊以来、著者は創作・歌壇時評・合評会・評論などでほぼ毎号執筆している（六一年頃まで）。また『海邊にて』刊行後の一九六〇年二月号では同人による合評特集が組まれた（寄稿は上月昭雄「この軽き質」、大坂泰「椿サンの歌」、青柳さかえ「『海辺にて』の作者」）。

宗教的ろまんちしずむに就て

初出：「葦」第三号（「泣笑」と同号）

＊コラム欄「座標」掲載。同じ頁に「近く発表される作品」として「善人　創作　椿實」という予告があるものの、「葦」はこの第三号をもって終刊。

FANTAISIE の論理

未発表

「FANTAISIE の論理」冒頭より

FANTAISIEの論理

椿　実

赤鼻は何故おかしいのかといふと、それは紅で彩つたと感じるからおかしいのださうである。その色が我々の不意をうつところから、して、我々はその色が人工的に被せてあるのだと見做すからなのだ。これは推理する理性にとつては虚妄のものだが、単なる想像にとつては極めて確実な真理である。だからこれは理性の論理ではない。時にはそれに対立さへする想像力の論理であるといふことをベルグソンはいつてゐる。

これは社会全体の夢みてゐる夢の論理に似たあるものなので、このFANTAISIEの一面の論理を再構成するためには一種の特別な努力が必要であり、その努力によつて人はうまく積み重ねられてゐる種々の判断と、しつかり根を下してゐる種々の観念との外殻を引つぱがして、地下水の水脈のやうに直に入り

＊中井英夫旧蔵資料より（本多正一氏提供）。一九四八年頃執筆。「新思潮」掲載予定で執筆されたものの、同誌が第五号で終刊したことにより未発表となったと推察される。

中井英夫宛書簡

未発表

＊中井英夫旧蔵資料より（本多正一氏提供）。①杉並区西高井戸二ノ十九青雲社宛。便箋三枚　②中央区日本橋本町一の十日本短歌社宛。四百字詰原稿用紙三枚

『メーゾン・ベルビウ地帯』のころ

初出：「リテレール」（メタローグ）一九九四・夏

「メーゾン・ベルビウ地帯」のころ

初出：『中井英夫全集』第八巻「彼方より」、創元ライブラリ（東京創元社）一九九八

＊巻末「付録」欄に掲載。

（幻戯書房編集部）

海への恋歌――椿實の戦後処理

椿　紅子（椿實・長女）

再刊にあたって

二〇一七年の『メーゾン・ベルビウの猫』刊行後、版元の幻戯書房に『椿實全作品』の再刊を希う声が届いたそうである。

『全作品』が刊行された一九八二年、私は海外にいて、熱狂的なファンを摑んだと東京新聞等に書かれた反響には立ち会っていない。一九八六年十一月から東京勤務となり、営業の合間に覗いてみる丸の内や八重洲の新刊書店の棚に黄土色の厚みのある姿で並んでいることは確認していた。ネットで古書を検索すると、一九八八年第八刷、一九八九年第九刷が出ていたので、当時はバリバリ現役の新刊本で版を重ねていたとわかる。結局、いつごろまでに何刷出たのかは不明であるが、家族の間の伝説では、嘘か真か「四十刷超」ということだ。こんにち都内の公立図書館を検索すると、都下をはじめ二十余りの館には所蔵されているものの、他では所蔵期限が切れて処分された模様である。10桁の国際標準図書番号ISBN：4651680046が示される記録もあるが、いつ頃に附番されたのだろうか？

再版は今更、との思いはあるが、テキストをより広く入手可能としていただけるのは、有り難いことである。旧版『全作品』収録作品の大半は昭和二十五年以前に出版された雑誌に掲載されたもので、唯一「苺」にまだ生れぬ赤子の私がいることを除けば、それらの創作過程や背景は知る由もなく、他人事のように眺めてきた。『全作品』に解説として付加できることはあまり無いだろう。

椿實と短詩形

父の没後に自ずとできた分担で、蔵書や原稿類を整理する役回りとなったものの、目録を作成し『椿實の書架』（二〇〇三。以下『書架』）として私家出版しウェブに公開した過程で、まだ手が回っていない、と感じる側面はあった。終戦直後から集中して散文を発表した椿實（この文章で話題にする時期の表記に倣って以下、実と表記する）だが、かぞえで二十歳に達してから徴兵されるまでの間、「作品」と位置付け、より身近だったのは、むしろ短詩形であったのではないかと以前から感じており、それらを見直すことができていなかったからだ。本人も『全集』第一巻として印刷したもの（後述）の後序に「自分の小説における発想は『小景詩』の展開と見るべきもので」と述べている。私自身には作歌の心得が無く、内容を充分に読み解くことはできないが、『全作品』再版の機会に椿実の歌を紹介できるのはまことに幸いであり、できる限り背景を書き留めておきたいと思う。

二〇〇二年に父が急逝した後、晩年に暮らした根津の家では出版物の他にノートや原稿も見つかった。『全作品』刊行の前後に、幼時から住まって戦災にも焼け残った池之端の旧宅から移ったので、自身で運んで来たそれらのドキュメントには恣意的セレクションが働いており、意味があると考えた（『書架』三四頁）。その中で小説類の草稿が含まれるノートは、他の文学者からの手紙類等と共に日本近代文学館へ寄贈した。文学館では「小説家」という観点からの資料受領ととらえて、短詩形の作品には注目していなかったと思う。文学館による二〇〇二年四月十三日付受領記録の寄贈資料の記載は以下のとおりである。

「放心」「自滅せし者」「樹液」「徳さんの死」創作ノート　1冊　ペン書

「短編集Ⅰ」創作ノート　1冊　ペン書「徳さんの死」「妹さんのこと」「花火」「むかしの歌」「そをみしとき」「麦」「髪」「そよぎ」など収録自筆年譜つき

「椿実憲法」ノート　1冊　ペン書1ページだけ使用。

三種の印刷歌集

私が小学校低学年だった一九五七年頃、池之端の自宅の二階廊下脇の狭い空間に、真っ黒な活版印刷機があらわれた。手動式で、左側のハンドルを下げると活字版面が印刷紙に圧着され、同時にローラーが上部のインク円盤へころがってインクが付く、プラテン印刷機だった。活字を買いについていったり、手をはさまれないよう言われながらハンドルを動かす手伝いをしたりした。綺麗な紋章や唐草模様の活字も入手してものものしい奥付を作成、発行所の大学書院は法人登記もしておらず、住所は私が生まれた頃に両親が住み、その当時は叔父一家が住んでいた家のものである。印刷者の巧精舎は祖父の有限会社で、住所は家作だった工場。大学書院の印刷を始めた当初は、東大宗教学の修士論文『東大本新撰亀相記』の解題部分を印刷する目的の設備だったのかも知れない。組版の経験を持たずにテキストを活版に組むのは容易ではなかったと思うが、短歌数首を各ページに組むのなら文字数は少なく、配置など細部まで存分にこだわって造りこむ作業が可能であり、匂いや汚れも気にせずに楽しそうに作業していた。

　自家印刷した歌集は三種あり、特徴ある目次の配置や装丁にセンスがある。『絵画風小景詩』（印刷歌集A）は一九五七年五月二十八日発行。Aに増補した『椿実全集 第一巻 小景詩』（印刷歌集B）が同年七月八日発行で、AとBの二種類の発行を当初から構想したと思われる。二年後の一九五九年八月十八日に『海邊にて』（印刷歌集C）を発行し、第二歌集としている。

　唐突とも思える歌への回帰は、歌誌「長風」の創刊同人に加わったことと関係づけられる。長風短歌会のホームページによると、同会は北原白秋主宰の「多磨」の流れを受け継ぎ、鈴木幸輔によって昭和三十二（一九五七）年六月に結成され、同人誌「長風」創刊も同月である。父が加わった機縁は本人が『海邊にて』の後記に記しているとおり、昭和三十二年に同人である上月昭雄氏と勤務先の都立高等学校で同僚として机を並べたことだ。上月先生は数学

海邊にて目次

人の波 3
葡萄 6
白木綿花 8
透明の季節 10
月食 15
雪 17
錦町河岸 20
軌跡 24
望遠鏡 28
あじさい 30
海 33
遠景 36
海晴れし日に 39
海の言葉 43
潤める花 47
よろめく海 50
海にふる雪 57
海のさち 60
後記 67

『海邊にて』の目次より

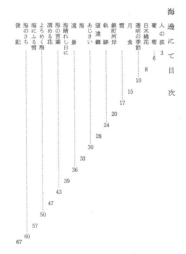

「長風」創刊号表紙

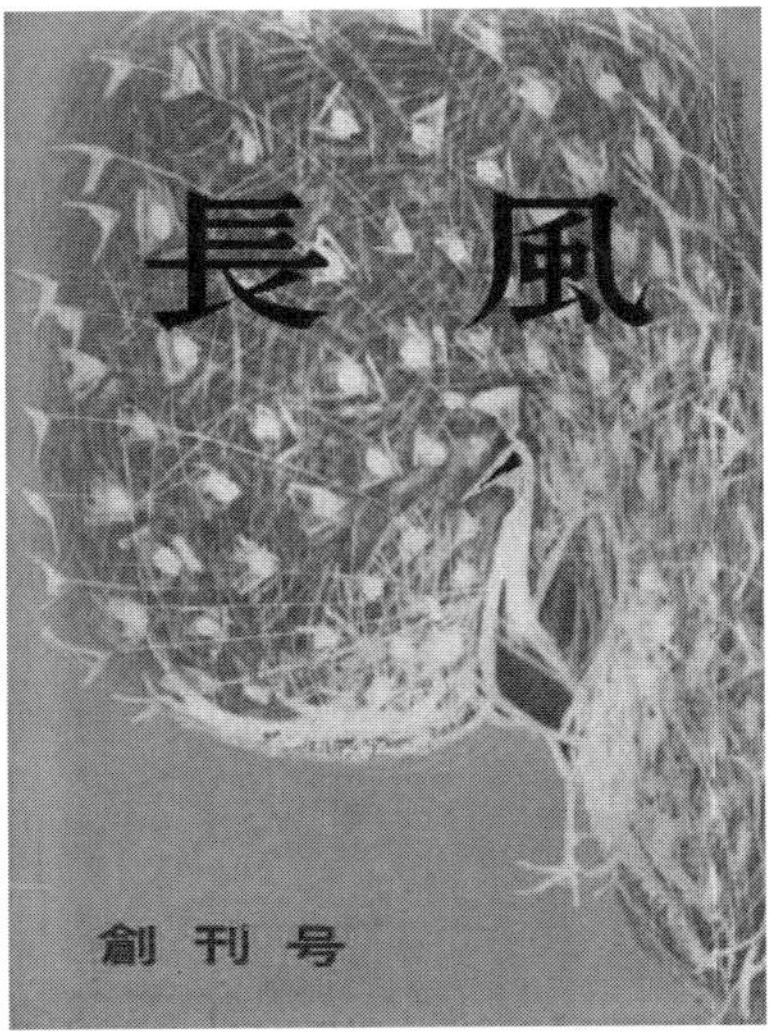

の教師で歌人という意外性もカッコ良く、一時は大変密に活動を共にしていた。私たち姉妹にとって父は、昔は小説を書いていたが今は短歌をつくる人、という認識で、短歌同人誌「長風」には母も参加しており、毎号が出来上がってくると何かと話題にしていた。歌は子供でも意味を想像することができる場合があって楽しみであった。父が第二歌集と位置付けた『海邊にて』は、一九五七年秋から五九年夏の作をまとめたもので、「長風」に関連する時期の創作であり、子供たちも見知った南熱海の網代が主な舞台になっている。私が「長風」について特に印象深く思い出すのは、孔雀を描いた表紙絵とロゴである（図参照）。三島由紀夫の岳父にあたる杉山寧画伯に絵をお願いしたのは、どうやら父であったらしい。孔雀は一九五〇年代から多様に扱われた杉山画伯の主要画題のひとつで、ポーラ美術館に素晴らしい大作がある。

　椿実は教師業を真摯に務めていた。特に、自身の境遇とは異なる商業高校や定時制高校の生徒達と出会ったことで、彼等の学業継続を支援する為の公立高校での単位制を推奨したり（結局、実現はしなかった）、ある著名な女優が都立高校を卒業なさるまでを応援したりした。都立高等学校の校長・教頭同志の連携で親しかった先生からある時、目の前の「椿実」が戦後間もなく夢中で読んだ小説の著者と同一人物と知って、目黒駅のホームから転がり落ちそうに驚いた、とお手紙を頂いたことがある。

『絵画風小景詩』について

戦後の作歌活動は、教職仲間の繋がりで活発化し

たかのように家族に対しては振舞っていたが、戦前からの若い時期の短詩形作品を整理・刊行する「戦後処理」を行っておきたい、という別のインペタス（原動力）も働いていたのではないだろうか。すなわち、一九五七年に自家印刷した二種の歌集のうち、『絵画風小景詩』（印刷歌集A）は前記のとおり一九五七年五月二十八日に発行され、一一三ページまでに三百首近くを収めている。戦中の作を特に分けて一冊とし、詳しい経緯は含めず、自身が戦死したと仮定しても遺作として通る形をとっている。一方、直後の同年七月八日発行の『椿実全集 第一巻 小景詩』（印刷歌集B）は、前著全体の再録に加え、一一四ページに長歌「望東の歌」を置いて以降一五六ページに至るまでに百首あまりを追加収録し、内容に関する詳しい経緯を含めている。原稿を書くのは驚異的に速かった椿実であったが、本の制作もスピーディにほぼ手元で行ない、リソースフルに二種類の刊行物にまとめている。それでも、ネタ帳がなければ不可能な豊富な作品数である。

印刷歌集Aの末尾に置かれた昭和二十年七月三十一日付の「跋」には「かへりみて力とぼしいわが歌である。人に見すべき何ものもありはしない。けれど私にとつては、忘れ難きわが足跡である。昭和十九年春、自分は都立高等学校〔旧府立高校、のちの都立大学〕文科に入り、そして今、銃を握つて学校を去らねばならぬ。〔……〕貧しい足跡をも残さうとするのは、その、何ものをも果し得ずして征く、わたくしの感傷である」とある。ここで「文科」とわざわざ断るのは、当時召集が猶予された理科への転科や、文科出身学生にも特例として兵役延期の措置が取られた長崎医科大学へ進学の道を選ばなかったとの意味だ。この歌集の元であるノート（後述）は、「母の眼は笑ひてゐたり母の眼はせむすべしらに笑ひてゐたり」（三七一頁）で終わっているが、事後から考えれば、あと二週間を残すに過ぎなかった戦争中の歌なのであり、「何か一つ完成して後に死にたきものを高等学校文科生我は」（三六一頁）と詠んだ時点での率直な願望のあらわれ、死に向かう若者の作として自立した作品と考えられる。

そして、「全集」の一部を成すと想定した印刷歌集Bでは、「後書」でその経緯が説明されている。

昭和二十年八月一日に入営する時、当時府立高校で理科学生だった堀内和夫さんに、戦死の際には出版してもらう、と約束して三冊のノートを託したのだが、「急激なる敗戦の為、幸に死ぬこともなく、したがってこれら三冊のノートは、甚だかっこうのつかぬものとなり、そのまま湮滅に瀕していた」。そこに新しく「戦后の所産を四十頁程追加している」と述べている。

堀内さんは理系だが、音楽にも文学にも造詣が深い、きわめて親しかった友人で、浅田飴本舗創業家の一族であり、日本における洋楽普及の一大貢献者たる堀内敬三の長男である。父の満十九歳の誕生日にはピアノの藤田晴子とヴァイオリンの上野(のちの服部)豊子の(おそらく)日比谷公会堂での演奏会に招待してくださった。双方の自宅にもしばしば行き来していた。

短歌同人誌に加わったことにより、「甚だかっこうのつかぬもの」も背景説明で納得されると期待できたのだろう。だが、他のところで述べたように、椿実が書いたり言ったりすることは、鵜呑みにしない(cum grano salis)のが肝要である(『書架』七頁)。二種類の歌集の背景は、そう単純ではないかも知れない。

三冊のノート

堀内さんに託したとされる三冊のノートは、二〇〇二年に日本近代文学館が収納しなかったノート類の中から見つかった。すべて「学用ノート統制株式会社」A5判のもので、縦開きにして下ページに原稿を、上ページに加筆や推敲をインクで書いている。それぞれ『歌集　寒光《かんくわう》』、『歌集　みじか麦』、『句集うすらび』と題されており、前二冊には印刷本の底本とした痕跡がある。印刷歌集AとBはともに中表紙に「絵画風小景詩(EIDYLLION)」のタイトルを付されているが、共通する戦中の作品部分(一一三頁)の内、前半の歌は主として『寒光』から、同後半は『みじか麦』から採られている。ただし、巻頭を飾る「白い倉庫」の二首は『みじか麦』から採られ、「マチス」や「セメント」といった語彙が、目次の配置や装丁と合わせて新鮮な感じを強調している。印刷歌集のヴィジュアルから受ける印象と、戦時に詠まれ、入隊時に形見として残された背景とのミスマッチも、おそらく意図されたものだろう。詳しく検証しなければ、外観から歌の成り立ちを想定しにくくなっているのだ。

ノートには、作歌の場所や日付がところどころ記されている。『寒光』は昭和十九（一九四四）年秋、

左から
『歌集　寒光』
『歌集　みじか麦』
『句集　うすらび』

満十九歳の誕生日（徴兵年齢）頃から翌昭和二十（一九四五）年二月下旬までである（最後に見られる日付は二十五日。そのあとに一ページある）。『みじか麦』は最初にみられる日付が（昭和二十年）三月十五日で、以降「Apr」「May」「June」「July」の月が記された歌がある。Bの「後書」に依拠し、実が八月一日に入営したとすると、前述のとおり長歌「望東之歌」以降の敗戦直後の作が『みじか麦』では書き継がれており、同年「Nov 28」（「鉄橋」）と暮れ（「震動」。「年暮れにけり」の語から）までの日付が確認できる。

ノート歌集二冊と印刷された『絵画風小景詩』（AおよびBの共通部分）を比べると、語彙やタイトルの推敲や細部の修正、季節感による並びの工夫等はあるものの、採録された歌については歌集としての構成を重視している。大まかに言えば印刷されたのはノートのほぼ全体であるが、採録されなかった歌も一部ある（「白風」や「風炎」など）。日本軍兵士として入営を控えた立場で、これだけの創作をまとめることができたのは驚異である。高等学校には出ずに、残すべき作品をつくるのに集中していた

のかもしれない。
ノートでは二十年三月の空襲で廃墟になった母校五中（現在の都立小石川中等教育学校）を訪ねた四月三十日の三首（印刷本には入れず）の他、「友」と第して戦に対する複雑な感情のやりとり、厭戦、ラジオやジャーナリズムの煽りようにあらわになる怒りなどの歌がある。山の手大空襲で青山などが激しく焼けた五月か、六月頃の作とみられる。「国こぞる敗戦の時」とも詠んだりしているが（三六〇頁）、印刷本（A・B）では「反戦」にまとめられる歌（三六二頁あたり）である。これら戦争に直接関わる歌は、ノートから印刷に至るまでに取捨選択されており、終戦前に友人に預けた中には入れなかった作が、他にもあったのではないか、とも推定できる。また、ノートにはいかにも高校生らしい歌もみられ、中学時代のものも一部旧作として書き込んである。

補助線を一本引けばあはれあはれこの三角形は
合同になりぬ（「風炎」、『寒光』）

「かきつばた」（三五五頁）の折句には「堀内へ」とある。

かたぶくまで　きのふもけふも　つきみては
はしきわぎもと　たぐひてをりぬ

山白菊

ノート歌集『寒光』の冒頭近くに、きわめて印象的に書き写された「山白菊」の詩歌は、印刷歌集では除外されている。昭和十九年十月三十一日の満十九歳の誕生日近くに、作歌をなさる数歳年上の女性から贈られた作に続けたものだ。急速に親しくなり、文字通り明日の命をも知れない境遇のなか、特に父のほうからの熱烈な恋愛（本人曰く「狂気のごとく」）であったらしい。

山白菊誕生の賀歌《いはひ》をたまふ　須賀子さんより
つつましく賀をば申さむ野の菊のうすむらさき
のにほふごとくに

しらぎくの咲きそめし日のかがやきとゆたけき

かほり永久にあらしめ

かへし

神無月　つごもりの日は　吾《あ》が生れし　祝の日
とて　赤飯《あかいひ》を　けにもりつつ清酒《きよさけ》　うまらに酔
ひつ　家こぞり　こぞりほぎろ　友なべて　祝
ひたまひぬ　今年われ　君に召さるを　家こぞ
り　こぞりほぎろ　友どちは　祝ひをおこす
はるかなる　上総の君は　あをうなばら　みさ
くる丘に　さきそよぐ　山白菊の花の香を　風
のまにまに　祝ふとて　送りたまひし
二十年の　われのいのちを　心深き　君の御歌
に　しみじみと　かへりみむかも

返歌

つつましく野に咲く花の香によせて祝ひたまひ
し君の心かも
静かなるよろこびのうちに白菊の香を送り君し
恋しも

この女性から他にも数首の歌と、創作「汀」などを頂くことがあったとあるが、父はその大半を手元に残していなかった。昭和二十年の六月頃に、外的状況等から交際を絶たざるを得なかったようである（三七〇頁あたりの歌に詠まれている）。破局の要因は少なからず考えられるが、明日の命も定かでない状況で、心の拠り所を取り上げられた若い父は、とても哀れである。

とはいえ、急転直下の終戦によって命をひろい、歌もノートも残った。しかも実家は空襲に遭わず、三冊のノートの他、それらと一部並行する二冊の製本した日誌『潮流』と『潮流Ⅱ』もあって、文学的にも、家業のビジネス面でも、旺盛な時期へと続く。「山白菊」の方のことは、父から直接聞いたことはないが、別に秘密でもなく、家族が時たま話題にしていた記憶がある。

椿実と家業

父が東京大学に入学し、「メーゾン・ベルビウ地帯」を発表した翌年の昭和二十三年頃、椿家は医療機器製造販売業を営んで繁盛していた。内径まで研

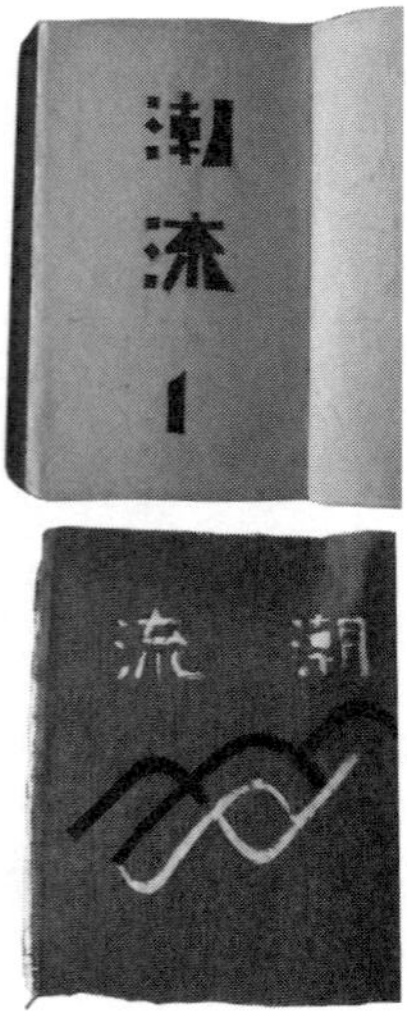

昭和十九年の日誌『潮流Ⅰ』『潮流Ⅱ』。原稿用紙を著者自身で製本したもの

磨したペニシリン用の太い針が大きなブームになり、父も大学の制帽姿で乱立する製薬会社、化学会社をセールスで回っていた。当時設立の「日本注射針工業会」事務所が台東区池之端の家の一角に設定され、実の父荘三は副理事長を務めていた。多くの資材が統制で、配給申請や製造登録など事務が多かった。家風は下町らしく雑駁ではあるが、全員が芝居・美術・西洋音楽等の趣味を持つ町屋文化的雰囲気があった。赤門に学ぶ長男の文化的活動には非常に寛容で、物心両面の援助を惜しまなかった様子である。

その頃を活写した書簡を、茨城県古河市にお住いの中澤榮一さんという大正十二年生れの元職工さんから頂き、「実さんとそのお友達」は家族だけでなく、使用人や出入りの人々に至るまでの自慢の話題だったことを窺い知ることが出来た。椿荘三とは休日に上野でイタリア映画『苦い米』を観たそうである。祖父はヴァイオリンを習い、ハイカラ趣味だった。祖母は湯島天神下の米炭問屋の総領娘で岸邉幼稚園に通ったそうだが、下町的芸能の下地もひととおりで、仲良しの次兄は美術学校卒の彫金家であった。つまり、家は文化的活動に対してきわめて受容的、学校教育には上方志向だった。我が家の家庭内伝説では、一九五〇年生まれの私が附属幼稚園へ上がる時、祖父が「父親が自由業では良くなかろう」と、父が教職に就くきっかけをつくったとされる。家内工業的にステンレス注射針等の医療機器を扱っていたのが、朝鮮戦争特需で超多忙となり、職工さんや女中さんも一緒で賑やかだった。英語が使えて営業ができる父は肩書などなくとも家業に忙しく、同窓生や文学仲間とも旺盛に交流していたと思う。父の出生時の戸籍は神田山本町にあり、椿の姓は曾祖父が未亡人すえの養子に入ってからのものだ。曾祖父の人となりを私は知らないが、起業家であると同時に高村光雲に彫金を習ったそうである。明治四年生まれの曾祖母は京都北方の儒者の家柄とかで、無病で九十歳を超えて亡くなるまで同居して遊び相手になってもらったが、いつも凛としていて「おばあちゃん」風ではなかった。尾上柴舟が遠縁に連なるなど、この側の親族には作歌するひとが何人かあったと思う。

年譜の空白

若き日の椿実の女性関係の経緯は、本人が用意し

上から著者、妥子、紅子。一九五一年頃

たノートに年譜として書き込んであり、それはおそらく一九八二年の『全作品』のために用意したものと思われる。また、昭和十九年中に歌集と並行して書かれていた日誌『潮流』および『潮流II』と対比すれば、状況をさらに推し量ることが可能である。

　ところが、『全作品』に付された中井英夫執筆の解説中に組み込まれた年譜では、学歴と掲載作品の初出以外の情報は全く限定的である。「昭和19年4月」と「昭和21年3月」との間には何もなく、召集、徴兵検査、出征、実家が辛うじて残った大空襲、終戦、などはことごとく無視されている。父が提供したと思われる情報はきわめて詳細なのだが、検証が困難な部分がかなりあり、関係の相手もあるので、省略されたのではないかと思う。

　私達三姉妹の母妥子とは小学校の同級生である。自筆年譜には「八年前の初恋の少女」として登場するが、それは小学校卒業まもなくの頃にあたる。「大学へ進学したのち、他事でへとへとになり助けを呼びたる如しに求婚すれば無造作に承知す」、という描写になっている（結婚は昭和二十五年五月二十八日）。

歌集作りの活版印刷機のローラーを押す手助けをする際、自分の思い通りになっておれば娘達はいなかった筈だ、などと父に揶揄《からか》われ、小学生の私は多少なりとも傷ついたものだ。

印刷歌集Bには先述のとおり、戦後の作の増補がある。ノート歌集の『みじか麦』では戦後部分の初めに「望東之歌　長歌・反歌」が置かれ、『寒光』の構成とやや対応する形になっている。以降、昭和二十年末（「年くれにけり」の語から）の「震動」までが、『みじか麦』には記されている。

Bの「全集後序」には、「ひまはり」（三七四頁）は吉行淳之介らと『世代』に「風」を発表した頃すなわち昭和二十一年夏、「木いちご」（三七三頁）は大学へ入学した昭和二十二年の作と述べており、それは立風書房刊『椿實全作品』旧版の扉写真の頃である。その後は、同人雑誌を経て盛んに小説を発表する時期に繋がっていくと共に、短歌も相当数発表していたことが分っているが、把握できるのはそのごく一部である。昭和十九年の日誌『潮流』および『潮流Ⅱ』には、パラパラ見るだけでもさらに多くの歌があって、日付も明確なもうひとつのパンドラの箱のようだ。

ノート句集『うすらび』について

最後になるが、『句集　うすらび』にも触れておこう。入営前に堀内さんに預けたなかでは、歌集二冊に比べて作品数は少なく、六十五句ほどで、出版物にするような整理もされていない。一〇頁目あたりに「Apr→May1」、「次頁に1946　May23[9?]」と記されているが、正しい日付かは不明である。さもなければ、府立高校入学時に書き始めた日誌『潮流』と並行する昭和十九年の春夏からの作が採られているかと思う。湯ヶ島、天城へ遠出したり、稲田登戸、六義園、有栖川公園などで友人と吟行を行ったりした時の作など、約二十五句を残している。春《しゅん》蟬《せん》、伐《き》られる、紅《あこ》うして、紅《あけ》、水脈《みを》、など、漢字の読み仮名に凝る特徴がある。また「拾遺」として、中学三年の旧作十九句や、夢で作った二句（「Dec24」）、古いノートからの三句なども入れている。白紙ページ十七枚を残しているが、間に「A. ブルトン　Sur realisme」とトレーシングペーパーに題したメモ三枚が挟んであった。
　この句集で印象的なのは、叔父正美に関する未定の作である。『潮流』に、祖母の末弟であるこの叔父宛の、昭和十九年八月三日の手紙の写し「比島派遣の正美叔父貴へ」があるが、句からは戦地での叔父の病死が、二年経って戦友により家族に知らされたことが分る。空白の多い『句集　うすらび』ノートであっても、残しておきたかったのはこの作を含むためかと考えている。

　正美叔父を悼みて慷慨停止するところを知らず
いかりにも似てかなしむといへど如何せん
ミンダナオわたつみかけて憶ふかも二年《ふたとせ》前その
人はすでになかりしを
悲劇的《トラギッシュ》とこれのうつし世をいふすべも浮世なる
契はかなしと人いふか
帰還船つけば通ひし妻とあれば子一人を女の童《わらは》
［と］あはれ知らざらむ
おとろへたらむ君にと集めし缶詰も百里行く行
軍の途にたふれきと
大腸カタルつひのやまひと人告げぬガソリンを
かけてはふりしといふ戦友

＊

　毎回の口実で恐縮なれど、『書架』を編纂する時は忌日に間に合わせようと、手書きの原稿やノートの内容には手を付けなかった。このたびの『全作品』再版で椿実の名前と作品に興味を覚えてくださる方々に深く感謝しつつ、「短詩形」というパンドラの箱を開け、きわめて短期間にリビューした文である。文献上の誤りや、思い違い等、すべての責を負いつつ擱筆する。

二〇一九年　平成最後の二月に

（一九七〇年代後半撮影）

椿實（つばき・みのる）一九二五年東京生まれ。四七年、東京大学在学中に中井英夫、吉行淳之介らが創刊した第十四次「新思潮」に「メーゾン・ベルビウ地帯」を発表し、三島由紀夫、柴田錬三郎らの激賞を受ける。教員のかたわら小説執筆、神話研究を続け、八二年『椿實全作品』を刊行。二〇〇二年三月二十八日、死去。

カバー・表紙・扉写真（浅草・一九八二年頃）本多正一
装幀　間村俊一

本書は初版捌百部発行の内
0237
／800

メーゾン・ベルビウ地帯
椿實初期作品

二〇一九年四月十日　第一刷発行

著者　椿　實
発行者　田尻　勉
発行所　幻戯書房
郵便番号一〇一―〇〇五二
東京都千代田区神田小川町三―十二
岩崎ビル二階
電話　〇三（五二八三）三九三四
FAX　〇三（五二八三）三九三五
URL　http://www.genki-shobou.co.jp/

印刷・製本　美研プリンティング

ISBN978-4-86488-168-5　C0093